UN ANGE POUR LARYN

LES ANGES GARDIENS, TOME 1

SUSAN STOKER

DU MÊME AUTEUR

<u>Autres livres de Susan Stoker</u>

Les Anges Gardiens

Un ange pour Laryn

Un ange pour Amanda (4 Nov)

Un ange pour Zita

Un ange pour Penny

Un ange pour Kara

Un ange pour Jennifer

Le Refuge

Un soutien pour Alaska

Un soutien pour Henley

Un soutien pour Reese

Un soutien pour Cora

Un soutien pour Lara

Un soutien pour Maisy

Un soutien pour Ryleigh

Le Fruit du Hasard

Le Protecteur

L'Aristocrate

Le Héros

Le Bûcheron

<u>**Forces Très Spéciales : Alliance**</u>

Un protecteur pour Remi

Un protecteur pour Wren

Un protecteur pour Josie

Un protecteur pour Maggie

Un protecteur pour Addison

Un protecteur pour Kelli (2 Sept)

Un protecteur pour Bree

<u>**Sauvetage à Eagle Point**</u>

Un sauveteur pour Lilly

Un sauveteur pour Elsie

Un sauveteur pour Bristol

Un sauveteur pour Caryn

Un sauveteur pour Finley

Un sauveteur pour Heather

Un sauveteur pour Khloe

<u>**Silverstone**</u>

Pour la confiance de Skylar

Pour la confiance de Taylor

Pour la confiance de Molly

Pour la confiance de Cassidy

<u>**Delta Force Deux**</u>

Un refuge pour Gillian

Un refuge pour Kinley

Un refuge pour Aspen

Un refuge pour Jayme

Un refuge pour Riley

Un refuge pour Devyn

Un refuge pour Ember

Un refuge pour Sierra

<u>Hawaï : Soldats d'élite</u>

Un paradis pour Élodie

Un paradis pour Lexie

Un paradis pour Kenna

Un paradis pour Monica

Un paradis pour Carly

Un paradis pour Ashlyn

Un paradis pour Jodelle

<u>Mercenaires Rebelles</u>

Un Défenseur pour Allye

Un Défenseur pour Chloé

Un Défenseur pour Morgan

Un Défenseur pour Harlow

Un Défenseur pour Everly

Un Défenseur pour Zara

Un Défenseur pour Raven

<u>Ace Sécurité</u>

Au Secours de Grace

Au Secours d'Alexis

Au Secours de Bailey

Au Secours de Felicity

Au Secours de Sarah

Forces Très Spéciales Series

Un Protecteur Pour Caroline

Un Protecteur Pour Alabama

Un Protecteur Pour Fiona

Un Mari Pour Caroline

Un Protecteur Pour Summer

Un Protecteur Pour Cheyenne

Un Protecteur Pour Jessyka

Un Protecteur Pour Julie

Un Protecteur Pour Melody

Un Protecteur pour l'avenir

Un Protecteur Pour Les Enfants de Alabama

Un Protecteur Pour Kiera

Un Protecteur Pour Dakota

Un protecteur pour Tex

Forces Très Spéciales : L'Héritage

Un Sanctuaire pour Caite

Un Sanctuaire pour Brenae

Un Sanctuaire pour Sidney

Un Sanctuaire pour Piper

Un Sanctuaire pour Zoey

Un Sanctuaire pour Avery

Un Sanctuaire pour Kalee

Un Sanctuaire pour Jane

<u>**Delta Force Heroes Series**</u>

Un héros pour Rayne

Un héros pour Emily

Un héros pour Harley

Un mari pour Emily

Un héros pour Kassie

Un héros pour Bryn

Un héros pour Casey

Un héros pour Wendy

Un héros pour Mary

Un héros pour Macie

Un héros pour Sadie

Un héros pour Annie

<u>**Autre**</u>

Un moment suspendu : Recueil de nouvelles

<u>**AUDIO**</u>

Un paradis pour Élodie

NOTE DE L'AUTEURE

Il s'agit d'une œuvre de fiction. J'ai pris de grandes libertés avec de nombreux éléments concernant l'armée américaine, et plus particulièrement les Night Stalkers. Les grades, les missions, les déploiements, les personnes qui travaillent avec les estimés pilotes, l'endroit où ils sont stationnés... tout cela. J'ai le plus grand respect pour tout ce qui touche à l'armée, mais je suis consciente que de nombreux éléments de ce livre et de cette série sont improbables, voire impossibles, pour une unité de l'armée telle que les six hommes que j'ai décrits comme des *Night Stalkers*. Appréciez ces histoires pour ce qu'elles sont : le triomphe du bien sur le mal, l'amour et le respect, et des femmes fortes qui bottent des fesses.

Laryn Hardy pesta lorsque la clé qu'elle utilisait glissa et lui écorcha les doigts.

— Ça va ? demanda l'un des membres de l'armée qu'elle appréciait le plus, le sergent Wells - ou Chuck, comme elle l'appelait.

— Oui, répondit Laryn avec entrain.

Mais en réalité, ça n'allait pas du tout. Elle était frustrée, morte de faim, et à vrai dire, totalement épuisée. Elle avait beau être l'une des meilleures mécaniciennes de MH-60 au monde, elle n'en restait pas moins humaine. Et à cet instant, tout ce qu'elle voulait, c'était quitter le hangar en envoyant balader son travail, l'armée, et toutes ces conneries auxquelles elle devait faire face au quotidien.

Elle avait vécu son pire cauchemar le mois dernier lorsqu'un de *ses* hélicoptères s'était écrasé en Irak et avait été perdu. L'armée avait paniqué. La marine aussi. Tout le monde voulait savoir si les pilotes avaient pu détruire l'hélicoptère pour éviter que les informations hautement confidentielles à bord, ainsi que l'appareil en lui-même, ne tombent entre de mauvaises mains.

Mais Laryn se souvenait de sa première pensée en apprenant le crash. Ce n'était pas à propos des milliers d'heures qu'elle avait passées à rendre l'hélicoptère aussi sûr que possible. Ni de toutes celles qu'elle devrait encore consacrer à refaire tout le travail détruit par une simple roquette ennemie.

Non, ce fut la panique absolue de ne pas savoir si les personnes à bord avaient survécu.

En particulier le pilote, Tate *Casper* Davis.

En laissant échapper un soupir, Laryn s'appuya contre le flanc de l'hélicoptère et ferma les yeux. La peur et l'inquiétude qu'elle avait ressenties en apprenant l'accident la submergeaient de nouveau.

Elle était amoureuse du pilote des Night Stalkers depuis le premier jour où elle l'avait rencontré, ou presque. Mais de toute évidence, ce n'était pas réciproque. Ce qui n'était pas vraiment une surprise. Elle n'était pas le genre de femme dont les hommes tombaient éperdument amoureux. Elle était plutôt petite, 1 m 65 à peine. Ses longs cheveux bruns n'avaient rien d'extraordinaire, surtout qu'ils étaient presque toujours attachés en chignon sur sa nuque pour ne pas la gêner lorsqu'elle travaillait sur les moteurs et les pièces mécaniques. Elle ne portait jamais de maquillage ; ça ne servait à rien, vu qu'il finirait par couler avant 10 h du matin à cause de la transpiration. Son uniforme au quotidien se résumait à une combinaison ample, généralement tâchée de graisse et d'on ne savait quoi d'autre.

Ses ongles étaient courts et souvent cassés. Ses mains étaient couvertes de vieilles cicatrices et de croûtes dues à des blessures plus récentes – comme celle qu'elle venait tout juste d'ajouter à sa collection d'égratignures. Et en tant que fille unique d'un père célibataire dont le principal divertissement était de l'emmener voir des courses sur terre battue dans les coins paumés du Tennessee, où elle avait grandi en apprenant tout ce qu'il y avait à savoir sur les moteurs de voiture... eh bien, elle se sentait plus à l'aise avec des ploucs un peu rustres qu'avec des pilotes d'hélicoptère confiants et sûrs d'eux, les meilleurs parmi les meilleurs.

Pourtant, la première fois qu'elle avait vu Tate, elle était tombée amoureuse en un instant.

Ce qui aurait dû lui sembler ridicule. Il était... eh bien, c'était Casper, le pilote vedette des Night Stalkers, certainement arrogant, et à juste titre. Mais lorsqu'on l'avait présentée à lui, il l'avait regardée dans les yeux, lui donnant l'impression qu'il était entièrement concentré sur elle et sur ce qu'elle disait. Il ne l'avait pas fait se sentir inférieure simplement parce qu'elle était mécanicienne, contrairement à beaucoup d'autres pilotes.

Pendant vingt minutes, ils avaient eu une conversation intense et détaillée sur les améliorations qu'elle apportait à son hélicoptère. Il avait proposé des idées, et lorsqu'elle avait contredit l'un de ses arguments, il ne l'avait pas mal pris, ni laissé son ego prendre le dessus. Quand il s'était finalement éloigné, mettant en valeur son parfait postérieur dans sa combinaison de vol, il avait anéanti toute chance qu'elle puisse un jour s'intéresser à quelqu'un d'autre.

C'était stupide. Absurde. Puéril. Malgré tout, depuis leur rencontre trois ans auparavant, Laryn n'avait fréquenté personne. Elle s'accrochait au mince espoir qu'un jour peut-être, avec énormément de chance, il finirait par la voir autrement que comme la chef-mécanicienne affiliée à son précieux hélicoptère.

Depuis, Tate et elle avaient développé une espèce de danse étrange autour de leur relation... à supposer qu'on puisse appeler ça une relation. Elle le sermonnait parce qu'il traitait son hélico, son bébé, avec trop de rudesse, et lui la taquinait en lui reprochant d'être trop perfectionniste. Ils se chamaillaient gentiment, toujours sur le ton de la plaisanterie. Tout restait léger et superficiel entre eux, et Laryn n'avait aucune idée de comment faire évoluer les choses. Elle aimait le fait qu'il soit à l'aise avec elle – enfin, c'était ce qu'elle pensait – mais elle déplorait qu'ils n'abordent jamais de sujets personnels.

De toute façon, pourquoi l'auraient-ils fait ? Elle n'était que mécanicienne. Lui, c'était un Night Stalker, l'un des pilotes les plus décorés de l'armée. Avec son équipe de cinq autres pilotes, ils avaient même décroché un contrat spécial des plus convoités à Norfolk, en Virginie, ce qui était extrêmement rare. Ils étaient déployés pour des missions spéciales avec les Navy SEALs et participaient même à des missions de sauvetage dangereuses dans le civil. Ils pouvaient être appelés à tout moment et se retrouver littéralement à l'autre bout du monde, volant entre des sommets, au-dessus des océans, ou traversant des vallées remplies de soldats impatients de les abattre, pour ensuite revenir le jour suivant à leur QG et traîner dans leur repaire préféré, l'Anchor Point.

Et comme elle était la meilleure dans son domaine, Laryn avait été engagée en tant que chef mécanicienne pour s'occuper des hélicoptères des Night Stalkers – ce qui signifiait qu'elle allait où ils allaient. Au cours de l'année écoulée, elle avait passé plus de temps sur d'immenses navires que dans son petit appartement près de la base.

En repensant au moment où elle avait appris que Casper et son copilote, Pyro, s'étaient écrasés, elle frissonna. Elle était terrifiée à l'idée que l'homme dont elle était follement amoureuse ait pu mourir. Suite au soulagement qu'elle avait ressenti en apprenant qu'il allait bien, que tout le monde à bord de l'hélico était sain et sauf, elle était déterminée à ne plus être lâche, et à lui faire comprendre qu'elle s'intéressait à lui... personnellement.

Mais dès leur retour en Virginie, elle s'était plongée dans les pièces détachées d'hélicoptères, s'acharnant à faire en sorte que le prochain appareil que Tate piloterait soit tout aussi fiable que celui qu'ils avaient perdu. Ils étaient retombés dans leurs vieilles habitudes, Tate plaisantant avec elle comme avec un pote, et elle le réprimandant pour son insouciance et son manque de sérieux concernant sa propre sécurité. En d'autres termes, elle avait repris le rôle qu'elle s'était attribué dès le début – celui d'une harpie pointilleuse.

— Tu t'endors au travail ?

Laryn ouvrit brusquement les yeux et tourna la tête vers Chuck. Il se tenait près de la porte de l'hélicoptère et la regardait fixement.

— Non, répondit-elle, un peu sur la défensive. Je reposais juste mes yeux.

— Pourquoi tu ne rentres pas chez toi ? Tu es ici depuis…

Il regarda sa montre, puis ajouta :

— Beaucoup trop longtemps.

— Je dois finir d'installer le système de gréement pour les cordes, protesta Laryn. Je dois m'assurer que tout est parfait pour l'essai en vol dans quelques jours.

— Non, tu n'en as pas besoin. Tout va bien. Tu t'en es déjà assuré. Ce dont tu as besoin, c'est de dormir plus de trois heures d'affilée. Rentre chez toi, insista-t-il.

Il ne pouvait pas vraiment lui donner d'ordre. Chuck était dans l'armée. Laryn, non. C'était une travailleuse indépendante. Certes, elle devait respecter certaines règles, mais elle restait la chef mécanicienne, la personne en charge, la patronne. À vrai dire, dans le hangar, c'était elle qui commandait. Cependant, elle était épuisée, et elle avait vraiment besoin de souffler.

— D'accord, finit-elle par répondre avec un léger décalage.

— D'accord ? répéta Chuck, sceptique.

Laryn éclata de rire.

— Ça t'étonne à ce point ?

— Bah oui, tu ne fais jamais ce qu'on te dit de faire. Si on te disait de sortir d'une maison en feu, tu resterais dedans juste pour faire l'inverse.

— Je n'exagère pas à ce point, protesta Laryn.

En réponse, il se contenta de lever un sourcil.

Chuck était plutôt jeune, vingt-quatre ans à peine, mais c'était un excellent mécanicien, et Laryn aimait travailler avec lui. Pourtant, sa réaction lui fit pincer les lèvres.

Elle n'y pouvait rien, c'était comme ça. Son père lui avait appris à être forte, dure, indépendante. Il n'avait jamais toléré la moindre excuse de sa part. Même à l'école primaire, elle passait déjà du temps sur la piste ou sous le capot des voitures. Les devoirs, c'était secondaire. Quant aux garçons, ils étaient carrément exclus du tableau quelques années plus tard. Mais elle n'avait jamais rien regretté. Elle passait tout son temps libre avec son père. Lorsqu'il était mort subitement alors qu'elle n'avait que dix-neuf ans et qu'elle en était à son premier poste dans l'armée, ça l'avait anéantie.

Alors oui... c'était bien la fille de son père, elle détestait qu'on lui dise quoi faire. Et si quelqu'un osait lui dire qu'elle n'était pas assez grande, assez forte, assez intelligente pour faire quelque chose... elle faisait tout pour prouver le contraire.

Aujourd'hui, c'était la spécialiste en mécanique d'hélicoptère la plus recherchée du pays, voire même à l'international. Ces dernières années, elle avait reçu plusieurs offres très lucratives de gouvernements étrangers, mais elle les avait toutes refusées.

À cause d'un foutu coup de cœur.

Tate se débrouillerait très bien sans elle. Il ne remarquerait sans doute même pas son absence. Et pourtant, elle n'arrivait pas à se décider à partir. C'était ridicule d'être aussi faible.

Chassant ces pensées qui menaçaient de l'entraîner dans une spirale d'autodépréciation, Laryn serra la clé avec laquelle elle venait de s'écorcher une nouvelle fois les doigts, puis la glissa dans la grande poche de sa combinaison avant de se redresser. L'intérieur de l'hélicoptère était assez haut pour qu'elle puisse avancer jusqu'à la porte sans avoir à se baisser. Chuck recula, sachant qu'il valait mieux éviter de lui tendre la main pour l'aider à descendre, et elle sauta habilement au sol.

— Tu vas vraiment rentrer chez toi ? demanda-t-il.

— Oui. Je reviendrai demain après-midi, répondit Laryn, prenant sa décision en une fraction de seconde.

Il écarquilla les yeux.

— Tu prends le reste de la journée et la matinée ?

— Oui. J'ai bossé comme une dingue. J'ai besoin de souffler. Et tu as raison, il faut que je dorme. Beaucoup.

Comme Laryn était sous contrat indépendant, ses horaires étaient moins stricts que ceux des militaires avec qui elle travaillait. Et puisque c'était la patronne, elle avait plus de liberté pour aller et venir quand ça lui chantait. Mais elle n'en abusait pas pour autant. En général, elle était la première à arriver et la dernière à partir. Souvent, elle travaillait encore à 1 h ou 2 h du matin. Elle détestait laisser un travail inachevé, et quand elle pensait à ce qui pouvait arriver si elle faisait preuve de négligence – des pilotes blessés à cause d'une de ses erreurs – ça lui donnait la nausée.

Mais Chuck avait raison. Elle avait travaillé sans relâche pour que cet hélicoptère soit opérationnel, et il était aussi prêt qu'il pouvait l'être. Elle n'avait aucun doute sur le fait que Tate et Pyro n'y trouveraient aucun défaut quand ils le testeraient.

— Waouh ! D'accord, profite bien de ton repos, lui dit Chuck avec sincérité.

— Ne touche pas à ma machine, l'avertit Laryn en plissant les yeux. Je suis sérieuse. Que personne ne l'approche.

— T'inquiète, la rassura-t-il. On sait tous à quel point tu es possessive avec tes hélicos. On n'oserait même pas toucher un boulon sans ton accord.

Laryn grimaça intérieurement. Voilà qu'elle jouait encore les control freaks. Heureusement qu'elle bossait avec des mecs ; des femmes ne supporteraient pas son attitude autoritaire et exigeante. Elle devait admettre qu'elle s'était endurcie au fil des ans pour s'intégrer, pour devenir l'un de ces gars.

Malgré tout, pour la première fois depuis longtemps, elle n'avait plus envie de se comporter comme un mec. Elle aurait aimé avoir des copines à appeler pour une soirée entre filles. Boire du vin, se détendre, regarder des émissions de télé-réalité absurdes en mangeant des cochonneries. Au lieu de ça, tout ce qu'elle avait, c'était son appartement vide, des collègues à moitié intimidés par elle et beaucoup trop jeunes pour qu'elle puisse traîner avec eux, et un homme pour qui elle en pinçait mais qui ignorait son existence, sauf quand il avait une question à propos de son précieux hélicoptère.

Ce n'était pas la première fois qu'elle se disait qu'il fallait qu'elle sorte de cette routine. Peut-être qu'elle devrait envisager d'accepter l'une des offres qu'elle avait reçues et quitter Norfolk. Partir travailler en Turquie pour l'unité des opérations spéciales de la gendarmerie. Ils avaient quelques MH-60, et tentaient désespérément de la recruter. Tate Davis et ses Night Stalkers ne remarqueraient même pas son absence. Elle n'était qu'une mécanicienne parmi tant d'autres. Quelqu'un pouvait très bien entretenir leurs hélicoptères à sa place.

Mais elle délirait complètement. Elle n'irait nulle part, quel que soit le montant des offres qu'on lui proposait pour la débaucher de son poste actuel. Tant que Davis piloterait ses hélicoptères, elle resterait là. L'idée de confier sa sécurité à quelqu'un d'autre lui était... inconcevable.

Lauryn adressa à Chuck un hochement de tête et se dirigea

vers la porte du hangar, s'apprêtant à affronter la chaleur. On était fin août, et le climat restait lourd et étouffant sur la côte de Virginie. Bientôt, l'air plus frais arriverait, et Lauryn avait hâte.

Elle était tellement épuisée et morte de faim, avec toutes ces pensées qui tournaient dans sa tête au sujet de son avenir et de sa vie sociale pathétique, qu'elle faillit heurter de plein fouet quelqu'un qui entrait dans le hangar.

— Waouh ! lança une voix grave tandis que deux mains la retenaient par les épaules pour l'empêcher de tomber en arrière.

En levant les yeux, elle croisa le regard du seul homme au monde qu'elle avait désespérément envie de voir... et en même temps, le dernier avec qui elle voulait se retrouver nez à nez à cet instant précis.

Tate.

— Où est-ce que tu vas ? Je pensais que tu vivais ici, dans le hangar, plaisanta-t-il.

Mais Laryn n'était pas d'humeur. Même s'il n'avait pas tout à fait tort.

— Chez moi. J'ai passé la journée ici, et je suis crevée. Je suppose que tu es là pour vérifier mon boulot. Si tu trouves quoi que ce soit qui cloche, dis-le à Chuck. Il me transmettra tes plaintes quand je reviendrai demain après-midi.

— Je ne suis pas là pour te surveiller, protesta Tate. J'étais curieux de savoir où tu en étais.

Son copilote, Pyro, se tenait derrière lui. Il lui donna une tape sur l'épaule avant de continuer son chemin vers l'hélicoptère que Laryn venait de quitter.

— J'ai tout fini, annonça-t-elle avec un soupir, sans son ton sarcastique habituel. Il est plus que prêt pour ton vol d'essai dans quelques jours. Et j'ai dit au colonel que je ne signerai pas l'autorisation tant que je ne serai pas sûre à cent pour cent que tout est en ordre, et que tu en es sûr aussi.

— Je sais, c'est pour ça que tu es une mécanicienne incroyable, répondit Tate.

Elle le regarda fixement, ressentant cette petite douleur habituelle en plongeant dans ses yeux bleus. Il avait un frère jumeau, Nate, mais elle trouvait que Tate était le plus beau des deux. Ce qui était plutôt ridicule, vu qu'ils étaient identiques. Pourtant, à ses yeux, il y avait quelques différences subtiles. Tate était plus sûr de lui, plus extraverti, et même s'il n'avait que trente-quatre ans, il avait quelques mèches argentées que Nate n'avait pas, lui donnant un air plus distingué. Ses cheveux étaient aussi un peu plus longs que ce que le règlement militaire autorisait, mais en tant que pilote d'élite des Night Stalkers, il semblait avoir un peu plus de liberté à ce sujet.

Et elle ne pouvait nier que les taches de rousseur sur son visage étaient adorables. Elle se demandait s'il en avait... sur tout le corps.

Consciente que ses pensées dérapaient comme toujours en présence de cet homme, Laryn se montra plus brusque que d'habitude.

— C'est bon ?

Tate cligna des yeux.

— Oui.

Laryn hocha la tête, s'écarta pour le laisser passer, puis reprit son chemin. Elle avait des picotements sur la peau, comme si elle pouvait sentir son regard sur elle pendant qu'elle s'éloignait, mais elle refusa de se retourner.

Elle rentrait tout simplement chez elle pour réchauffer un plat surgelé, prendre une douche, puis s'écrouler dans son lit en espérant dormir huit heures d'affilée.

Mais ses bonnes résolutions vacillèrent, et avant de disparaître, elle ne put s'empêcher de regarder par-dessus son épaule.

Son cœur s'emballa lorsqu'elle vit que Tate était toujours

au même endroit, et qu'effectivement, il avait les yeux rivés sur elle. Il lui fit un léger signe de tête, le même qu'elle voyait tout le temps chez lui et ses collègues pilotes. Il ne lui adressa pas son habituel sourire en coin. Il avait l'air sérieux et... inquiet ?

Non, elle devait se faire des idées. Tate Davis ne la regardait jamais d'un air inquiet. Jamais. Pour lui, elle n'était que la mécano en qui il avait confiance pour que son hélico soit toujours au top.

Pourtant, il y avait quelque chose dans sa façon de la regarder, et dans le fait qu'il n'avait pas bougé après leur brève conversation, qui lui paraissait... inhabituel. En y repensant, depuis son crash en Iran, il se comportait un peu différemment avec elle. Elle ne savait pas pourquoi, ni même en quoi c'était différent, jusqu'à cet instant. À présent, elle réalisait que l'ancien Tate se serait contenté de hausser les épaules avant d'entrer dans le hangar pour vérifier les avancées des réparations sur son hélico.

Et puis ce n'était pas la première fois ce mois-ci qu'elle le surprenait en train de la regarder. À plusieurs reprises, elle l'avait surpris en train de la fixer des yeux, comme s'il cherchait à la comprendre.

Il ne fallait surtout pas qu'il sache qu'elle avait un énorme coup de cœur pour lui depuis des années.

D'ailleurs, *coup de cœur*, était-ce vraiment le bon terme ? Elle n'avait plus douze ans. Elle était adulte. Elle admirait Tate. Elle le respectait.

Elle l'aimait.

Elle soupira, puis continua jusqu'à sa voiture. C'était la vieille Honda Civic Hatchback de son père, un modèle de 1990. Elle avait l'air d'une antiquité, mais Laryn la faisait tourner comme une voiture neuve. Bien sûr, elle avait dû remplacer le moteur et la plupart des pièces, mais chaque fois qu'elle la voyait, ça lui rappelait son père et tous ces trajets qu'ils avaient faits ensemble pour aller aux courses. C'était la première voiture sur laquelle elle avait fait une vidange toute seule... sous l'œil attentif de son père, évidemment.

En arrivant chez elle, elle était à moitié endormie. Elle monta l'escalier jusqu'à son appartement au premier étage, et décida que le repas et la douche pouvaient attendre. Elle s'effondra sur le canapé après avoir retiré ses bottes de sécurité, puis attrapa la couverture moelleuse négligemment jetée sur le dossier. Là où elle l'avait laissée. Elle s'endormit en quelques secondes, même le mystère du comportement inhabituel de Tate ne suffisant pas à la maintenir éveillée.

2

Casper regarda Laryn s'éloigner... et ne put s'empêcher de laisser ses yeux glisser vers ses fesses. C'était un concentré d'énergie dans un petit gabarit, et il n'arrivait pas à la sortir de sa tête. Tout avait commencé sur le pont du navire de guerre, quand il était revenu de cette mission de sauvetage catastrophique. Heureusement, son frère Nate, la femme qui était captive du gouvernement iranien avec lui, le chef d'équipe de Nate ainsi que Pyro allaient tous bien après que leur hélicoptère avait été abattu et qu'ils avaient dû atterrir en urgence dans les montagnes d'Irak.

Il avait un peu redouté de faire face à Laryn au moment où elle apprendrait que son précieux hélico avait été détruit. Et elle avait dit tout ce à quoi il s'attendait, lui passant un savon mémorable. Mais c'était l'expression dans ses yeux qui l'avait figé sur place. Il avait vu la peur dans son regard. Elle avait eu peur pour lui. Ça faisait trois ans qu'il la connaissait, et depuis tout ce temps, il n'avait vu d'elle que ce qu'elle voulait bien montrer aux autres : une mécanicienne hors pair. Celle qui lui permettait de piloter sans avoir à s'inquiéter du moindre boulon. Mais ce jour-là, en voyant l'angoisse dans ses yeux, il avait compris qu'elle s'était inquiétée pour lui, et non pour l'appareil qu'elle bichonnait. Et ça l'avait secoué.

Il avait réalisé à quel point il ignorait tout de cette femme qui, à chaque vol, tenait littéralement sa vie entre ses mains. Un boulon mal serré, le moindre oubli dans l'entretien de routine, et c'en était fini de lui et de son copilote.

Il avait connu pas mal de femmes, mais celles qui semblaient le plus attirées par lui l'étaient avant tout par son statut de pilote. Elles voulaient être à son bras non pas pour ce qu'il était, mais pour ce qu'il faisait, et ce qu'elles pensaient pouvoir en tirer.

Au début, il adorait ça. Il profitait à fond de l'attention qu'on lui portait. Mais maintenant ? Ces femmes l'exaspéraient. Quand il allait à Anchor Point avec ses collègues, il voulait juste se détendre, boire une bière ou deux, souffler un peu. Il ne voulait pas passer la soirée à esquiver des nanas qui empestaient le parfum et portaient des fringues deux tailles trop petites pour se faire remarquer.

Laryn était tout l'inverse. Il ne se souvenait pas l'avoir déjà vu porter autre chose qu'une combinaison grise. Beaucoup trop large pour elle, d'ailleurs, ce qui ne lui laissait pas vraiment l'occasion de voir ses formes. Sauf ses fesses. Rondes, bien dessinées... Ce qui lui laissait penser que le reste devait être tout aussi agréable. Rien que d'imaginer ses doigts s'enfonçant dans sa peau douce en la serrant contre lui suffisait à faire monter l'excitation sur-le-champ.

Et c'était bien ça, la nouveauté. Pas l'érection en elle-même, mais le fait qu'il en avait une chaque fois que ses pensées dérapaient, ne serait-ce qu'un peu, en pensant à Laryn. Il devenait de plus en plus obsédé par cette femme qui faisait partie de sa vie depuis des années, mais qu'il connaissait finalement si peu.

Il se dirigea vers l'hélico sur lequel son équipe et Laryn

travaillaient, celui qu'il testerait bientôt avec Pyro. Son copilote était en pleine discussion avec le sergent Wells, un jeune mécano que Casper voyait souvent avec Laryn.

— Tout va bien ? demanda-t-il.

Le jeune mécano s'emballa aussitôt et leur fit un monologue détaillé sur tout ce qui était en train d'être fait sur l'appareil, affirmant qu'il volerait encore mieux que celui qui avait été détruit.

Casper écouta poliment, et quand le gamin reprit son souffle, il en profita pour recentrer la conversation sur ce qui l'intéressait vraiment.

— Je parlais de Laryn. Elle avait l'air épuisée tout à l'heure.

— Oh, elle l'est, confirma Chuck avec un petit haussement d'épaules. C'est une vraie teigne. Tant qu'un problème n'est pas réglé, elle refuse de lâcher l'affaire. Elle nous répète sans arrêt que si une pièce casse, si un boulon est mal serré, ou si un composant n'est pas parfaitement lubrifié, ça peut être une question de vie ou de mort pour les pilotes.

— C'est une sacrée boss, fit remarquer Pyro.

— Oui et non, répondit Chuck malgré l'admiration évidente qu'il avait pour Laryn. Elle est exigeante, c'est sûr, et elle attend le même niveau de rigueur de la part de ceux qui bossent sous ses ordres. Mais c'est aussi la première à nous dire de rentrer chez nous quand elle voit qu'on est rincés. Elle a un vrai côté mère poule ; toujours à vérifier qu'on a bien mangé, qu'on ne fait pas de conneries, genre prendre le volant après avoir picolé le week-end.

Pour une raison qui lui échappait, Casper fut surpris. Il se sentait con. Il n'aurait jamais imaginé que Laryn était aussi protectrice avec les jeunes garçons qui étaient sous ses ordres. Ce n'était pas juste. Elle passait son temps à râler sur la façon dont il malmenait son hélico et le travail que ça lui donnait, mais elle lui demandait toujours comment s'étaient passé ses missions avant même de s'enquérir de l'état de l'appareil. Elle voulait s'assurer qu'il allait bien, et que toute son équipe de Night Stalkers aussi.

Et quand il parlait, elle l'écoutait vraiment. Elle était attentive au moindre détail : si la direction semblait bizarre, si les rotors faisaient un bruit inhabituel, si les moteurs forçaient plus que d'habitude.

Quand il discutait avec elle, il avait l'impression qu'ils étaient seuls au monde.

Ce ne fut qu'à cet instant qu'il réalisa à quel point c'était rare. La plupart des gens étaient tout le temps en train de consulter leur téléphone en pleine conversation. Ou alors ils étaient distraits par ce qui se passait autour d'eux. Surtout les femmes qu'il fréquentait... toujours en train de balayer des yeux les alentours, comme si elles cherchaient quelqu'un de mieux placé et de plus riche.

Quand il traînait avec eux, même ses coéquipiers n'étaient jamais pleinement concentrés sur leurs conversations. Une partie de leur attention était ailleurs. Casper n'échappait pas à la règle. Leur entraînement, les missions qu'ils avaient vécues ensemble et leur mode de vie en général les obligeaient à rester sur leurs gardes, toujours conscients des personnes qui entraient dans la pièce, qui rôdaient autour d'eux, du genre de sac qu'ils portaient... de qui pouvait sembler inoffensif mais s'avérer être un kamikaze.

C'était un mode de vie intense, mais c'était ce qui les avait forgés.

Laryn, elle, n'était pas comme ça. Quand elle parlait à quelqu'un ou quand elle faisait quelque chose, elle y mettait toute son attention.

En y repensant, Casper fronça les sourcils. Ce n'était pas prudent d'être aussi absorbé par l'instant présent.

— Elle est rentrée chez elle ? lâcha-t-il soudain, cherchant à confirmer ce qu'on lui avait dit.

Il devait avoir l'air d'un fou à s'incruster ainsi dans la conversation décontractée de Pyro et Chuck sur les tests de vol prévus pour l'hélicoptère deux jours après.

— Laryn ? Oui, elle a dit qu'elle rentrait, répondit Chuck.

Casper sentit le regard de Pyro se poser sur lui avec insistance. Il devinait déjà qu'il aurait droit à un interrogatoire dès qu'ils seraient seuls.

— J'ai besoin de lui parler d'un problème hydraulique qu'on a eu lors du dernier test, annonça-t-il en mentant effrontément.

Le dernier test s'était parfaitement déroulé. L'hélico volait comme un charme, les commandes répondaient au quart de tour, et avec Pyro, ils n'avaient relevé aucun dysfonctionnement.

— Un problème qui n'a pas encore été signalé ? Laryn ne va pas aimer ça. Tu sais comment elle est, fit Chuck avec une moue inquiète.

Oh, Casper le savait bien. Si jamais il avait vraiment oublié de lui rapporter un souci lors d'un test de vol, elle lui passerait un sacré savon. Mais comme il était seulement en train de chercher des informations et qu'il n'avait aucune intention de remettre son travail en question, il n'était pas vraiment inquiet.

Ignorant la manière dont son esprit venait de revendiquer Laryn comme *sa* mécano, il s'efforça de paraître détendu en posant la question suivante.

— Le truc, c'est que je ne sais pas où elle habite. Tu peux me filer son adresse pour que j'aille lui parler ?

Chuck fronça les sourcils de plus belle.

— Je ne sais pas si...

— Je pourrais lui téléphoner, mais on sait tous comment

elle est. Et tu l'as dit toi-même, elle a déjà trop bossé aujourd'-hui. Je peux juste passer sur le chemin du retour, lui dire ce que j'ai à lui dire, et m'assurer qu'elle ne se pointe pas ici dans la seconde pour vérifier elle-même, ajouta Casper, priant intérieurement pour que le jeune mécanicien ait l'info qu'il voulait... tout en luttant contre l'envie complètement irrationnelle de lui refaire le portrait s'il savait où elle vivait, alors que lui non.

Il se sentait bête d'avoir ce genre de pensées.

Mais depuis que son frère jumeau avait trouvé la femme avec qui il voulait passer sa vie, Casper avait l'impression que le temps lui filait entre les doigts. Il voulait ce que Nate avait. Son frère avait vécu l'enfer, perdu ses coéquipiers SEALs lors d'une mission, puis s'était fait capturer pendant une autre. Mais maintenant, il allait de l'avant... Il était fiancé, avait une nouvelle équipe avec qui il s'entendait bien, et il semblait enfin surmonter les traumatismes qui le hantaient depuis la perte de son ancienne unité.

Casper était sincèrement heureux pour lui, mais il ne pouvait s'empêcher de ressentir un manque en voyant son frère aussi serein et épanoui avec Josie, sa fiancée.

— J'suis pas sûr... hésita Chuck.

Plus le spécialiste hésitait, plus Casper était déterminé à obtenir l'adresse de Laryn.

— Écoute, j'ai plus confiance en elle qu'en mes propres instincts, insista-t-il. Elle a littéralement ma vie entre ses mains. C'est grâce à son boulot que je peux continuer à voler.

Bon, c'était un peu exagéré. Aussi incroyable que soit Laryn, c'étaient ses propres compétences dans le cockpit qui lui avaient permis de sortir indemne de missions particulièrement chaotiques. Mais il était prêt à dire tout ce qu'il fallait pour que Chuck lâche enfin l'info sur l'adresse de Laryn.

— Je ne vais pas lui faire de mal ni quoi que ce soit, ce serait complètement débile, poursuivit-il. Et puis, tu sais que je vais y aller, alors si jamais il lui arrivait quelque chose, il te suffirait d'aller voir la police militaire et de leur dire que je suis le dernier à l'avoir vue.

Chuck hocha la tête.

— C'est vrai.

— Et Laryn sait se défendre. Je parie qu'elle a une de ces grosses clés à molette qu'elle utilise tous les jours, juste à côté de la porte, prête à éclater le crâne de quiconque la regarde de travers.

À son grand soulagement, Chuck éclata de rire.

— Carrément ! Je la vois bien brandir une clé à molette au nez de quelqu'un au lieu d'un flingue. Elle habite pas très loin, elle voulait être à proximité en cas d'urgence. C'est au 147 Little Creek Road. Un petit immeuble. Appartement 2B.

Casper mourrait d'envie de lui demander comment il en savait autant sur leur cheffe mécanicienne, mais il garda le silence. Après tout, lui aussi connaissait les adresses de tous les Night Stalkers, donc ce n'était pas étonnant que Chuck ait les mêmes informations sur ses collègues. Malgré tout, cette pointe de jalousie l'agaça autant qu'elle le surprit.

— Merci, dit-il en essayant de paraître détendu.

Chuck le fixa du regard avec un brin d'inquiétude.

— Si elle est en colère en te voyant débarquer, tu ne vas pas lui dire que c'est moi qui t'ai balancé son adresse, hein ?

— Non. Elle sera déjà trop occupée à râler parce que j'ai oublié de lui filer des infos importantes.

— Bon. Elle a dit qu'elle ne reviendrait pas avant demain après-midi. Avec un peu de chance, tu pourras la convaincre de s'y tenir.

— Je m'en assurerai.

De l'autre côté du hangar, quelqu'un appela Chuck.

— Faut que j'y aille, lâcha le mécano.

Casper acquiesça et se prépara mentalement. Bien sûr, Pyro n'attendit pas une seconde avant de lui tomber dessus.

— Sérieux, mec ? Y a un problème et t'as rien dit, ni à moi ni à Laryn ?

Casper se tourna vers son copilote. Son ami. L'un de ses meilleurs potes, sur qui il savait pouvoir compter quoiqu'il arrive. Ils avaient affronté plus d'une situation merdique ensemble, et chaque fois, Pyro avait assuré.

— Il n'y a rien qui cloche avec l'hélico, répondit-il.

Pyro fronça les sourcils.

— Alors c'était quoi, tout ce manège ?

— J'en sais rien, admit Casper.

— Mec...

Casper poussa un soupir.

— J'ai juste... J'ai un pressentiment à propos de Laryn, et je veux m'assurer qu'elle va bien. C'est tout.

Pyro le regarda fixement en silence pendant de longues secondes. Suffisamment longtemps pour que Casper commence à se sentir mal à l'aise. Il s'efforça de rester impassible, mais c'était compliqué de cacher ce qu'il pensait à quelqu'un qui le connaissait aussi bien.

— Jusque-là, t'as jamais eu besoin de vérifier comment elle allait, souligna finalement Pyro. Tu vas pas foutre en l'air la meilleure mécano que l'armée ait jamais embauchée, hein ? Parce qu'on a besoin d'elle.

Casper sentit l'agacement monter en lui, mais bizarrement, il appréciait que Pyro veille sur elle.

— Non.

Pyro inclina la tête sans le quitter des yeux.

— Qu'est-ce qui a changé ? Parce que depuis trois ans, tu n'as jamais eu ce genre d'élan pour qui que ce soit, à part Obi-Wan, Chaos, Edge, Buck ou moi. Et ton frère, évidemment. Ce n'est pas que tu es insensible, t'es juste... concentré. Ton seul amour, ce sont ces foutus hélicos. Est-ce que ça a un rapport avec les fiançailles de ton frère ?

— Non. Enfin, peut-être. Écoute, je ne vais pas te mentir, la mission de sauvetage de Nate m'a épuisé. Et le voir avec Josie m'a fait réfléchir à ce que je suis peut-être en train de manquer. Mais ce n'est pas pour ça que je veux voir Laryn. Pas seulement. Elle bosse avec nous depuis trois ans, et on ne sait quasiment rien d'elle. C'est pas normal. Je connais tout de vous. Elle, elle se défonce pour que nos appareils soient toujours au top, qu'on n'ait jamais à s'inquiéter d'un problème mécanique, et on n'a jamais pris la peine de mieux la connaître. J'ai l'impression de m'être conduit comme un con.

Pyro le regarda encore un instant, puis hocha la tête.

— T'as raison.

Casper se détendit un peu, puis se crispa à nouveau en entendant la suite.

— Je viens avec toi.

— Non !

Son refus sortit plus sèchement que prévu.

— Je veux dire... non merci, c'est bon. Je vais juste passer vite fait, m'assurer qu'elle va bien, et rentrer me reposer. Avec l'essai de l'hélicoptère en vol, les prochains jours vont être intenses. Et si tout se passe bien, on repartira au Moyen-Orient.

Pyro afficha un sourire. Casper comprit alors qu'il n'avait jamais eu l'intention de l'accompagner. Il était tombé en plein dans son piège.

Puis le sourire de Pyro s'estompa.

— Si tu veux juste un coup d'un soir, il y a plein de filles à Anchor Point qui seraient ravies de sauter dans ton lit. Et si tu as envie de pimenter un peu le truc, tu n'as qu'à en ramener une ici et la baiser dans l'hélico. Mais ne joue pas avec notre mécano. On a besoin d'elle.

Casper leva les yeux au ciel, exaspéré.

— Je ne cherche pas un coup d'un soir, ok ? Je vais juste voir si elle va bien.

— D'accord. Appelle-moi si tu as besoin d'un copilote, lança Pyro avec un clin d'oeil.

Casper roula des yeux et essaya de se détendre malgré l'avertissement de son ami.

— Si j'avais besoin de quelqu'un, j'appellerais Edge.

Pyro porta une main à sa poitrine, faussement vexé.

— Ouch.

— N'importe quoi.

Pyro reprit son sérieux.

— Sans plaisanter, si tu as besoin d'aide, appelle-moi. Je suis là.

— Je sais, et j'apprécie. Allez, va te reposer. On a du taf qui nous attend après-demain.

— Je vais juste vérifier deux ou trois trucs et je rentre. Toi, vas voir Laryn. Et essaie de comprendre ce qui te tracasse. Parce que la dernière chose dont on a besoin, c'est que tu aies la tête ailleurs quand on sera en vol.

Casper grogna.

— Je suis toujours concentré quand il le faut, et tu le sais.

— Sauf le jour où on était en vol et que tu as appris que l'équipe de ton frère s'était fait descendre, lui rappela Pyro.

Casper hocha la tête. Il n'avait pas tort. Ce jour-là, il avait ressenti tout le désespoir de Nate.

— Ou quand il se faisait torturer en Iran, ajouta Pyro.

— D'accord, message reçu, grommela Casper.

— Et si tu rajoutes une femme à l'équation ? Une qui compte vraiment pour toi ? T'imagines le carnage dans le cockpit si les choses tournent mal avec elle ? Attention, je ne suis pas en train de te dire de laisser tomber. Je pense même que ça te ferait du bien d'avoir quelqu'un pour arrondir un peu les angles. On en aurait tous besoin. Allez, file. Et sois pas con avec elle, comme d'habitude. Essaie d'être sympa... T'en es capable, non ?

— Va te faire foutre.

— Ouais, c'est bien ce que je pensais, s'amusa Pyro.

Casper s'éloigna de son copilote et de l'hélico en levant la main derrière lui, majeur tendu.

Il entendit le rire de Pyro en s'approchant des immenses portes du hangar. Mais il devait admettre que son pote n'avait pas tort. Laryn et lui avaient pris l'habitude de se provoquer un peu, mais ce n'était jamais méchant. C'était juste leur manière d'être. Pourtant, quand il pensait au fait qu'elle enchaînait les heures supplémentaires juste pour s'assurer que l'hélicoptère qu'il allait piloter soit en parfait état, il avait des nœuds dans le ventre.

Il n'avait pas envie d'être juste le pilote casse-bonbons qui utilisait ses hélicos. Dans ce cas, que voulait-il être pour elle ? Il n'en savait rien. Mais ce soir était l'occasion parfaite de commencer à changer les choses.

Il voulait être son ami... pour l'instant.

Depuis trois ans, Laryn suivaient les Night Stalkers partout où ils allaient. Pourquoi ils ne l'avaient jamais invitée à boire un verre avec eux, à partager un repas, il n'en avait aucune idée. Entre pilotes, ils vivaient collés les uns aux autres. Ils mangeaient, se douchaient et allaient aux toilettes ensemble. Il n'avait jamais pris le temps de se demander où Laryn dormait, quand elle mangeait, ou ce qu'elle faisait pendant son temps libre.

Après chaque mission, elle était là, en retrait, à écouter les débriefings sur les performances des hélicoptères en notant les types de tirs ennemis auxquels ils avaient été confrontés. Puis elle disparaissait avant la fin et partait faire ce qu'il fallait pour que leurs appareils soient prêts à voler à nouveau. Souvent, Casper ne la revoyait que juste avant de retourner sur le terrain.

Maintenant, il se sentait bête de ne jamais s'être demandé où elle était, ce qu'elle faisait pendant les jours, les semaines, voire les mois qu'ils passaient sur les porte-avions. Elle était juste… là. Aussi fiable que les gars avec qui il volait.

Rien ne l'empêchait d'avoir une relation avec elle. Elle n'était plus dans l'armée, elle était sous contrat. Il n'y avait pas de réelle barrière entre eux, ni pour être amis… ni pour autre chose.

Cette pensée le poussa à accélérer le pas en direction de sa Ford Taurus.

Ses potes se foutaient de sa voiture, trop banale à leur goût, mais lui, il préférait que ses hélicos aient du style, pas ses voitures. Sur la route, il aimait mieux se fondre dans la masse. Une idée lui traversa l'esprit : il pourrait s'en servir comme prétexte pour frapper à la porte de Laryn. Sa voiture faisait un bruit bizarre, il pouvait lui demander de jeter un œil.

Casper se sentit un peu mieux maintenant qu'il avait un plan – même foireux. Il ouvrit la portière et s'installa au volant. Il tapa Little Creek Road sur son GPS, puis démarra le moteur.

Ce ne fut qu'à mi-chemin qu'il se rendit compte que son cœur battait à toute vitesse, comme en pleine mission. L'adrénaline lui parcourait les veines, et il attendait ce qui allait suivre avec impatience.

Casper esquissa un sourire. Ça faisait longtemps qu'il n'avait pas ressenti ce genre de choses à l'idée de voir une femme.

Peut-être que c'était bon signe.

Ou peut-être qu'il allait se crasher en beauté… et foutre en l'air la bonne entente des Night Stalkers avec la meilleure mécano qu'ils aient jamais eue. Ses potes ne lui pardonneraient jamais.

Seul le temps le dirait.

Il appuya un peu plus sur l'accélérateur, impatient de voir comment cette soirée allait tourner.

3

Laryn rêvait qu'elle se retrouvait quelque part en Afrique après avoir été kidnappée, face à un tas de pièces détachées de voitures et d'avions. On lui ordonnait d'assembler le tout pour en faire un hélicoptère. Pendant ce temps, les anciens de la tribu battaient des tambours derrière elle, préparant un immense feu de joie pour la faire cuire dans les deux heures si elle échouait.

Elle se redressa en haletant et cligna des yeux. Son appartement n'était pas complètement plongé dans l'obscurité, donc elle ne dormait sûrement pas depuis longtemps. Pourtant, ce rêve... c'était du grand n'importe quoi.

Il lui fallut quelques instants pour réaliser à quel point elle avait chaud. La couverture qui lui semblait si agréable plus tôt lui donnait maintenant l'impression d'étouffer. Et les tambours de son cauchemar... n'étaient en réalité que des coups frappés avec insistance à sa porte.

Agacée et encore à moitié dans les vapes, Laryn se leva brusquement et se dirigea d'un pas déterminé vers la porte. Peu importait l'heure, il était forcément bien trop tard pour ce genre de tapage. Elle n'avait jamais de visite. Jamais. Ça ne pouvait être qu'un vendeur. Elle ne connaissait pas ses voisins, donc elle doutait que ce soit l'un d'entre eux. Et si quelque chose était arrivé à la base avec ses hélicoptères, on l'aurait appelée au lieu de débarquer chez elle sans prévenir.

Voilà pourquoi elle ne prit même pas la peine de regarder par le judas. Dans son état – fatiguée, irritée, avec un besoin urgent de dormir encore douze heures – elle ne pensa pas une seule seconde au danger potentiel. Elle déverrouilla le loquet, fit glisser la chaîne, puis ouvrit la porte en balançant :

— Quoi ?

Il lui fallut un instant pour réaliser ce qu'elle voyait.

Qu'est-ce que Tate fichait sur son palier ? Une vague de panique la submergea aussitôt.

— Tate ! Tout va bien ? Les autres vont bien ? On est déployés ? Tu n'as pas encore testé le Chopper ! Il n'est pas prêt et...

— Respire, Laryn. Tout va bien. Tout le monde va bien. On ne part pas encore, pas avant la fin des essais. Et je n'ai absolument aucun doute sur le fait que l'hélico soit parfait. Comment pourrait-il en être autrement avec toi aux commandes ?

Laryn cligna des yeux, perdue.

— Alors... qu'est-ce que tu fais ici ?

À sa grande surprise, Tate avait l'air... nerveux. Elle ne se souvenait pas l'avoir déjà vu autrement qu'absolument sûr de lui.

— Pourquoi est-ce que tu m'appelles Tate alors que tout le monde m'appelle Casper ?

— Hein ?

Son cerveau avait du mal à suivre.

— Parfois, surtout quand on est avec mes potes, tu m'appelles Casper, mais la plupart du temps, c'est Tate. Non pas que ça me dérange, au contraire. En fait, j'aime bien. Ici, personne ne m'appelle par mon vrai prénom. Je me demandais juste pourquoi.

Si elle ne sortait pas tout juste d'un cauchemar, à moitié endormie et épuisée, Laryn aurait sûrement refermé la porte et serait retournée se coucher. Mais dans son état, elle haussa simplement les épaules et répondit honnêtement :

— Pour moi, tu ne ressembles pas à Casper. Tu es bronzé, et Casper le fantôme est tout blanc. Et super amical. Toi... pas vraiment.

Tate éclata de rire.

— Je devrais sans doute être vexé, mais je ne le suis pas. Tu as raison. Ce n'est pas trop mon style. Mais tu sais qu'on m'a surnommé comme ça parce que je suis comme un fantôme du ciel. Je surgis de nulle part pour foutre la trouille aux méchants.

Laryn leva les yeux au ciel.

— Merci, je suis au courant.

— Je peux entrer ?

Le changement de sujet fut si brusque qu'elle eut du mal à suivre.

— Pourquoi ?

— Parce que.

Trop fatiguée pour discuter, elle recula d'un pas.

Tate prit cela pour un oui et franchit le seuil. Dès qu'elle referma la porte derrière lui, Laryn sut qu'elle venait de commettre une erreur. Avoir le mec pour lequel elle craquait dans son appartement allait tout changer. À partir de maintenant, elle allait sans cesse l'imaginer ici.

Tate traversa le petit hall d'entrée pour rejoindre le salon, puis s'adossa au bar qui séparait la pièce de la minuscule cuisine. Il regarda fixement Laryn pendant un long moment sans dire un mot.

— Quoi ? demanda-t-elle sur la défensive.

Elle baissa les yeux. Elle portait encore sa combinaison de

travail. Bordel, elle avait même oublié une clé à molette dans la poche au niveau de sa cuisse. Et vu son état, ses cheveux n'étaient sûrement plus aussi bien attachés qu'au début de la journée. À côté de Tate, elle se sentait franchement négligée, et ça l'agaçait.

— Tu as dormi directement en rentrant, hein ?

— Oui. Et j'y serais encore si tu n'avais pas décidé de me réveiller comme un sauvage, marmonna-t-elle.

C'était faux. Son rêve l'aurait réveillée de toute façon, même sans Tate.

— Oui... désolé.

Laryn croisa les bras et attendit qu'il explique enfin ce qu'il faisait là. Mais il ne disait rien.

— Si on n'est pas déployés et que tout le monde va bien... pourquoi tu es ici, Tate ?

Il passa une main dans ses cheveux, et à sa grande surprise, elle vit ses joues rougir.

C'était à la fois perturbant et... adorable.

Quand il plongea son regard dans le sien, les cheveux ébouriffés et les sourcils froncés, il finit par lâcher :

— J'avais tout un baratin sur un problème de bruit bizarre avec ma voiture, et sur le fait que j'avais besoin que tu y jettes un œil... mais en réalité, je n'ai pas envie que tu te pointes dans le parking pour un truc sans importance. Et puis, il faut que je te dise... J'ai raconté à Chuck que je voulais te parler d'un problème au niveau des hydrauliques pendant le dernier vol d'essai, et que je ne t'avais pas encore mise au courant.

— Attends... quoi ? s'exclama-t-elle, incrédule. Il y a un problème sur les hydrauliques ? Sur le système de corde rapide ? Je n'ai rien remarqué tout à l'heure ! Pourquoi tu ne m'as pas prévenue plus tôt ? Merde ! Je dois retourner au hangar tout de suite. Si tu as une panne hydraulique en mission, ça peut foutre tout le monde en danger. Faut que...

Elle ne termina pas sa phrase. Alors qu'elle se précipitait pour attraper ses bottes, Tate lui saisit doucement le bras et l'arrêta.

— J'ai dit ça à Chuck, mais c'était un mensonge. Les hydrauliques vont très bien. Tout va bien.

Laryn le fixa du regard, essayant de comprendre.

Il relâcha légèrement sa prise, mais pas complètement. Même à travers sa combinaison, elle sentait sa peau picoter à l'endroit où il la touchait. C'était mauvais. Très mauvais. Elle devait mettre de la distance entre eux. Mais elle restait figée. Elle voulait qu'il la lâche, et en même temps, elle avait envie qu'il continue.

— Tout va bien ? s'enquit Tate. Tu travailles énormément, et sache que je suis conscient de tout ce que tu fais pour nous. J'apprécie vraiment. Mais tu ne devrais pas t'épuiser comme ça.

— T'es bourré ? Ou défoncé ? murmura Laryn.

Il fallait bien que quelque chose altère ses facultés pour expliquer un changement de comportement aussi brutal. Il ne lui avait jamais vraiment demandé si elle allait bien. Pas comme ça, en prenant le temps de trouver son adresse et de venir à l'improviste. Il se passait forcément quelque chose.

Mais il laissa échapper un petit rire.

— Non, rien de tout ça. Je m'inquiète pour toi, c'est tout.

Il s'inquiétait pour elle ?

— Pourquoi ? J'ai fait une connerie ? J'ai foiré un truc ?

— Non.

Cette fois, ça voix sonnait un peu plus comme d'habitude. Il avait l'air un peu agacé. Brusque. Mais aussi légèrement... perturbé.

— Je n'ai pas le droit de venir voir comment va une amie ? Surtout quand elle bosse quatorze à seize heures par jour pour remettre à neuf l'hélico que je vais piloter en mission dans une semaine...

Laryn avait l'impression que sa mâchoire s'était décrochée, mais elle n'y pouvait rien. Tate Davis venait de la désigner comme son amie. C'était plus qu'elle ne l'avait jamais espéré, et en même temps tellement moins.

— On est amis... non ? ajouta-t-il.

Elle perçut une note d'hésitation dans sa voix, semblable à celle qu'il avait eue devant sa porte. Pourtant, cet homme était sûr de lui en toutes circonstances. Il le fallait, pour être pilote chez les Night Stalkers.

— Oui, bien sûr.

Elle avait beau l'affirmer, elle doutait que son ton soit très convaincant.

Il grimaça.

Effectivement, elle n'avait jamais été bonne menteuse. Son père avait toujours deviné quand elle essayait d'arranger la vérité.

— Tu as mangé ? demanda-t-il.

Laryn secoua la tête.

— Non. En rentrant, j'étais trop crevée.

— Pourquoi tu n'irais pas te changer ? Je vais voir ce que je peux nous préparer.

La mâchoire de Laryn se décrocha à nouveau. Elle n'y pouvait rien.

— Tu vas cuisiner ?

— Ça dépend de ce que tu as. Mais je pensais plutôt bricoler quelque chose... des sandwiches, par exemple. Sauf si tu veux que je cuisine vraiment. Un gratin, des steaks, du poulet grillé avec des légumes... À toi de voir.

— Je dois avoir de quoi faire quelques sandwiches, répondit-elle en essayant de faire rapidement l'inventaire mental de son frigo.

— Parfait. Allez, file. Va prendre une douche, change-toi, et détends-toi. Je gère.

Elle hésita. C'était une très, très mauvaise idée. La pire. Elle ne savait même pas pourquoi il était là, mais elle ne pouvait pas le mettre à la porte. Elle avait rêvé de ça pendant des années : avoir Tate dans son appartement, dans sa cuisine, en train de lui préparer à manger. Bon, peut-être pas exactement ce scénario, mais qu'il lui parle comme à une femme normale, et non comme à la mécanicienne en charge de ses hélicoptères ? Ça, oui.

— C'est bon, Laryn. Tout va bien. Je te le promets.

On aurait dit qu'il pouvait lire dans ses pensées. Il relâcha lentement son bras, et l'espace d'une seconde, elle regretta de ne pas avoir les bras nus. Elle aurait voulu sentir la rugosité de sa main contre sa peau, imaginer ce que son toucher donnerait sur d'autres parties de son corps, plus sensibles, plus intimes.

Elle chassa immédiatement cette pensée. Peu importe à quel point il lui plaisait, elle n'était pas du genre à coucher sur un coup de tête.

C'était ça, son plan ? Il pensait qu'elle était assez désespérée pour se jeter sur lui ? Qu'il avait besoin d'une dernière nuit de plaisir avant les essais en vol ?

— Je ne coucherai pas avec toi, lâcha-t-elle brutalement.

Tate ne parut pas vexé le moins du monde.

— D'accord.

— D'accord ?

— Oui. Ce n'est pas pour ça que je suis là. Enfin, ça ne me dérangerait pas mais... ce n'est pas la raison de ma visite.

Elle ne savait toujours pas ce qu'il faisait là, mais à présent, elle n'arrivait plus à penser à autre chose qu'au fait qu'il n'était pas opposé à coucher avec elle. Que ferait-il si elle lui sautait dessus là, maintenant, et lui arrachait sa combinaison de vol ? Cette image la fit sourire.

— Qu'est-ce qu'il y a de drôle ? demanda-t-il en haussant un sourcil.

Laryn secoua la tête avec véhémence.

— Non, rien du tout. Je vais juste... tu vois, ajouta-t-elle en désignant le couloir avec le pouce.

Il esquissa un sourire en coin.

— Ça marche.

— Ouais.

— Il y a un truc que tu n'aimes pas dans tes sandwiches ? demanda-t-il alors qu'elle reculait lentement.

— L'ananas.

Il grimaça.

— Beurk. C'est le moment où on parle de l'ananas sur la pizza ?

Laryn haussa les épaules.

— Ça dépend de quel côté tu es.

Il lui adressa un sourire amusé.

— Vas-y, dit-il avec un petit mouvement du menton vers le couloir.

Bordel, que c'était sexy !

Laryn se retourna pour filer dans sa chambre en réalisant qu'elle souriait. Ce n'était pas souvent le cas après une conversation avec Tate. Il avait plutôt tendance à l'agacer ou à la traiter comme une petite sœur. Mais là, il n'y avait aucun sous-entendu fraternel.

Et finalement, elle se fichait de savoir pourquoi il était là. Ce qui comptait, c'était sa présence, tout simplement. Elle était peut-être en train de rêver, et si c'était le cas, elle n'avait aucune envie de se réveiller. Car si elle croyait apprécier le Tate Davis qu'elle connaissait jusqu'ici, ce n'était rien comparé à celui-là.

* * *

Casper regarda Laryn s'éloigner, et comme d'habitude, son regard fut attiré par ses fesses. Il ne comprenait pas comment sa combinaison pouvait être aussi ample partout... sauf à cet endroit. Mais il adorait ça.

Son cœur battait encore la chamade suite à son commentaire désinvolte sur le sexe. Il était choqué qu'elle ait pu croire qu'il était venu uniquement pour coucher avec elle, mais il n'avait pas menti : il n'aurait pas dit non.

Laryn Hardy était terriblement sexy. Jusqu'à récemment, il n'avait même pas réalisé qu'elle l'attirait, et maintenant, il ne pensait plus qu'à ça. Elle avait du caractère, ne se laissait jamais marcher sur les pieds, aimait tout contrôler, ne supportait pas qu'on lui dise quoi faire, n'avait pas peur du travail... Bon sang, elle lui ressemblait énormément. Et elle n'avait rien à voir avec les femmes qui lui tournaient autour habituellement.

Casper se tourna pour se diriger vers la petite cuisine de Laryn. Rien de bien extraordinaire : des plans de travail en lino, des appareils électroménagers bon marché, pas de lave-vaisselle... Il avait l'impression d'être chez lui. Mais quand il ouvrit son frigo, il remarqua qu'elle n'avait pas autant de provisions. Elle avait tout de même un peu de charcuterie et du fromage qu'il sortit, ainsi qu'un pot de mayonnaise et de moutarde, ne sachant pas ce qu'elle préférait. Sur le bar, il trouva un paquet de bagels qu'il utilisa en guise de pain.

Il ne lui fallut pas longtemps pour préparer les sandwiches, et en attendant Laryn, il en profita pour visiter un peu son salon.

Il y avait un canapé fatigué, mais qui avait l'air confortable, une couverture abandonnée sur les coussins, comme si elle l'avait jetée là en se levant pour aller lui ouvrir. À côté, un large fauteuil en cuir usé, assez grand pour accueillir deux personnes. Une télé de taille moyenne. Une bibliothèque pleine à craquer. De plus près, il vit qu'elle contenait un mélange de livres d'Histoire, de romances, de manuels sur les courses de dirt racing, et bien sûr, plusieurs guides techniques sur les moteurs. Certains étaient vieux et abîmés, d'autres flambant neufs. Sa bibliothèque lui ressemblait... Éclectique.

Sur l'un des meubles, une photo attira son attention : une gamine, sûrement Laryn, posait devant une vieille Chevrolet Camaro sur une piste de terre, un bras autour des épaules d'un homme plus âgé. Tous deux affichaient un immense sourire, et la ressemblance entre eux était flagrante.

— C'est moi avec mon père. J'avais neuf ans, à peu près. C'est la voiture qu'on a montée de A à Z, et un de ses vieux potes l'a pilotée pour une course de dirt track en ville. J'étais tellement fière.

— Et il y avait de quoi, répondit Casper en se retournant.

Il s'arrêta net.

Si elle n'avait pas été là tout du long, il ne l'aurait pas reconnue.

Fini la mécanicienne en combinaison. Pour la première fois, ses cheveux étaient détachés. Et ils étaient magnifiques. Châtain foncé avec des reflets plus clairs, assez longs pour effleurer le haut de sa poitrine, et encore humides. Il dut se faire violence pour ne pas tendre la main et les toucher.

De plus, elle sentait... divinement bon. D'habitude, il ne faisait pas attention à son odeur. Certainement parce qu'au hangar, elle sentait toujours l'huile, le cambouis et la sueur. Mais là... elle sentait la vanille, le sucre. Quelque chose qui mettait l'eau à la bouche.

Et son corps, qu'il avait toujours imaginé sous ses combinaisons, n'était plus caché. Elle portait un jogging et un t-shirt qui épousaient parfaitement ses formes. Et quelles formes !

Il ne s'était pas trompé. Laryn était incroyablement sexy.

— Quoi ? J'ai un truc sur le visage ? demanda-t-elle, mal à l'aise.

— Non, répondit Casper. Je crois juste que je ne t'ai jamais vue autrement qu'en combinaison.

— Ce n'est pas vrai, protesta-t-elle.

Casper haussa les épaules. Son cerveau avait encore du mal à se remettre en marche. Cette femme... était comme Clark Kent. Ou Diana Prince. Elle se cachait en pleine lumière. Et là, il voyait son véritable visage.

— Tu as grandi en bricolant des voitures ? lâcha-t-il pour se raccrocher à quelque chose.

— Oui, répondit-elle d'une voix souriante. J'adorais ça. Mon père m'a tout appris. Il m'emmenait sur les circuits tous les week-ends. Il disait que j'avais ça dans le sang. Il était tellement fier quand j'ai décroché mes premiers certificats en mécanique auto au lycée.

— Je suis sûr qu'il doit être super fier de toi aujourd'hui, dit Casper.

— Il est mort quand j'avais dix-neuf ans, lâcha-t-elle simplement.

— Merde. Désolé.

— Ne t'excuse pas. Ça craint, c'est sûr, mais il a toujours été fier de moi. J'étais sa petite fille, je ne pouvais pas me planter.

— Vous deviez être sacrément proches.

— C'est clair, confirma-t-elle avec le sourire.

Son ventre choisit ce moment pour gargouiller bruyamment.

Elle posa une main sur son ventre, et Casper ne put s'empêcher de suivre le mouvement. En voyant le petit creux sous sa main, il dut lutter contre l'envie de la remplacer par la sienne.

C'était dingue à quel point il la désirait. Pourquoi maintenant ? Qu'est-ce qui avait changé ? Il n'en savait rien. Mais depuis qu'il avait perçu l'inquiétude sur son visage à son retour du crash, il ne pouvait plus détourner les yeux.

— Je ne savais pas si tu préférais mayo ou moutarde, lui dit-il en se dirigeant vers la cuisine, plus pour cacher son érection que par réelle nécessité.

— Les deux, répondit-elle en passant à côté de lui.

Son parfum sucré lui chatouilla à nouveau les narines, et il dut se retenir de se pencher pour sentir son cou. Il voulait bien plus, mais cette envie soudaine et violente lui fichait un peu la trouille.

Il la regarda attraper un bagel, y ajouter une dose généreuse de sauce et croquer dedans sans plus attendre.

Encore un point commun. Il mangeait rarement assis, il était trop habitué aux repas sur le pouce. Et il n'eut aucun mal à la voir engloutir son sandwich à toute vitesse. Ils terminèrent leur repas en quelques minutes.

— C'était super bon, déclara-t-elle en s'essuyant les mains.

Un silence un peu gênant s'installa.

— Tu veux t'assoir ? lui proposa-t-elle finalement.

Casper hocha la tête, et ils allèrent s'installer sur le canapé, chacun à une extrémité.

— Alors... tu es venu vérifier si j'allais bien. C'est le cas. Et toi ? Comment va ton frère ? Tu leur as parlé récemment ?

— Ils vont bien. Ils sont fiancés.

— Sérieux ? C'est génial ! s'enthousiasma-t-elle.

Casper se sentit un peu bête d'avoir pensé que cette femme était insensible. Il était évident qu'elle avait plein d'émotions, elle ne les avait tout simplement jamais laissé transparaître devant lui. Et étrangement, cela lui faisait un drôle d'effet.

Un nouveau silence gênant s'installa, et Casper ne savait pas quoi dire.

— Alooors... fit-elle en étirant le mot. Si tu n'es pas venu pour ta voiture, ni pour me dire qu'il y a un problème avec l'hélico... que fais-tu *vraiment* là ?

— On bosse ensemble depuis quoi... trois ans, non ? demanda Casper.

— Oui. Et alors ?

— En trois ans, on n'a jamais déjeuné ensemble. Ni traîné

en dehors du travail. Ni parlé d'autre chose que du taf. Pourquoi ?

Laryn le regarda comme s'il avait perdu la tête.

— Parce que moi, je suis la mécano, et toi, le pilote. Tu es genre... un dieu. Moi, je ne suis personne.

— N'importe quoi ! s'exclama Casper avant de grimacer en la voyant sursauter. Désolé, je ne voulais pas crier. Mais ce sont des conneries. Tout le monde sait qu'un pilote ne vaut rien sans un bon mécano pour entretenir ses appareils.

— Là, c'est toi qui dis n'importe quoi, répliqua Laryn avec un petit rire. Personne ne fait attention à nous. Tout le monde se fiche des mécanos, ils restent dans l'ombre. Ça a toujours été comme ça, partout où j'ai bossé. Sans exception. Ce sont les pilotes qui ont toute la gloire, toute l'attention des médias... et tous les hommes ou les femmes. Et c'est très bien comme ça, ajouta-t-elle rapidement. Je suis très bien en arrière-plan, la tête sous le capot, à faire ronronner les moteurs.

Casper commençait à en avoir marre des réactions de son corps. Impossible de se calmer. Rien que d'entendre Laryn dire *faire ronronner les moteurs* lui faisait penser à des choses qui n'avaient rien à voir avec des hélicoptères ou des voitures.

— Combien d'offres d'emploi tu as reçues depuis que tu bosses sur les MH-60 ? demanda-t-il.

— Quel est le rapport ?

— Réponds. Combien ? insista-t-il.

— Quelques-unes.

Casper haussa un sourcil.

— Bon, d'accord. Cinq ou six par an.

— Laryn, tu ne te rends pas compte de ta valeur. Là, tout de suite, je peux citer une demi-douzaine de boîtes – voire de pays – qui tueraient pour te recruter. Tu veux savoir combien d'entreprises essaient de me débaucher, moi ?

— Ça n'a rien à voir. Tu es dans l'armée, tu ne peux pas partir juste comme ça, protesta Laryn.

— C'est un peu différent, oui, mais ça ne change rien à ce que je veux dire. Je suis un bon pilote, mais des bons pilotes, il y en a à la pelle. Par contre, des mécanos compétents qui connaissent leur hélico par cœur... c'est une autre histoire.

— Un bon pilote ? répéta Laryn avant de se pencher légèrement vers lui. Casper, tu es un Night Stalker. L'élite de l'élite. J'ai vu des vidéos de ce que tu es capable de faire avec un hélico. C'est à la fois impressionnant et flippant. Bon pilote, mon cul.

Elle soupira en secouant la tête et s'enfonça dans le canapé.

Casper ne put s'empêcher de sourire. Il savait qu'il était un excellent pilote, mais il campait sur sa position.

— Tu y as déjà pensé ? s'enquit-il.

— Pensé à quoi ?

— À accepter l'une de ces offres.

Elle baissa les yeux, évitant soigneusement de croiser son regard.

Le cœur de Casper se serra.

— Merde, Laryn. Tu y as déjà réfléchi.

Elle haussa les épaules, puis se redressa.

— Ce serait idiot de ne pas au moins envisager ce qu'on me propose.

— Et qu'est-ce qu'on te propose ? demanda Casper en se tournant vers elle.

— Beaucoup plus d'argent que ce que je gagne ici, ça c'est sûr, répondit Laryn avec un petit rire nerveux.

— Et ?

— Ce n'est pas suffisant ? lança-t-elle, un peu sur la défensive.

— Tu n'es vraiment pas heureuse ici ? demanda-t-il doucement, l'air abattu.

— Ce n'est pas ça... esquiva-t-elle.

— Si j'ai fait quoi que ce soit qui t'a donné l'impression de ne pas être appréciée ou à ta place, je suis désolé, dit-il sincèrement.

— Non ! s'exclama-t-elle immédiatement, ce qui le rassura un peu. Travailler avec toi et les autres Night Stalkers m'a rendue meilleure. J'ai compris, de la façon la plus brutale qui soit, que mon travail a un véritable impact. Si je suis fatiguée et que je ne fais pas attention, les conséquences peuvent littéralement être une question de vie ou de mort. Si je ne serre pas un boulon correctement, ou si je bâcle un contrôle, tu peux mourir. Toi, tes amis, et les Navy SEALs que tu transportes. Et si tu échoues lors d'une mission, un salopard peut s'en tirer, et qui sait, fomenter un nouvel attentat contre les États-Unis. C'est un exemple extrême, mais c'est à ça que je pense chaque fois qu'on me propose un poste dans un autre pays.

— Dans quel pays ? demanda-t-il presque malgré lui.

— Oh... ici et là, répondit-elle vaguement.

— Où ça, Laryn ? Insista Casper.

— Bahreïn, Grèce, Arabie Saoudite, Turquie, Egypte... Même l'Australie. J'adorerais aller en Australie. Tu connais ces petits animaux trop mignons, les quokkas ? On les surnomme les rois et reines du selfie, parce qu'ils ont toujours l'air de sourire sur les photos.

— Laryn ! s'exclama Casper. Tu ne peux pas aller bosser en Egypte ! Ni en Turquie ! Ni en Arabie Saoudite, bordel !

— Pourquoi pas ? s'enquit-elle, réellement intriguée.

— Parce que !

— Ce n'est pas une réponse. Je sais qu'il y a eu des tensions entre ces pays et les États-Unis, mais c'est du passé.

Elle était tellement naïve. C'était à la fois adorable et exaspérant. Casper inspira profondément pour se calmer.

— Et puis ce n'est pas comme si j'envisageais vraiment de

partir. Mais certains recruteurs sont hyper insistants. Ils pensent que je fais ma difficile juste pour négocier un meilleur contrat. J'ai même eu une proposition où on m'offrait mon propre harem d'hommes, prêts à exaucer tous mes désirs, releva-t-elle en riant. C'est dingue, non ?

Rien que l'image de Laryn avec un autre homme lui donna la chair de poule. Il ne s'attendait pas à cette réaction.

Il se déplaça avant même d'y réfléchir. Il se rapprocha d'elle jusqu'à ce que sa cuisse effleure la sienne. Son parfum vanillé l'enivra. Il ne put s'empêcher de se pencher vers son cou.

— Qu'est-ce que tu fais ? s'étonna-t-elle, presque paniquée.

Casper n'en avait aucune idée. Mais cela lui semblait juste. Cette femme était là, sous son nez, depuis des années, et il avait été trop aveugle pour le voir. Plus il passait du temps avec elle, plus il en apprenait à son sujet, plus il était intrigué. Elle n'était clairement pas intéressée par l'argent, sinon elle serait partie depuis longtemps. Elle était loyale, patriote, bosseuse... et Casper adorait ça.

La manière dont elle avait spécifiquement mentionné que rogner sur la sécurité pouvait lui coûter cher ne lui avait pas échappée non plus. Certes, elle avait inclus ses coéquipiers et les SEALs qu'ils transportaient souvent, mais c'était presque accessoire.

Maintenant qu'il y prêtait vraiment attention, c'était évident qu'elle s'intéressait à lui. Casper n'était pas du genre à se croire irrésistible, mais avec les années, il avait appris à reconnaître les signes. Et Laryn n'était pas douée pour jouer les femmes mystérieuses. Tout se lisait dans ses yeux, dans son langage corporel. Même à présent. Elle avait l'air paniquée, certes, mais elle ne reculait pas. Elle ne lui disait pas de dégager. Elle était raide comme un piquet, mais il pouvait voir son pouls s'emballer au niveau de l'artère de son cou, et le rouge lui monter aux joues dès qu'il s'était approché. Il entendait aussi son souffle s'accélérer.

— Tu sens divinement bon. C'est ton savon ? Une crème ?

— Les deux. Pourquoi ?

Il aurait dû garder ses distances. Si son comportement faisait fuir la meilleure mécanicienne que l'armée ait jamais eue, il s'en voudrait terriblement. Mais il était attiré par elle, et il se maudissait de ne pas avoir fait plus attention à cette femme discrète, qui cherchait toujours à s'effacer, mais qui faisait pourtant partie intégrante de sa vie depuis des années.

— Tate ? l'interpella-t-elle avec hésitation.

Ça aussi, c'était troublant. Elle l'appelait Tate, et ça lui donnait l'impression d'être quelqu'un d'autre, et pas le pilote d'élite des Night Stalkers que tout le monde voulait approcher. L'armée voulait le garder sous contrôle. Les femmes le voulaient dans leur lit. Les hommes espéraient qu'en l'approchant, une partie de son aura de dur à cuir déteindrait sur eux.

Tout ce que Casper voulait, c'était être lui-même. Trouver quelqu'un, comme son frère jumeau l'avait fait, qui l'accepterait tel qu'il était : un homme qui préférait lire plutôt que regarder la télé le soir, qui aimait cuisiner, qui pouvait passer des heures dans le jardin à profiter du calme.

Était-ce Laryn ? Il n'en savait rien. Mais à ses côtés, il se sentait plus proche du jeune homme qu'il était en rejoignant l'armée – naïf, plein d'entrain, impatient de découvrir l'avenir – que du type cynique et désabusé qu'il devenait au fil des années.

Il effleura du nez la peau sous son oreille et la sentit frémir... avant qu'elle ne bondisse brusquement du canapé et ne se tourne vers lui, le visage fermé.

— C'était quoi, ça ?

— Quoi ? demanda Casper avec un sourire en coin.

Il avait clairement perçu sa réaction, et c'était grisant. Il aimait l'idée d'être celui qui devait faire ses preuves, pour une fois. Cela faisait des années qu'aucune femme ne lui avait donné envie de se surpasser pour la séduire. Et Laryn Hardy, de toute évidence, n'allait pas lui tomber dans les bras au premier signe d'intérêt.

Non, elle n'était pas comme ces filles qui traînaient à Anchor Point à la recherche d'un marin ou d'un pilote, peu importe lequel.

— Tu crois que tu peux débarquer chez moi, me faire à manger, me balancer quelques belles paroles et me mettre dans ton lit ? C'est mort, beau gosse. Je ne coucherais pas avec toi, même s'il ne restait plus un seul homme sur cette planète. Et je n'apprécie pas que tu essaies de me séduire juste pour m'empêcher d'accepter un autre job.

— Ce n'est pas du tout ce que j'étais en train de faire ! s'indigna Casper, réellement choqué qu'elle puisse penser ça.

Elle ricana.

— Bien sûr. Tu veux me faire avaler qu'au bout de trois ans, tu te rends soudainement compte que je t'intéresse ? Laisse-moi rire. Je ne suis pas idiote. Sors de chez moi.

— Laryn...

Elle secoua la tête.

— Non. Dehors, Tate. Maintenant.

Casper se leva lentement. Il n'avait pas du tout prévu cela. Il ne savait pas exactement ce qu'il voulait, mais certainement pas qu'elle s'énerve et le mette à la porte. Et si elle pensait que tout allait redevenir comme avant... elle se trompait lourdement.

— Je m'en vais. Mais je te le redis : je ne suis pas venu pour te mettre dans mon lit. Je ne te manquerais pas de respect de cette façon. Crois-le ou non, si je suis là, c'est parce que... je m'inquiétais pour toi. Tu travailles énormément, et tu as fait un boulot incroyable pour que le MH-60 soit prêt pour les essais en vol. Je ne doute pas une seconde que tout se passera à la perfection et que la semaine prochaine, on sera tous en route pour le Moyen-Orient.

Il marqua une pause avant d'ajouter, plus doucement :

— Et oui, j'ai été aveugle ces trois dernières années. Mais c'est fini. Je te vois, Laryn Hardy. Et j'aime ce que je vois. J'aimerais apprendre à te connaître. Être ton ami. Et peut-être plus. Dans tous les cas, les choses ne seront jamais plus comme avant, parce que je serai dans les parages. Souvent.

— Et si moi, je ne veux pas de toi dans les parages ? demanda-t-elle. Si je dis non ?

Casper sentit une pointe d'agacement, mais la question était légitime.

— Si tu ne veux vraiment pas être mon amie, je me retirerai. Je ne suis pas du genre à insister quand on me dit non. Si tu n'es pas intéressée, on restera juste pilote et mécanicienne, et on ne parlera que des hélicos et de leur état. Mais si tu me laisses une chance de te prouver que je suis sérieux, je pense que tu découvriras que je suis un type bien. Mon père nous a élevé, Nate et moi, dans le respect des femmes. Il nous a appris à bien les traiter.

Laryn ne répondit pas. Elle se contenta de le regarder fixement.

Casper prit ça pour une petite victoire... pour l'instant.

— Je suis désolé si je t'ai fait flipper, reprit-il. Ce n'était pas mon intention. Mais s'il te plaît... n'accepte aucun de ces boulots dans l'immédiat. Je peux me renseigner pour toi. Je connais du monde, des gens qui peuvent vérifier les conditions de travail et les vraies raisons pour lesquelles certains types cherchent à t'embaucher.

— Tu crois qu'ils ne veulent pas de moi simplement parce que je suis douée ?

— Si, bien sûr que si. Mais Laryn, tu travailles aussi sur des

MH-60 top-secrets que tu as modifiés pour l'armée américaine. Tu penses qu'ils ne sont pas intéressés par ces informations ?

— J'ai signé des clauses de confidentialité. Je ne peux rien divulguer, ni livrer le moindre secret militaire.

Casper souffle lentement.

— Et tu crois vraiment qu'ils vont se contenter de hausser les épaules et de dire *ok* ? C'est naïf. Et exaspérant. Ces types-là peuvent être impitoyables. Ils feront tout pour obtenir ce qu'ils veulent. Tu peux me croire, la torture ne leur fait pas peur.

Laryn pâlit légèrement. Casper s'en voulut aussitôt de l'avoir effrayée.

Mais d'un autre côté... il fallait peut-être qu'elle ait peur.

— Certains ont été un peu... insistants, admit-elle à voix basse.

Casper sentit une vague protectrice pure et dure l'envahir. Mais il s'efforça de rester calme, et de ne pas exiger des noms.

— Je peux me renseigner, répéta-t-il.

Elle hocha la tête sans rien dire.

— J'y vais. Tu prends toujours ta matinée demain ?

Elle hocha la tête à nouveau.

— Très bien. Alors on se verra l'après-midi. Je veux qu'on passe en revue les derniers détails pour le vol d'essai. Ce n'est pas que j'ai des doutes... mais je veux être sûr que tout est parfait. Ça te va ?

—Ouais.

— Dors bien, Laryn. Oh, et j'espère qu'après les essais, tu viendras avec moi et les gars. C'est la tradition d'aller manger une pizza et boire une bière après avoir assuré pendant un vol d'essai.

— Je sais.

Bien sûr qu'elle le savait. Et ça ne faisait que renforcer le sentiment de culpabilité de Casper. Elle n'avait jamais été invitée, alors qu'elle jouait un rôle essentiel dans la préparation des hélicoptères.

Il aurait voulu lui dire tellement plus. Il regrettait d'avoir gâché la soirée détendue qu'ils étaient en train de passer. Mais Laryn était fatiguée, il l'avait tirée du lit. Au moins, elle avait mangé, pris une douche, et ça, c'était déjà une victoire. Il n'avait jamais eu ce genre d'instinct protecteur avec une femme, c'était nouveau pour lui ; certains jours, il avait déjà du mal à s'occuper de lui-même. Mais ce soir, il avait apprécié l'idée de lui simplifier un peu la soirée... avant de tout foirer.

Il se dirigea vers la porte, le pas lourd. Il s'arrêta après l'avoir entrouverte. Quand il se retourna, Laryn s'était avancée à quelques pas de lui. Ses cheveux, encore humides, ondulaient autour de son visage. Son jogging et son T-shirt épousaient ses formes pleines de vitalité.

— Ferme bien à clé derrière moi.

Laryn leva les yeux au ciel.

— Non, je vais laisser la porte grande ouverte, histoire que n'importe qui puisse entrer.

Casper grimaça.

— Désolé. C'était idiot.

Il s'attardait, et il savait qu'elle l'avait remarqué.

— Je mets toujours le loquet et la chaîne. Et j'ai une grosse clé à molette en fonte de mon père pour me défendre, au cas où.

Un sourire se dessina sur les lèvres de Casper. Il repensa à sa conversation avec Chuck, à propos de la clé à molette qu'elle gardait près de la porte pour assommer un éventuel intrus. Apparemment, ils n'étaient pas loin de la vérité.

— Bien. À demain.

— Salut.

La porte se referma derrière lui, et il attendit d'entendre le verrou avant de s'éloigner.

Il y avait tant de choses qu'il n'avait pas dites, tant de choses qu'il voulait découvrir chez cette femme qui hantait ses pensées depuis des semaines. Il était obsédé par Laryn, et plus il passait de temps avec elle, plus il se rendait compte que l'intérêt était réciproque. Elle était sur la défensive, mais il comprenait. Il allait devoir avancer doucement, gagner sa confiance, lui prouver qu'il ne comptait pas laisser tomber.

Il se sentait idiot de ne pas l'avoir remarquée plus tôt. Il sentait qu'elle pouvait devenir très importante pour lui. Il avait hâte de voir comment tout cela allait évoluer.

4
___

Le lendemain après-midi, Laryn n'était pas plus avancée sur ce qu'elle allait faire à propos de Tate que la veille, après son départ. Il lui avait fallu toute la volonté du monde pour se lever de ce canapé alors qu'il était quasiment en train de lui frôler le cou, et elle avait totalement menti en disant qu'elle ne coucherait jamais avec lui. Bon sang, c'était exactement ce dont elle rêvait... et c'était bien ce qui rendait son comportement encore plus déroutant.

Pourquoi maintenant ? Pourquoi s'intéressait-il soudain à elle ? Rien n'avait changé. Elle était toujours la mécanicienne qui travaillait sur les hélicoptères. Et voilà que de but en blanc, il réalisait qu'il voulait être avec elle ? Elle ne croyait pas une seule seconde à ce revirement.

Si elle l'avait mis à la porte la veille, c'était par instinct de survie. Elle trouvait cela bien trop agréable de l'avoir chez elle, de parler avec lui, de le voir lui préparer à manger. Il ne fallait surtout pas s'habituer à ça. À lui. Un jour, une autre femme croiserait son chemin, et il se lasserait d'elle. Elle en était persuadée.

Pourtant, elle n'arrivait pas à chasser de son esprit la sensation de sa présence si proche.

Elle n'avait pas prévu de lui parler des offres d'emploi qu'elle avait reçues. Heureusement, elle avait évité de mentionner à quel point le représentant turc insistait pour qu'elle rejoigne son équipe.

Altan, le type qui l'avait contactée, avait d'abord été chaleureux et amical. Mais après qu'elle l'avait éconduit plusieurs fois, il était devenu plus insistant. Il lui envoyait des mails tous les jours, et il allait même jusqu'à l'appeler alors qu'elle ne lui avait jamais donné son numéro de téléphone.

Dernièrement, il avait changé de ton. Il n'essayait plus de la convaincre, il la menaçait carrément. Ce qui était totalement déplacé. C'était lui qui l'avait sollicitée, et elle avait pris le temps d'écouter son offre. Mais quand elle avait fini par refuser clairement, comme elle en avait parfaitement le droit, il était devenu presque agressif.

En repensant à ce que Tate avait dit la veille à propos de la torture, elle frissonna. C'était insensé d'être mêlée à une situation pareille. Elle n'était personne : Laryn Hardy, fille d'un des plus grands péquenauds qu'elle ait jamais connus. Son père n'aurait jamais toléré qu'on harcèle sa petite fille... mais il n'était plus là pour la protéger. De toute façon, il lui avait appris à se défendre toute seule, à ne pas se laisser marcher sur les pieds, surtout dans un milieu aussi masculin que celui dans lequel elle évoluait.

C'était bien pour ça qu'elle avait mis Tate dehors. Elle n'allait pas se laisser berner, peu importe à quel point elle le désirait, et combien elle avait envie de l'entraîner dans sa chambre pour lui faire tout ce qu'elle avait en tête. Elle ne voulait pas affronter la déception de se retrouver à nouveau invisible à ses yeux après avoir couché avec lui.

Elle n'avait pas dormi comme elle l'aurait souhaité, et se

sentait encore plus épuisée que la veille. Mais le travail n'attendait pas. Elle devait se rendre à la base et s'assurer que tout était en ordre sur l'hélicoptère avant les essais.

Tate lui avait dit qu'il serait là, ce qui ne l'enchantait pas vraiment.

Elle laissa échapper un soupir et secoua la tête. Elle se mentait à elle-même. Malgré ce qui se passait entre eux, bien sûr qu'elle avait envie de le voir. C'était maladif, une véritable faille chez elle.

— Laryn !

À peine entrée dans le hangar, elle sursauta en entendant son nom. Surprise, elle leva les yeux et aperçut Tate près du MH-60, entouré des autres pilotes des Night Stakers. Elle hésita une seconde avant de redresser les épaules et d'avancer vers eux avec autant d'assurance que possible.

Ce n'était pas parce que les choses étaient devenues bizarres avec Tate qu'elle devait se comporter différemment. Elle avait du pain sur la planche. Et avant tout, elle devait s'assurer que cet appareil était parfaitement opérationnel et prêt à passer tous les tests avant d'être envoyé en mission d'ici une semaine.

Elle ne connaissait jamais les détails des opérations des Night Stalkers, juste assez pour savoir qu'ils n'étaient pas là pour faire du tourisme. Leur rôle consistait à transporter les forces spéciales en terrain dangereux et à exécuter des manœuvres qui feraient vomir n'importe qui – y compris elle – pour larguer et récupérer leurs troupes.

— Il était temps que tu te pointes ! lança Buck en la voyant arriver.

Tate lui colla une tape derrière la tête.

— Ta gueule.

Buck se contenta de sourire.

— T'as une sale tête, ajouta Obi-Wan, les sourcils froncés.

— Bordel, les mecs, ça suffit ! s'agaça Tate.

Laryn esquissa un sourire en coin.

— Ravie de vous voir aussi, répondit-elle avec ironie. J'ai peut-être une sale tête, mais vous, vous puez... et je crois que c'est pire.

— Elle marque un point, admit Chaos, ce qui fit rire tout le monde.

— L'équipe de SEALs avec laquelle on va être déployés nous a mis au défi, expliqua Obi-Wan. Ils ont parié qu'on ne pourrait pas les battre à la course, en pompes ou en burpees. Ils nous ont traités de pilotes en carton. Évidemment, on leur a prouvé qu'ils avaient tort.

Laryn sourit. Les six hommes étaient couverts de sable, comme s'ils avaient passé leur temps à s'enterrer les uns les autres sur la plage, et leurs cheveux partaient dans tous les sens. De toute évidence, ils avaient transpiré comme des bêtes peu de temps auparavant.

— Qui a gagné ? demanda-t-elle.

— Tu plaisantes ? s'indigna Edge.

— On leur a mis une raclée, affirma fièrement Pyro.

En les regardant, Laryn sentit une vague de fierté l'envahir. Elle travaillait dur depuis des années pour assurer leur sécurité. Ils avaient un ego démesuré, mais ils le méritaient. C'étaient des pilotes d'exception, les meilleurs. Ils étaient un peu brut de décoffrage, tout comme elle. Ils bossaient dur, s'amusaient tout autant, et aucun d'entre eux n'était désagréable à regarder. Des pilotes typiques, dans toute leur splendeur.

Elle ne traînait pas avec eux en dehors du travail, mais elle célébrait en silence chacune de leur victoire, et était anéantie chaque fois que quelque chose tournait mal en mission. Elle les connaissait, peut-être pas comme de véritables amis, mais assez pour qu'ils comptent à ses yeux.

Si elle n'avait jamais sérieusement envisagé les offres d'emploi qu'on lui proposait, c'était en grande partie à cause de Tate. Mais les cinq autres n'étaient pas loin derrière.

— La corde lisse que tu as installée est géniale ! lança Pyro, manifestement ravi.

— Et j'ai entendu dire que la nouvelle caméra infrarouge pouvait capter un moustique en train de péter à trois mille mètres. On l'aura quand, ce système ? demanda Obi-Wan.

— Moi, ce que je préfère, c'est le porte-gobelet qu'elle a ajouté, plaisanta Chaos.

— C'est pas un porte-gobelet, sérieux... soupira Laryn en levant les yeux au ciel.

— Alors qu'est-ce que c'est ? répliqua-t-il avec un sourire en coin.

Bon, d'accord, il l'avait eue. C'était totalement un porte-gobelet, et elle l'avait ajouté pour la blague.

Heureusement, avant qu'elle ne puisse répondre, le colonel en charge des Night Stalkers, Asher Burgess – son supérieur hiérarchique du côté militaire – entra dans le hangar. Les six hommes autour d'elle se retournèrent et le saluèrent au passage.

— Repos. Où en est-on pour faire décoller cet oiseau ? demanda-t-il avec impatience.

Laryn s'avança et commença à faire son rapport. Il lui fallut presque dix minutes pour convaincre le colonel que l'hélicoptère était vraiment prêt pour les essais. Il se tourna ensuite vers les pilotes.

— Débriefing dans trente minutes. Dans mon bureau. On a beaucoup de choses à voir avant de partir pour le Moyen-Orient la semaine prochaine.

— Oui, mon colonel, répondirent les pilotes à l'unisson en saluant de nouveau leur supérieur.

Ce ne fut que lorsqu'il quitta les lieux que Laryn laissa échapper un soupir de soulagement. Elle avait côtoyé de nombreux officiers, mais quelque chose chez Burgess la mettait toujours mal à l'aise. C'était un homme bien, qui veillait sur ses pilotes, mais sa présence imposante et son sérieux absolu la tenaient toujours sur ses gardes.

— Fait chier, grogna Pyro. J'espérais qu'on pourrait le tester cet après-midi.

— Pas le temps, répondit Tate. Pas si le colonel veut nous voir.

— Je sais...

— Tu veux embarquer avec nous demain soir ? demanda Tate à Laryn.

Elle écarquilla les yeux.

— Euh... non.

— Non ? Tu ne veux pas voir de tes propres yeux comment ton bébé se comporte en vol ?

— Non, pas question. Oublie ça.

Tate et les autres affichèrent tous un sourire amusé.

— Pourquoi ? Tu ne nous fais pas confiance, à Pyro et à moi ?

— Si. Je sais que vous êtes doués pour ce que vous faites. Mais moi, les hélicos, c'est pas mon truc. Et les petits avions non plus. En fait, je n'aime pas les avions en général, mais c'est un mal nécessaire quand on doit rejoindre un navire isolé en pleine mer.

— Tu as peur du vide ? s'étonna Buck.

— Non. J'ai peur de m'écraser, répliqua-t-elle avec prudence.

Ils éclatèrent de rire.

— On ne s'écrase pas, la rassura Obi-Wan.

— On atterrit parfois un peu brutalement, mais ce n'est pas pareil, ajouta Chaos d'un ton parfaitement sérieux.

Laryn leva les yeux au ciel.

— Ça ne change rien. Je ne monte pas avec vous.

— Je ne laisserai jamais rien t'arriver, lâcha soudain Tate avec un sérieux qui ne lui ressemblait pas.

Son ton n'avait plus rien de taquin.

— Aucun de nous, renchérit Edge. On ferait n'importe quoi pour assurer ta sécurité.

— Parce que sinon, qui bichonnerait vos bébés pour vous ? plaisanta Laryn, mal à l'aise face à l'intensité de leurs paroles.

Il allait lui falloir du temps pour s'habituer à ce nouveau Tate, celui qui faisait attention à elle, qui ne se contentait plus de plaisanter avec légèreté sur *ses* hélicoptères.

— Je suis sérieux, insista-t-il.

— Oui, tu es l'une des nôtres, confirma Edge.

Elle détourna les yeux pour regarder fixement le plus âgé du groupe – c'était plus facile que de croiser le regard bleuté de Tate – et avala sa salive.

— Merci.

— Je n'arrive pas à croire que tu aies peur du vide, reprit Buck en secouant la tête.

— Je vous l'ai dit, je n'ai pas peur du vide, j'ai peur de tomber et de mourir, rectifia-t-elle.

— Donc j'imagine que la tyrolienne, c'est mort ?

— Ou le saut en parachute.

— Ou la corde raide.

Laryn ne put s'empêcher d'éclater de rire.

— La tyrolienne, je tenterais bien. Les deux autres, sûrement pas.

Quand elle croisa le regard de Tate, une expression indéchiffrable flottait sur son visage. Son ventre se noua. Ces dernières années, elle avait appris à gérer son attirance pour lui, à compartimenter ses sentiments. Mais en une seule soirée, il avait débarqué à l'improviste, lui avait fait à manger, s'était inquiété pour elle, avait pris le temps de sentir son parfum... et toutes les barrières avaient volé en éclat.

Il pouvait la blesser, *vraiment*. Mais bizarrement, malgré le risque, malgré ses protestations de la veille, si un jour il lui faisait sentir qu'il voulait réellement être avec elle, elle dirait oui.

— On a encore quinze minutes. Tu veux nous montrer quelque chose en particulier sur l'hélico avant qu'on file voir le colonel ? demanda Pyro.

Laryn se força à se recentrer et hocha la tête. Elle venait d'arriver, mais elle savait que les autres mécanos n'auraient pas touché à quoi que ce soit. À vrai dire, ils avaient un peu peur d'elle, et ça lui convenait parfaitement.

Elle se dirigea vers la porte arrière de l'hélicoptère et se pencha pour attraper le petit escabeau qu'elle gardait toujours à portée de main pour monter plus facilement à bord.

Avant qu'elle ne puisse l'atteindre, des mains se posèrent sur sa taille.

Puis la voix grave de Tate résonna à son oreille :

— Saute.

Par réflexe, elle obéit, et avant même d'avoir le temps de comprendre, elle était à bord de l'appareil. Tate et les autres pilotes sautèrent à leur tour sans difficulté, et même si l'hélicoptère pouvait accueillir une douzaine de soldats en équipement complet, elle se sentit oppressée par la présence de ces hommes autour d'elle. Du haut de son mètre soixante-cinq, elle n'était pas minuscule, mais face à ces pilotes, elle ne se sentait clairement pas à son avantage.

Tate et Pyro prirent place aux commandes pendant que les autres se regroupaient derrière Laryn. Elle leur montra les améliorations apportées.

— Le radar de suivi et d'évitement de terrain a été amélioré. Les commandes sont légèrement plus à droite qu'avant.

Tate tendit la main et les trouva immédiatement. Laryn hocha la tête.

— La tourelle AN/ZSQ-2 a une coque plus robuste, quasiment insensible au givre, et capable de résister à un tir perdu, poursuivit-elle.

Les pilotes acquiescèrent en murmurant leur approbation.

— La caméra infrarouge thermique a été recalibrée, et la tourelle possède un télémètre laser standard. Elle peut être équipée de missiles guidés et de roquettes, mais ces systèmes seront installés après les essais, juste avant l'envoi de l'appareil au Moyen-Orient.

— Si c'est bien ce dont le colonel veut nous parler, intervint Pyro. Le calendrier. Il faut que ce bébé soit opérationnel avant la mission.

— Vous avez aussi les brouilleurs habituels, les capteurs d'alerte, et les antennes de communication satellite. Tant que vous évitez de foncer dans un lance-roquettes comme la dernière fois, tout ira bien, conclut-elle en regardant Tate et Pyro.

Ils rirent tous aux éclats.

Les dix minutes suivantes furent consacrées à discuter des performances de l'hélicoptère et des essais à venir. Le vol-test du lendemain inclurait des simulations de missiles tirés depuis des navires en mer. Rien de bien nouveau pour les Night Stalkers. Mais une tempête était annoncée. Laryn ne supportait pas de voir ses pilotes voler dans de telles conditions. C'était pourtant leur spécialité : piloter en pleine tempête, en terrain hostile, et repartir sans être repérés grâce à leurs talents de pilotage.

Le lendemain allait être une épreuve pour elle, et une partie de plaisir pour Tate et Pyro. Elle n'avait aucun doute là-dessus. Mais comme toujours, elle ferait semblant de ne pas être affectée par la situation. Elle jouerait son rôle à la perfection, comme d'habitude.

— Tout est bon. J'ai hâte de faire voler ce bijou, déclara Pyro en quittant son siège.

Laryn recula d'un pas et faillit trébucher sur Edge, qui se tenait juste derrière elle. Il la rattrapa par le bras avant qu'elle ne tombe les fesses par terre.

— Désolé, dit-il en souriant.

Elle lui rendit son sourire... mais quand elle se retourna, elle surprit Tate les yeux rivés sur la main de son collègue, le regard sombre.

— Quoi ? lui lança-t-elle.

Il releva les yeux vers elle. Ses joues prirent une légère teinte rosée.

— Quoi, quoi ? répliqua-t-il.

Laryn secoua la tête et laissa tomber. Tate devenait un véritable mystère. Il s'était toujours montré sarcastique et râleur avec elle, comme un grand frère agacé par sa petite sœur. Et elle lui avait toujours rendu la pareille, parce qu'elle n'avait jamais su comment agir autrement. Mais ça... c'était nouveau. Cette inquiétude. De la jalousie ? Non, ce n'était pas possible. Edge était l'un de ses meilleurs amis, et il n'était pas intéressé par elle. Aucun des pilotes ne l'était.

Tout le monde sauta à l'arrière de l'hélicoptère, et alors qu'elle s'apprêtait à s'assoir pour descendre plus facilement, Tate lui lança :

— Attends, Laryn.

Elle hésita, le regarda sauter au sol avec aisance, puis il se retourna et lui tendit les bras.

— Je te tiens.

Elle le regarda fixement. Qu'est-ce que ça voulait dire ?

— Laryn ? Assieds-toi, je vais t'aider à descendre.

Ah, c'était donc ça. Son incompréhension la fit rougir.

— Ça va, je peux me débrouiller toute seule.

— Bien sûr. Mais je peux t'aider.

Elle avait envie de refuser, mais en s'éternisant, elle ne faisait qu'attirer l'attention. Elle s'empressa de s'assoir, et Tate la saisit par la taille, la soulevant pratiquement pour la déposer au sol.

Pendant une fraction de seconde, ils restèrent tous deux immobiles. Tate la fixait des yeux, et elle le regardait en retour.

Puis quelqu'un se racla la gorge, et ils firent tous les deux un pas en arrière.

— Je t'appelle après la réunion pour te donner le calendrier de la mission et les dernières infos sur les essais de demain soir, déclara Tate.

C'était très attentionné de sa part... et ce n'était pas du tout son genre. D'habitude, quand les pilotes voyaient le colonel pour une raison ou pour une autre – des réunions qui duraient souvent des heures - elle n'apprenait les informations importantes que le lendemain matin en arrivant.

— C'est bon, je verrai ça demain.

— Non, je t'appelle. Tu as autant besoin de ces infos que nous. Tu fais partie de l'équipe.

Il n'avait pas tort, du moins sur ce point, et une vague de satisfaction lui réchauffa le cœur tandis que le rouge lui montait à nouveau aux joues. Certes, ça arrivait avec trois ans de retard, mais puisqu'il insistait, elle n'allait pas refuser un accès aux informations.

— D'accord.

— Attends... Tu as toujours dû attendre le lendemain pour avoir les infos ? s'étonna Obi-Wan.

Laryn haussa les épaules.

— Ça ne me posait pas de problème.

— Bien sûr que si. C'est n'importe quoi, grommela Chaos. Franchement, tu devrais même assister à la réunion avec nous. Tu as une habilitation secret-défense, comme nous.

Laryn secoua vivement la tête.

— Non merci ! Je n'en ai aucune envie.

Tout le monde éclata de rire.

— Bien vu. Bon, ça ne rattrape pas ces trois dernières années, mais à l'avenir, on s'assurera que tu sois tenue au courant des infos importantes, promit Buck.

Elle sentit une nouvelle fois cette agréable vague de chaleur en elle. Elle ne savait toujours pas ce qui avait changé depuis l'accident de Pyro et Tate durant la mission de sauvetage de son frère le mois dernier, mais elle appréciait ce revirement.

— Merci.

— Allez-y, je vous rejoins, dit Tate à ses amis.

Ils lui adressèrent des petits signes de tête avant de partir, ce qui fit sourire Laryn. Elle se tourna vers Tate, se préparant à ce qui allait suivre.

— D'après ce que tu as vu, tout va bien du côté de l'hélico ?

— Bien sûr. Je voulais juste m'excuser de m'être comporté comme un con.

Elle cligna des yeux, surprise.

— Hein ? Quand ça ?

— Ces trois dernières années.

Laryn s'esclaffa.

— Ah... d'accord.

— Je suis sérieux. Tu es un élément clé de notre équipe. On ne pourrait rien faire sans toi. Je sais que tu passes des nuits entières à bosser sur les hélicos après nos missions, pour que tout soit parfait avant notre prochain départ. Je ne t'ai jamais assez remerciée pour ça.

— C'est mon boulot, répondit-elle simplement.

— Je sais, mais tu fais bien plus que ce qu'on attend d'un mécano.

— Je ne suis pas n'importe quelle mécano, affirma-t-elle. Mon père m'a toujours dit qu'un pilote valait ce que valait son appareil. Et si je voulais bosser avec les meilleurs, je devais leur donner les meilleurs outils pour qu'ils excellent. Et toi, Tate, tu fais partie des meilleurs. Je ne dis pas ça pour flatter ton ego déjà énorme, c'est juste un fait. Si je faisais quoi que ce soit qui te compliquerait la tâche, ce serait mon plus grand échec.

S'était-il avancé vers elle ? Oui. Ils ne se touchaient pas, mais il se tenait bien plus près qu'il ne l'avait jamais fait lors de leurs discussions passées.

— Hier soir, j'ai été con aussi. J'ai dépassé les bornes. Ça n'arrivera plus.

Laryn n'était pas certaine de ce qu'elle devait ressentir face à cela.

— Mais je vais quand même faire en sorte de te prouver que je suis meilleur que ces trois dernières années, ajouta-t-il.

— Tate... protesta-t-elle.

Mais il l'interrompit.

— Je suis sérieux. Je ne sais pas pourquoi j'ai toujours été un crétin avec toi. Mais c'est fini. Il faut que j'y aille. À plus tard.

Sur ce, il s'éloigna au pas de course pour rattraper ses amis, laissant Laryn plantée là, à côté de l'hélicoptère, complètement déconcertée par son changement d'attitude. Elle ne savait pas ce qu'elle avait fait – ou pas fait – pour provoquer ce revirement. Mais ça lui plaisait. Beaucoup.

Se sentant plus légère qu'avant n'importe quel essai en vol – une des choses les plus stressantes de son job de cheffe mécanicienne –, elle se tourna vers l'hélicoptère pour voir ce qui pouvait encore être amélioré d'ici le lendemain soir.

5

— Qu'est-ce qui se passe ? demanda Edge à Casper après leur réunion avec le colonel.

Elle avait duré bien plus longtemps qu'aucun d'entre eux ne l'avait prévu, et il était plus de 22 h.

— À quel sujet ? demanda Casper, même s'il avait l'impression de savoir exactement à quoi son ami faisait référence.

— Laryn et toi. Le regard que tu m'as lancé quand je l'ai empêchée de tomber ne m'a pas échappé. Si les regards pouvaient tuer, je serais cuit.

— Rien.

— Arrête tes conneries. Tu es différent avec elle depuis l'incident en Irak.

Casper se passa une main dans les cheveux. Il était fatigué, stressé à cause des tests du lendemain soir. C'était amusant, mais fatiguant aussi. Ce n'était pas une question de vie ou de mort, mais espérer que l'hélicoptère fonctionne comme il était censé le faire pour qu'ils puissent passer à la mission suivante était toujours éprouvant pour les nerfs. Beaucoup de choses dépendaient de sa capacité et celle de Pyro à mettre l'hélicoptère à l'épreuve, à s'assurer que dans le feu de l'action, lorsque chaque vie à bord était en jeu, l'hélicoptère ferait ce qu'on lui demandait.

— Tu vas essayer de te la faire ? demanda grossièrement Edge.

Casper réagit sans réfléchir, et bouscula son ami de manière agressive, obligeant Edge à reculer de plusieurs pas pour garder l'équilibre. C'était une bonne chose que le parking soit désert, car si quelqu'un les voyait en train de se battre, ce ne serait bon ni pour l'un, ni pour l'autre, ni pour les Night Stalkers en général.

— Ne parle pas d'elle comme ça ! grogna Casper en se rapprochant de son ami.

Edge avait beau avoir une quarantaine d'années, huit ans de plus que lui, il était tout aussi capable de se défendre que Casper. Si jamais ils en venaient aux mains, le combat serait équilibré, et aucun des deux ne s'en sortirait sans de sérieuses blessures.

Mais Edge ne semblait pas vouloir se battre. Il leva les mains en souriant.

— Désolé, mec. Je devais juste m'en assurer.

— T'assurer de quoi ? s'enquit Tate.

— Que tu n'étais pas juste en train de te foutre de sa gueule. J'aime bien Laryn. Je l'ai toujours bien aimée. C'est une travailleuse acharnée, et je la respecte énormément. Si tu cherchais juste à t'envoyer en l'air, je t'aurais retiré de l'équation. Je me serais assuré que tu restes à l'écart. Mais ta réaction me révèle tout ce que j'ai besoin de savoir sur tes intentions. Ma seule question est : pourquoi ? Pourquoi maintenant ? Qu'est-ce qui a changé ?

Casper fit de son mieux pour contenir sa colère envers son ami. À vrai dire, il appréciait qu'il se préoccupe de Laryn.

— Honnêtement ?

— Bien sûr.

— C'était après la perte de l'hélicoptère en Irak. Elle m'a rejoint sur le pont d'envol et m'a fait part de son chagrin, comme elle le fait toujours. Elle voulait savoir comment l'hélicoptère s'était comporté lorsqu'il a été touché, pourquoi nous n'avions pas pu éviter la roquette, et tout ce qui s'était passé. Mais contrairement aux années précédentes, elle semblait... bouleversée. Son visage est devenu tout blanc quand j'ai décrit notre crash, et elle s'est mise à trembler, littéralement. C'est à ce moment-là que j'ai compris que le visage stoïque et grincheux de mécanicienne qu'elle nous a toujours montré, qu'elle *m'a* montré, n'était qu'un masque. Elle se soucie des hélicoptères, bien sûr, mais lorsqu'elle a appris ce qui s'était passé pour Pyro et moi, à quel point la situation était grave, ça l'a frappée de plein fouet.

— Et ? s'enquit Edge. Ça n'explique pas l'intérêt que tu lui portes maintenant. Ce n'est pas parce qu'elle a été contrariée par le fait que tu t'es écrasé... euh... que tu as atterri brusquement, que tu sembles tout à coup vouloir m'en coller une juste parce que je lui ai touché le bras.

— J'ai fait plus attention à elle au cours du dernier mois, et elle est... Elle est tout ce que je cherche chez une partenaire. Chez une femme. Travailleuse, compatissante, drôle, gentille... et sexy.

— Sexy ? Laryn ?

Casper regarda son ami en fronçant les sourcils.

— Oui, c'est vrai. Cette combinaison cache un sacré corps.

— Hmm. Je n'avais pas remarqué.

— Parfait. *Continue* à ne pas t'en apercevoir, grommela Casper.

Edge rit.

— D'accord. Je te crois.

— J'y suis allé doucement. J'essaie d'accepter tous ces

nouveaux sentiments tout en cherchant comment l'approcher. Elle est un peu piquante.

— Un peu ?

Ce fut au tour de Casper de s'esclaffer.

— Oui, mais j'ai le sentiment que le jeu en vaut la chandelle.

— Tant que ce n'est pas uniquement pour le sexe. Ça, tu peux l'avoir n'importe où, n'importe quand.

— Je sais. Et non, ce n'est pas pour ça que j'ai envie de mieux la connaître.

— D'accord. Eh bien... si tu as besoin de quoi que ce soit, fais-le moi savoir. J'admire cette femme. Elle est plutôt étonnante.

— Elle l'est. Maintenant, il faut que je l'appelle pour l'informer de ce que le colonel nous a dit.

— Très bien. Tu seras là demain matin ?

— Bien sûr. D'abord l'entraînement, puis on se retrouve au hangar pour régler les derniers détails avant les essais.

Edge lui fit un signe de tête et se dirigea vers sa voiture. Casper s'appuya contre la portière de sa Taurus et sortit son téléphone. Le parking était désert et sombre, mais il n'avait pas peur que quelqu'un le surprenne. Pas ici, dans le hangar de la base. Pour une raison quelconque, il n'avait pas encore envie de se retrouver seul dans son petit appartement. Son cœur battait la chamade, et il avait hâte d'entendre la voix de Laryn, plus qu'il n'était prêt à l'admettre.

Tout ce qu'il avait dit à Edge était exact. Ce qu'il n'avait pas dit, c'était que quand il s'était retrouvé avec Laryn dans la salle de réunion du navire, et qu'il l'avait vue trembler après avoir entendu parler de son calvaire en Irak, il avait aussi remarqué à quel point elle était soulagée et émue de savoir qu'il allait bien.

Quelque chose s'était déclenché à ce moment-là. Du moins, pour lui.

Les crashs évités de justesse faisaient partie de sa vie de traqueur nocturne. Il exerçait une profession dangereuse, et il était constamment confronté à des situations de vie ou de mort. Personne n'en parlait. Personne dans son entourage n'y pensait vraiment. Ça faisait juste partie du travail qu'ils aimaient tous. Mais en voyant le soulagement de Laryn en le sachant sain et sauf, il avait réalisé que la mécanicienne avec laquelle il travaillait depuis des années s'inquiétait pour lui.

C'était un sentiment inoubliable. Une sensation qui avait fait naître la certitude soudaine et presque brutale que Laryn était faite pour lui.

Personne ne le croirait s'il l'admettait, mais c'était ainsi. Et il avait passé les semaines précédentes à essayer de comprendre ce qui l'attirait tant chez elle, surtout en considérant qu'elle avait toujours été là, en arrière-plan... Du moins, les trois dernières années.

Il se sentait idiot. Il n'avait pas ouvert les yeux sur la possibilité que son âme sœur soit là depuis tout ce temps.

Et il avait eu du mal à accepter cette révélation. Alors... il l'avait surveillée de près, l'observant au travail, autour de la mécanique et de ses coéquipiers, pour voir ce qui la faisait tiquer. Maintenant, il pouvait admettre que ce qu'il avait ressenti sur le navire n'avait rien d'anormal. Sa curiosité, et la sensation d'être attiré par elle, s'étaient encore renforcés.

La veille au soir, il était allé trop vite. Il avait montré son jeu trop tôt. Il ne voulait pas effrayer Laryn, et il devait y aller plus doucement, lui laisser le temps d'apprendre à le connaître et de lui faire confiance avant d'essayer de faire évoluer leur relation au-delà de l'amitié.

Il cliqua sur le contact de Laryn dans son téléphone – il avait obtenu son numéro suite à la mission qui avait détruit son hélicoptère, en prétextant qu'il devait pouvoir la contacter en cas de problème pendant qu'elle équipait son nouveau MH-60.

Il y eut plusieurs sonneries avant que la messagerie ne se déclenche. Casper fronça les sourcils. Plutôt que de laisser un message, il la rappela aussitôt. Cette fois, elle décrocha. Mais sa voix ne ressemblait en rien à la Laryn qu'il connaissait.

— Allô ?

— Laryn ? C'est moi, Casper... euh... Tate. Qu'est-ce qu'il y a ?

— Rien.

Mais il était déjà en mouvement. Sans même y réfléchir, il ouvrit sa portière et s'installa au volant.

— Ne me mens pas. Qu'est-ce qui se passe ?

Il entendait à sa voix tremblante que quelque chose n'allait pas. Seulement, il n'était pas sûr qu'elle lui dise quoi. Il devait bien admettre qu'ils n'étaient pas vraiment des confidents l'un pour l'autre. Mais il voulait que ça change. Il avait envie que beaucoup de choses changent entre eux.

— Je... Vraiment, ça va. Je vais bien.

Elle avait failli lui dire. Casper quitta le parking et se dirigea vers la sortie de la base en insistant un peu plus.

— Parle-moi, Laryn. J'entends bien que ça ne va pas. Si tu ne veux pas me dire ce qui se passe, d'accord, mais ne me mens pas en affirmant que tout va bien alors que c'est faux.

— Tu ne me connais pas assez pour dire ça, répliqua-t-elle.

Ça ne plaisait pas à Casper qu'elle refuse toujours de lui parler, mais au moins, elle lui répondait. Et tant qu'elle disait quelque chose, ça signifiait qu'elle respirait. C'était déjà ça.

— Je sais que tu es maniaque avec tes outils. Je sais que tu es incapable de résister à un animal abandonné, et que même si tu ne peux pas l'adopter toi-même, tu essaieras toujours de lui trouver une famille. Je sais que tu es du matin, et pas du soir. Je sais que tu préfères un petit déjeuner copieux et un dîner léger. Je sais que tu n'aimes pas vraiment te socialiser avec les soldats et les marins à bord des porte-avions... y compris avec mon équipe.

Il l'entendit respirer, mais elle ne répondit pas tout de suite. Casper poussa un soupir de soulagement en franchissant le portail de la base – il allait pouvoir rouler plus vite sans risquer de se faire arrêter par la police militaire, qui faisait respecter les limitations de vitesse avec beaucoup de zèle.

— Laryn ?

— J'adorerais avoir un chien. Un beagle. Je l'appellerais Waffles. Il serait infernal, mais tellement mignon que ça n'aurait pas d'importance. Je n'aime pas aller me coucher avec la boule au ventre. Et ce n'est pas que je n'aime pas le contact avec les gens à bord des navires... C'est juste que personne ne semble avoir envie de sociabiliser avec moi.

— Quoi ? Qu'est-ce qui te fait dire ça ?

— J'en sais rien.

Elle avait l'air si triste. Tellement perdue. Il avait le cœur serré.

— Eh bien, ça va changer. Tu mangeras avec nous, et je vais voir si on peut te trouver une couchette près des nôtres.

— C'est bon, Tate. Je ne m'attends pas à devenir la meilleure amie de tous sur ces foutus bateaux. Je suis une grande fille. Je suis comme je suis, et si ça ne plaît pas, tant pis.

Casper avait l'impression qu'en réalité, ça lui faisait quelque chose.

— Moi, je t'aime bien, lâcha-t-il. Buck, Obi-Wan, Pyro, Chaos et Edge aussi. Chuck aussi. Et la plupart des mécanos avec qui tu bosses.

Elle laissa échapper un petit rire. Un peu tremblant, mais bien réel.

— Non, eux, ils ne m'aiment pas.

Casper s'esclaffa à son tour.

— Ah bon ? Parce que ce sont des flemmards qui n'aiment pas bosser ?

— Ou parce qu'ils n'apprécient pas qu'une femme leur donne des ordres. Surtout si elle n'est même pas dans l'armée.

— Tant pis pour eux, déclara Casper. Tu es la meilleure dans ce que tu fais, et s'ils ne profitent pas de ton savoir-faire en travaillant à tes côtés, ils sont stupides. Maintenant, dis-moi... Que s'est-il passé ce soir pour que tu sois dans cet état ?

Il l'entendit soupirer, mais elle ne répondit pas.

— Je suis en route, la prévint-il. J'arrive dans quelques minutes. Il y a un type chez toi qui refuse de partir ? Si c'est ça, dis-lui de dégager avant que je ne me charge de lui.

Laryn pouffa de rire.

— Il n'y a pas de mec ici.

— Une fille ?

— Non plus.

— Bien. Donc si ce n'est pas ça, qu'est-ce qu'il y a ? Tu as eu des nouvelles du colonel ? C'est à cause de l'hélico ? Des essais ?

— Non.

— Dis-moi, Laryn, insista-t-il. Sérieusement, je suis en train de flipper, là. J'essaie d'imaginer ce qui a pu se passer pour que tu sois à deux doigts de fondre en larmes ou de te barrer dans la rue en hurlant.

— Je ne suis pas du genre à pleurer, rétorqua-t-elle.

— Peu importe, répondit Casper avec sincérité.

Il bifurqua sur Little Creek Road et entendit Laryn pousser un long soupir.

— C'était juste un coup de fil.

— Ce n'était pas *juste* un coup de fil si ça t'a mise dans cet état, souligna-t-il. Qui t'a appelée ?

— D'accord. C'était Altan Osman.

— C'est qui, ce type ?

Elle soupira à nouveau, toujours hésitante.

— Tu es vraiment en train de venir ici ?

Il n'arrivait pas à déterminer si elle espérait sa visite ou si elle la redoutait.

— Oui. Je serai devant ta porte dans deux minutes. Qui est cet Altan Osman, et qu'est-ce qu'il t'a dit ?

— Tu es agaçant, tu le sais, ça ?

— Oui. Pyro me le répète tout le temps. Qui est Altan Osman ?

— Il est en charge du projet MH-60 dans la gendarmerie turque. Ils en ont récemment acquis quelques-uns, et il m'a contactée pour me proposer de travailler pour eux et les aider à les préparer au combat.

— Attends... la Turquie utilise surtout les T129 ATAK, non ?

— Oui, et c'est un très bon choix. Mais ils veulent passer à la vitesse supérieure.

— Et ce type veut que tu les modifies pour leur armée ?

— Oui.

— Comment a-t-il eu ton nom ?

— Aucune idée.

— Et ton numéro ?

— Aucune idée.

— Donc il t'a appelée ce soir, et ça t'a fait peur ?

Après un moment de silence, Laryn murmura :

— Oui.

— Je suis sur le parking, annonça Casper. Retrouve-moi à la porte.

— Tate, je vais bien. Ce n'est pas la peine de...

— J'en ai pour trente secondes, Laryn. Ouvre-moi quand j'arrive.

Elle souffla, agacée.

— Tu es vraiment insupportable.

Casper gravit les marches deux par deux jusqu'au

deuxième étage. Il avança dans le couloir d'un pas rapide, sans courir pour autant. Il leva la main pour frapper à la porte, mais elle s'ouvrit avant qu'il en ait eu le temps.

Laryn portait un autre jogging, mais ce soir, elle avait mis un débardeur. Dès que Casper posa les yeux sur elle, sa bouche s'assécha. Sa poitrine... imposante, voluptueuse. Il fut envahi par un désir brûlant en l'imaginant sous ses mains, dans sa bouche... En imaginant Laryn le chevaucher, la tête rejetée en arrière.

Il savait que ce n'était ni le moment ni l'endroit pour ce genre de pensée, et il en avait honte. Mais c'était plus fort que lui. Laryn qui lui tenait tête, qui parlait du MH-60 avec une précision quasi mécanique, qui levait les yeux au ciel dès qu'il disait une bêtise, qui ne se laissait pas marcher sur les pieds... C'était terriblement attirant. Il avait fini par comprendre qu'il aimait ces petites confrontations, ces joutes verbales. Et que Laryn était bien plus complexe qu'il ne le pensait.

Mais cette Laryn-là ? Sans sa combinaison, les cheveux détachés lui tombant sur les épaules, un regard incandescent devant l'audace qu'il avait de débarquer à l'improviste, encore une fois ? Ses épaules nues, les mains sur les hanches, ce mélange d'exaspération et d'un soupçon de soulagement dans ses yeux ?

Il n'avait aucune chance. Et il n'avait pas envie de résister.

Il avait été vraiment idiot de ne pas voir ce qu'il avait devant lui depuis tout ce temps. Mais maintenant, il ouvrait les yeux, et il ferait tout pour lui prouver qu'il était là pour elle, qu'elle pouvait lui faire confiance... corps et âme.

— Je vais bien, déclara-t-elle avec fermeté.

— Je sais, répondit Casper en prenant le risque d'entrer dans son petit appartement.

Il reconnut tout de suite l'endroit. Il y avait quelque chose d'étrangement familier, comme une impression de rentrer chez lui.

Derrière lui, il entendit Laryn refermer la porte, faire coulisser le verrou, puis glisser la petite chaîne de sécurité avant de le suivre. Il se tourna et s'appuya contre le bar qui séparait la kitchenette du salon.

— Raconte-moi ce qu'Osman t'a dit pour te mettre dans tous tes états.

— Je ne suis pas dans tous mes états, protesta-t-elle.

— Si, tu l'es. Alors ce qu'il t'a dit devait être costaud, parce que tu n'es pas du genre à paniquer facilement. Je t'ai déjà vue à peine sourciller face à un laser HS sur un de mes hélicos. Il y avait des câbles partout, des étincelles, et toi, tu as juste haussé les épaules en disant que tu avais besoin de deux heures pour tout remettre à neuf.

Il baissa la voix et ajouta doucement :

— S'il te plaît, Laryn. Qu'est-ce qu'il t'a dit ?

Ce *s'il te plaît* sembla l'atteindre. Elle traversa la pièce en silence, ouvrit le frigo, en sortit un grand bidon de thé glacé sucré, puis se servit dans un verre en plastique posé sur le plan de travail.

— Ce truc va te ruiner les dents, plaisanta Casper, comme il le faisait chaque fois qu'il la voyait en boire.

— Peu importe, marmonna-t-elle en rangeant la bouteille.

Elle ne lui proposa rien à boire, mais Casper n'était pas là pour faire la causette.

Il lui laissa un moment pour reprendre ses esprits, priant pour qu'elle finisse par lui révéler ce qui l'avait bouleversée au point que sa voix tremble au téléphone.

Laryn alla s'assoir sur le bord du canapé, le regard dans le vague.

Casper s'installa doucement à côté d'elle. Pas trop près, mais pas à l'autre bout non plus.

Elle but une gorgée de thé avant de poser son gobelet sur ses genoux, le serrant entre ses mains. Puis, sans même regarder Casper, elle se lança :

— Je t'ai déjà dit que j'envisageais peut-être un autre boulot. J'ai contacté un type qui a bossé à Bahrein. Juste pour voir. Je lui ai dit que je songeais à bouger, à trouver un poste en dehors des États-Unis.

— Pourquoi ?

Elle tourna la tête vers lui.

— Pourquoi quoi ?

— Pourquoi tu veux partir d'ici ?

Elle haussa les épaules.

— On en a déjà parlé, non ? Ça n'a pas d'importance. Bref, je lui ai demandé s'il connaissait des opportunités, pas seulement pour des mécanos, mais pour quelqu'un avec mes compétences.

Ça en avait, de l'importance, et Casper doutait qu'elle lui ait donné la vraie raison la veille. Mais puisqu'elle parlait enfin, il se retint d'intervenir.

— Il a dit qu'il allait de renseigner. Et puis d'un coup, j'ai commencé à recevoir des messages du monde entier. Des gens qui savaient qui j'étais, ce que je faisais, les appareils sur lesquels je bossais... C'était un peu flippant. Pour la plupart, ils comprenaient quand je refusais. Certains postes étaient tentants, mais aucun ne valait le coup de tout plaquer.

Casper la comprenait. Partir vivre à l'étranger, c'était une énorme décision à prendre. Il fallait que l'offre soit vraiment alléchante pour que ce soit envisageable. Et il était soulagé de constater qu'elle n'avait pas l'air si pressée de partir.

— Ensuite, Altan m'a envoyé un mail. On a échangé quelques messages en toute politesse. Il m'a expliqué ce qu'il cherchait, qu'il avait récemment acquis le MH-60, mais qu'ils étaient équipés d'un matériel très basique. Je ne sais pas ce que ça veut dire, il n'a pas donné de détails. Mais il a dit que le gouvernement turc avait besoin d'un expert pour en faire des machines de guerre… Ce sont ses mots, pas les miens. Il m'a proposé un salaire plus que correct, mais je lui ai répondu que j'avais changé d'avis, et que je n'étais plus intéressée.

— Et ?

— Il s'est montré insistant. Il a revu son offre à la hausse. Beaucoup. Il m'a promis un logement, la prise en charge des repas, un service de ménage. Il a même proposé de me trouver un mari, ce qui m'a bien fait rire.

Plus elle parlait, plus Casper devenait tendu. Il sentait venir la suite.

— Quand j'ai refusé une nouvelle fois, il a changé de ton. J'ai senti qu'il commençait à perdre patience. Il était persuadé que si j'avais dit non, c'était juste une question d'argent. Il pensait que plus il en mettait sur la table, plus j'allais être tentée. Il a fini par s'énerver. Il m'a dit que j'étais idiote de refuser, que je pourrais être mariée à l'un de leurs généraux, que j'aurais du pouvoir et du prestige.

— Tu t'en fous du pouvoir et du prestige, lâcha Casper.

Laryn se tourna vers lui et le regarda dans les yeux.

— Comment tu peux en être si sûr ?

— Je travaille avec toi depuis trois ans. Je t'ai vue minimiser tes compétences sans arrêt. Tu as aidé d'autres personnes sur les navires où nous avons été affectés, sans jamais rien attendre en retour. Tu prends le temps d'enseigner aux plus jeunes soldats tout ce que tu sais, et tu balaies d'un revers de main les compliments qu'on te fait. Tu laisses même les autres s'attribuer les mérites de ton travail. La dernière chose que tu ferais, c'est accepter un poste juste pour le pouvoir et le prestige qu'il pourrait t'apporter.

— Merci, souffla Laryn. J'aime ce que je fais, tout simplement. Je n'ai besoin de rien d'autre que de voir un appareil sur lequel j'ai travaillé fonctionner à son plein potentiel.

— Et donc... Osman t'a rappelée ce soir ?

— Oui. Encore une fois, je n'ai aucune idée de la manière dont il a obtenu mon numéro. En tout cas, ce n'est certainement pas moi qui lui ai donné. Il a essayé de me convaincre que travailler pour lui serait la meilleure chose à faire pour ma carrière. Et il a encore sorti cette histoire de mari comme argument. J'ai fini par être ferme avec lui en lui répétant que je n'étais pas intéressée, même si j'appréciais l'offre. Puis je lui ai demandé d'arrêter de me contacter, et là... il s'est énervé.

Casper se doutait que c'était un euphémisme.

— Il s'est mis à me hurler dessus dans une autre langue, du turc, je suppose. Et juste avant de raccrocher, il m'a dit que je faisais une erreur, que son pays avait besoin de moi, que j'étais *une foutue américaine de merde*, et que j'allais regretter d'avoir refusé une offre aussi généreuse, qu'une vieille fille célibataire et moche se serait empressée d'accepter.

Casper bouillonnait. Il avait envie de coller son poing dans la figure de ce Altan Osman pour avoir osé insulter Laryn et la menacer. Mais ce type n'était pas là. Laryn, si. Et elle avait besoin de se sentir en sécurité, et de savoir qu'elle avait eu raison d'être ferme et de l'envoyer balader. Elle avait beau être la meilleure mécanicienne de MH-60 aux États-Unis, et sans doute dans le top cinq mondial, ça ne voulait pas dire qu'elle était à la disposition de ce connard. Elle n'avait aucune obligation de partager ses compétences avec qui que ce soit. Si elle décidait de tout plaquer pour s'installer sur une île déserte et vivre en autarcie, c'était son droit.

Doucement, Casper se rapprocha d'elle jusqu'à ce que leurs cuisses se frôlent. Il ne fit rien de plus. Il avait retenu la leçon de la veille : Laryn était méfiante, et il ne devait pas aller trop vite avec elle. Il se contenta de lui transmettre sa chaleur.

— Je comprends que cet appel t'ait secouée, dit-il en essayant de garder un ton neutre.

Vu la façon dont elle tourna la tête en haussant un sourcil, il se dit qu'il n'était peut-être pas aussi calme qu'il l'aurait voulu.

— Enfin, il n'a pas complètement tort. Je suis célibataire, et certains pourraient me trouver vieille. Et moche ? Ça, c'est subjectif.

— Tu n'es pas moche ! s'exclama Casper.

— Je sais. Je veux dire, je ne suis pas taillée pour le mannequinat, ni pour Hollywood, mais je ne suis pas non plus un laideron. Disons que je suis... quelconque.

— Laryn, tu n'es ni moche, ni quelconque. Tu es naturelle, et c'est cent fois plus attirant que tout le reste. Donne-moi ta main, ajouta-t-il en lui tendant la sienne.

Casper fit lentement glisser son pouce sur le dos de sa main, effleurant les petites cicatrices, les récentes égratignures, et cette minuscule trace de graisse qu'elle n'avait pas réussi à faire partir.

— Cette main, elle est magique. Elle transforme un bloc de métal en une machine fluide et puissante capable de soulever des tonnes dans les airs. Cette main me garde en sécurité quand je suis aux commandes. Le fait de savoir que c'est toi qui as réglé le moteur, serré les boulons, inspecté chaque centimètre de l'hélico que je pilote – dans des conditions où aucun appareil ne devrait voler – me donne la confiance nécessaire pour faire ce que je fais. Pour prendre les risques que je prends. Parce que c'est toi qui l'as préparé pour le vol. Et ça, c'est incroyablement beau.

Laryn le regardait avec de grands yeux remplis d'une émotion si brute que Casper eut l'impression de s'y noyer.

— Je suis désolé que tu aies dû entendre ça. Ce n'est pas comme ça qu'on recrute quelqu'un. Les insultes, ce n'est pas vraiment une bonne approche pour nouer une relation professionnelle.

— Je sais.

— Il t'a menacée, ajouta Casper à voix basse.

— Oui. Et j'avoue que j'ai peur, admit-elle. Mais ça va mieux, maintenant. Il est en Turquie, et moi ici. Il ne sait pas où j'habite. C'est bon.

— Tu ne pensais pas non plus qu'il avait ton numéro... et pourtant, il a appelé. S'il bosse pour la gendarmerie turque, ou les forces spéciales, il a sans doute des contacts.

Casper détestait le souligner, mais elle devait être prudente.

Laryn se crispa et voulut retirer sa main, mais Casper resserra doucement sa prise.

— Je ne dis pas ça pour que tu t'inquiètes.

— Eh bien, c'est raté, grommela-t-elle.

Dans une situation différente, Casper aurait souri. Mais là, ce n'était pas drôle. Quelqu'un l'avait menacée. Et c'était inadmissible.

— Laisse-moi parler à quelques personnes, voir ce qu'on peut trouver sur cet Osman. Si c'est juste une grande gueule, ou s'il a vraiment les moyens de mettre ses menaces à exécution.

— Je suis sûre que ce n'est rien. Je ne veux pas déranger.

— Fais-moi confiance, tu ne dérangeras personne. Pas mon contact, en tout cas. Il adore ce genre de trucs : déterrer des dossiers, dénicher des infos que tout le monde croit bien cachées.

— Je ne veux pas que le colonel ou mon patron apprennent que j'ai envisagé un autre poste.

Ça, c'était plus délicat.

— Je doute qu'ils en tirent de mauvaises conclusions s'ils entendent parler de tes déboires avec Osman. Tu es la meilleure dans ton domaine, Laryn. Ils penseront juste qu'Osman tentait sa chance en essayant de t'appâter avec une tonne d'argent et... un mariage. Ils s'inquièteront surtout de te voir partir ailleurs. Qui sait, tu pourrais même décrocher une augmentation.

Mais Laryn ne sourit pas.

— Je ne veux pas plus d'argent. Je gagne largement assez.

Encore une bonne raison de l'apprécier. Plus Casper passait du temps avec elle, plus il découvrait la véritable Laryn, et plus il avait envie d'elle.

— Laisse-moi voir ce que je peux trouver. Mon contact fera des recherches pendant qu'on est en mission, et à notre retour, on saura si cette menace est sérieuse, ou si c'est juste un crétin désespéré qui déblatère des conneries. S'il te plaît.

Elle soupira.

— D'accord.

Ça faisait deux fois qu'il obtenait ce qu'il voulait avec un simple *s'il te plaît*. Casper le nota dans un coin de sa tête, tout en se promettant de ne pas en abuser...

— Je dois me lever tôt demain pour l'entraînement, et il commence à se faire tard. Je ferais mieux d'aller dormir, déclara-t-il.

D'accord, répondit Laryn en retirant une nouvelle fois sa main.

Cette fois, Casper la laissa faire, mais pas avant d'avoir mémorisé la sensation de sa paume calleuse effleurant la sienne.

— Merci d'être venu, lui dit-elle poliment.

Casper hocha la tête.

— De rien. Tu aurais un oreiller en rab ?

Elle fronça les sourcils.

— Quoi ?

— Un oreiller. Je peux prendre le plaid qui est sur le dossier du canapé, mais un oreiller, ce serait bien.

— Tu ne vas pas rester ici, lâcha-t-elle, presque horrifiée.

— Si, je reste, répliqua fermement Casper.

— Non, tu ne restes pas, lui répondit-elle sur le même ton.

— Laryn, tu viens de terminer une conversation téléphonique avec un type qui t'a menacée, qui t'a dit que tu regretterais de ne pas avoir accepté son offre. Un homme qui, au mieux, a accès à une grosse somme d'argent, vu qu'il peut engager quelqu'un pour équiper des MH-60, et au pire, qui a des contacts haut placés au sein du gouvernement turc. Il est hors de question que je te laisse seule.

— Je peux très bien me débrouiller.

— Je sais, tu es adulte. Mais tu n'es pas une militaire entraînée.

— En fait, si. J'ai suivi la même formation de base que toi, rétorqua-t-elle. Et puis, tu es un pilote. Je ne vois pas d'hélico garé devant mon appart.

Bon sang, il aimait son répondant. Mais ça ne changerait rien.

— Si je m'en vais après tout ce que tu viens de me dire ce soir, je vais passer la nuit à me faire du souci. À me demander si Osman a des contacts aux États-Unis. Si quelqu'un s'est introduit chez toi pour t'enlever. Demain matin, je pourrais me réveiller et découvrir que tu es déjà en route pour la Turquie, détenue et forcée de bosser sur les nouveaux équipements. Et comme je sais que tu résisterais, parce que c'est dans ta nature, ils pourraient te torturer pour te faire cracher les secrets des dernières technologies intégrées aux hélicoptères américains.

— Mon Dieu, qu'est-ce que tu peux être dramatique, protesta Laryn.

Casper prit son air le plus pathétique, et alla même jusqu'à faire la moue.

— Je n'arrive pas à croire que je vais accepter. Très bien. Mais juste pour cette nuit.

Il n'avait pas l'intention de lui promettre quoi que ce soit, alors il se contenta de sourire.

Laryn secoua la tête, se leva, puis se dirigea vers la cuisine pour vider le thé glacé qu'elle n'avait même pas terminé.

— Je vais le regretter, marmonna-t-elle.

Casper fronça les sourcils. Il la suivit en silence. Lorsqu'elle se retourna après avoir posé son gobelet dans l'évier, elle sursauta en le retrouvant juste derrière elle. Il posa les mains de chaque côté du bar et se pencha légèrement. Ses mains à elle se posèrent sur son torse, mais elle ne le repoussa pas. Elles restèrent simplement là.

— Tu ne vas pas le regretter. Je suis juste là pour m'assurer que tout va bien, lui dit-il.

— D'accord.

— Je suis sérieux. Pas de regrets, Laryn.

— Je... C'est juste que... c'est tellement différent d'avant.

— Je sais. J'ai été idiot. Je te l'ai dit. Et c'est fini. Je suis là pour une amie. Pour une personne qui a toujours veillé sur moi, qui s'est assurée que je sois en sécurité en vol. Je fais pareil pour toi, même si j'ai mis du temps à m'en rendre compte.

Ses paroles semblèrent avoir un impact sur elle. Ses épaules se relâchèrent, et elle agrippa légèrement son T-shirt.

— Merci, murmura-t-elle.

— De rien. Et on va travailler sur ta capacité à demander de l'aide.

Elle leva les yeux au ciel, et cette fois, elle le repoussa légèrement.

Casper esquissa un sourire et recula pour lui laisser de l'espace.

— Ne viens pas te plaindre si tu dors mal. Ce canapé est une vraie torture.

— Merde, marmonna-t-il.

Laryn pouffa de rire, le premier rire sincère qu'il entendait de sa part ce soir. Il savoura ce moment. Une nuit de sommeil pourrie ne pesait pas bien lourd si ça pouvait la détendre un peu.

Elle sortit de la cuisine, et Casper attendit de voir ce qu'elle faisait. Moins de vingt secondes plus tard, elle revint avec un oreiller moelleux. Elle le posa sur le canapé, puis désigna le couloir.

— La salle de bain est là. On va devoir la partager, je n'en ai qu'une.

— Pas de souci. Je te préviendrai quand je partirai demain.

— À quelle heure est l'entraînement ? demanda-t-elle.

— 5 h 30.

— Je serai réveillée. Je me lève à 4 h 30 pour m'entraîner.

— Sérieux ?

— Hmm hmm.

Une idée germa dans l'esprit de Casper.

— Tu veux t'entraîner avec moi et les gars ?

Laryn fronça les sourcils.

— Euh... hors de question.

— Pourquoi ?

— Parce que vous devez certainement courir quarante bornes, enchaîner mille burpees, et soulever ces énormes blocs de béton qui traînent autour de la base.

Casper éclata de rire.

— Pas du tout. Demain, on va juste courir cinq kilomètres, puis direction le terrain d'entraînement de la base. Tu sais, celui avec les barres de traction, les sauts sur banc, les dips, les barres de singe, et ce petit mur d'escalade. Viens avec nous, ce sera sympa.

— Je ne sais pas...

Casper ne put s'en empêcher.

— S'il te plaît ?

Elle plissa les yeux.

— Bordel, voilà que tu te montres gentil, maintenant. D'accord.

Une vague de satisfaction le submergea.

— Parfait. On partira vers 5 h 15. Comme tu habites à côté de la base, ça nous laissera largement le temps de rejoindre les gars.

Laryn hocha la tête et s'éloigna en direction de la chambre. Juste avant d'entrer, elle se retourna.

— Tate ?

— Oui ?

— La dernière personne qui a fait quelque chose d'aussi désintéressé pour moi, c'était mon père. Merci d'être là.

En entendant ces mots, son cœur se serra. Cette femme aurait dû avoir des tas de gens prêts à se plier en quatre pour elle, à la soutenir. Lui compris. Il avait merdé, mais il comptait bien se rattraper, lui prouver que désormais, il serait là, et ses collègues pilotes aussi. Laryn était un élément clé de leur équipe. Ils n'avaient pas du tout agi en conséquence, mais ça allait changer.

— Bonne nuit, Laryn.

— Bonne nuit.

Il resta planté au milieu du salon, regardant fixement le couloir pendant plusieurs minutes, écoutant Laryn s'activer dans sa chambre. Ce ne fut que lorsqu'il vit la lumière sous sa porte s'éteindre qu'il bougea enfin, et s'allongea sur le canapé. Elle avait raison, il était extrêmement ferme, mais Casper s'en fichait. Il ne prit même pas la peine d'enlever ses bottes. Il voulait être paré à toute éventualité. Pensait-il vraiment que quelqu'un allait défoncer la porte pour s'en prendre à Laryn ? Pas vraiment. Mais tant qu'il n'aurait pas parlé à Tex, son fameux contact, il ne prendrait aucun risque.

Tex saurait creuser du côté de cet Altan Osman et évaluer le réel niveau de menace qu'il représentait. En attendant, Laryn allait devoir s'habituer à avoir quelqu'un dans les parages en permanence. Si ce n'était pas lui, ce serait Pyro. Ou Edge. Ou n'importe lequel de ses frères d'armes. Au fond, le prochain déploiement le soulageait presque. Il n'y avait pas d'endroit plus sûr qu'un navire en pleine mer. Pendant qu'il ferait son boulot avec les autres Night Stalkers, elle allait être bien à l'abri à bord. De retour à Norfolk, ils verraient comment neutraliser toute menace potentielle.

Casper attendait cette mission avec impatience. Il comptait bien montrer à Laryn ce que faire partie d'une équipe signifiait vraiment. Elle allait sans doute rechigner, mais elle finirait par comprendre que lui et ses coéquipiers étaient bornés. Quand ils avaient une idée en tête – en l'occurrence, l'intégrer pleine-ment dans leur cercle – rien ni personne ne pouvait les en empêcher.

6

Laryn avait l'impression qu'elle allait mourir. Elle faisait du sport trois matins par semaine, mais essayer de suivre Tate et ses amis lui donnait la nausée. Et comme si cela ne suffisait pas, elle avait passé une nuit épouvantable. Impossible de trouver le sommeil en sachant que Tate était juste de l'autre côté de la porte, et qu'il dormait sur son canapé, avec son oreiller.

Si ce n'était pas uniquement parce qu'il la pensait en danger, elle aurait presque apprécié la situation. Même si elle devait bien admettre que ça lui réchauffait le cœur qu'il veuille la protéger.

Elle ne croyait pas vraiment qu'Atlan viendrait la chercher, même s'il était furieux au téléphone. Assez pour ébranler la confiance qu'elle avait d'ordinaire en elle. Avoir Tate chez elle la veille était un véritable soulagement. Mais elle ne comptait pas s'habituer à sa présence. Il ne pouvait pas s'installer ici indéfiniment.

À sa grande surprise, lui semblait en pleine forme ce matin. Comme si son canapé dur comme du bois ne l'avait même pas dérangé. D'un autre côté, il avait sûrement dormi dans des endroits bien pires. Ce qui était agaçant, c'était son énergie. Il avait parlé durant tout le trajet jusqu'à la base, et il avait l'air ravi d'annoncer à ses copains qu'elle se joignait à eux pour leur entraînement matinal.

Les gars semblaient sincèrement contents qu'elle soit avec eux, ce qui l'étonnait un peu. Leur groupe était très soudé. Tout le monde savait que l'équipe faisait son entraînement à part, sans inviter personne, et qu'ils restaient généralement entre eux au sein de la base.

Et maintenant, pour son premier essai, elle faisait tout son possible pour ne pas régurgiter le litre d'eau qu'elle avait bu avant de partir courir.

Quand ils arrivèrent au parc pour utiliser les équipements, Laryn était à bout. Elle s'écroula sur l'herbe et annonça :

— Allez-y sans moi. Je vais juste faire quelques abdos.

Tout le monde éclata de rire, mais elle sentait bien qu'ils ne se moquaient pas d'elle.

Après avoir repris son souffle et enchaîné quelques séries d'abdos, elle posa les bras sur ses genoux repliés et observa les pilotes à l'œuvre.

Il fallait reconnaître qu'ils étaient impressionnants. Tout comme leurs physiques. Ils portaient tous les shorts réglementaires et le T-shirt gris estampillé ARMY. Leurs bras se tendaient à chaque traction, leurs cuisses se contractaient sous l'effort des squats et des burpees.

Même s'ils étaient pilotes et restaient assis pendant des heures, Laryn n'avait aucun doute : ils avaient autant de capacités que les forces spéciales qu'ils transportaient sur des missions à haut risque. Chacun d'eux avait suivi un entraînement poussé au combat rapproché et à la survie en territoire hostile, au cas où – Dieu les en préserve – leur hélicoptère s'écraserait derrière les lignes ennemies.

Les voir s'entraîner, plaisanter et s'encourager lui donna une nouvelle perspective sur le lien qu'il y avait entre eux. Ils n'étaient pas juste collègues. Ils formaient une famille.

Une fois l'entraînement terminé, elle fut étonnée de les voir s'écrouler dans l'herbe auprès d'elle. Buck et Obi-Wan s'allongèrent sur le dos en grognant. Pyro et Chaos éclatèrent de rire et leur dirent d'arrêter de se plaindre. Edge se contenta d'un sourire en coin.

En tournant la tête vers Tate, elle remarqua qu'il ne regardait pas ses amis. Il la regardait, elle.

Son cœur s'emballa. Gênée, elle détourna vite les yeux.

— Donc... Laryn se fait harceler par un connard qui veut qu'elle bosse pour lui.

Elle sursauta. Pendant un instant, elle avait réussi à oublier l'appel de la veille.

— Quoi ? Qui ?

— Mais elle a déjà un job !

— Tu ne vas pas nous quitter, hein, Laryn ?!

— Comment ça, harceler ?

Les questions fusèrent de toutes parts.

— Pour faire court, répondit Tate, on sait tous que Laryn est la meilleure mécano de MH-60 qu'on ait jamais eue. Et manifestement, l'armée a eu le bon sens de l'embaucher. Mais il semblerait que l'information se soit propagée, et maintenant, tout le monde veut l'avoir. Et par *tout le monde*, je veux dire d'autres pays. Des pays prêts à tout pour recruter quelqu'un qui connaît cette technologie sur le bout des doigts. L'un de ces types essaie de la convaincre depuis un moment. Quand elle a refusé, au lieu de lâcher l'affaire, il a insisté. Il l'a même appelée hier soir, alors qu'elle ne lui a jamais donné son numéro. Il a dit des choses inquiétantes. Je vais demander à Tex de creuser un peu pour voir si ses menaces sont juste un caprice de recruteur frustré, ou si c'est plus sérieux.

Laryn se sentit mal à l'aise. Elle ne savait pas trop pourquoi, alors que c'était elle qui subissait les menaces. Peut-être parce qu'elle avait l'impression que sans le vouloir, au début, elle avait encouragé Altan en l'écoutant.

— Qu'est-ce qu'on peut faire ? demanda Edge d'un ton détendu, comme si leur soutien ne faisait aucun doute.

Laryn ouvrit la bouche pour intervenir, mais Tate fut plus rapide.

— J'ai passé la nuit chez elle au cas où, mais je ne peux pas être là en permanence. Selon ce que Tex nous dira, on devra peut-être se relayer pour veiller sur elle.

— Ok.

— Ça marche.

— Tu n'as qu'à nous prévenir quand tu auras besoin de nous.

Leur soutien était immédiat. Et sincère.

Mais Laryn ne put s'empêcher de grincer des dents en entendant Tate prendre les choses en main à sa place.

— Je n'ai pas besoin d'une nounou ou d'un garde du corps, rétorqua-t-elle avec fermeté. J'admets qu'hier soir, j'étais un peu perturbée. Mais avec le recul, il est peu probable qu'Altan passe à l'action. Ce ne serait pas malin. Si quelque chose m'arrivait, ce serait le premier suspect.

— Tu crois vraiment que ça l'arrêterait ? lança Chaos en inclinant légèrement la tête.

— Euh... oui, répondit Laryn.

— Faux, déclara Buck d'une voix grave. Il pourrait te capturer et t'obliger à faire le boulot pour lequel il comptait te payer. Et tu serais obligée d'obéir, parce que l'alternative ne serait pas jolie. Même en sachant que c'est lui, on n'aurait aucun moyen de savoir où il t'a emmenée.

— On a déjà mené des missions de sauvetage pour des prisonniers de guerre américains, et crois-moi, les conditions dans lesquelles on les a retrouvés étaient loin d'être jolies à voir.

Pyro était sérieux, et Laryn frissonna en l'entendant poursuivre :

— Même le soldat le plus robuste des forces spéciales ne fait souvent pas le poids face à des mois de torture. Tu craquerais, ma petite Laryn. Tu renierais tous les serments que tu as prêtés au gouvernement, juste pour que la douleur cesse.

— Ça suffit ! aboya Tate à ses amis. Personne ne va capturer Laryn. Et vous êtes en train de lui faire peur.

— Tu ne crois pas qu'elle devrait avoir un peu peur ? rétorqua Chaos. Peut-être qu'elle ne réalise pas à quel point les informations qu'elle détient valent cher. À quel point certains pays ennemis seraient prêts à tout pour les obtenir... par n'importe quel moyen.

— Je suis sérieux, ça suffit, grogna Tate d'un ton si inhabituel que Laryn en eut presque peur. Il n'y a rien de mal à ce qu'elle connaisse sa valeur et cherche à obtenir une meilleure rémunération ou de meilleurs avantages grâce à ses compétences. C'est bien ce qu'on a tous fait, non ? On savait ce qu'on valait, alors on a négocié un contrat spécial avec l'armée pour stationner ici au lieu d'être envoyés dans le Kentucky, à Washington ou en Géorgie avec le reste du 160th Special Ops Aviation Regiment. Peu importe pourquoi et comment Laryn a atterri sur le radar de cet enfoiré, ce qui compte, c'est que c'est le cas, et notre boulot, c'est de protéger l'une des nôtres. Je ne veux plus entendre un seul foutu avertissement funeste à son sujet. C'est clair ? Vous êtes avec moi ou pas ?

— On est avec toi, répondirent à l'unisson les cinq autres pilotes.

— Je suis désolée, murmura Laryn, incapable de se retenir.

L'ardeur avec laquelle Tate venait de la défendre l'avait prise au dépourvu.

— Tu n'as aucune raison de l'être, répondit-il aussitôt.

— Si, un peu, admit-elle. Chaos n'a pas complètement tort. J'ai demandé à un ami s'il connaissait des missions sous contrat. Comment l'info s'est propagée aussi vite, je n'en sais rien. Mais c'est moi qui ai fait le premier pas.

— Pourquoi ? demanda Pyro. Tu es si malheureuse ici, avec nous ?

C'était compliqué de répondre. Et il était hors de question qu'elle avoue que tout était parti du fait qu'elle ne supportait plus d'être sans cesse avec Tate, alors qu'il semblait à peine remarquer sa présence.

— Non, c'est juste que… j'avais l'impression de stagner. Je pensais que changer d'environnement m'aiderait à me sentir…

Elle s'interrompit, réalisant presque trop tard qu'elle ferait mieux de garder ça pour elle. Elle n'avait pas envie de blesser qui que ce soit.

— Te sentir comment ? s'enquit Edge.

Laryn s'humecta les lèvres, puis soupira.

— Plus intégrée dans une équipe, conclut-elle à voix basse. Je sais que je ne suis pas pilote, rien de tout ça, et j'aime bien les autres mécanos, mais ils me traitent strictement comme leur supérieure. Depuis un bon moment, j'ai l'impression de bosser dans ma bulle. Travailler, rentrer chez moi, puis revenir au boulot. Je crois que j'avais simplement envie de changer un peu les choses.

À peine eut-elle terminé sa phrase qu'elle regretta en voyant l'air blessé des six hommes autour d'elle.

— Tu fais partie de notre équipe, Laryn, lui assura Pyro. Tu crois qu'on pourrait faire quoi que ce soit sans toi ?

— Sans toi, je ne serais pas aussi confiant quand je suis en vol, renchérit Obi-Wan. Je n'hésite pas à faire des trucs complètement fous en sachant que l'hélico ne va pas tomber en morceau… parce que tu l'as inspecté dans les moindres détails pour t'assurer que tout est en ordre.

— On a clairement merdé en ne te faisant pas comprendre à quel point tu comptes pour nous, admit Edge.

— On fera mieux, désormais. Tu vas en avoir marre de nous, promit-il en souriant. On sera tout le temps sur ton dos, à vouloir traîner avec toi, te sortir du lit pour venir boire une bière à Anchor Point et jouer au cornhole.

— Je ne joue pas au cornhole avec vous, répliqua Laryn. Je ne pourrais même pas toucher la façade d'une grange même si ma vie en dépendait. Alors que vous, j'imagine que vous atteignez la cible à tous les coups.

Tout le monde éclata de rire.

— Tu as raison, admit Obi-Wan d'un ton plus posé. On t'a laissée tomber. On n'a pas montré à quel point tu fais partie de l'équipe. Merde, c'est pour ça que le colonel a insisté pour que tu sois incluse dans notre contrat pour être basée ici, à Norfolk. Casper a tout fait pour que tu sois affectée comme cheffe mécanicienne et que tu nous suives partout.

Laryn tourna la tête vers Tate. Une fois encore, il avait les yeux rivés sur elle.

— C'est vrai ? demanda-t-elle.

— Oui.

C'était un simple mot, mais il y avait mis tellement d'émotion et de sincérité qu'elle eut honte d'avoir envisagé de partir.

— Je ne savais pas, murmura-t-elle un peu bêtement.

— C'est notre faute, reconnut Tate. On n'a pas pris la peine de te le dire, et on n'a pas su te faire sentir que tu fais partie de la bande. Mais aujourd'hui, ça va changer. À commencer par faire comprendre à cet enfoiré d'Osman que tu n'es pas disponible, et que tu ne bougeras pas d'ici. Non, c'est non. Le chantage, les menaces, ou quoi que ce soit d'autre n'y changeront rien. Tu veux bien nous laisser t'aider ? Tu as toujours veillé sur nous ces trois dernières années... Laisse-nous faire pareil pour toi.

Comment pouvait-elle refuser ? Laryn hocha la tête.

— Parfait. Maintenant, je ne t'ai toujours pas dit ce que le colonel nous a appris en réunion hier soir. En gros, il est persuadé que le MH-60 passera les tests sans problème, alors il a déjà organisé son transfert en Méditerranée, sur un destroyer stationné là-bas. Changement de programme : on pensait être envoyés en mer d'Arabie, mais finalement, on va rejoindre les SEALs qui préparent des missions dans la région.

Laryn acquiesça.

— Tu veux en parler ? demanda Tate, le regard toujours braqué sur elle.

— Pas vraiment. L'hélico est prêt. Vous êtes prêts. Il n'y a pas de raison que ça pose problème.

Bien sûr que si, c'était un enjeu énorme. Tout le monde le savait. Si quoi que ce soit déconnait, si l'un des systèmes installés ne fonctionnait pas comme prévu, ça risquait de foutre en l'air toute l'opération et de bouleverser le calendrier des missions.

— Bon, pour ma part, je pue, déclara Tate. J'ai besoin de prendre une douche. On passe chez moi, je me lave, puis on va chez toi pour que tu te prépares. Je nous prépare un petit déj avant qu'on file à la base.

Laryn fronça les sourcils.

— Ce n'est pas nécessaire, Tate. Dépose-moi chez moi et je te rejoindrai plus tard au hangar.

— Pas question. J'étais là, hier soir. J'ai vu à quel point Osman t'a fait flipper. On ignore encore jusqu'où il peut aller, et ce qu'il mijote. Je ne te laisserai pas seule tant que Tex ne nous aura pas donné plus d'infos.

— D'ailleurs, c'est qui, ce Tex ? demanda-t-elle, agacée.

— Son vrai nom, c'est John Keegan. C'est un ancien SEAL,

et un foutu génie de l'informatique, expliqua Buck en se levant et en époussetant son pantalon.

— Il a participé à plus de sauvetages des forces spéciales qu'on ne pourrait les compter, ajouta Obi-Wan.

— Et pas seulement des militaires, approuva Pyro.

— Le gouvernement lui fait confiance, les SEALs lui font confiance, les Deltas aussi... Tous ceux qui ont quitté l'armée comptent sur lui. Il peut déterrer des infos sur n'importe qui. Rien ne lui échappe, conclut Chaos.

— Il nous tiendra tous au courant si ce type qui t'a fait flipper hier soir représente vraiment une menace, ou s'il a juste besoin d'un peu d'encouragement de la part de Tex sous forme de virus lâché sur les serveurs de son pays pour le faire reculer, déclara Edge en souriant.

— Au fait, d'où vient-il, cet Osman ? demanda Pyro. C'est bien son nom de famille, non ?

— De Turquie, répondit Tate avant que Laryn ne puisse dire un mot.

Les autres marmonnèrent des jurons entre leurs dents.

Tout le monde suivit l'exemple de Buck et se leva. Tate tendit la main à Laryn pour l'aider.

— Allez, il faut qu'on bouge. Et je sais que tu ne veux pas que quelqu'un d'autre touche à ton hélico avant les essais. On doit s'activer pour avoir le temps de prendre une bonne douche et un bon petit déjeuner avant d'attaquer la journée à fond.

Laryn saisit sa main sans réfléchir, et à l'instant où ses doigts se replièrent sur les siens, des frissons lui parcoururent le bras. Elle pria pour que Tate ne le remarque pas... ni aucun de ses amis. Dès qu'elle fut debout, Tate tourna les talons vers le parking où ils avaient laissé leurs voitures... sans lui lâcher la main.

Elle n'avait pas vraiment le choix. Si elle ne voulait pas faire tout un plat de ce geste, elle devait simplement le suivre.

Les autres discutaient de leurs plans pour la journée et ne semblaient pas trouver bizarre que Tate et elle se tiennent la main. Laryn ne pouvait s'empêcher d'avoir cette sensation chaleureuse et réconfortante au niveau de la poitrine. Elle intégrait enfin leurs conversations. Elle avait été sur la touche pendant si longtemps. C'était vraiment différent de se retrouver au cœur de leur petit cercle.

Quand ils prenaient une décision, ils ne faisaient pas les choses à moitié. Ils s'engageaient à cent pour cent. Ce n'était pas vraiment une surprise, car les pilotes des Night Stalkers étaient parmi les personnes les plus déterminées et concentrées qu'elle ait jamais rencontrées. D'habitude, cette ténacité était liée à leurs missions, quoi qu'il arrive. Mais apparemment, ça s'appliquait aussi aux torts qu'ils voulaient réparer... En l'occurrence, le fait qu'elle n'avait pas l'impression de faire partie de l'équipe.

À vrai dire, ce n'était pas vraiment le cas... mais c'était touchant de voir qu'ils le pensaient. Certes, elle était responsable du bon fonctionnement des hélicoptères dans les conditions les plus difficiles, et elle veillait à ce que les moteurs répondent au quart de tour, sans faillir. Mais est-ce que cela faisait d'elle une des leurs ? Pas à ses yeux. Pourtant, ces six hommes voyaient les choses autrement.

Cette sensation chaleureuse, c'était exactement ce qu'elle cherchait depuis des années. Ce sentiment d'appartenance à quelque chose de plus grand qu'elle, être une pièce essentielle d'un ensemble. C'était ce qu'elle avait ressenti en travaillant avec son père sur les voitures au circuit de terre battue, et c'était aussi ce qu'elle ressentait à cet instant précis.

L'idée d'avoir une sorte de garde du corps ne l'enchantait pas, mais elle devait admettre que ça la rassurait un peu. Tant qu'ils ne sauraient pas si Altan Osman représentait une véritable menace, ce ne serait pas si difficile de supporter la présence de Tate.

Elle avait juste besoin de bien cacher ses sentiments. Elle ne voulait surtout pas qu'il découvre à quel point elle en pinçait pour lui. Cela risquait de gâcher la camaraderie qu'elle venait à peine de trouver avec toute l'équipe. Elle pouvait se contenter d'être son amie. Enfin... Peut-être.

7

Casper se sentait au sommet du monde. Les essais en vol s'étaient parfaitement déroulés. L'hélicoptère avait réagi à merveille à ses commandes, et tous les gadgets dans lesquels l'armée avait investi – les radars, la vision nocturne, les lance-missiles – fonctionnaient admirablement. Il sentait bien que Laryn s'était surpassée au niveau du moteur : il lui semblait encore plus réactif que celui de son appareil précédent. Ce qui n'était pas rien, sachant que c'était le meilleur hélicoptère qu'il avait jamais piloté.

Il avait pensé à sa mécanicienne toute la journée, il n'arrêtait pas de se répéter ce qu'elle leur avait confié : qu'elle n'avait jamais eu l'impression de faire vraiment partie de l'équipe. Ça le mettait mal à l'aise, et il s'en voulait de l'avoir laissée avec ce sentiment. Il savait mieux que personne à quel point c'était important de faire en sorte que chaque membre de l'équipe se sente valorisé. En tant que pilote le plus haut gradé de son escadron des Night Stalkers, il se sentait responsable. Et il avait clairement failli auprès de Laryn. À tel point qu'elle avait commencé à chercher du travail ailleurs.

C'était une adulte, bien sûr. Elle avait parfaitement le droit de prendre ses propres décisions. Mais il ne pouvait s'empêcher de penser qu'il l'avait laissée tomber. Que d'une certaine manière, si elle en était là, c'était en partie à cause de lui. Si Casper avait ouvert les yeux plus tôt et compris que le manque d'inclusion la faisait se sentir à l'écart, peut-être qu'elle n'aurait pas demandé à son ami de repérer des postes en sous-traitance. Il voulait arranger cela, d'une façon ou d'une autre.

Et la première étape pour y parvenir, c'était d'inclure Laryn dans leur tradition : célébrer ensemble le succès des essais en vol.

Toujours sous l'effet de l'adrénaline après avoir poussé l'hélicoptère dans ses retranchements avec Pyro à ses côtés – pendant que les autres Night Stalkers jouaient tour à tour le rôle d'alliés ou d'ennemis, selon les systèmes à évaluer – Casper se dirigea vers Laryn, qui discutait avec deux jeunes mécaniciens qui travaillaient pour elle.

— J'en saurai plus en parlant avec Casper, mais j'ai l'impression qu'il tirait un peu à droite. Il faut tout vérifier pour s'assurer que le manche est bien aligné. Un décalage d'un centimètre seulement pourrait être catastrophique pour tout le monde à bord, surtout si les pilotes manœuvrent entre les montagnes.

Elle n'avait pas tort. Une fois de plus, Casper se rappela à quel point elle connaissait ces machines sur le bout des doigts. Il avait tendance à prendre la précision avec laquelle elles réagissaient en vol pour acquise. Mais Laryn avait raison : même le plus petit défaut pouvait provoquer une catastrophe.

— Je n'ai pas remarqué qu'il tirait à droite, mais si tu le dis, c'est que c'était le cas, déclara Casper en s'approchant.

Il passa un bras autour des épaules de Laryn et lui fit une petite accolade amicale.

— Il a super bien tourné, poursuivit-il. Merci à tous pour votre travail. Grâce à vous, il est prêt à décoller.

Le visage des deux jeunes mécanos s'illumina, et à cet instant, Casper réalisa que ce n'était pas seulement Laryn qu'il aurait dû mieux considérer. Le fait de valoriser ces gars aiderait non seulement son équipe, mais aussi les futurs pilotes avec qui ils travailleraient.

Tandis que les deux jeunes – des gamins, en réalité – s'emballaient en décrivant certaines manœuvres qu'il avait effectuées pendant le vol d'essai, l'attention de Casper était focalisée sur la femme à ses côtés. Il n'avait pas retiré son bras de son épaule, et elle ne l'avait pas repoussé. C'était peut-être son imagination, mais il aurait juré qu'elle s'était légèrement rapprochée pendant qu'il écoutait patiemment les louanges enthousiastes de ses collègues sur ses talents de pilote.

C'était le moment parfait pour renforcer ses relations avec les mécaniciens de l'équipe... mais à cet instant précis, Casper n'avait qu'une relation en tête : celle qu'il avait avec Laryn.

— Merci, les gars. Mais honnêtement, un pilote ne vaut que par l'appareil qu'il pilote. Grâce à Laryn et à toute l'équipe qui a bossé sur mon MH-60, j'ai pu être l'un des meilleurs aujourd'hui. Maintenant, si vous voulez bien m'excuser, je dois vous la piquer.

— Bien sûr.

— Oui, vous avez sûrement une AAA à faire.

Une vague de culpabilité traversa Casper. Il ne l'emmenait pas pour une ennuyeuse *Analyse Après Action*. Non, il voulait la convaincre de venir à Anchor Point avec lui et les autres Night Stalkers pour fêter la réussite des essais.

Il laissa retomber son bras de ses épaules, mais lui prit la main à la place. Il l'entraîna à l'écart des mécaniciens, qui continuaient à les observer avec intérêt. À contrecœur, il finit par lui lâcher la main lorsqu'ils furent hors de portée de voix. C'était fou comme lui tenir la main était agréable.

— Qu'est-ce qu'il y a ? demanda-t-elle en inclinant légèrement la tête.

— Viens avec nous à Anchor Point, répondit-il sans détour.

Elle cligna des yeux, surprise. Puis elle laissa échapper un adorable petit soupir.

— Je pensais que tu voulais me parler de l'hélico qui tire à droite.

— Pas du tout. Je veux que tu acceptes de venir au bar pour fêter ça avec nous. C'est la tradition.

— Je ne sais pas, hésita Laryn. J'ai de la paperasse à faire, et je veux jeter un œil à l'hélico avant qu'il soit chargé pour le destroyer. Je dois m'assurer que rien n'a bougé pendant les essais, ou qu'il n'y a rien à remplacer.

— L'hélico va très bien. Tes gars peuvent s'en occuper. Allez, viens avec nous.

— Tu me demandes ça juste parce que tu penses devoir me surveiller à cause de cet appel hier soir, l'accusa-t-elle.

— Non, répondit Casper. Rappelle-toi, je t'ai dit hier soir que je voulais que tu viennes avec nous pour fêter les essais. Et je t'invite parce que j'ai vraiment envie que tu sois là. J'ai été un chef d'équipe merdique en mettant de côté l'une des personnes les plus importantes de l'équipe pendant beaucoup trop longtemps. On va fêter ça avec toi, partager ce sentiment de victoire après avoir enfin repris les airs depuis la perte de cet hélico en Irak. Je me sentais à poil sans appareil. Maintenant, je peux enfin recommencer à faire ce que je fais de mieux.

Il envisagea d'utiliser les mots magiques qui semblaient toujours la convaincre de faire ce qu'il voulait, mais il ne voulait pas abuser de ce pouvoir.

— Je te promets qu'on va passer un bon moment. Les gars

et moi, on veut apprendre à mieux te connaître. On ne se met jamais la tête à l'envers, et on ne restera pas trop tard.

Laryn soupira, regarda ses collègues, puis le MH-60 dans le hangar, avant de finalement reporter son attention sur Casper.

— D'accord. Mais pas longtemps. Il est déjà tard.

C'était vrai. Il était déjà minuit et demi.

— Génial. Et ce ne sera pas trop long, le bar ferme à 2 h.

Il mourrait d'envie de lui reprendre la main, mais il était conscient des nombreux regards posés sur eux. La dernière chose qu'il voulait, c'était l'embarrasser ou lui faire subir des questions gênantes de la part de ses collègues. Il n'y avait aucune règle contre le fait de sortir avec un marin ou un soldat, mais Casper savait instinctivement qu'elle détesterait attirer l'attention. Elle préférait de loin rester discrète.

Le simple fait d'y penser le fit sourire. Après tout, lui aussi était plus à l'aise sous les radars... au sens propre comme au figuré. Piloter son hélico à basse altitude, invisible aux forces ennemies, c'était là qu'il excellait.

Casper se contenta de poser légèrement la main dans le bas du dos de Laryn, l'incitant à avancer vers ses amis qui les attendaient patiemment. Il n'avait pas encore eu l'occasion de parler à la plupart d'entre eux en privé de ce qui se passait avec Laryn, et honnêtement, il ne savait même pas comment le formuler. Comment leur dire qu'il venait soudainement de se rendre compte que c'était une femme attirante ? Qu'il se sentait idiot de ne pas l'avoir remarqué plus tôt ? Tout cela était vrai, mais il cherchait encore la bonne manière de leur annoncer.

Enfin... il n'aurait peut-être même pas besoin de le faire. Il n'avait jamais invité une femme à un entraînement auparavant. Et même si, techniquement, Laryn faisait partie de leur équipe, le fait qu'il s'intéresse à elle avec autant d'intensité était inhabituel. Assez pour que ses amis – sauf Edge et Pyro, avec qui il en avait déjà parlé – aient sans doute deviné que son intérêt n'était pas purement professionnel.

— Tope-là ! s'exclama Buck quand ils arrivèrent à leur hauteur.

Laryn sourit et lui tapa dans la main.

— Il a volé comme un charme ! ajouta Pyro avant de l'attirer dans une énorme étreinte.

Elle poussa un petit cri de surprise, mais lui rendit son étreinte en riant.

— T'as vu Casper le pencher presque à la verticale pour nous contourner ? lança Obi-Wan.

— Ouais, confirma Laryn en hochant la tête quand Pyro l'eut relâchée.

— J'ai failli me chier dessus quand il a coupé les moteurs, plongé à quatre cents mètres, et les a rallumés pour remonter juste derrière nous, renchérit Edge en secouant la tête.

— Casper, t'es un foutu taré, et je suis content que tu sois de notre côté, approuva Chaos.

— Tu viens avec nous à Anchor Point, hein ? demanda Buck à Laryn.

— Je vais venir un moment, oui.

Les gars s'enthousiasmèrent en chœur.

— Allez, on décolle, le temps presse, lâcha Pyro en regardant sa montre.

— Monte, ordonna Chaos en se tournant et en s'accroupissant légèrement.

— Pardon ? fit Laryn en fronçant les sourcils.

— Monte sur mon dos, répéta-t-il. Je te porte jusqu'à la voiture de Casper.

Elle éclata de rire.

— Euh, non merci.

— Allez... C'est la tradition après une victoire.

— Non, vraiment.

— Mais…

— Elle a dit non, intervint Casper en poussant son ami.

Chaos perdit l'équilibre et manqua de s'étaler au sol, mais il se rattrapa de justesse avant d'éclater de rire.

— Ok, ok, mais tu ne pourras pas dire que je ne suis pas un gentleman.

— D'aussi loin que je me souvienne, je marche toute seule, je devrais m'en sortir, répliqua Laryn, pince-sans-rire.

Le groupe quitta le hangar en direction du parking sous les appels et félicitations des mécaniciens encore présents. Tout le monde avait l'air de bonne humeur, et Casper flottait toujours sous l'effet de l'adrénaline des manœuvres de tout à l'heure.

Dès qu'ils furent dehors, il posa de nouveau la main dans le bas du dos de Laryn pour la guider vers sa Taurus. Lorsqu'ils arrivèrent près de la voiture, elle sourit, manifestement toujours aussi emballée qu'au moment où elle l'avait découverte.

— Les modèles de 2005 ont eu des problèmes de ratés au niveau de l'allumage à grande vitesse. Tu as déjà eu ça ? s'enquit-elle.

— Non.

— Et le régulateur de ralenti ? Ça peut causer des soucis de performances.

— Pas avec cette beauté.

— Le capteur de position d'arbre à cames a tendance à flinguer le synchroniseur.

À présent, elle parlait plus pour elle, effleurant le capot du bout des doigts en passant devant. Casper était prêt à parier qu'elle mourrait d'envie de l'ouvrir pour jeter un œil.

— Tu as déjà pété un joint de culasse ? Ou remarqué une fumée blanche à l'échappement ? Ça pourrait venir de là.

Plutôt que de répondre, il s'approcha et prit la main qu'elle avait posée sur la carrosserie. Sans un mot, il l'attira vers le côté conducteur et ouvrit la portière.

— Monte, tu verras par toi-même comment elle roule, lui proposa-t-il.

— Sérieusement ? demanda Laryn, les yeux brillant d'excitation.

— Je ne te proposerais pas si ce n'était pas sincère.

Elle arqua un sourcil, sceptique.

— La plupart des pilotes que je connais sont de vrais control freaks. Ils ne laisseraient jamais quelqu'un d'autre conduire leur voiture. Encore moins une femme.

— Je ne suis pas comme la plupart des pilotes. Et tu connais bien plus de choses sur les bagnoles que moi. Je te fais confiance en mettant ma vie entre tes mains chaque fois que je monte à bord du MH-60. Pourquoi je ne te ferais pas confiance au volant de ma voiture ?

Elle hésita encore.

Casper tenta le tout pour le tout. Il se rapprocha juste assez pour pénétrer légèrement son espace personnel, sans la toucher. Elle ne recula pas, se contentant de lever un peu le menton pour continuer à croiser son regard.

— J'ai vu ta voiture, Laryn. Une vieille Honda Civic du début des années 90. Elle a l'air d'une épave, mais quand elle démarre, c'est un vrai bijou. On peut apprendre beaucoup sur quelqu'un juste en regardant sa voiture.

— Et qu'est-ce que la mienne te dit sur moi ? demanda-t-elle à voix basse.

— Que tu es une sacrée mécanicienne, mais ça, je le savais déjà. Que tu prends soin de tes affaires. Que ce n'est pas parce qu'une chose a l'air un peu usée qu'elle ne mérite pas qu'on s'occupe d'elle. Que tu sais apprécier ce que tu as. Que tu es pragmatique. Tu veux que je continue ?

Elle secoua lentement la tête.

Casper prit un autre risque en levant la main pour effleurer sa joue du revers des doigts. Sa peau était douce et tiède, et même sous l'éclairage miteux du parking, il vit ses joues rougir à son contact. Elle était si réceptive, si transparente dans ses réactions. C'était grisant de constater à quel point il l'affectait. Une fois de plus, il se maudit de ne pas l'avoir remarqué plus tôt.

— Merci pour tout à l'heure, murmura-t-il. Merci d'avoir veillé à ce que mon oiseau soit impeccable. Sécurisé. Parfait. D'avoir accepté de venir à Anchor Point. D'être toi.

— De rien.

Casper se força à reculer et agrippa le cadre de la portière, les phalanges blanchies par la tension. C'était soit ça, soit la prendre dans ses bras et l'embrasser pour voir si ses lèvres étaient aussi douces que sa joue.

— Allez, installe-toi. Tu me diras ce qu'elle a quand on sera arrivé au bar.

Elle afficha un grand sourire et s'installa au volant. Casper referma la portière, puis fit le tour de la voiture en trottinant, balayant machinalement du regard les alentours. En vol, il se sentait relativement sûr de pouvoir anticiper le danger...ou de pouvoir compter sur les équipements pour le faire. Mais au sol, le mal pouvait se cacher bien plus facilement. Et même s'il se sentait en sécurité au sein de la base navale, cela ne signifiait pas qu'il n'y avait aucun risque. Ses amis et lui avaient été entraînés à rester constamment sur leurs gardes, prêts à repérer tout ce qui pouvait paraître inhabituel. Heureusement, le parking du hangar avait l'air tranquille à cet instant.

Il s'installa côté passager – une sensation étrange, même s'il ne l'aurait jamais avoué à Laryn – et esquissa un sourire quand, impatiente, elle lui fit un signe de tête vers sa ceinture de sécurité. Il la boucla et hocha la tête pour indiquer qu'il était prêt.

Elle avança son siège pour atteindre plus confortablement

les pédales, puis elle fit vrombir le moteur et sortit de la place de parking comme si elle participait à l'une de ces courses sur terre battue auxquelles elle assistait si souvent avec son père quand elle était petite.

Casper s'esclaffa et saisit la poignée au-dessus de sa tête, celle à laquelle on s'agrippe quand on s'attend au pire. Il n'était ni effrayé, ni nerveux. Laryn était pleine de surprises – et il avait hâte de découvrir chacune d'entre elles, cachées derrière ce visage stoïque et sérieux qu'elle montrait au reste du monde.

8

Quand ils arrivèrent au Anchor Point, Laryn avait mal aux zygomatiques à force de sourire. Tate, lui, ne semblait pas du tout perturbé par sa conduite. Elle savait qu'elle avait le pied lourd, et qu'elle était un peu imprudente sur la route. Le fait que les rues soient presque désertes à 1 h du matin n'arrangeait rien.

La Taurus de Tate était dans un état étonnant pour son âge. Certes, elle n'était pas aussi vieille que sa Civic, mais Laryn mourait d'envie de regarder sous le capot. Les freins semblaient avoir besoin de nouvelles plaquettes, et il y avait un léger à-coup quand elle appuyait sur l'accélérateur, ce qui lui faisait penser que les conduits avaient besoin d'être nettoyés.

Elle se gara en créneau avec aisance le long de la rue, puis tourna la tête vers Tate. L'espace d'une seconde, elle s'inquiéta. Avait-elle encore fait ce qu'elle faisait toujours... repousser un homme parce qu'elle s'y connaissait mieux que lui en mécanique, et qu'elle était plus habile au volant ? Mais elle aurait dû savoir que Tate était différent. Il avait assez confiance en ses propres compétences pour ne pas se sentir menacé. Si piloter des hélicoptères était une discipline olympique, il raflerait l'or à chaque fois – et certainement des tonnes de contrats publicitaires avec.

— Alors ? Verdict ? demanda-t-il.

— Je lui donne un bon 8 / 10, répondit Laryn.

— Seulement ? s'étonna-t-il avec un léger froncement de sourcils.

— C'est bien au-dessus de la moyenne, lui rappela-t-elle.

— Mais ce n'est pas un 10 / 10, répliqua Tate. Tu penses pouvoir l'amener au niveau supérieur ?

Laryn se contenta de hausser un sourcil avec un petit sourire.

— Bien sûr que tu peux, se reprit-il en riant légèrement, répondant à sa propre question. Allez, viens. Allons prendre un verre avant la fermeture du bar.

Laryn hocha la tête et sortit de la voiture. Ce fut à ce moment qu'elle baissa les yeux par hasard... et réalisa qu'elle portait encore sa combinaison de travail. Ce n'était pas vraiment une tenue de soirée.

Le doute la frappa de plein fouet. Derrière un volant ou sous un moteur, elle était sûre d'elle. Mais dans la vraie vie, pas tellement.

— Laryn ? l'interpela Tate.

Elle ne s'était pas rendu compte qu'il avait contourné la voiture pour la rejoindre. À présent, il se tenait juste devant elle, l'air inquiet. Elle n'avait aucune idée du temps qu'elle avait passé immobile, mais apparemment, assez longtemps pour qu'il se demande ce qu'elle fabriquait.

— Je n'ai pas la bonne tenue pour ça, lâcha-t-elle brusquement.

— Quoi ? Mais si.

Laryn poussa un soupir d'agacement.

— Tate, je porte une combinaison.

— Et alors ? Je suis bien en tenue de vol, comme tous les autres gars. Personne ne va te regarder de travers.

C'était bien le problème. Pour une fois, elle aurait aimé être la femme qu'on remarque quand elle entre dans une pièce. Pas parce qu'elle a l'air de ne pas être à sa place, mais parce qu'elle attire véritablement l'attention. Ça lui était déjà arrivé plus d'une fois de se sentir complètement à part, et elle n'avait aucune envie que ça se reproduise ici... devant Tate.

— Je devrais peut-être appeler un taxi et rentrer, hasarda-t-elle.

Tate fit un pas en avant, pénétrant son espace personnel. Cette fois, la portière derrière elle était fermée. Il ne se contenta pas de la frôler ; il posa les mains sur ses épaules et se pencha légèrement vers elle.

Quand plus tôt, à la base navale, il lui avait caressé le visage, Laryn avait eu toutes les peines du monde à ne pas l'appuyer contre sa main. Pendant des années, elle avait rêvé que Tate Davis la regarde comme il l'avait fait sur le parking du hangar. Et voilà qu'il recommençait... Il se rapprochait d'elle, la touchait. Ses pouces effleuraient doucement la base de son cou, et même si elle ne sentait pas le contact à travers la combinaison, des vagues d'électricité lui parcouraient tout le corps, jusqu'au bout des orteils.

— Tu es nue là-dessous ? demanda-t-il.

Laryn cligna des yeux, sous le choc.

— Quoi ? Non !

— Alors enlève-la.

— Hein ?

— Tu n'es pas nue, donc si tu n'es pas à l'aise avec ta tenue, enlève-la.

— Mais je porte un short et un débardeur, protesta-t-elle.

— Et alors ? fit Tate en haussant légèrement les épaules. Je t'assure que tu seras plus couverte avec ce que tu portes que beaucoup de femmes à l'intérieur.

Et c'était un tout autre problème. Laryn avait des formes. Elle aimait bien sa combinaison parce qu'elle camouflait les kilos qu'elle avait accumulés au fil des années. Certes, elle ne portait pas un mini-short, mais elle n'était pas sûre d'avoir assez confiance en elle pour l'afficher en public.

Son débardeur était noir – heureusement, car c'était plus flatteur que les blancs qu'elle mettait parfois chez elle – mais quand-même... ça restait un débardeur, et sa poitrine n'était pas vraiment discrète.

Tout en passant en revue ses options – qui n'étaient pas nombreuses – elle regarda Tate fixement. Il l'observait patiemment. Il semblait prêt à rester là aussi longtemps qu'il lui faudrait pour se décider. Il ne regardait pas la porte du bar, comme s'il était agacé de devoir attendre. Toute son attention était portée sur elle... et il continuait ses légères caresses avec les pouces.

Elle inspira profondément en espérant ne pas regretter sa décision.

— D'accord, céda-t-elle finalement.

— D'accord ? répéta-t-il.

— Oui. Je vais enlever ma combinaison, mais il faut que tu recules.

Il s'exécuta sans hésiter, sans la quitter du regard pour autant. Pas avant qu'elle ne saisisse la fermeture éclair au niveau de sa poitrine. Quand elle commença à la descendre, il suivit le mouvement des yeux. L'atmosphère devint soudain électrique, et pour la première fois de sa vie, Laryn se sentit... sexy. La fermeture descendit de la base de son cou jusqu'à son entrejambe, et Tate suivit du regard chaque centimètre.

Nerveuse, comme si elle se déshabillait pour la première fois devant un partenaire potentiel, elle haussa une épaule, et le tissu glissa le long de son bras. Elle fit pareil de l'autre côté, retenant la combinaison au niveau de la taille pour éviter qu'elle ne tombe par terre.

Brusquement, le regard de Tate remonta vers son visage. Elle le vit avaler sa salive au moment où son débardeur fut entièrement visible. En baissant les yeux, elle constata que sa poitrine était bien couverte, heureusement, mais il y avait tout de même un joli décolleté.

Elle se sentit soudain plus gênée que sexy, et remua les hanches pour en finir au plus vite. Mais fidèle à son naturel parfois maladroit, elle se prit les pieds dans la combinaison. Chez elle, elle la laissait toujours tomber au sol avant d'en sortir complètement. Cette fois, pour éviter qu'elle ne touche le sol trop sale, elle leva le pied trop tôt.

Elle serait tombée sur les fesses et se serait ridiculisée si Tate ne l'avait pas immédiatement attrapée par la taille pour la retenir.

La combinaison tomba malgré tout, mais Laryn s'en fichait. Tate avait les mains sur elle, et elle était presque dans ses bras.

Il plongea son regard dans le sien pendant une fraction de seconde avant que ses yeux ne glissent plus bas. En repensant à la vue plongeante qu'elle venait d'avoir sur son propre décolleté, Laryn comprit que d'où il se trouvait, il devait avoir droit au même spectacle.

À sa grande surprise – et stupéfaction – elle sentit brièvement son érection contre elle avant qu'il ne recule légèrement.

Elle, Laryn Hardy, avait provoqué une érection chez Tate Davis ? Elle n'en revenait tout simplement pas.

— Merde, souffla-t-il, visiblement impressionné.

Puis il s'éclaircit la voix et demanda :

— Ça va ?

Laryn hocha la tête.

Il recula d'un pas, mais garda une main posée sur sa taille.

Son regard la balaya de haut en bas – son visage, sa poitrine, ses hanches, ses jambes – avant de remonter lentement. Puis il prit une profonde inspiration et se pencha pour ramasser la combinaison, qui gisait toujours autour de ses chevilles.

— Sors de là, lui dit-il.

Appuyée contre la voiture pour éviter une nouvelle chute, Laryn obéit.

Tate se redressa avec la combinaison dans les mains, ouvrit la portière arrière, puis la jeta à l'intérieur sans y prêter plus d'attention. Il se tourna de nouveau vers elle et ne dit rien pendant plusieurs secondes, se contentant de l'observer de la tête aux pieds.

— Tu veux que je la remette ? s'enquit-elle enfin, inquiète qu'il la trouve finalement peu à son goût et qu'il ait honte qu'on le voie avec elle.

Son short en coton et son débardeur n'étaient pas vraiment des vêtements de sortie... mais bon, elle ne sortait quasiment jamais, alors qu'est-ce qu'elle en savait ?

— Non ! aboya presque Tate.

Il inspira de nouveau, plus calmement cette fois.

— Non. Tu es parfaite. Enfin... tu pourrais peut-être... remonter un peu ton haut.

Laryn baissa les yeux et vit que son soutien-gorge dépassait légèrement de son débardeur. Les joues en feu, elle tira sur le tissu pour s'assurer qu'il recouvrait tout. Elle le lissa nerveusement, puis passa les mains sur ses cuisses.

— Maintenant, c'est moi qui me sens négligé, grommela Tate.

Laryn pouffa.

— Tu parles, murmura-t-elle.

Mais il l'entendit, et il sourit.

— Je pourrais enlever ma combinaison aussi, mais contrairement à toi, je ne porte rien en-dessous.

— Rien ? s'étrangla Laryn, son imagination s'emballant instantanément en s'imaginant Tate retirer son vêtement comme elle venait de le faire.

— Enfin... j'ai un boxer. Mais crois-moi, c'est loin d'être aussi sexy que ce que tu portes.

Laryn leva les yeux au ciel.

— Ça, sexy ?

— Bien sûr que oui, répliqua Tate, presque à bout de souffle.

Leurs regards se croisèrent, l'atmosphère chargée d'électricité. Puis Tate fit un signe de tête en direction du bar.

— Allez. Les gars vont s'inquiéter si on ne les rejoint pas tout de suite. Tu es magnifique, Laryn. Jamais je n'aurais deviné que ma mécanicienne cachait un corps pareil sous ses combinaisons trop larges.

Il lui prit la main d'un geste ferme, comme s'il craignait qu'elle ne prenne la fuite ou que quelqu'un ne tente de la lui voler, puis se dirigea vers le bar.

Tate poussa la porte, et Laryn mit quelques secondes à s'habituer à la lumière plus vive à l'intérieur. Ce n'était pas trop éblouissant, mais bien plus lumineux que dehors. À sa grande surprise, l'endroit était beaucoup plus animé qu'elle ne l'aurait imaginé pour un soir de semaine, à l'heure de la fermeture. Elle suivit Tate sans broncher tandis qu'il se frayait un chemin à travers la foule de clients debout, verre à la main, jusqu'à une table au fond de la salle.

Elle s'attendait presque à entendre des chuchotements sur le fait que Tate l'ait invitée. Mais au lieu de ça, elle n'entendit que des salutations joyeuses lorsqu'ils s'approchèrent des autres Night Stalkers.

— Casper !

— Il était temps !

— Bordel, Laryn... c'est bien toi ?

Elle poussa un soupir en entendant l'étonnement dans la voix de Pyro.

— Oui, c'est bien moi, répondit-elle d'un ton sec.

Edge se leva brusquement, tenant le dossier de sa chaise tout en la désignant d'un geste.

— Tiens, prends ma place.

Laryn sentit le rouge lui monter aux joues, mais elle sourit.

— Merci.

Elle sentit Tate dans son dos, ses doigts effleurant brièvement son épaule nue et envoyant un nouveau frisson lui parcourir tout le corps.

— Merde alors, t'es canon ! s'exclama Buck.

— Buck... l'avertit Tate d'un ton sérieux.

— Quoi ? Je dis juste ce que je pense.

— Tu la mets mal à l'aise. Calme-toi, répliqua Tate d'une voix plus ferme.

— Je ne voulais pas. Désolé, Laryn. Mais franchement... t'es canon.

— Buck ! répéta Tate, presque furieux cette fois.

Pour éviter d'être la cause d'une dispute entre amis, Laryn, qui se sentait étrangement bien grâce à ce compliment – quelqu'un lui avait-il déjà dit qu'elle était canon ? Sûrement pas – leva les yeux vers Tate et lui demanda :

— Tu m'apportes une bière ?

— Tu as une préférence ?

— Celle qui est servie en pression.

Il la fixa du regard si longuement qu'elle commença à se sentir mal à l'aise de nouveau. Elle se sentait mieux assise, moins exposée, mais elle remua légèrement sur son siège.

— Tu ne préfères pas un cocktail ? Une margarita glacée ? Un verre de vin ? demanda Obi-Wan depuis l'autre côté de la table.

Elle tourna la tête vers lui.

— J'aime tout ça. Et j'aime bien les shots de temps en temps, mais ce soir, j'ai plutôt envie d'une bière. En plus, c'est moi qui conduis, et la bière fait moins d'effet que les alcools forts.

— Épouse-moi, lança Chaos d'un air théâtral en se levant pour se mettre à genoux à côté d'elle.

— Lève-toi, abruti, intervint Tate en lui tapant l'arrière de la tête.

Tout le monde éclata de rire tandis que Chaos retournait à sa place. Son numéro fit même rire Laryn.

— Je reviens tout de suite, lui souffla Tate à l'oreille.

Ces quelques mots lui donnèrent la chair de poule, le souffle chaud de Tate caressant la peau sensible de son cou.

Elle ne savait pas vraiment à quoi elle s'attendait, mais la conversation autour de la table s'orienta rapidement vers des sujets techniques à propos des essais en vol et des performances du MH-60.

C'était un sujet dans lequel Laryn se sentait à l'aise. Alors quand Tate revint avec une bière qu'il posa devant elle, traînant une chaise d'une autre table qui venait de se libérer, elle se contenta d'écouter et de participer occasionnellement à la conversation sur la mécanique, sans même réfléchir.

Mais elle n'était pas absorbée par la conversation au point de ne pas sentir la jambe de Tate frôler la sienne. Ils étaient tous serrés autour de la table, et même si les pilotes n'étaient pas des colosses, ils étaient loin d'être menus.

À un moment, Tate se leva pour aller remplir le pichet de bière qu'ils partageaient, et il fallut quelques minutes à Laryn pour réaliser qu'il tardait à revenir. En tournant la tête, elle le vit au bar en train de parler avec l'une des serveuses... qui portait une brassière à peine rembourrée et un shorty tellement remonté qu'il laissait apparaître la moitié de ses fesses. Elle avait de longs cheveux blonds, un ventre plat, et des talons qui devaient lui faire un mal de chien après avoir piétiné toute la soirée, mais elle ne semblait pas s'en soucier.

— C'est Barb, murmura Chaos à son oreille en suivant son regard. Elle a flashé sur Casper dès qu'elle l'a vu. Mais lui, il s'en fout complètement. Il est tout simplement plus poli que nous. Fais-moi confiance, il n'y a rien entre eux.

Laryn se força à détourner les yeux.

— C'est bon, ça m'est égal.

— Vraiment ? demanda-t-il doucement en l'observant avant de se réinstaller correctement sur sa chaise.

Laryn sentit une partie de son enthousiasme retomber et reporta son attention sur la conversation en essayant d'ignorer ce que faisait Tate.

Quand il revint enfin à la table, Barb se tenait juste derrière lui, un plateau de shots à la main.

— Offerts par la maison ! s'exclama-t-elle d'un ton théâtral en se penchant exagérément entre Tate et Laryn alors qu'ils étaient presque collés l'un à l'autre.

Elle posa d'abord un verre devant chacun des hommes en prenant soin de se cambrer pour bien exhiber sa poitrine à peine maintenue par sa brassière, puis plaqua le dernier shot sur la table devant Laryn, qui le porta à son nez, et grimaça.

Il était peut-être gratuit, mais pas vraiment de bonne qualité : ça sentait la vodka bon marché à plein nez.

En jetant un regard à la serveuse, elle la vit fixer des yeux intensément le shot de Tate, une étrange lueur dans le regard. Une alarme retentit dans l'esprit de Laryn. Les leçons que son père lui avait données sur la prudence à observer avec les boissons offertes et la lecture du langage corporel lui revinrent en mémoire. Elle ouvrit la bouche pour dire à Tate de ne pas le boire... mais c'était déjà trop tard. Il porta le verre à ses lèvres et le descendit d'une traite.

Laryn eut froid dans le dos en voyant la satisfaction dans les yeux de Barb, et reposa brusquement son propre verre sur la table.

— Oh, tu ne tiens pas l'alcool ? Ce n'est pas grave, ma belle, tout le monde n'a pas ma résistance. Moi, je peux encaisser tout ce que ces pilotes ont à offrir.

Sans laisser le temps de répondre, elle lança un clin d'œil à Tate, ramassa les verres vides – mais pas celui de Laryn – et disparut aussi vite qu'elle était arrivée.

— C'était quoi, ce bordel ? grommela Buck.

— Elle m'a coincé au bar, expliqua Tate. Elle n'arrêtait pas de nous féliciter, de dire qu'elle avait entendu parler de notre mission top secrète aujourd'hui et qu'elle voulait nous offrir un verre. J'ai essayé de refuser, mais elle insistait tellement que j'ai laissé tomber.

Obi-Wan secoua la tête.

— Elle est vulgaire Et non, Laryn, au cas où tu te poserais la question après l'allusion qu'elle t'a balancée, aucun d'entre nous n'a couché avec elle. Jamais de la vie.

Laryn ne put s'empêcher de sourire, mais elle restait préoccupée par la lueur qu'elle avait remarquée dans les yeux de Barb.

— Tu te sens bien ? demanda-t-elle à Tate.

— Oui, pourquoi ?

Elle était peut-être paranoïaque. Barb n'aurait quand même pas fait quelque chose d'aussi flagrant que de droguer Tate devant tous ses amis, si ? Elle n'avait peut-être pas apprécié de le voir arriver avec Laryn, mais elle n'était pas idiote au point de mettre un truc dans son verre. Quel serait son plan, d'ailleurs ? Comment comptait-elle profiter de lui alors qu'il était entouré ?

Plus Laryn y réfléchissait, plus elle était convaincue qu'elle avait dû se faire des idées.

— Bon, vu que Casper a oublié de ramener le pichet et qu'ils vont bientôt fermer, je vais y aller, déclara Chaos.

— Moi aussi.

— Pareil.

En un instant, tout le groupe décida qu'il était temps de rentrer.

Laryn n'y voyait aucun inconvénient. La petite quantité d'alcool qu'elle avait bue la faisait somnoler. La journée avait été longue, pleine de stress et d'adrénaline. Elle était ravie d'avoir eu l'occasion de mieux connaître les pilotes avec qui elle travaillait, mais elle était aussi impatiente de rentrer chez elle, au calme dans son appartement, et de plonger dans son lit.

— Je prends l'addition, proposa Buck en se levant.

— Trop tard, c'est déjà réglé, répondit Edge avec un sourire satisfait.

— Bordel, c'était mon tour ! râla Buck.

— Fallait être plus rapide, mon gars, répliqua Edge en riant. J'ai payé tout à l'heure en passant aux toilettes.

— Espèce de petit malin, marmonna Pyro.

En quelques minutes, ils étaient tous dehors.

Laryn jeta un dernier regard autour d'elle à la recherche de Barb, mais ne la vit nulle part. Tant mieux. Elle n'avait aucune envie de recroiser cette fille.

Sur le parking, chacun prit congé, et Laryn se dirigea avec Tate vers sa voiture garée dans la rue. Il posa une main dans le creux de son dos, et elle se surprit à trouver ce geste presque naturel.

Ils arrivaient à hauteur de la voiture quand Barb surgit de nulle part, la faisant sursauter violemment. Elle fut étonnée que Tate, lui, ne réagisse pas.

— Tu rentres ? lui demanda Barb sans même regarder Laryn.

— Oui.

— T'as pas l'air bien. Ça va ?

Laryn tourna la tête vers Tate... et réalisa que Barb avait

raison. Son regard était un peu vague, et il tanguait légèrement sur ses appuis.

Cette connasse ! Laryn en était sûre à présent ! Barb avait foutu un truc dans le verre de Tate.

— Je le ramène chez lui, déclara-t-elle d'un ton ferme en se collant à lui et en passant un bras autour de sa taille.

Elle sentit un immense soulagement lorsqu'il passa le sien autour de ses épaules.

— Non, je vais m'en charger, je viens de finir mon service, répondit Barb en posant une main sur l'autre bras de Tate.

Laryn ne voulait pas se disputer avec cette fille en s'accaparant Tate comme un trophée, mais il était hors de question qu'elle le laisse partir avec elle. Ce n'était pas fréquent que des femmes droguent des hommes pour abuser d'eux, mais ça arrivait. Elle voyait déjà le scénario : Barb aurait une histoire toute prête quand Tate se réveillerait dans son lit, et qui sait, peut-être même qu'elle essaierait de prétendre être enceinte de lui. Ce qui serait absurde, bien sûr, car il exigerait un test de paternité.

Ou peut-être que Barb espérait violer Tate pour tomber enceinte de lui et lui coller une pension alimentaire, bien accrochée à sa vie pour les dix-huit prochaines années au moins.

Pas question que ça arrive sous les yeux de Laryn.

— Dégage, connasse, grogna-t-elle en se penchant vers Barb d'un air menaçant. Il est venu avec moi, il repart avec moi.

— Mais tu es... grosse ! s'exclama Barb, presque incrédule.

— Je suis pulpeuse, pas grosse, corrigea Laryn en plissant les yeux. Et Tate n'a pas l'air de se plaindre de mes formes. Je sais ce que tu as fait. Mettre de la drogue dans son verre... c'est tellement bas. Criminel, même. Je vais m'assurer que tu le paies cher. Mais d'abord, je l'emmène chez moi pour m'assurer que ce que tu lui as filé ne va pas le tuer.

— Quoi ? Moi ? Je n'ai rien fait de pareil ! protesta Barb.

Mais Laryn voyait bien la peur dans ses yeux.

— Dégage, répéta-t-elle d'un ton grondant.

À sa surprise, Barb recula d'un pas.

Le temps de cet échange, Tate s'était tellement affaissé contre elle qu'elle peinait à le maintenir debout. Si elle ne le mettait pas rapidement dans la voiture, il risquait de s'écrouler là, sur le sol. Et elle sentait bien qu'il ne voudrait surtout pas qu'elle appelle une ambulance. Elle aurait aimé que ses amis soient encore là. En apprenant ce qui s'était passé, ils s'en voudraient de ne pas avoir attendu que tout le monde soit dans sa voiture avant de partir.

Si Laryn avait vraiment eu l'impression que la vie de Tate était en danger, elle n'aurait pas hésité à appeler les secours. Mais elle reconnaissait les symptômes d'une victime de rohypnol quand elle en voyait une. Son père lui avait expliqué les dangers de cette drogue quand elle était adolescente, et des années plus tard, elle avait vu une fille s'écrouler dans un bar après avoir été droguée. Heureusement, ses amies avaient vu la scène et l'avaient ramenée chez elle avant que quelqu'un ne profite d'elle. Tate allait se réveiller avec un mal de tête, et sans aucun souvenir de ce qui s'était passé après ce shot. Heureusement qu'il était en congé le lendemain.

Sans accorder un regard de plus à cette foutue serveuse, Laryn entraîna Tate vers sa Taurus. Elle parvint à ouvrir la portière côté passager et à l'installer tant bien que mal. Après avoir bouclé sa ceinture et refermé la portière, elle jeta un dernier coup d'œil vers l'endroit où elle avait vu Barb pour la dernière fois, mais elle avait disparu.

Elle se promit d'appeler le bar le lendemain pour signaler ce que Barb avait fait. Puis elle contourna la voiture, s'installa côté conducteur, et claqua la portière. Toujours furieuse, et aussi en colère contre elle-même de ne pas avoir réagi avant que Tate ne soit drogué, elle démarra et prit la direction de son appartement.

* * *

Faire entrer Tate à l'intérieur n'avait pas été simple. Heureusement, elle n'avait pas eu besoin d'appeler ses amis à l'aide. Elle comptait quand même les prévenir pour qu'ils ne soient pas victime des manigances de Barb à l'avenir - même si avec un peu de chance, elle ne travaillerait plus là. Mais pour l'instant, toute son attention était tournée vers Tate.

Il avait monté les escaliers en titubant, Laryn à ses côtés, qui s'agrippait à lui comme si sa vie en dépendait. Elle avait cru qu'il allait s'étaler de tout son long quand elle avait dû le lâcher une seconde pour attraper ses clés dans sa poche et ouvrir la porte, mais heureusement, il était resté debout.

Dès qu'elle le fit entrer dans sa chambre – elle n'avait pas eu le cœur de le mettre sur le vieux canapé tout bosselé – il s'écroula sur le matelas. Elle réussit à lui retirer ses bottes et ses chaussettes, mais le plus dur restait à faire.

Son plan était de l'installer confortablement, puis d'aller dormir dans l'autre pièce... en se levant toutes les deux heures pour vérifier qu'il respirait encore et qu'il n'avait pas vomi. Mais d'abord, elle devait parvenir à le faire rouler sur le dos et le remonter un peu plus sur le lit.

Sauf que visiblement, il ne comptait plus lui faciliter la tâche. Elle ne pouvait pas vraiment lui en vouloir. Au moins, il avait tenu assez longtemps pour qu'elle puisse le ramener chez elle.

Elle grimpa sur le lit, se mit à genoux à côté de lui, et tenta de le faire basculer sur le dos. Il ne bougea pas d'un centimètre.

— Merde, lâcha-t-elle. Je ne savais pas que t'étais aussi lourd.

Elle avait parfaitement conscience qu'il ne pouvait pas l'entendre ni lui répondre, mais ça lui faisait du bien de lui parler.

— Qu'est-ce que je vais faire maintenant ? demanda-t-elle, plus à elle-même qu'au pilote inconscient.

Elle se pencha et approcha sa bouche de son oreille.

— Tate ? murmura-t-elle.

Puis, plus fort :

— Tate !

Pour son plus grand plaisir, il remua légèrement les lèvres. Il restait peut-être un peu d'espoir de le faire bouger.

— Tourne-toi ! lui ordonna-t-elle.

À sa grande surprise, il obéit... mais en roulant vers elle, l'entraînant sur le dos. Avant qu'elle ne comprenne ce qui se passait, il s'était blotti contre elle, enroulant un bras autour de sa taille et enfouissant sa tête entre ses seins.

Le débardeur qu'elle portait ne constituait pas une barrière suffisante, et lorsqu'il se colla un peu plus contre elle, ses tétons durcirent aussitôt.

— Tate ? murmura-t-elle avec l'envie de rester ainsi pour le restant de ses jours.

En guise de réponse, il grogna et resserra son étreinte.

Les yeux clos, Laryn réfléchit aux options qu'elle avait. Elle pouvait rester là jusqu'à ce qu'il soit profondément endormi et s'extirper doucement, ou bien tout faire pour sortir du lit tout de suite.

— Chaud, marmonna-t-il en remontant une jambe sur ses cuisses, l'emprisonnant un peu plus.

Elle était presque sûre qu'il parlait de sa température corporelle, et pas d'elle. Il n'avait pas prononcé ce mot dans le sens *canon*, *sexy* ou *superbe*. Elle aurait adoré y croire, mais elle n'était pas dupe.

L'instant d'après, Tate roula de nouveau sur le côté et saisit la fermeture éclair de sa combinaison de vol.

C'était sa chance de filer... mais Laryn était fascinée. Elle ne pouvait pas détourner les yeux de ses doigts alors qu'il descendait rapidement sa fermeture. Ses gestes étaient maladroits et désordonnés, mais il réussit quand même à faire glisser la combinaison jusqu'à ses hanches en un temps record.

Son torse était une véritable œuvre d'art : musclé, couvert de taches de rousseur, avec des abdos qui se contractaient tandis qu'il luttait avec sa combinaison. Heureusement, il n'était pas assez lucide pour la retirer complètement de ses hanches – ce qui n'était peut-être pas plus mal, car ce qu'elle apercevait de son entrejambe suffisait à ce que son cœur s'emballe.

Il était... imposant. Elle l'avait sentie contre elle plus tôt dans la soirée, mais avoir un aperçu de son érection sous son boxer lui assécha la bouche, et elle s'humecta les lèvres. Il avait ces muscles au niveau des hanches, qui rendaient folles la plupart des femmes, et Laryn se rendit compte qu'elle n'échappait pas à la règle.

Avant qu'elle puisse reprendre ses esprits, il roula de nouveau et la coinça contre le matelas, exactement comme avant. Il soupira de contentement en se lovant contre sa poitrine.

— Confortable... marmonna-t-il.

— Merde, chuchota-t-elle.

Puis elle cessa complètement de respirer lorsque sa main se glissa sous son débardeur et remonta lentement le long de son corps. La chaleur de sa paume était torride alors qu'il enveloppait son sein généreux par-dessus son soutien-gorge, poussant un grognement satisfait du fond de la gorge.

— Tate ? murmura-t-elle.

Il ne répondit pas.

— Tate ? répéta-t-elle un peu plus fort, espérant réussir à le réveiller comme tout à l'heure.

Mais cette fois, il semblait totalement inconscient.

Allongée là, les yeux rivés sur le plafond, elle lutta avec sa conscience. Elle devrait faire tout son possible pour se dégager. Ce n'était pas correct. Il n'avait aucune idée de ce qu'il faisait. Le consentement comptait beaucoup pour elle – et pour lui aussi, d'après ce qu'il avait pu dire – et si elle restait là sans bouger, elle ne valait pas mieux que Barb.

Au fond, elle savait que ce n'était pas vrai. Elle avait fait ce qu'il fallait pour le protéger des griffes de cette garce.

Mais le fait d'être ici, allongée à côté de l'homme qu'elle admirait… qu'elle aimait… depuis si longtemps, relevait de la torture. Surtout avec ses lèvres si proches de ses tétons, sa main couvrant son sein, son sexe durci pressé contre sa cuisse alors qu'il se blottissait contre elle. C'était tout ce dont elle avait toujours rêvé. Elle savait qu'il n'était pas conscient de ce qu'il faisait. Elle pourrait être littéralement n'importe qui, il agirait sans doute de la même façon. Mais son cœur refusait d'écouter ce que sa tête lui disait.

Ils étaient allongés sur la couette. Non pas qu'elle avait froid, loin de là, et de toute façon, elle n'aurait pas pu se glisser dessous. Les lumières étaient toujours allumées, car elle avait prévu de l'installer confortablement avant d'aller dormir sur le canapé. Mais Laryn n'avait jamais été aussi bien.

Elle resterait là encore un moment, juste le temps de s'assurer que Tate dormait profondément. Ensuite, elle trouverait un moyen de se dégager doucement, et le laisserait dormir pour évacuer le produit. La matinée allait être compliquée. Elle allait devoir tout lui raconter.

Les yeux fermés, Laryn laissa échapper un soupir. Être allongée sous Tate était encore plus agréable qu'elle ne l'avait imaginé. Apparemment, il était du genre câlin – du moins, quand il était inconscient – et elle adorait ça. Elle avait envie de rester éveillée pour profiter de l'instant, parce qu'elle était presque sûre qu'une fois réveillé, quand il comprendrait où il se trouvait et ce qui s'était passé, il allait être furieux.

Mais la journée et la soirée commençaient à la rattraper. Le stress des essais en vol, les menaces d'Altan Osman, tout ce temps passé avec Tate... Ça faisait trop de choses à encaisser.

Elle était au chaud, confortablement installée... et en sécurité.

Il n'en fallut pas plus pour qu'elle sombre dans un profond sommeil en quelques minutes.

9

Casper se réveilla avec un mal de tête semblable à celui qu'il avait après avoir un peu trop bu. Il se sentait même légèrement nauséeux, ce qui n'était pas habituel pour lui après une soirée arrosée. Il essaya de se souvenir de ce qu'il avait bu, mais il n'arrivait pas à remettre grand-chose en place dans sa tête. Il se rappelait être allé à Anchor Point avec Laryn, puis avoir traîné avec les gars... et c'était à peu près tout. Le reste de la soirée était un véritable trou noir.

Un sentiment d'angoisse le heurta de plein fouet. C'était terrifiant de ne pas se souvenir, surtout pour quelqu'un comme lui, qui avait un besoin viscéral de garder le contrôle. En ouvrant les yeux, il se rendit compte qu'il ne reconnaissait pas le plafond au-dessus de lui. Il faisait jour, donc c'était le matin. Ou l'après-midi ? Merde. Le fait de ne même pas savoir l'heure qu'il était amplifiait encore son anxiété.

Il tourna la tête pour essayer de situer où il se trouvait... et se figea face à la scène qui s'offrait à lui.

Il était dans un lit qu'il n'avait jamais vu auparavant, et dans une chambre qui ne lui disait absolument rien.

Et Laryn était allongée à côté de lui.

Ensuite, il réalisa autre chose : il était presque nu. Pas complètement, certes, mais sa combinaison de vol était ouverte, enroulée autour de sa taille, et il ne portait plus que son boxer. Laryn, quant à elle, portait le débardeur et le short dont il se souvenait vaguement de la veille. Mais le haut était replié, laissant l'un de ses seins totalement exposé. Il ne voyait pas sa peau nue à cause de son soutien-gorge, mais c'était suffisant pour faire monter le désir au niveau de son sexe et pour que ses mains tremblent d'envie.

Toutefois, ce qui le déstabilisa le plus, c'était qu'il avait l'impression de l'avoir déjà touchée. Il n'en avait aucun souvenir, et pourtant la sensation de son sein au creux de sa main était aussi claire que s'il avait passé la nuit à le caresser.

Horrifié par l'idée de ce qu'il avait pu faire sous l'emprise de l'alcool, Casper se jeta pratiquement hors du lit... et atterrit brutalement sur les fesses, trébuchant sur sa combinaison, qui glissa jusqu'à ses chevilles dès qu'il se releva.

Il découvrit alors qu'il avait aussi le tournis, et que se tenir debout avait réveillé une armée de marteaux dans son crâne. Lentement, il se redressa, tentant de comprendre ce qui se passait, au moment où Laryn passa la tête par-dessus le matelas. Manifestement, son départ peu gracieux l'avait réveillée.

Mais au lieu de l'engueuler pour ce qu'il avait potentiellement fait la veille, elle avait l'air inquiète.

— Ça va ? lui demanda-t-elle.

Casper se contenta de la fixer du regard, totalement perdu.

— Bon, bien sûr que ça ne va pas. Tu t'es réveillé dans une chambre inconnue, dans un lit inconnu, à côté de la dernière personne avec qui tu t'attendais à te réveiller.

Son ton était direct, pragmatique. Étonnamment, ça lui fit du bien. Néanmoins, elle rougissait, ce qui raviva chez lui l'angoisse de ce qui avait bien pu se passer la nuit précédente.

— Qu'est-ce que...

Casper fut surpris par sa voix rauque. Il s'éclaircit la gorge avant de reprendre :

— Qu'est-ce qui s'est passé ?

Elle soupira.

— Je t'expliquerai dans une minute. D'abord, il faut que tu te lèves. Tu te sentiras mieux après avoir pris une douche. Il faudra faire avec ta combinaison de vol jusqu'à ce que tu rentres chez toi te changer, je n'ai rien d'autre à te proposer. Mais après une bonne douche, ça ira déjà beaucoup mieux. Je vais faire du café pendant ce temps.

Casper voulut protester, mais son cerveau était toujours embrumé. Et quelque chose continuait de le rendre nerveux, ce qui n'était pas dans ses habitudes. Il avait envie d'exiger qu'elle lui raconte tout, là, tout de suite.

— Est-ce que ça va ? Je t'ai fait mal ? lâcha-t-il à la place.

Laryn était sortie du lit, et heureusement, elle avait rajusté son débardeur, recouvrant tout ce qu'il ne devait pas voir. Cependant, ce petit ajustement ne changeait rien au désir qui brûlait en lui. Elle était magnifique. Une peau encore rosie par le sommeil, des courbes parfaites, et les cheveux complètement en bataille... comme après le sexe. Et il n'avait aucun souvenir de la nuit précédente.

— Si tu m'as fait mal ? Bien sûr que non, répondit-elle d'un air outré, ce qui le soulagea immédiatement.

Mais sa réponse le déstabilisa encore plus. S'ils n'avaient pas couché ensemble... que faisait-il dans son lit ? Et pourquoi n'arrivait-il pas à se souvenir de quoi que ce soit ?

— Allez, viens, lui dit Laryn.

Elle s'approcha de l'endroit où il était, toujours affalé par terre, et lui tendit la main.

Sans réfléchir, Casper la saisit et laissa Laryn l'aider à se relever. Il attrapa sa combinaison d'une main pour se couvrir un minimum, puis il suivit Laryn hors de la chambre et à travers le couloir. Elle ne lui lâcha pas la main, et il lui en fut reconnaissant. Ce contact le raccrochait à la réalité.

Dans un monde qui semblait complètement chamboulé, elle était soudain le seul élément de stabilité.

Il avait confiance en elle. Pas seulement en vol, où elle semblait capable de faire des miracles avec les hélicoptères, mais aussi pour son bien-être en général. Il se sentait complètement à côté de ses pompes, plus anxieux que jamais, même davantage qu'avant certaines missions. Mais avec Laryn à ses côtés, il arrivait à garder un semblant de contrôle sur ce tourbillon d'émotions qui le submergeait.

Elle le conduisit jusqu'à une salle de bain sans prétention qui lui rappela celle de son propre appartement : un meuble en formica avec une vasque, une baignoire avec un pommeau de douche, des équipements bas de gamme et des néons blafards.

— Assieds-toi, lui demanda Laryn en désignant les toilettes.

Casper s'exécuta.

Elle se mit à fouiller dans les tiroirs et sous l'évier en marmonnant avant de s'exclamer triomphalement :

— Ah ! Je savais bien que j'en avais une !

Elle brandit une brosse à dents encore dans son emballage.

— Je l'ai eue lors de ma dernière visite chez le dentiste, et comme une mauvaise patiente, je n'ai jamais remplacé l'ancienne. Ne bouge pas, ordonna-t-elle.

Amusé, Casper la regarda sortir de la salle de bain et revenir avec une pile de serviettes dans les bras.

— Voilà un gant de toilette, une petite serviette, et une grande pour la douche. Prends ton temps. Ça ira beaucoup mieux une fois que tu te seras débarrassé de cette crasse. Je serai dans la cuisine avec du café. J'ai des bagels, et des pommes de terre à rissoler. Par contre, je n'ai pas d'œufs, désolée.

— Ce n'est pas grave, répondit-il.

Elle s'apprêtait à fermer la porte derrière elle quand Casper lança soudain :

— Laryn !

Il n'avait pas envie qu'elle parte. Elle était le seul élément familier dans ce chaos.

— Oui ?

Il ne savait même pas ce qu'il voulait dire. Elle n'allait quand-même pas rester là pendant qu'il prenait sa douche. C'était un homme, un foutu Night Stalker. Il n'avait pas besoin qu'on lui tienne la main pour se préparer. Mais ce qui s'était passé la veille lui retournait tellement la tête...

— Merci, finit-il par dire un peu maladroitement.

En réponse, Laryn revint dans la petite salle de bain et s'approcha de lui. Casper écarta les jambes pour lui laisser de la place. Elle n'hésita pas une seconde et entra dans son espace personnel. Comme il était assis, elle le dominait légèrement. Elle posa les mains sur ses épaules et plongea son regard dans le sien.

— Ça va aller, Tate. Je sais que tu es confus, sans doute anxieux, encore fatigué, et peut-être même un peu nauséeux. D'après ce que j'ai lu, c'est normal. Je t'expliquerai tout en détail pendant le petit déjeuner. Promis.

Casper s'humecta les lèvres et hocha légèrement la tête. Elle avait parfaitement décrit ce qu'il ressentait. Instinctivement, il passa les bras autour de sa taille et posa la tête contre sa poitrine. Laryn lui caressa doucement les cheveux pendant qu'il se reposait contre elle. Il sentait la chaleur de son corps à travers son débardeur et percevait les battements de son cœur sous sa joue.

Son odeur l'apaisa. Un parfum de vanille, il s'en souvenait de la veille. Son lait corporel sentait le biscuit.

Un autre souvenir lui traversa soudain l'esprit. Il était

allongé contre elle, la main sous son débardeur, les lèvres posées à peu près au même endroit que maintenant... sur sa poitrine. Une sensation de réconfort l'envahit. Ce sentiment de sécurité était de retour.

Mais ce fut trop bref. Laryn bougea légèrement, et Casper lâcha sa taille à contrecœur avant de relever la tête. Sans un mot, elle lui adressa un sourire, puis quitta la salle de bain en fermant la porte derrière elle.

Casper inspira profondément, puis se leva avant de retirer doucement sa combinaison de vol. Il la laissa au sol, et vêtu de son simple boxer, il se regarda dans le miroir. Il vit un homme au bord de la crise de panique. Ce n'était pas franchement reluisant. Et ça ne lui ressemblait certainement pas.

Il fit couler de l'eau fraîche et s'en aspergea le visage. Étonnamment, il se sentit beaucoup mieux. Le choc de l'eau sur sa peau semblait apporter un peu de clarté. Laryn avait raison, il avait besoin d'une douche pour s'éclaircir les idées, mais également de comprendre pourquoi il se sentait aussi groggy et décalé.

Tout en se brossant les dents, il réfléchit à ses souvenirs de la veille. Les essais en vol, ce sentiment de triomphe ; les félicitations de ses amis, Laryn en arrière-plan, fière de son travail... à juste titre ; le moment où il lui avait proposé de venir fêter ça avec eux à l'Anchor Point. Il se rappelait qu'elle avait été un peu hésitante à l'idée d'y aller en combinaison, puis l'avoir regardée l'enlever. Sans exagérer, c'était le strip-tease le plus sexy auquel il avait jamais assisté... et Laryn n'essayait même pas de le séduire. Pourtant, elle y était parvenue.

Mais tout ce qui avait suivi jusqu'à son réveil ce matin était totalement flou. Il ne se souvenait pas s'ils avaient retrouvé ses amis, ni de ce qui s'était passé au bar. En fait, il n'avait même aucune idée de comment il était rentré chez Laryn. Il espérait vraiment ne pas avoir conduit. Dès que cette pensée lui traversa l'esprit, il la rejeta. Laryn ne l'aurait jamais laissé prendre le volant s'il n'était pas en état. Pourtant, il n'arrivait pas à croire qu'il ait pu boire au point de subir un tel trou noir. Il aimait boire une bière ou un shot de temps en temps, mais il n'était pas du genre à se saouler.

Alors... que s'était-il passé, bordel ?

Il cracha le dentifrice, ramassa sa combinaison froissée, et l'accrocha au porte-serviettes près de la baignoire. Il fit couler l'eau et profita du temps qu'elle chauffe pour aller aux toilettes.

Il fut bien obligé d'utiliser le shampoing de Laryn, ainsi que son gel douche... baptisé *Sugar Cookie – biscuit sucré*. Il sourit en se disant qu'il allait sentir comme elle. Certains hommes auraient détesté ça, mais pas Casper. Il était bien dans ses baskets. Et puis qui n'aimait pas l'odeur des cookies ? Il y avait bien pire.

Quand il sortit de la douche, il se sentait mille fois mieux. Plus stable. Mais désormais, il avait besoin de réponses, et seule Laryn pouvait lui en fournir. Il remit son boxer et enfila sa combinaison de vol, bien qu'il aurait largement préféré le confort d'un jean et d'un T-shirt. Après avoir accroché sa serviette, il sortit de la salle de bain.

* * *

Laryn était dans la cuisine, une tasse de café à la main. Elle avait enfilé un jean et un sweat-shirt. Non pas parce qu'elle avait froid, mais parce qu'elle avait l'impression d'avoir besoin d'une armure. La nuit dernière avait été... disons un rêve devenu réalité. Dormir dans les bras de Tate avait comblé un désir qu'elle gardait en elle depuis qu'ils travaillaient ensemble. Elle avait aussi eu l'impression de satisfaire ce besoin instinctif de se sentir utile.

Et il n'y avait aucun doute ; Tate avait eu besoin d'elle cette nuit-là. Chaque fois qu'elle s'était réveillée et avait essayé de s'écarter, il s'agitait immédiatement. Il ne se calmait que lorsqu'elle l'autorisait à la serrer contre lui. À un moment, il l'avait même retournée sur le côté – sans aucun effort, même en dormant – puis s'était calé contre son dos pour se blottir contre elle. Et rien n'avait jamais semblé plus naturel.

Mais maintenant, à la lumière du jour, elle allait devoir lui dire qu'il avait été drogué. Elle allait devoir tout lui expliquer... en espérant qu'il ne lui en veuille pas de ne pas avoir appelé l'un de ses amis, ou même la police.

Avec le recul, elle se sentait stupide. Les substances avaient sûrement disparu de son organisme, dons il n'y aurait aucune preuve. Même ses amis ne l'avaient pas vu dans cet état second où il pouvait à peine tenir debout. En gros, c'était sa parole contre celle de Barb. Aux yeux des autres, ce serait peut-être elle qui l'avait drogué.

Ils auraient très bien pu rentrer ensemble parce que Tate avait insisté pour rester avec elle jusqu'à la fin de l'enquête sur Altan. Elle aurait pu verser la drogue dans son verre une fois de retour chez elle. Elle n'avait aucune preuve que Barb était coupable, hormis son instinct et l'état de désorientation de Tate après ce fameux shot.

Elle avait tout foiré. Complètement. Elle se décevait elle-même. Elle n'avait pas réfléchi correctement. Tout ce qu'elle voulait, c'était l'éloigner de Barb et le ramener en sécurité chez elle. Mais à cause de ses choix, il n'allait pas pouvoir porter plainte, et Barb allait s'en tirer.

Quand Tate arriva dans le salon, Laryn était une véritable boule de nerfs. À part ses vêtements froissés, il avait l'air d'aller beaucoup mieux. Il ressemblait de nouveau à l'homme et au pilote de talent qu'elle avait appris à connaître au fil des années.

C'était à la fois un soulagement... et une légère déception.

Elle aimait bien cet homme vulnérable qui était avec elle la nuit dernière et ce matin.

Elle lui tendit une tasse de café fumant.

— Je suis désolée, lui lâcha-t-elle.

Tate s'arrêta net, la tasse à mi-chemin de ses lèvres. Il s'adossa au bar face à elle et but une gorgée.

— C'est drôlement bon. Bien meilleur que la merde qu'ils servent au hangar.

Il n'avait pas tort, mais Laryn n'était pas d'humeur à tourner autour du pot.

— Hier soir, Barb a mis quelque chose dans ton verre. Je ne l'ai pas vue faire, mais elle te regardait beaucoup trop attentivement, et elle avait l'air super satisfaite une fois que tu l'as bu. Tu t'es mis à agir bizarrement, et quand on est retourné à la voiture, Barb était là, proposant de te ramener chez toi parce que tu étais soi-disant *bourré*. Mais tu ne l'étais pas. J'ai vu ce que tu as bu hier soir, et ce n'était clairement pas assez pour te rendre aussi incohérent. Je reconnais les signes quand quelqu'un s'est fait droguer, et mon père m'a toujours martelé de ne jamais boire un verre que je n'ai pas vu être servi. Je lui ai dit d'aller se faire foutre, et ensuite, tu as perdu connaissance sur le chemin de mon appart. Je t'ai aidé à te coucher, et tu étais pratiquement inconscient. Je ne t'ai pas déshabillé. Tu l'as fait toi-même. Je te jure, je ne t'ai pas touché, je n'ai rien fait d'inapproprié. Je ne comptais pas dormir avec toi dans le lit, mais dans ton état second, tu m'as un peu fait tomber. Tu ne m'as pas fait mal, s'empressa-t-elle d'ajouter en voyant son expression horrifiée. Mais j'étais bloquée en-dessous de toi, et crevée à cause des essais, du stress qui va avec, de mon inquiétude pour toi, Pyro et les autres. J'ai fini par m'endormir. Il ne s'est rien passé, Tate. Je te le jure.

En terminant, elle respirait fort, soulagée d'avoir enfin livré l'essentiel. Il allait sûrement avoir des questions, mais ce serait plus simple d'y répondre que d'essayer d'expliquer pourquoi il s'était réveillé presque nu dans son lit.

En le regardant, elle constata avec soulagement qu'il n'avait pas l'air agité ou contrarié. En fait, il était toujours adossé au bar qui séparait la cuisine du salon, en train de boire son café.

— Et quelle partie de tout ça mérite des excuses ? demanda-t-il calmement quand elle eut fini de tout déballer.

— Eh bien... ne pas avoir appelé un de tes potes à l'aide. Ne pas avoir appelé les flics. Ne pas avoir cassé la gueule à Barb pour la forcer à admettre ce qu'elle avait fait, répondit Laryn avec un haussement d'épaules un peu pitoyable.

Tate posa sa tasse de café sur le bar, puis s'approcha d'elle. Il posa les mains de chaque côté de son cou, ses pouces effleurant sa mâchoire inférieure. Il lui releva la tête, si bien qu'elle n'eut pas d'autre choix que de plonger son regard dans le sien.

— J'ai l'air d'un type qui a besoin qu'on s'occupe de lui ?

Laryn avala difficilement sa salive. Elle n'arrivait pas à lire en lui. Impossible de savoir s'il était en colère contre elle, ou ce qu'il voulait dire par là. Elle secoua la tête autant que les mains de Tate le lui permirent.

—Très bien, reprit-il. Depuis que ma mère est partie quand j'avais quatre ans, j'ai toujours été plutôt indépendant. Mon père nous a élevés, Nate et moi, de manière à ce qu'on réfléchisse par nous-mêmes. On avait des corvées à faire dans la maison dès l'âge de cinq ans. À sept ans, je me faisais déjà mes propres sandwiches. À quatorze ans, j'ai eu mon premier boulot pour aider aux dépenses du foyer. Quand je suis entré dans l'armée, j'étais toujours le premier debout le matin, et j'aidais les nouvelles recrues en difficulté. En me réveillant ce matin, j'ai flippé. Je n'avais aucune idée de l'endroit où j'étais, et aucun souvenir de ce qui s'était passé. Puis j'ai tourné la tête, je t 'ai vue... et je me suis détendu. Bon, après être tombé sur le cul. Quand j'ai eu une seconde pour réfléchir, je savais sans l'ombre d'un doute que j'étais en sécurité, parce que tu étais là. Est-ce que ça m'emmerde d'avoir été drogué ? Carrément. Mais est-ce que je suis énervé par la manière dont tu as géré ça ? Pas du tout.

— J'aurais dû appeler les flics.

— Peut-être. Ou peut-être pas. Tu as pris les décisions que tu as prises, et je suis là. Sain et sauf. Grâce à toi.

— Je pense qu'elle comptait faire quelque chose de terrible, murmura Laryn. Je connais des femmes comme elle. Mon père m'a raconté des histoires à propos de certaines choses qui arrivaient aux pilotes de courses sur terre battue. Les meilleurs, les plus populaires, les beaux gosses. Comme quoi certaines femmes les droguaient, les ramenaient chez elles, et les violaient dans l'espoir de tomber enceintes, juste pour avoir une sorte de levier sur eux. Si les gars refusaient de les épouser, elles pouvaient quand-même obtenir de l'argent, une pension alimentaire pendant des années. C'est arrivé plus d'une fois. Je ne pouvais pas supporter l'idée que cette garce tente un truc pareil avec toi.

Tate posa son front contre celui de Laryn. Il ferma les yeux, et elle le sentit frissonner. Elle posa les mains sur ses hanches, se sentant affreusement mal qu'il soit dans cette situation.

Puis il rouvrit les yeux et recula légèrement, de quelques centimètres à peine.

— Merci, dit-il doucement. Merci d'avoir veillé sur moi, de ne pas m'avoir laissé me réveiller seul, de t'être occupée de moi.

— Tu aurais fait la même chose pour moi, répondit-elle.

— Tu peux en être sûre, affirma-t-il. J'ai fait quelque chose hier soir ?

Laryn fronça les sourcils.

— Quelque chose ?

— Est-ce que j'ai eu un comportement déplacé envers toi ?

Je ne me souviens de rien après avoir quitté la piste et être entré dans le bar.

Laryn déglutit et secoua la tête. Mais c'était Tate. Il avait le don pour lire en elle comme dans un livre ouvert.

— Qu'est-ce que j'ai fait ? demanda-t-il, les sourcils froncés.

— Rien de grave, insista-t-elle.

— Laryn. Qu'est-ce que j'ai fait ? répéta-t-il d'une voix ferme, celle qu'il utilisait en tant qu'officier et qui poussait les soldats de rang inférieur à s'exécuter.

— Tu étais à moitié inconscient. Tu t'es juste... blotti contre moi, et tu as dormi.

— Alors pourquoi tu rougis ?

Merde. Très bien. Ils étaient adultes. Et comme il l'avait dit, il ne se souvenait de rien.

— Bon... Tu m'as touchée. Ma poitrine, expliqua-t-elle précipitamment alors qu'il fronçait les sourcils de plus belle. Tu as passé la main sous mon débardeur, et tu m'as serrée contre toi pendant qu'on dormait. Mais c'est tout ! Je te jure !

— Bordel, marmonna-t-il sans lâcher son visage. Maintenant, c'est moi qui dois m'excuser.

— Tate, ce n'est rien. Ce n'était pas grave. C'était plutôt... agréable, avoua-t-elle.

C'était une énorme confession, qu'elle regretta aussitôt. Mais elle se devait d'être honnête avec lui. Il encaissait déjà beaucoup de choses ce matin, et elle voulait surtout éviter de lui ajouter un sentiment de culpabilité inutile. Ce n'était pas sa faute s'il avait été drogué, ni s'il avait perdu connaissance. Encore moins s'il l'avait touchée... ou si elle avait aimé ça à ce point.

— Je n'y ai rien vu de plus, je sais que c'était juste... situationnel, ajouta-t-elle rapidement en voyant qu'il ne répondait pas tout de suite.

— J'ai beaucoup de regrets dans la vie, admit-il à voix basse. Mais ne pas me souvenir de ce que ça fait de t'avoir contre moi, sous ma main... Ça vient de grimper tout en haut de la liste.

Laryn le regarda fixement, sous le choc. Quoi ? Elle avait bien entendu ?

Il caressa le bas de son visage une dernière fois avec les pouces avant de retirer ses mains et de reculer. Laryn se sentit vaciller. Que venait-il de se passer ?

Un bip retentit près d'elle, et il lui fallut quelques secondes pour réaliser que c'était sa friteuse à air qui signalait que les pommes de terre étaient prêtes. Avant qu'elle n'ait le temps de bouger, Tate s'approcha, la poussa doucement sur le côté, puis ouvrit le tiroir. Elle l'observa verser les pommes de terre dans le bol posé à côté, et appuyer sur le bouton pour faire griller les bagels déjà placés dans le grille-pain.

En matière de petit déjeuner, il y avait plus sain... que des glucides, et pas de protéine. Mais elle compenserait avec un déjeuner et un dîner plus équilibrés. Tate s'était rapidement senti chez lui dans sa cuisine, allant même jusqu'à lui servir sa tasse de café et la pousser hors du petit espace en direction de la table pour deux, près de la fenêtre qui donnait sur la pelouse derrière son immeuble.

Elle était un peu sous le choc qu'il soit en train de lui préparer à manger encore une fois – enfin, est-ce que griller un bagel pouvait vraiment être considéré comme de la cuisine ?

Quand ce fut prêt, il tartina les bagels de fromage crémeux, ouvrit son placard à épices, et attrapa un flacon en souriant. Il saupoudra le mélange pour bagels dessus, apporta leurs assiettes jusqu'à la table, puis retourna chercher le bol de pommes de terre rissolées. Il ramena aussi des couverts pour chacun, ainsi que des serviettes en papier, avant de s'assoir en face d'elle.

— Ça a l'air délicieux, déclara-t-il.

Puis il se servit une grosse cuillerée de pommes de terre.

— Comment tu as su qu'elle avait drogué le shot ? demanda-t-il pendant qu'ils mangeaient.

Laryn pensait qu'ils avaient fini de parler de ce qui s'était passé, mais elle aurait dû se douter du contraire. Et elle ne lui en voulait pas. Si elle n'avait aucun souvenir, elle aurait envie de savoir chaque détail. En plus, c'était typique de Tate. Il ne se contentait jamais des explications superficielles. Il voulait des précisions. Il ne la laissait jamais tranquille quand elle survolait ce qu'elle avait modifié sur son MH-60 adoré. Il voulait tous les détails, même s'il ne comprenait pas la moitié de ce qu'elle disait.

— L'instinct ? répondit-elle avec un petit haussement d'épaules après avoir avalé une bouchée de bagel.

Pourquoi ça avait meilleur goût ce matin que lorsqu'elle préparait exactement la même chose et le mangeait en allant au travail ? Peut-être parce qu'elle n'avait pas eu à le faire elle-même... Ou parce qu'elle prenait le petit déjeuner avec Tate après avoir dormi avec lui...

Non, non, non. Elle devait chasser ces pensées immédiatement. Certes, elle avait dormi avec lui, mais ça ne signifiait rien. Il était complètement inconscient. Il avait été drogué. Ce n'était pas de son plein gré.

— Continue, insista-t-il.

Laryn leva les yeux au ciel. C'était bien le Tate qu'elle connaissait, et... Non, pas question qu'elle aille au bout de cette pensée.

— Elle te matait, juste avant. Te mettre sa poitrine sous le nez n'avait pas l'air de marcher, alors j'imagine qu'elle a dû désespérer. Elle est venue à table avec un plateau de shots, et elle a bien fait attention à poser le premier devant toi. Quand tu l'as pris, elle te regardait avec tellement d'intensité en attendant que tu boives. Ça m'a paru bizarre. Et une fois que tu as bu, la satisfaction sur son visage était flagrante. En tout cas, pour moi.

— Tu crois que les autres ont été drogués aussi ? s'enquit-il.

Laryn secoua la tête.

— Non, ils avaient l'air bien. Et puis, Barb n'avait d'yeux que pour toi.

— Je ne l'ai jamais baisée, lâcha Tate sans détour.

Laryn était plus que familière avec la façon de parler des soldats et des marins avec qui elle travaillait. Les gros mots ne la choquaient pas le moins du monde. Face à la confession de Tate, elle haussa les épaules.

— Ça ne me regarde pas.

— Si, ça te regarde, rétorqua-t-il. Elle drague tout ce qui a une queue. Et j'ai largement passé l'âge de vouloir juste du sexe pour me vider.

— Je pense qu'elle s'est sentie menacée par moi. Ce qui est ridicule, mais bon...

— Pourquoi ?

— Pourquoi quoi ? demanda Laryn avec un léger froncement de sourcils.

— Pourquoi est-ce que c'est ridicule ?

Elle éclata de rire.

— Parce que, c'est moi. Et elle est tout ce que je ne suis pas.

— Dieu merci ! s'exclama Tate. Regarde-moi, Laryn.

Son regard remonta automatiquement vers lui et croisa le sien, soudainement intense.

— C'est une salope. Et je pense qu'on peut s'accorder à dire que maintenant qu'elle a carrément drogué des mecs pour essayer de les agresser et peut-être les faire chanter, ou leur soutirer de l'argent en se servant d'un enfant innocent, elle est aussi manipulatrice, sournoise, et prédatrice sexuelle. Tu n'as rien à voir avec elle, et c'est une très bonne chose. Si je m'étais réveillé dans le lit de n'importe qui d'autre que le tien, j'aurais flippé. Je te l'ai déjà dit, et je le répète : avec toi, je suis en sécurité. Tu l'as prouvé de nombreuses fois en t'assurant que mes hélicos soient aussi sûrs que possible. J'ai été aveugle pendant des années, mais plus maintenant. Je te l'ai dit... Je te vois, Laryn. Et les choses vont changer à partir de maintenant.

— Changer ? murmura-t-elle, terrifiée par ce que ça pouvait signifier.

— Tu as vraiment aimé quand je t'ai touchée hier soir ? demanda-t-il au lieu de répondre à sa question.

— Euh... Quel est le rapport avec tout ça ? se déroba-t-elle.

— Tout. Absolument tout. Réponds-moi.

— Tu sais que tu es chiant, hein ? répliqua-t-elle.

— Ouais.

Il se pencha en avant après avoir poussé son assiette vide sur le côté. Il ancra son regard dans le sien, et Laryn aurait été incapable de détourner les yeux, même si sa vie en dépendait.

— Quand j'ai glissé ma main sous ton débardeur, tu as eu la chair de poule, comme je l'ai déjà vu quand je t'ai touchée avant ? Tes tétons ont durci ? Tu en voulais plus ?

Laryn avala difficilement sa salive. Ses questions étaient intrusives et franchissaient une limite qu'elle n'était pas sûre de vouloir dépasser avec lui. Mais là, dans son appartement, après la meilleure nuit de sommeil qu'elle avait eue depuis longtemps, après avoir tout fait pour l'empêcher de tomber dans les griffes de cette garce la veille, ses défenses étaient à terre.

Elle en avait assez de cacher son désir pour Tate, et c'était peut-être le moment de prendre le taureau par les cornes. C'était bien pour cette raison qu'elle avait décidé de chercher un autre boulot, non ? Le plus loin possible de la Virginie... et de Tate.

Elle inspira profondément, avec la sensation de sauter d'un avion sans parachute.

— Oui, répondit-elle simplement.

Tate s'adossa contre le dossier de sa chaise, et au lieu de paraître suffisant ou arrogant, il avait l'air... excité. Heureux. Soulagé.

— Je l'ai déjà dit, mais si je regrette une chose à propos d'hier soir, ce n'est pas de ne pas avoir rembarré Barb directement. Ce n'est pas d'avoir omis de lui dire qu'on ne voulait pas de shots. Ce n'est même pas de m'être fait droguer – pour info, c'est vraiment horrible. Ce n'est pas drôle de se réveiller sans se rappeler de rien, d'avoir un trou noir là où il ne devrait pas y en avoir. Non... Je regrette de ne pas me souvenir de ce que ça fait de dormir près de toi. De ce que ça fait de te toucher.

Cette foutue chair de poule était de retour. Impossible de la contrôler.

Et elle avait remonté les manches de son sweat avant de manger, ce qui voulait dire que Tate la voyait... et il souriait. Il tendit la main et fit courir un doigt le long de son avant-bras dans une caresse à peine perceptible.

— Tu veux sortir avec moi ? demanda-t-il enfin. On pourrait aller dîner, ou je connais un endroit pour faire du lancer de haches, ça pourrait être marrant. Je parie que tu assurerais. Sinon, on peut juste se balader sur la plage. Ce que tu veux.

Laryn eut envie de se pincer. Tate Davis l'invitait à sortir ? Elle avait envie de crier de joie. Ou de s'évanouir. L'un des deux. Elle ne fit ni l'un, ni l'autre. Au lieu de ça, elle lui adressa un sourire timide et répondit :

— Avec plaisir.

Ils restèrent là, à se sourire pendant un instant, avant que Tate ne se lève. Il débarrassa son assiette vide, ainsi que celle de Laryn, puis se dirigea vers l'évier. Mais soudain, il s'arrêta, fit demi-tour, puis se pencha vers elle. Laryn leva instinctivement la tête pour croiser son regard, curieuse de savoir ce qu'il voulait lui dire.

À sa grande surprise – et son plus grand plaisir – il ne dit rien. Il l'embrassa. Un baiser chaste, un simple effleurement de ses lèvres contre les siennes mais suffisant pour envoyer une décharge électrique jusqu'au bout de ses orteils.

— Merci d'avoir veillé sur moi cette nuit. De m'avoir protégé. Je n'oublierai jamais ce que tu as fait pour moi.

Sa voix était sincère, pleine d'émotion, et la vague de chaleur qui envahit Laryn à cet instant dépassait de loin l'énergie électrique que son baiser venait de provoquer.

Puis il reprit son chemin vers l'évier. Laryn le rejoignit avec le bol vide. Une fois la vaisselle rangée, elle se demanda quoi faire ensuite.

Tate prit la décision pour elle.

— Je dois rentrer. Je veux me changer, appeler les gars, le gérant de l'Anchor Point, et leur raconter ce qui s'est passé. Je pense aussi que je devrais appeler Nate. Il a probablement senti que quelque chose clochait – ça arrive parfois entre nous, vu qu'on est jumeaux. Je veux le rassurer, lui dire à quel point les essais se sont bien passés, et le prévenir qu'on part en mission la semaine prochaine. Et je dois aussi passer un coup de fil à Tex. Tu devrais venir avec moi.

Laryn secoua immédiatement la tête.

— Pas question. Je ne vais pas rester plantée là pendant que tu passes tes coups de fil personnels. Je vais aller bosser. Tu sais, j'ai d'autres trucs à faire que de m'occuper de tes hélicos.

— Mon œil, répondit Tate avec un sourire. Tu sais très bien que mes hélicos passent en priorité.

Le pire, c'est qu'il avait raison.

— Oui, bon... Je dois m'assurer que ton MH-60 est bien sécurisé pour son voyage sur le destroyer.

Le sourire de Tate disparut.

— Reste sur tes gardes. Avec cette garce de Barb que tu as rembarrée et Osman potentiellement dans les parages... Au moindre truc suspect, sois vigilante.

— T'inquiète pas.

Tate la regarda longuement avant de tourner les talons pour se diriger vers la chambre. Laryn remarqua pour la première fois qu'il était pieds nus. Quelque chose d'intime émanait de cette vision inhabituelle – lui, sans ses bottes qu'il portait en permanence.

À son retour, elle n'avait pas bougé. Et cette fois, il ressemblait davantage au Night Stalker arrogant qu'elle connaissait bien. Cependant, il y avait quelque chose dans son regard qui n'y était pas avant. Ils venaient de traverser un évènement intense ensemble, même s'il n'en gardait aucun souvenir. Et il était assez malin pour comprendre ce qui aurait pu arriver si elle l'avait laissé partir avec Barb. Si elle s'était laissée envahir par ses complexes face à cette femme. Si son père ne l'avait pas mise en garde sur les dangers de la drogue glissée dans des verres. Tant de choses auraient pu tourner au désastre... Laryn était soulagée d'avoir empêché Tate de tomber dans les griffes d'une prédatrice.

Au lieu de simplement passer devant elle pour rejoindre la porte, Tate s'approcha directement. Laryn le regarda sans reculer, même lorsqu'il entra dans son espace personnel. Il glissa une main derrière sa nuque, et l'autre autour de sa taille, l'attirant tout contre lui. Elle se détendit aussitôt dans ses bras et avala péniblement sa salive. Le contact de ses doigts calleux sur la peau sensible de sa nuque fit réapparaître ces foutus frissons... avec une intensité redoublée.

Elle aimait tout chez cet homme. Son éthique de travail, sa confiance en lui... et même son arrogance. Quand il voulait quelque chose, il fonçait sans retenue. Le fait qu'il semble vouloir être avec elle restait encore difficile à réaliser.

— J'ai encore envie de t'embrasser, dit-il doucement, les lèvres à quelques centimètres des siennes.

Laryn se mordit instinctivement la lèvre sans rien dire.

— Laryn ? J'ai besoin de ton consentement. Tu peux dire non. Je sais que tout ça va un peu vite. Mais ce que tu as fait pour moi hier soir – m'avoir protégé sans rien attendre en retour, sans même être sûre que je comprendrais ou que je ne t'accuserais pas de m'avoir drogué... Ça m'a fait abandonner mon plan de t'aborder en douceur.

— Tu... tu comptais m'aborder en douceur ? s'étonna Laryn.

— Oui. J'ai enfin arrêté de faire l'autruche, et réalisé qu'il y avait une femme que j'aime, que je respecte et que je désire juste sous mon nez. Pendant trois ans, j'ai été trop bête pour m'en rendre compte.

Laryn eut envie de pleurer, mais elle tempéra son enthousiasme. Pas question de s'emballer trop vite.

— Alors... je peux ? demanda-t-il à nouveau en jetant un regard vers ses lèvres.

— Oui. S'il te plaît, souffla-t-elle.

Aussitôt, son visage s'abaissa, et dès que les lèvres de Tate touchèrent les siennes, Laryn sut qu'elle ne serait plus jamais la même.

Ce baiser était différent du baiser chaste de tout à l'heure. Il commença avec douceur et tendresse, mais s'intensifia rapidement.

La main derrière sa nuque se fit plus ferme alors qu'il laissait échapper un profond gémissement. Il effleura sa lèvre inférieure avec sa langue, et Laryn s'ouvrit à lui. Sa langue explora sa bouche avec assurance – comme tout ce qu'il faisait dans la vie. Laryn se laissa guider, incapable de tenir debout sans son soutien. Leurs langues s'entrelacèrent, apprenant mutuellement ce que l'autre aimait. Et lorsqu'il lui mordilla légèrement la lèvre, elle eut des papillons dans le ventre, et cette foutue chair de poule refit surface.

— Bordel, murmura-t-il en glissant ses lèvres jusqu'à la zone sensible à la base de son oreille.

Laryn pouvait clairement sentir combien il avait apprécié ce baiser – son érection contre son ventre en témoignait. Il releva finalement la tête, sans pour autant s'éloigner ni desserrer son étreinte.

— Quand ? demanda-il.

— Quand quoi ?

Laryn esquissa un léger sourire, amusée par ses grognements dignes d'un homme des cavernes. Il était si différent de l'homme vulnérable qu'elle avait réconforté dans la salle de bain. Mais elle aimait ces deux facettes.

— Quand est-ce que tu m'accordes un rencard ?

— Euh... je ne sais pas. On a beaucoup à faire avant le déploiement.

— Pas question d'attendre qu'on soit de retour. Une fois à bord, on n'aura aucune intimité. Et je ne veux surtout pas t'exposer aux rumeurs et aux ragots de gens qui ne nous connaissent pas, ou qui croient qu'on fait quelque chose de mal. On n'est pas tous les deux dans l'armée, et on a le droit de sortir ensemble.

— Je ne dis pas non, et je suis d'accord avec toi... C'est juste que je ne sais pas quand on aura le temps, répondit-elle, secrètement ravie qu'il semble si pressé de l'emmener en sortie.

— On trouvera le temps. On improvisera. Je ne suis toujours pas à l'aise à l'idée de te laisser seule la nuit, surtout avec Osman dans la nature. Hier, j'étais tellement dans le gaz que j'aurais été incapable de te protéger si quelqu'un avait essayé d'entrer. Mais vu comment les choses évoluent entre nous, je comprendrais si tu préfères que je ne reste pas la nuit... même sur le canapé, comme la dernière fois. Je peux demander aux gars de se relayer pour monter la garde, si ça te rassure davantage.

Le cœur de Laryn s'emballa. L'attention que cet homme lui portait alors qu'ils n'étaient même pas vraiment ensemble… C'était inattendu, et elle n'était pas habituée à cela.

— Mon père t'aurait adoré, lâcha-t-elle sans réfléchir.

Tate était comme lui : mâle alpha, protecteur jusqu'au bout des ongles.

— J'aurais aimé le rencontrer. Il a élevé une sacrée fille. À tout à l'heure. Je te dirai ce que Tex pense de cette histoire avec Osman.

— Et ce que t'a dit le patron d'Anchor Point, ajouta Laryn. J'avais prévu de l'appeler moi-même aujourd'hui.

Si on lui avait demandé une minute plus tôt, elle aurait juré que tenir une conversation sérieuse avec quelqu'un qu'on aime, tout en étant encore collée à lui, son érection pressée contre son ventre après un baiser torride, serait forcément gênant. Mais non. C'était la chose la plus naturelle du monde. Et en prime, complètement surréaliste.

— Bien sûr, répondit Tate.

Il se pencha à nouveau vers elle et l'embrassa. Ce baiser-là n'avait pas l'intensité du précédent. Ses doigts se resserrèrent délicatement sur sa nuque, juste un bref instant, avant qu'il ne la relâche et recule d'un pas.

— Merci encore, Laryn, murmura-t-il.

Puis il se dirigea vers la porte d'entrée avec l'assurance qui lui était si familière.

— Ferme bien derrière moi.

Laryn leva les yeux au ciel.

— Je ne suis pas idiote, répondit-elle avec un soupir d'agacement.

— Non, tu ne l'es pas. À plus.

Puis il partit.

Laryn se précipita vers la porte, la verrouilla, puis mit la chaîne de sécurité. Elle s'appuya contre la porte, les bras croisés sur le ventre. Un sourire se dessina sur son visage tandis qu'elle s'humectait les lèvres, goûtant encore une fois la présence de Tate.

Tout allait si vite, mais elle n'allait pas s'en plaindre. Elle aimait Tate Davis depuis ce qui lui semblait être une éternité, et c'était tellement surréaliste de se dire qu'il était dans son appartement, à l'embrasser comme si sa vie en dépendait. Elle n'avait aucune idée de ce que cela changerait dans leur relation au travail. C'était une source d'inquiétude, mais quelque chose devait changer. Elle tournait en rond et n'était pas heureuse... d'où ses récents questionnements sur d'autres postes.

À présent, elle le regrettait, surtout si les menaces d'Osman s'avéraient sérieuses. Mais elle verrait cela en temps voulu. Laryn était pragmatique avant tout. Pour l'instant, elle devait se doucher et filer au boulot. Il y avait un hélicoptère à charger, et elle serait furieuse s'il arrivait quoi que ce soit à son bébé pendant le transport jusqu'au destroyer. La vie de Tate – et de Pyro – dépendait du bon déroulement du transit. Elle se devait de tout faire pour minimiser les risques.

Laryn souriait encore lorsqu'elle entra dans la salle de bain. Elle remarqua que Tate avait pris le temps d'accrocher la serviette qu'il avait utilisée... juste à côté de la sienne. Un frisson lui parcourut l'échine quand une image fugace d'un possible avenir commun lui traversa l'esprit. Les choses pouvaient très bien ne pas fonctionner entre eux. Elle le savait. Cependant... Et si ça marchait ?

Elle inspira profondément, essayant de calmer son enthousiasme. Pour le moment, elle allait laisser les choses se faire. Advienne que pourra. Elle allait essayer de profiter du voyage sans se perdre dans les détails.

Mais en repensant à ce baiser et à son intensité, c'était

presque mission impossible. Le fait de dormir à côté de Tate et de l'embrasser avait déjà chamboulé tout son univers. Si jamais ils franchissaient un cap ultime... elle risquait tout bonnement de s'embraser.

Laryn se déshabilla, se mit sous la douche, et réfléchit à la meilleure manière d'effacer ce sourire béat de son visage avant d'arriver au travail.

10

La conversation téléphonique avec le patron d'Anchor Point avait été frustrante. Il lui avait tout raconté – ce dont Laryn avait été témoin, et ce qu'elle avait fait – mais sans aucune preuve, le type se montrait réticent à renvoyer Barb sur-le-champ. Il n'y avait jamais eu de plainte contre elle auparavant, et elle avait l'air de bosser dur. Il n'y avait aucune caméra pointée en direction du bar pour prouver qu'elle avait mis de la drogue dans son verre, et le patron refusait de se fier uniquement au témoignage de Laryn plutôt qu'à celui de son employée.

Ce n'était pas une surprise, mais c'était quand-même frustrant.

La réaction de ses coéquipiers fut beaucoup plus satisfaisante.

Ils étaient furieux.

Casper avait dû rassurer chacun d'eux, leur dire qu'il allait bien, que Laryn avait fait ce qu'il fallait pour l'éloigner de *Barb la garce* et le mettre en sécurité.

— Elle est foutue, avait lâché Pyro d'un ton féroce.

Casper ne lui avait même pas demandé ce qu'il voulait dire

par là. Pas besoin. Une fois que Pyro en aurait fini avec elle, cette fille aurait quitté Anchor Point.. et même sûrement Norfork.

Il passa ensuite à l'appel suivant : son frère jumeau.

Nate décrocha au bout d'une seule sonnerie.

— Ça va ?

Casper avait eu raison : Nate avait senti que quelque chose clochait.

— Ouais.

Il lui raconta dans les grandes lignes ce qui s'était passé, comment il s'était réveillé sans aucun souvenir de la soirée, et à quel point c'était perturbant.

— Mais tu vas bien, maintenant ?

— Oui, grâce à Laryn.

— Tu es sûr qu'elle n'était pas de mèche ? Que cette Garce de Barb et elle n'essayaient pas de t'avoir toutes les deux ?

La colère de Casper grimpa en flèche.

— Bordel, Nate ! Non ! Elle n'était pas avec Barb ! Je n'arrive pas à croire que tu aies pu dire ça. Je connais Laryn depuis trois ans, et je suis sûr à cent pour cent qu'elle a toujours assuré mes arrières. Littéralement. Elle a ma vie entre les mains avec le boulot qu'elle fait sur mes hélicos. Si elle avait voulu me faire du mal, elle aurait eu tout le loisir de le faire.

— Peut-être qu'elle a fait exactement ce dont elle accuse la serveuse : essayer de te piéger.

— Je regrette de t'avoir appelé. Laryn est bien trop honnête pour faire un truc pareil. Si elle était intéressée par moi, elle me le dirait.

— Vraiment ?

Il y avait quelque chose dans le ton de son frère qui fit hésiter Casper.

— Tout ce que je dis, c'est que je vous ai vus ensemble, sur ce navire, après que vous nous avez sauvés, Josie, Kevlar et moi.

— Oui, et tu as surtout vu qu'elle m'engueulait parce que j'avais bousillé son hélico, rétorqua Casper.

— D'accord, mais j'ai surtout remarqué la façon dont elle te regardait. Elle était soulagée. Elle se cachait derrière sa colère.

L'argument que Casper s'apprêtait à mettre sur la table resta bloqué dans sa gorge.

— Comment tu sais ça ?

— J'ai des yeux. Écoute, vous bossez ensemble depuis des années. Vous êtes incroyables. Et tu es beau gosse – si je peux me permettre de le dire moi-même...

Casper éclata de rire. Étant donné qu'ils étaient jumeaux, c'était plutôt hilarant que Nate sorte un truc pareil.

— Et tu es poli, gentil, reconnaissant, poursuivit-il. Pourquoi elle ne tomberait pas amoureuse de toi ? Tu n'as jamais montré que tu pouvais avoir des sentiments pour elle, toujours à la taquiner comme si c'était l'un de tes gars, pourquoi elle s'exposerait à un possible rejet ? Une des manières de t'avoir pour elle, c'est peut-être de tomber enceinte... exactement comme elle a dit que cette serveuse essayait de le faire.

Casper en avait assez d'entendre son frère, son meilleur ami, salir la femme qui avait été là pour lui, inlassablement. Celle qui avait tout fait pour assurer sa sécurité. Celle qui avait calmé l'angoisse qui coulait dans ses veines quand il s'était réveillé sans aucun souvenir de ce qui s'était passé.

— Laryn n'est pas comme ça. Je n'ai jamais été prisonnier de guerre, mais j'imagine que quand tu as réalisé ce qui t'est arrivé après ta capture, tu étais plus stressé que jamais, avança Casper d'une voix basse et maîtrisée. Tu ne savais pas ce que l'avenir te réservait. Tu étais sûrement Lent confus, tu souffrais, tu avais peut-être même peur. Et puis tu as réalisé que tu n'étais pas seul, que Josie était dans la cellule voisine. Ça t'a donné un point de repère, quelque chose sur quoi te concentrer. C'est comme ça que je me suis senti, Nate. Perdu, désorienté, anxieux. Et puis j'ai tourné la tête, j'ai vu Laryn, et j'ai su que j'étais en sécurité. Elle ne laisserait jamais quelque chose m'arriver quand je suis en vol à bord de l'un de ses bébés, et elle ne laisserait rien m'arriver non plus ici, sur la terre ferme. Depuis quand tu es aussi bavard, au fait ? Je crois que je préférais quand tu ne parlais pas autant.

Il avait parlé sur le ton d'un gamin de trois ans à qui on aurait confisqué son jouet préféré.

Au lieu de s'énerver, Nate se contenta de rire.

— En Irak, après le crash de cet hélico... Tu te souviens quand je t'ai dit que je ne savais rien de Josie, ni d'où elle venait, ni quoi que ce soit... sauf qu'elle était faite pour moi ?

— Bien sûr.

— Quand je suis avec elle, je ressens exactement ce que tu viens de décrire en parlant de Laryn. Je me sens en sécurité. Et je suis désolé. Je me jouais un peu l'avocat du diable. Je voulais juste m'assurer des intentions de Laryn. Mon conseil ? Ne te prends pas la tête. Si ta mécano te plaît, fonce. Ne te pose pas mille questions. Elle pourrait être la meilleure chose qui te soit jamais arrivée, comme Josie l'est pour moi. Peu importe que ça t'ait pris trois ans pour voir ce que tu avais sous le nez. Ce qui compte, c'est que tu aies fini par le voir.

— Oui, acquiesça Casper d'une voix plus douce.

— Je veux la rencontrer. Je parle d'une vraie rencontre, pas seulement de la croiser comme sur ce bateau. Je m'attends à ce que tu fasses en sorte que ça arrive, Tate.

— Je ne sais pas ce qui se passe entre nous, esquiva-t-il, même s'il savait très bien ce qu'il voulait. Et je n'aurai sûrement pas le temps de passer en Californie. On repart au Moyen-Orient dans moins d'une semaine.

— Merde. Tiens-moi au courant si tu peux.

— Je n'y manquerai pas. Toi aussi.

— Oui. Tate ?

— Toujours là.

— Content que tu ailles bien. C'était horrible de te sentir perdre la tête comme ça. Je ne savais pas ce qui se passait. J'aimerais pouvoir remercier Laryn un jour.

— Moi aussi. Prends soin de toi, frérot.

— Toi aussi. À plus.

— À plus.

Casper raccrocha et prit une profonde inspiration. Les questions insistantes de Nate pour s'assurer que Laryn avait de bonnes intentions à son égard étaient agaçantes, mais il comprenait d'où ça venait. Son frère cherchait simplement à le protéger.

Il repensa à ce moment dans les montagnes, entre l'Iran et l'Irak, quand Nate l'avait regardé droit dans les yeux en affirmant que Josie était faite pour lui, alors qu'il venait à peine de la rencontrer. Si ses souvenirs étaient bons, Josie ne parlait même pas à l'époque, traumatisée par ce qu'elle avait traversé. Et pourtant, Nate n'avait jamais douté que c'était la femme de sa vie.

Casper n'en était pas encore là avec Laryn, mais il pouvait admettre n'avoir jamais ressenti pour aucune femme ce qu'il ressentait pour elle. Avec personne d'autre il ne s'était senti aussi à l'aise, capable de baisser complètement sa garde. Laryn était toujours là pour lui, elle l'avait sans cesse prouvé sur le terrain.

Certains pourraient arguer que tout bon mécanicien ferait la même chose : s'assurer que les hélicoptères soient impeccables. Mais Casper savait d'expérience que ce n'était pas le cas. Laryn était aussi la première à l'accueillir à son retour de mission, lui demandant toujours si quelque chose lui avait paru bizarre, si l'appareil avait bien répondu, s'il y avait des réglages à faire. Mais cela semblait plus personnel... comme si elle se souciait davantage de lui que de ses hélicos.

En repensant à leurs années de taquineries et de plaisanteries constantes, Casper réalisa que Nate avait vu juste. Ils s'étaient enfermés dans cette dynamique parce que c'était simple et familier. Parce qu'il ne savait pas comment lui montrer à quel point il appréciait sa prévenance.

Il se comportait comme un gamin de huit ans qui tire les cheveux de la fille qu'il aime. Ou qui la poursuit dans la cour de récré. Ou qui met une grenouille dans sa boîte à déjeuner. Ce genre de connerie, c'était terminé. À partir d'aujourd'hui. Il avait déjà fait un pas en avant en l'invitant à sortir, mais il n'y aurait plus de petites piques de sa part. Laryn était une professionnelle, une excellente mécanicienne. Elle n'avait pas besoin qu'il lui mette des bâtons dans les roues.

Le fait de penser à Laryn et à tout ce qu'elle faisait pour le protéger quand il était en vol lui donna envie de faire la même chose pour elle. Il ne savait pas si Altan Osman représentait réellement une menace, mais son instinct lui hurlait que quelque chose clochait. Et il ne supportait pas l'idée que Laryn ait été mécontente de son travail au point d'envisager de partir.

Il était temps d'appeler Tex.

John Keegan, alias Tex pour à peu près tout le monde, était un ancien SEAL qui avait perdu une partie de sa jambe et avait été réformé. Depuis, il travaillait pour le gouvernement et de manière indépendante, aidant à localiser des personnes kidnappées, capturées ou portées disparues. Il avait un faible pour les membres des forces spéciales et leurs familles, et on racontait qu'il avait retrouvé des dizaines de personnes, les ramenant saines et sauves.

Mais il ne faisait pas que retrouver les gens. Tex était aussi un génie de l'informatique, ce qui lui permettait justement de pister les disparus. Casper avait entendu dire qu'il avait une pièce remplie d'écrans dans son sous-sol, avec des traceurs qu'il avait fournis à ses proches pour garder un œil sur eux. Il pouvait infiltrer les caméras de circulation, les relevés téléphoniques, les réseaux sociaux, les boîtes mail, les bases de données gouvernementales... bref, il avait accès aux informations les mieux protégées.

Casper avait besoin de ses compétences. Il avait besoin de renseignements discrets, et il soupçonnait que seul Tex pouvait les obtenir. Il ne lui avait jamais parlé, mais ses coordonnées circulaient dans le milieu des forces spéciales. Il avait obtenu son numéro grâce à un membre de la Delta Force qu'il avait transporté lors d'une mission, et qui vivait désormais au Texas avec sa femme et ses enfants. Oz n'avait pas tari d'éloges sur Tex, lui assurant que s'il avait besoin de lui un jour, il ne fallait pas hésiter.

Casper n'était pas sûr d'avoir réellement besoin de son aide. Il n'avait rien d'autre que son instinct qui lui soufflait de prendre les menaces d'Altan Osman au sérieux. Il avait besoin de faits, et Tex semblait être l'homme de la situation.

Il composa le numéro, qu'il connaissait par cœur, espérant que Tex n'avait pas pris sa retraite... ou changé de numéro.

Au bout de trois sonneries, une voix répondit avec un léger accent du sud. C'était forcément lui.

— Qui c'est ?

Casper ne prit pas mal l'accueil un peu sec. Il était même impressionné que l'homme ait répondu. Lui-même ne décrochait jamais quand il ne connaissait pas l'origine de l'appel.

— Tate Davis. On m'appelle Casper. Officier dans l'armée américaine. Night Stalker. J'ai besoin d'infos sur une possible menace visant la femme que je fréquente.

Le téléphone émit un bip dans son oreille.

Un peu surpris, Casper ne lui en tint pas rigueur. Tout le monde disait que Tex était le meilleur, et si ce n'était pas le bon moment pour parler, il attendrait.

L'attente ne fut pas longue. Vingt minutes plus tard, alors

qu'il s'apprêtait à quitter son appartement, son portable sonna. Numéro inconnu. Mais il avait sa petite idée sur l'identité de l'interlocuteur.

— Allô ?

— Salut, Casper. Tex à l'appareil. Désolé pour tout à l'heure. Je ne réponds jamais aux appels à froid, sans vérifier d'abord de qui il s'agit.

— Et j'ai passé le test ? demanda Casper, curieux de savoir ce que cet homme avait pu apprendre sur lui en une vingtaine de minutes.

— Oui. Distinguished Service Cross, Silver Star, trois Bronze Stars, et dix Air Medals – dont quatre avec mention Valor Device. Des milliers d'heures de vol de jour, et presque autant de nuit. Tu incarnes parfaitement la devise *Night Stalkers Don't Quit (Les Night Stalkers N'abandonnent Jamais)*. Merci pour tout ce que tu as fait, tout ce que tu fais et tout ce que tu feras pour mes frères SEALs et les forces spéciales. Bon, qu'est-ce que je peux faire pour t'aider ?

Casper n'avait pas l'habitude d'être surpris, mais il devait admettre que Tex l'avait bluffé. S'il connaissait ses décorations militaires, il devait aussi connaître chaque mission qui lui avait valu ces honneurs – ce qui était impressionnant, vu qu'elles étaient toutes classées secret défense. Et il avait découvert tout cela en quelques minutes. Tout ce qu'on disait à propos de Tex lui semblait vrai. Casper se sentit encore plus rassuré de lui avoir demandé de l'aide, même si tout cela se révélait être une fausse alerte.

Il lui expliqua la situation de Laryn, comment Altan Osman, employé du gouvernement turc, l'avait menacée par téléphone.

— Je veux savoir s'il représente vraiment une menace, ou s'il est juste frustré de ne pas avoir réussi à recruter l'une des meilleures mécanos de MH-60 pour ses nouveaux appareils.

On part pour le Moyen-Orient la semaine prochaine, et pour une fois, je suis presque soulagé d'y aller... Ça l'éloignera de chez elle et de quiconque Osman pourrait envoyer dans le but d'essayer de la faire changer d'avis.

— Je n'ai jamais entendu parler de ce type, ce qui devrait déjà te rassurer un peu. Je connais la plupart des gros poissons, et lui n'en fait pas partie. Mais ça ne veut pas dire qu'il n'est pas dangereux. Beaucoup d'organisations que je surveille recrutent de plus en plus de petites mains. C'est impossible de tous les suivre. Leur objectif, c'est d'avoir plus d'agents dormants. Des types payés pour observer, écouter... et transmettre des infos. Je ne dis pas que c'est comme ça qu'il a eu le numéro de Laryn, mais ça vaut le coup de vérifier.

En réalisant que Tex ne prenait pas cette affaire à la légère, Casper fut envahi par un immense soulagement. Cet homme comptait vraiment mettre ses compétences à profit pour creuser la situation.

— Mais je dois te prévenir, je suis en plein milieu d'une autre affaire, ajouta-t-il. Je ne peux pas mobiliser toutes mes ressources là-dessus pour le moment.

— Je comprends.

Et c'était la vérité. Casper ne s'attendait pas à ce qu'un homme aussi sollicité que Tex laisse tout tomber pour un inconnu.

— Je vais faire mon possible pour revenir vers toi avant ton départ. En attendant, je n'ai sans doute pas besoin de te recommander de garder un œil sur Laryn. J'ai vu trop de proches disparaître parce qu'ils avaient baissé leur garde.

— Non, monsieur, répondit Casper. Je lui ai déjà dit qu'elle allait avoir un colocataire pour un bon moment, jusqu'à ce qu'on sache si la menace est réelle, et qu'on puisse agir en conséquence.

— Bien. Tes camarades Night Stalkers basés à Norfolk sont

de bons gars. Je ne connais pas personnellement Pyro, Obi-Wan, Chaos, Edge ou Buck, mais on m'a parlé d'eux en bien. Je te recontacterai. Protège ta femme.

Une fois de plus, la ligne coupa net.

Casper aurait pu être inquiet que ce type en sache autant sur lui et ses coéquipiers – ce name-dropping en fin d'appel ne pouvait être qu'une référence à ses collègues pilotes – mais il ne l'était pas. Si autant de soldats des forces spéciales, qu'ils soient en activité ou retraités, lui faisaient confiance, cela voulait dire qu'il était fiable.

Mais ce qui le frappa avant tout, ce furent ces deux mots : *ta femme.*

Il n'avait même pas encore eu son premier rendez-vous avec Laryn, et pourtant, au fond de lui, c'était une évidence.

Un sourire amusé lui échappa. Il ressemblait bien plus à son frère qu'il ne le croyait. Nate avait su immédiatement que Josie était *la* femme de sa vie. Casper, lui, avait mis plus de temps à comprendre. Mais maintenant, il fallait se rendre à l'évidence : il était exactement comme son frère, quand il tombe amoureux, c'était pour de bon.

Une détermination farouche l'envahit. Il avait perdu assez de temps. Laryn était là, juste devant lui, et il ne l'avait pas vue. Mais ça, c'était terminé. Elle lui avait prouvé à maintes reprises qu'elle veillait sur lui. Et elle l'avait confirmé une fois de plus. Il était grand temps de lui rendre la pareille, de lui faire comprendre qu'il était là pour elle, et que ses amis aussi seraient à ses côtés.

Toute cette histoire avec Altan Osman n'était qu'un début. Il espérait que Tex ne trouve rien de probant, qu'il l'appelle pour lui dire que ce type n'était qu'un bureaucrate arrogant qui se croyait plus puissant qu'il ne l'était réellement.

Bien plus serein maintenant que quelqu'un s'occupait de cette menace, Casper attrapa ses lunettes de soleil sur la table de la cuisine et se dirigea vers la porte. Il devait mettre ses amis au courant de sa conversation avec Tex, et les rassurer une fois encore sur son état. Il allait aussi devoir les calmer en ce qui concernait Barb. Mais il comprenait leur réaction. Si Pyro ou l'un de ses pilotes s'était fait droguer et avait failli se faire piéger comme lui, il serait dans le même état d'esprit qu'eux en ce moment. Enragé. Prêt à tout réduire en cendres pour rendre justice.

Mais grâce à Laryn, il allait bien. Il avait contacté Tex, et son hélico était prêt pour leur prochaine mission.

Il y avait aussi un rencard qu'il attendait avec impatience.

Oui, les choses s'annonçaient plutôt bien. Il était étrangement optimiste quant à l'avenir.

Il ne lui restait plus qu'à décider où et quand il emmènerait Laryn pour leur premier rencard. Il voulait quelque chose de mémorable, sans que ce soit exagéré. Quelque chose qui lui plairait et dont elle se souviendrait toute sa vie.

Le sourire qui s'étira sur ses lèvres en traversant le parking pour rejoindre sa Taurus devait être complètement niais, et quiconque l'apercevrait se demanderait sûrement ce qui lui passait par la tête. Mais il s'en fichait.

Même après la nuit dernière, même avec la menace potentielle qui pesait sur Laryn, il se sentait vraiment bien. À l'heure actuelle, rien ne pouvait entamer son enthousiasme.

11

Merde, rien ne se passait comme prévu.

Casper grimaça. Il n'arrivait pas à croire ce qu'il entendait. Une mission dans le nord de la Syrie avait mal tourné, et son équipe de Night Stalkers devait intervenir *immédiatement*. Des cellules de Daesh sévissaient dans la région et s'étaient révélées particulièrement douées pour cibler les hélicoptères utilisés par d'autres Night Stalkers pour déposer et exfiltrer les forces spéciales. Il fallait davantage de puissance aérienne pour permettre aux soldats de se déployer et d'éliminer les insurgés avant qu'ils ne réussissent à abattre l'appareil.

Cela signifiait que son départ n'était plus prévu dans une semaine, mais dans deux jours.

Son plan de rencard avec Laryn partait en fumée, et ça l'agaçait au plus haut point. Bien sûr, il pouvait toujours prévoir une sortie avec elle, mais sans doute pas comme il l'avait imaginé. Il voulait que ce soit mémorable, spécial, et il risquait de devoir se contenter de quelque chose de plus banal.

Mais hors de question d'attendre. Maintenant qu'il avait pris la décision de l'inviter à sortir, il n'allait pas laisser une mission lui barrer la route. Il voulait que Laryn sache à quel point elle comptait pour lui avant de partir. Et ce déploiement serait différent des précédents. Plus jamais elle ne serait seule à bord du porte-avions sans qu'il se soucie d'elle. Il ne s'était jamais vraiment demandé comment elle passait son temps à bord, mais désormais, il voulait s'assurer qu'elle dormait bien, qu'elle mangeait correctement, et qu'elle prenait soin d'elle dans cet environnement si stressant.

C'était un changement radical, mais qui lui semblait naturel.

Évidemment, elle n'accepterait peut-être pas qu'il se mêle autant de sa vie. Il verrait bien. Leur premier rencard ferait office de test pour se faire une idée de ses réactions. Était-elle du genre à aimer ou détester les démonstrations d'affection en public ? Accepterait-elle qu'il lui tienne la main ? Le laisserait-elle payer sans protester ?

S'il y avait bien un domaine dans lequel il n'avait aucun doute sur leur compatibilité, c'était le physique. Rien qu'en repensant à leurs baisers, son corps réagissait aussitôt. Sans parler de cette sensation de bien-être quand il était allongé à ses côtés... Certes, il aimait le sexe autant que n'importe quel homme, mais après ce matin, il réalisait à quel point il appréciait tout simplement être avec quelqu'un en qui il avait une confiance absolue.

— Des questions ? demanda le colonel.

Casper en avait un tas, mais ses coéquipiers furent plus rapides que lui et posèrent toutes celles qui lui trottaient dans la tête. Ils avaient déjà eu un aperçu du conflit qui expliquait la recrudescence de l'activité de Daesh, et du rôle des forces spéciales sur place. On leur détailla le terrain, la façon dont les monts Taurus formaient une barrière naturelle entre la Syrie et la Turquie, s'étendant jusqu'en Irak. Une topographie qui compliquait les interventions des SEALs et des Delta

Forces, mais qui rendait la présence des Night Stalkers indispensable.

Daesh était en train de transformer cette région en nouveau bastion. Ils connaissaient chaque recoin, et ils avaient des cachettes un peu partout. Quant aux montagnes, elles exigeaient des pilotes capables d'évoluer dans des conditions que d'autres n'oseraient même pas envisager... surtout de nuit.

Les missions s'annonçaient infernales, mais Casper n'était pas inquiet. Son équipe était prête.

Lorsque Pyro demanda si Laryn et une petite équipe de mécaniciens les accompagneraient, le colonel confirma que oui, surtout parce que l'hélicoptère de Casper allait au combat pour la première fois.

Casper n'avait même pas envisagé qu'elle ne vienne pas, ce qui était sans doute idiot. Non pas parce qu'il en avait envie, ni parce qu'elle les suivait d'habitude, que sa présence était garantie. Pour certaines missions, elle était restée à quai. Mais puisque son affectation avait déjà été décidée, il n'avait pas douté du fait qu'elle serait du voyage.

Il était soulagé de savoir qu'elle resterait en sécurité sur le destroyer. Avant, il ne s'était jamais vraiment soucié d'elle à ce point – ce qui, aujourd'hui, lui semblait honteux. Mais maintenant qu'elle était bien plus qu'une simple mécanicienne à ses yeux, il avait des nœuds dans le ventre à l'idée de la savoir exposée. Elle avait effectué une formation militaire dans l'armée, mais rien de comparable à ce que ses coéquipiers et lui voyaient sur le terrain.

Heureusement, il n'avait pas à s'en préoccuper.

Surtout avec cette étrange coïncidence : leur mission les emmenait en Turquie, le pays d'Altan Osman.

Une fois la réunion terminée, Casper mourrait d'envie d'aller voir Laryn. Mais il soupira, sachant qu'il avait encore du travail devant lui.

— Tu as eu Tex au téléphone ? demanda Edge alors qu'ils quittaient la salle et traversaient le couloir en direction de la salle de briefing suivante, où ils allaient étudier les cartes de la zone.

L'équipement de leurs hélicoptères était ultra-performant, mais rien ne valait une bonne image mentale du terrain avant d'y plonger.

— Oui. Il va enquêter sur Osman, mais il a d'autres priorités avant de s'y mettre, répondit Casper.

— Finalement, ce n'est peut-être pas plus mal qu'on parte dans deux jours et pas dans une semaine, fit remarquer Chaos.

— Oui, si ce connard comptait essayer d'intimider Laryn ici, il va devoir patienter jusqu'à notre retour, ajouta Obi-Wan.

— Et d'ici là, avec un peu de chance, Tex aura trouvé de quoi nous dire s'il représente un vrai danger ou non, pensa Buck à voix haute.

Casper était soulagé de voir que ses amis prenaient la menace au sérieux. Ils avaient déjà convenu qu'Osman représentait un problème potentiel, mais après ce qui s'était passé avec Barb la veille, ils étaient impliqués à fond dans la protection de Laryn.

— J'aimerais bien le voir essayer de l'emmerder, grommela Pyro. Il verra ce que ça fait d'avoir six Night Stalkers sur le dos.

La situation n'avait rien de drôle, mais Casper ne put s'empêcher de sourire.

Chaos leur retint la porte, et ils entrèrent dans la salle de briefing.

Le sourire de Casper s'estompa lorsqu'il vit les chaises inconfortables sur lesquelles ils allaient passer les prochaines heures. Ils avaient beaucoup de boulot, et très peu de temps. Il pensa à Laryn. Elle devait être tout aussi occupée qu'eux. En apprenant que leur départ était avancé, elle avait sans doute commencé à préparer ses outils pour le transport. Évidemment, il y en avait déjà à bord du destroyer, mais il savait qu'elle voyageait toujours avec son propre set d'outils spécialisés.

Elle aurait aussi ses propres réunions avec les mécaniciens qui l'accompagnaient. On leur donnerait un aperçu des conditions de la mission, mais sans entrer dans les détails les plus sensibles. Laryn avait une accréditation secret-défense, mais cela ne voulait pas dire qu'elle avait accès à toutes les informations sur les missions des pilotes.

Casper s'assit en soupirant, et ils commencèrent tous à sortir les cartes appropriées des grandes pochettes qui avaient été livrées dans la salle de conférence pendant leur réunion avec le colonel. La journée avait déjà été longue, et s'allongeait encore. Mais contrairement à n'importe quelle autre journée de travail, il avait quelque chose à attendre avec impatience : voir Laryn, lui parler. Ça rendait cette foutue journée un peu plus supportable.

*** * ***

Laryn regarda sa montre : il était 20 h. La journée était passée à toute vitesse.

Dès son arrivée, elle avait découvert que le MH-60 n'était même plus dans le hangar, et qu'il avait déjà été chargé pour le transport. Le calendrier de déploiement avait été avancé de cinq jours.

Avec tout ce qu'elle avait à faire, elle était bien plus stressée qu'elle ne l'aurait voulu. Elle n'avait eu le temps de penser ni à Altan, ni aux autres missions, ni à la question de savoir si l'équipe chargée du transport du MH-60 avait suivi le protocole à la lettre pour éviter tout problème en route. Même Tate lui était complètement sorti de la tête.

Elle avait enchaîné les réunions avec les soldats et les autres mécaniciens qui allaient embarquer sur le destroyer avec elle, veillant à ce que leur paperasse soit en règle. Formulaire DD 93 – registre des données d'urgence – plans de prise en charge familiale, vérification des bénéficiaires à ce jour, testaments...

Certains trouvaient cette partie du travail déprimante : s'assurer que si le pire arrivait, leurs proches seraient pris en charge. Mais pour Laryn, ce n'était plus un problème depuis longtemps. Surtout parce qu'elle n'avait aucune famille, et que son bénéficiaire était toujours le refuge pour beagles où elle était bénévole sur sa précédente base, à Fort Bragg... rebaptisée Fort Liberty depuis son départ.

Maintenant qu'elle avait enfin une minute pour souffler, elle réalisa qu'elle était morte de faim. Son déjeuner s'était résumé à un paquet de chips et une barre chocolatée achetés au distributeur. Elle était couverte de crasse, et avait un besoin urgent de prendre une douche. Sa combinaison était maculée de graisse, car elle avait pris le temps de jeter un œil à quelques problèmes de moteur sur un MH-47 Chinook, un hélicoptère bien plus gros que le Black Hawk que pilotait Tate, conçu pour les longues missions et capable de transporter des charges extrêmement lourdes... Comme ce fameux raid des Night Stalkers dans les années 80, au cours duquel ils avaient volé un hélicoptère offensif libyen abandonné en pleine tempête de sable.

Laryn resta un instant immobile sur le côté du hangar, ferma les yeux, et examina ses options. Attendre d'être rentrée pour se faire à manger ? Passer par un fast-food en route ? Sauter le repas et rentrer s'écrouler directement ?

Son téléphone se mit à vibrer dans sa poche. Elle pinça les lèvres en priant pour que ce ne soit pas son chef ou quelqu'un d'autre ayant besoin d'un coup d'œil rapide sur un problème mécanique. Elle le sortit de sa poche et baissa les yeux sur l'écran.

Lorsqu'elle vit le nom de Tate, son cœur s'emballa, mais ça

n'avait rien à voir avec un quelconque agacement. Il lui avait envoyé quelques messages dans la journée, juste pour prendre de ses nouvelles. Il lui avait aussi annoncé qu'il avait contacté Tex, qui allait chercher des informations sur Altan. Il s'était aussi assuré qu'elle prenait bien la nouvelle de leur départ avancé – même s'il n'aurait rien pu y changer si ça n'avait pas été le cas, elle avait apprécié qu'il pense à elle.

— Salut, dit-elle en décrochant.

— J'arrive au hangar dans deux minutes. Tu es encore là ?

Il avait l'air agacé, pour une raison qu'elle ignorait. Était-ce contre elle, parce qu'elle était encore en train de travailler ? Laryn se redressa instinctivement. S'il était contrarié, tant pis pour lui. Il fallait qu'elle fasse son travail, tout comme lui, et ce n'était pas parce qu'ils avaient partagé un moment intime la veille – enfin, ce matin-là – qu'il allait commencer à gérer sa vie.

— Je m'apprêtais justement à partir, répondit-elle d'un ton sec.

— Parfait. Attends-moi, je te ramène chez toi.

— J'ai besoin de ma voiture, protesta-t-elle.

— Pourquoi ?

— Parce que comme nous partons après-demain, je dois revenir ici demain à la première heure. Il me reste encore une tonne de choses à faire. Mon travail ne s'est pas arrêté sous prétexte que je pars en mission.

— Je sais. Je suis dans le même cas.

Son ton s'était adouci, il était moins tranchant.

— Je voulais dire... Pourquoi prendre ta voiture si on va au même endroit et qu'on doit tous les deux revenir ici à l'aube pour terminer les préparatifs ?

Laryn resta muette un instant. Elle avait complètement oublié que Tate avait insisté pour dormir chez elle, au cas où Altman tentait quelque chose. Ce qui était plutôt ironique, car en temps normal, elle n'aurait pas pu s'empêcher de penser au fait qu'il soit chez elle, surtout après avoir dormi contre lui toute la nuit... Enfin, la matinée.

Elle avait la tête en vrac à cause du manque de sommeil, de la faim, et de toutes les tâches qui lui restaient encore à accomplir.

— Garde tes arguments pour toi, lui dit-il. J'arrive, on en parlera face à face.

Il raccrocha. En temps normal, n'importe qui d'autre se serait pris une réflexion pour avoir osé lui raccrocher au nez. Mais elle préférait lui parler de cette histoire en personne. Il devait comprendre qu'elle était capable de se débrouiller seule. Elle le faisait depuis longtemps. Elle n'avait pas besoin de protection comme une demoiselle en détresse. Son père l'avait élevée de manière à ce qu'elle soit indépendante et sûre d'elle. Elle n'attendait pas qu'un homme vienne lui sauver la mise.

D'ailleurs, vu son état d'esprit à cet instant – sur les nerfs, paumée quant à sa relation avec Tate, pleine d'espoir mais aussi méfiante face à son intérêt soudain alors qu'il l'avait ignorée pendant des années – elle espérait presque qu'un abruti tenterait de s'introduire chez elle pour la forcer à accepter le job en Turquie. Elle lui exploserait la tête avec la clé à molette géante qu'elle gardait chez elle pour ce genre d'occasions.

— Tu as l'air énervée. À quoi tu penses ? demanda Tate en entrant dans le hangar par la porte latérale.

— Que je n'ai pas besoin d'un homme, lâcha Laryn.

— D'accord.

— Et que je n'ai pas besoin que tu me surveilles. Je suis capable de me débrouiller.

— Je sais.

— Je ne vois pas ce que tu attends de moi, ajouta-t-elle, un peu moins sur la défensive.

Tate s'approcha et l'attira simplement contre lui dans une étreinte ferme... et terriblement réconfortante.

Laryn ferma les yeux et s'abandonna contre lui. Elle était à bout, et aussi forte qu'elle pouvait paraître, aussi indépendante qu'elle s'efforçait d'être, en réalité... cet homme était sa faiblesse. Elle était épuisée, et morte de faim.

— Je n'ai pas mangé correctement aujourd'hui, et je parie que toi non plus. On a tous les deux passé la journée à courir partout. Alors si tu me demandes ce que je veux, là, tout de suite... Je veux que tu manges. Ensuite, je veux te ramener chez toi, te border, et rester près de toi pour que tu puisses dormir tranquille en sachant que si quelqu'un tente quoi que ce soit pour te forcer à bosser pour lui, il devra d'abord me passer sur le corps.

Il resserra son étreinte, puis murmura :

— Je sais que tu es indépendante. Je ne suis pas là pour ça. J'ai juste mis trop de temps à comprendre l'évidence. Et maintenant que je le sais, j'ai envie de voir où ça peut nous mener.

Tout ce qu'il venait de dire... elle en avait rêvé.

Elle résista à l'envie de lâcher un grand *oui*, et releva plutôt la tête avant de souffler :

— J'ai faim.

— Ouais, moi aussi, répondit-il en souriant. Ce n'est pas vraiment ce que j'avais prévu, mais... Et si on faisait cette fameuse sortie que je t'ai promis ?

— Maintenant ?

— Pourquoi pas ? Avec les gars, on sort toujours la veille d'un déploiement, quand on a un peu d'avance sur le planning. On passe un dernier moment ensemble... au cas où. C'est un peu glauque, mais on est pragmatiques avant tout. On sait tous à quel point la vie peut être courte.

Laryn lui colla une tape sur l'épaule.

— Dis pas ça ! s'exclama-t-elle.

Tate haussa les épaules.

— C'est la vérité. On aime juste sortir, éviter de parler boulot et profiter du moment avant de partir. Tu verras, ce n'est pas du tout sinistre. C'est plutôt une manière de célébrer l'amitié.

— *Tu verras* ? répéta-t-elle en inclinant la tête.

— Oui, parce que tu vas venir avec nous demain soir, si on peut sortir. Tout dépendra de l'heure à laquelle on termine. Mais ce soir, j'ai envie d'un tête-à-tête. Juste toi et moi. Qu'est-ce que tu en dis ?

Laryn se sentit soudain beaucoup moins fatiguée. Elle fronça les sourcils et baissa les yeux sur elle-même.

— Je suis en vrac.

— C'est vrai, admit-il avec un sourire en coin. Et c'est adorable.

Elle plissa le nez.

— Non, ça ne l'est pas. Je sens l'huile et la graisse, et j'ai l'air d'avoir rampé par terre. Ce qui est le cas, de fait.

— J'avoue que je préfère l'odeur de ton parfum à la vanille, mais... c'est nous. Toi en bleu de travail, moi en combinaison de vol. Froissés, crasseux... mais encore debout. Et puis là où je t'emmène, personne ne nous regardera. On ne va pas dans un restau cinq étoiles, pas après une journée pareille. Même si j'aimerais bien le faire un jour. Mais on n'a pas le temps avant de partir au Moyen-Orient.

— Où est-ce qu'on va ? Tu ne sais même pas ce que j'aime.

— Salmich's Burgers & Sandwichs.

Laryn eut immédiatement l'eau à la bouche.

— Sérieux ?

— Oui, pourquoi ? Tu connais ?

— J'adore cet endroit ! s'exclama-t-elle, ravie. Leurs sandwichs sont énormes, et tellement bons !

Tate éclata de rire.

— Parfait. Alors tu vas me laisser conduire, je t'emmène manger... et ensuite, je te ramène chez toi pour y passer la nuit.

— On dirait que tu as tout prévu, beau gosse, le taquina Laryn.

À sa grande surprise, Tate rougit.

— Je voulais pas dire ça comme ça, se défendit-il précipitamment. Ce que je voulais dire, c'est... Tu vas me laisser dormir sur le canapé ? Tex va commencer à chercher des infos sur Osman, mais ça prendra du temps. Et je ne veux pas prendre de risque en ce qui concerne ta sécurité.

Laryn le regarda fixement un instant, puis hocha la tête, trop fatiguée pour débattre. Et puis... elle se sentait mieux avec Tate dans les parages. Elle n'était toujours pas convaincue qu'Altan tenterait quelque chose, qu'il avait les moyens de la harceler depuis l'autre bout du monde, mais en repensant à ce qu'elle avait ressenti après ses menaces au téléphone... elle se disait que ce n'était vraiment pas une contrainte d'avoir l'homme pour lequel elle avait craqué pendant des années sous son toit pour la nuit.

— Très bien. Allez, on file avant que quelqu'un nous tombe dessus avec une dernière question.

Laryn s'esclaffa tandis qu'il lui tapait dans la main et l'entraînait vers la sortie.

— À toi aussi, on te fait le coup ? s'enquit-elle.

— Tout le temps, grogna-t-il.

Ils rejoignirent rapidement sa Taurus, et il démarra presque avant qu'elle ait fini d'attacher sa ceinture. À cette heure, le trajet jusqu'au Salmich's fut rapide. Ils trouvèrent facilement une place sur le petit parking du restaurant, une sorte de bouiboui situé sur la même rue que l'appartement de Laryn, quelques pâtés de maison plus à l'est.

À l'intérieur, Ils s'installèrent sans difficulté, et Laryn ne prit même pas la peine de consulter le menu. Elle savait déjà ce qu'elle allait commander. Ce qu'elle prenait à chaque fois. Quand un truc était aussi bon, pourquoi changer ?

— Je suppose que tu sais déjà ce que tu veux ? demanda Tate en riant.

— Oui.

Il parcourut rapidement le menu, et quand la serveuse arriva avec deux verres d'eau, ils étaient tous les deux prêts à commander.

— Je vais prendre le sandwich Chicken in the Grass avec supplément fromage, s'il vous plaît. Et une portion de frites Diablo.

— Et pour vous ? demanda la serveuse à Tate en souriant.

— Un Jalapeños Popper Burger pour moi.

Après son départ, Tate esquissa un sourire en coin.

— Je comptais te demander si tu aimais la cuisine épicée, mais vu que tu as pris des frites Diablo, j'ai déjà ma réponse. On pourra partager ?

Laryn fit mine de réfléchir.

— Hmm... j'imagine que oui, soupira-t-elle.

Ils parlèrent de tout et de rien en attendant leur commande, qui arriva rapidement. À cette heure, les employés du restaurant devaient avoir hâte de boucler la soirée.

Laryn attaqua son sandwich dès qu'il fut posé devant elle. À la première bouchée, elle ferma les yeux de plaisir.

— C'est bon ? demanda Tate.

Quand elle rouvrit les yeux, il la fixait d'un regard indéchiffrable.

— Tellement bon, gémit-elle.

Tate passa la langue sur ses lèvres, le regard toujours rivé sur sa bouche. Laryn comprit immédiatement pourquoi. Elle venait littéralement de *jouir* avec un sandwich. Ce n'était pas étonnant qu'il la regarde avec cette lueur brûlante dans les yeux.

— Je suis tenté de demander une boîte pour emporter le mien, lâcha-t-il d'une voix rauque.

— Tu es sûr que tu n'as pas besoin de prendre des forces ? répliqua Laryn contre toute attente.

L'éclair de désir qui traversa son regard la fit se sentir à la fois sexy et puissante. Même en bleu de travail et couverte de taches de graisse. Cet homme... la faisait se sentir unique. Et le voir la désirer aussi ouvertement lui donnait presque le vertige.

Sans un mot, Tate saisit son burger et croqua un gros morceau.

Ils mangèrent rapidement, savourant chaque bouchée. Les frites, qu'ils partagèrent, disparurent aussi vite. Quand elle eut fini, Laryn était repue... mais le courant entre eux, lui, ne s'était pas estompé. Il était toujours là, électrique.

— On y va ? demanda-t-il doucement après avoir réglé l'addition.

Laryn acquiesça. Elle était assez sûre d'elle pour flirter quand la table les séparait et qu'ils étaient occupés à manger, mais quand Tate se leva et s'approcha d'elle, posant une main dans le creux de son dos pour l'entraîner vers la sortie, elle se sentit à nouveau maladroite.

C'était Tate. Le Night Stalker. L'homme autour duquel d'autres femmes perdaient toute dignité en essayant d'attirer son attention.

— Arrête de trop réfléchir, lui dit-il alors qu'ils se dirigeaient vers sa voiture.

— Je n'y arrive pas, admit Laryn.

Tate contourna la voiture pour ouvrir la portière côté passager. Il balaya le parking des yeux avant de reporter son attention sur Laryn. Puis il la fit reculer contre la voiture, l'obligeant à relever la tête pour le regarder.

— J'ai trente-quatre ans, et jamais une femme en train de manger ne m'a excité comme toi tout à l'heure.

Ah, d'accord. Ça avait le mérite d'être direct.

— Et moi, j'en ai trente-cinq, et je ressens exactement la même chose.

— Voilà comment je vois les choses : on rentre chez toi, on se dit bonne nuit, et tu vas te coucher pendant que je dors sur le canapé...

— Ou ? s'enquit-elle en trouvant le courage de poser la question.

— Ou alors, on rentre chez toi et tu m'emmènes dans ta chambre pour me mettre dans ton lit. On ne dormira sûrement pas beaucoup, parce que quand je te verrai... entièrement, j'aurai envie de rattraper le temps perdu. Et c'est entièrement ma faute, pas la tienne.

Oh, Laryn en avait très, très envie. Mais...

— C'est seulement parce qu'on part en mission ? Si c'est juste une envie à assouvir, je vais devoir décliner. Je ne suis pas du genre à coucher à droite à gauche. J'ai un vibromasseur, et je sais très bien m'en servir, merci.

— Bordel... marmonna Tate en ajustant directement son pantalon.

C'était sans doute la chose la plus sexy que Laryn ait jamais vue. Il était mal à l'aise... à cause d'*elle*.

— Ce n'est pas un coup d'un soir. Je ne te manquerai jamais de respect comme ça. Il y a quelque chose entre nous, Laryn. Quelque chose que j'aurais dû voir bien plus tôt. Je te l'ai déjà dit, je suis un idiot. Mais maintenant, j'ai enfin ouvert les yeux, et je suis convaincu que quand on décidera de franchir cette étape, ça changera nos vies pour le meilleur. Mais je peux attendre. La mission va être intense, comme toujours. On n'aura aucune intimité, aucune occasion de voir où ça peut nous mener. Mais je te le dis tout de suite, cette fois, ce sera différent. Plus question de faire notre vie chacun de notre côté sur le navire. Je veux manger avec toi, prendre de tes nouvelles, parler hélicoptères, passer du temps avec toi et les autres pilotes dès que possible. Ça te va ?

Pour Laryn, ça sonnait comme dans un rêve. Les missions avaient toujours eu un côté solitaire pour elle. Elle n'avait jamais trouvé sa place à bord, ni parmi les marins, ni parmi les soldats. Et comme elle n'était plus militaire, les autres étaient toujours un peu méfiants, évitant de trop en dire en sa présence. Ils n'allaient sûrement pas s'embêter à tisser des liens avec quelqu'un qu'ils ne reverraient sans doute jamais. Alors entendre Tate dire qu'il voulait passer du temps avec elle... C'était presque quelque chose qu'elle attendait déjà avec impatience. Ce déploiement risquait d'être bien moins maussade que les précédents.

— Plus que ça, confirma-t-elle.

— Parfait. Alors ? Option numéro un, ou option numéro deux ? Aucune pression, vraiment. Tout comme toi avec ton vibromasseur, je sais aussi très bien me débrouiller avec la main quand il le faut.

L'image de Tate se masturbant sous sa douche, ou même sur son canapé pendant qu'elle dormirait, fit durcir les tétons de Laryn sous sa combinaison.

— Numéro deux, lâcha-t-elle sans hésiter.

Les pupilles de Tate se dilatèrent sous ses yeux.

À son crédit, il ne lui demanda pas si elle était sûre. Il ne chercha pas à la faire revenir sur sa décision. Il avait l'air aussi impatient qu'elle d'ouvrir cette porte et de voir si leur alchimie était aussi explosive qu'elle en avait l'air.

Avant qu'elle ne réalise ce qui se passait, elle était dans son siège avec sa ceinture, et Tate filait à toute allure vers chez elle. Aucun d'eux ne parlait, mais Laryn prit son courage à deux mains, et en posa une sur sa cuisse.

Il la saisit aussitôt et la serra dans la sienne. Tenir la main de cet homme était plus grisant, plus électrisant encore que tout ce qu'elle avait pu vivre auparavant. C'était à la fois vertigineux et effrayant, mais dans le bon sens du terme. Comme lorsqu'on est au sommet d'une montagne russe et qu'on s'apprête à plonger dans la première descente.

Laryn n'avait aucun doute sur ses compétences de pilote. L'Armée lui confiait des appareils qui valaient plusieurs millions, ainsi que la vie des SEALs et des Deltas qu'il transportait en pleine zone de guerre. Elle pouvait donc lui faire confiance au volant de sa voiture, même avec l'érection qui tendait sa combinaison de vol.

Rien que la voir lui donna envie de se tortiller sur son siège. Peut-être qu'elle faisait une énorme bêtise en couchant avec lui... Et alors ? Elle en rêvait depuis trop longtemps pour ne pas découvrir si toutes ces nuits blanches à fantasmer sur lui en valait la peine.

Une fois garé, Tate lui lâcha la main, juste le temps de faire le tour de la voiture. Puis il la reprit dès qu'elle sortit. Il ne disait toujours rien, l'attente entre eux devenant presque insoutenable tandis qu'il l'entraînait dans l'escalier jusqu'à son appartement.

Pendant qu'elle ouvrait la porte, il se plaça à côté d'elle et prit enfin la parole d'une voix plus rauque que jamais.

— Attends-moi là.

Surprise, Laryn obéit et le regarda disparaître dans l'appartement. Elle l'entendit ouvrir et fermer le rideau de douche, puis le placard du couloir. Il dut aussi vérifier la deuxième chambre – un capharnaüm où elle entassait tout ce dont elle ne savait pas quoi faire – avant d'entrer dans la chambre à coucher.

Quand il réapparut devant elle, son regard était encore plus sombre.

— Rien à signaler, déclara-t-il simplement.

Laryn ne comprit qu'à cet instant. Même dans cet état d'excitation avancé, et même certain de coucher avec elle, il avait pris le temps de s'assurer que son appartement était bien sécurisé.

Un homme avait-il déjà privilégié sa sécurité à son propre désir ? La réponse était non, définitivement. D'après son expérience, une fois que les hommes pensaient au sexe, plus rien d'autre n'existait. Mais elle aurait dû s'en douter... Tate était différent.

Il s'approcha et prit son visage entre ses mains. Laryn sentit de nouveau son érection contre elle. Mais il ne la serra pas contre lui, et ne se jeta pas sur les boutons de sa combinaison.

— Tu es toujours d'accord ? demanda-t-il doucement.

— Et si je disais non ? s'enquit-elle, plus curieuse de sa réponse qu'autre chose.

— Je reculerais, je te dirais bonne nuit, et on se verrait demain matin.

Oui. Cet homme n'avait assurément rien à voir avec ceux qu'elle avait connus. Il était honnête. Un peu brut de décoffrage, certes. Et prétentieux, forcément. Mais foncièrement bon.

— Je n'ai pas changé d'avis, lui assura-t-elle en passant la main dans ses cheveux au niveau de la nuque.

— Bordel, tant mieux, souffla-t-il avant de passer un bras autour de sa taille et de la soulever.

Laryn sourit alors qu'il la portait à travers le couloir, leurs jambes s'entremêlant à chaque pas. Elle essaya de les replier pour lui faciliter la tâche, mais il ne l'avait pas soulevée assez haut, et ce n'était pas le bon angle. Résultat, il manqua de trébucher en entrant dans sa chambre, et Laryn ne put s'empêcher de rire.

Il laissa lui-même échapper un petit rire en la reposant finalement sur ses pieds, près du lit.

— Ça, c'est nouveau, remarqua-t-il.

— Quoi donc ? s'enquit-elle en levant les yeux vers lui.

— Le rire. Je crois que je n'ai jamais vraiment vu le sexe comme quelque chose de fun avant. J'ai toujours pris ça très au sérieux.

— Et là, tu ne prends pas ça au sérieux ? s'étonna-t-elle plus qu'elle ne s'en offusqua.

— Oh, c'est aussi sérieux que possible, lui assura-t-il, faisant naître un frisson sur ses bras. Mais c'est amusant également. Je vais pouvoir t'enlever tes vêtements, découvrir ce que tu caches sous cette horrible combinaison de mécano. Je vais découvrir ce qui t'excite, si tu es chatouilleuse, si ta poitrine est sensible, et si tu jouis quand j'ai la bouche entre tes jambes, ou si tu as besoin d'un peu plus de mordant.

Bon sang. Elle n'allait pas survivre à cela.

Il sourit de plus belle.

— L'expression sur ton visage rend tout ça encore plus amusant.

— Et moi, j'ai droit à la même chose ? Découvrir si tu aimes qu'on te suce les tétons, à quel point tu es prêt à me laisser prendre le contrôle quand je te ferai jouir avec ma bouche ? Si tu es du genre à bourriner en grognant, ou si tu fais preuve d'un peu plus de finesse ?

Tate bascula la tête en arrière et éclata de rire. Un rire si franc que Laryn aurait pu se vexer... si elle n'avait pas senti contre son ventre à quel point ses paroles l'avaient excité. Son érection semblait encore plus ferme, si c'était encore possible.

— Bourriner en grognant ? répéta-t-il, hilare.

Laryn haussa les épaules.

— Ça existe.

— Je n'en doute pas, mais j'ose espérer que ce n'est pas mon cas. Et si tu veux le contrôle, tu peux l'avoir. Tu en as envie ?

Elle fut tentée de dire oui, juste pour voir s'il disait vrai. Mais en réalité, elle n'avait pas envie de mener la danse. Elle contrôlait déjà tous les aspects de sa vie. En revanche, ça ne la dérangeait pas de laisser les rênes à son partenaire au lit, à condition qu'il sache s'en servir et qu'il ne dépasse pas les limites. Elle n'était pas soumise, mais elle n'était pas dominatrice non plus.

— Non, se contenta-t-elle de répondre.

— Parfait. Parce que même si je n'ai rien contre l'idée que tu me suces – d'ailleurs, c'est désormais l'un de mes plus grands fantasmes – je ne suis pas certain de pouvoir abandonner tout contrôle. Je suis plutôt du genre à garder la main là-dessus.

Laryn pouffa de rire.

— Oui, j'avais deviné, Monsieur le pilote ultra sûr de lui des Night Stalkers.

Il esquissa un sourire en coin, puis reprit son sérieux.

— Si à un moment tu changes d'avis, on arrête tout. Si tu veux qu'on s'amuse mais sans aller jusqu'au bout, ça me va. Je peux toujours m'arrêter. Il suffit que tu le dises. Je ne veux pas que tu regrettes quoi que ce soit. Ce qu'on est en train de faire, ça va tout changer. Pour le mieux, mais ce sera différent. Et j'ai hâte de voir ce que ça donne. J'ai envie de ça. Mais si tu n'es pas sûre, si tu préfères ralentir parce que ça va trop vite, je comprendrai.

Il était temps d'être totalement honnête.

— J'ai envie de toi depuis trois ans, avoua-t-elle dans un souffle. Tu étais l'une des raisons pour lesquelles j'envisageais de partir. C'était trop dur de travailler avec toi tous les jours en sachant que je n'avais aucune chance d'obtenir ce que je voulais.

— Oh, Laryn... murmura Tate.

— Je ne te dis pas ça pour te culpabiliser. Je comprends, ta vie était très différente de la mienne. Je veux juste te rassurer : je ne regretterai pas cette nuit. Comment je le pourrais, alors que j'en rêve depuis si longtemps ? Je t'admire, Tate. Je te respecte. Tu es un homme bien. Un excellent pilote. Un ami en or. Et le fait que tu prennes à ce point le consentement au sérieux... c'est la cerise sur le gâteau.

— Je suis désolé d'avoir mis autant de temps à me rendre compte de l'évidence. Merci de m'avoir attendu.

Il la remerciait de l'avoir attendu ?

Mince, elle aimait vraiment cet homme.

En réponse, elle se hissa sur la pointe des pieds et l'embrassa avec toute l'émotion qu'elle avait contenue pendant si longtemps. Il était trop tôt pour mettre des mots là-dessus, mais elle pouvait lui montrer à quel point il comptait pour elle. À quel point il l'impressionnait.

12

Casper mobilisa toute sa maîtrise pour ne pas arracher cette fichue combinaison informe et la jeter sur le lit pour lui faire l'amour comme il en avait envie. Chaque mot qu'elle prononçait ne faisait qu'attiser son désir.

Il culpabilisait un peu de ne pas s'être aperçu de son attirance plus tôt, mais c'était peut-être mieux ainsi. Un ou deux ans plus tôt, ça n'aurait peut-être pas marché entre eux. Mais maintenant ?

Sentir ses lèvres contre celles de Laryn lui donnait l'impression d'être chez lui.

Il l'enlaça fermement et prit le contrôle du baiser. Ses bras à elle étaient coincés contre ses flancs à cause de la façon dont il la tenait, mais il sentait ses mains caresser ses côtes tandis qu'il explorait sa bouche une nouvelle fois.

Elle ne se contentait pas de subir, elle répondait avec autant d'ardeur que lui, et cela amplifiait son érection, si c'était encore possible. Il était à deux doigts de jouir, ce qui aurait été franchement dommage, car le seul endroit où il voulait jouir, c'était en elle.

Il ressentait un désir tellement inhabituel chez lui. Jusqu'à présent, il ne s'était jamais vraiment soucié du moment où il jouissait, ni de la manière, tant que c'était fait. Mais avec elle, il avait envie d'être le plus connecté possible.

Cette pensée en amena une autre : celle des enfants. Ce qui aurait dû le faire paniquer. Il ne s'était jamais projeté avec des gosses… sauf quand il s'agissait de s'assurer qu'il n'en aurait pas par accident.

Il arracha ses lèvres à celles de Laryn et la regarda dans les yeux avant de lâcher sans réfléchir :

— Tu veux des enfants ?

Surprise, elle cligna des yeux.

Casper se hâta de lui expliquer :

— J'étais en train d'imaginer la suite… Après t'avoir fait jouir avec ma bouche et m'être assuré que tu sois assez humide pour m'accueillir sans douleur – sans me vanter, je suis plus grand que la moyenne, c'est juste un fait – j'ai pensé à quel point j'avais hâte de jouir en toi, de sentir ton corps me masser de l'intérieur. À quel point ce serait incroyable. Ce qui m'a fait penser à la contraception… et aux enfants.

Il avait l'impression d'avoir perdu la tête. Dans le cadre d'une aventure d'un soir, cette discussion aurait été totalement déplacée. Mais il savait jusqu'au fond de ses tripes que ce n'était pas juste une histoire de sexe. Laryn pouvait bien être la femme avec laquelle il passerait les soixante prochaines années, alors il devait savoir s'ils étaient sur la même longueur d'onde.

Elle humecta ses lèvres, encore gonflées par ses baisers, puis hocha la tête.

Casper se sentit soulagé d'un poids.

— J'ai un frère jumeau, lui rappela-t-il.

Elle sourit.

— Je sais.

— Ce que je veux dire, c'est que les jumeaux sont courants dans ma famille. Ça te poserait problème ?

— Euh... on parle en théorie ?

— Non.

— Non ? répéta-t-elle, plus surprise qu'autre chose... et peut-être un peu inquiète.

— Laryn, je t'aime bien, vraiment. Et si les choses se passent comme je l'espère entre nous, on est partis pour du long terme. Comme on l'a dit tout à l'heure, on a la trentaine bien avancée. On a encore du temps, mais pas tant que ça, et je n'ai pas envie de courir après des enfants en bas âge quand j'aurais soixante ans. Je veux juste savoir si on est sur la même longueur d'onde.

— Tu comptes t'investir ? demanda-t-elle en croisant les bras. Tu es du genre à penser que c'est uniquement à la femme de se lever la nuit quand les enfants pleurent ? À être trop occupé avec tes hélicos pour te souvenir que tu as une famille ? Et les couches ? Tu seras prêt à les changer ? À être le méchant de temps en temps pour éviter que je passe pour la marâtre en permanence ? Quel genre de père tu veux être ? Parce que c'est ce qui décidera si je suis d'accord pour avoir des jumeaux.

Casper ne put s'empêcher de sourire. C'était sans doute la conversation la plus étrange qu'il ait eue avec une femme qu'il était sur le point de mettre dans son lit. Mais c'était aussi l'une des plus importantes de sa vie.

— Mon père était génial. Il était très impliqué. Il assistait à toutes nos activités extra-scolaires, et faisait tout son possible pour nous donner tout ce dont on avait besoin pour être heureux et en bonne santé. C'est le genre de père que je veux être, présent pour mes enfants. Je ne laisserai à personne d'autre le soin de préparer les biberons la nuit ou de participer aux journées parents-enfants. Donc pour répondre à ta question : je serai le père qu'il faut pour mes gosses... et le partenaire qu'il faut pour leur mère.

Il venait de parler à cœur ouvert, et il retint son souffle en attendant sa réaction.

À sa grande surprise, Laryn posa ses mains sur son torse et le repoussa brusquement. Casper relâcha aussitôt son étreinte pour lui laisser de l'espace, une vague de panique montant en lui. Il avait merdé quelque part ? Il avait été trop fleur bleue ? Pas assez dominant ? Il allait trop vite ?

Il ouvrit la bouche pour essayer de la rassurer, mais elle ne lui en laissa pas le temps.

D'un geste lent, elle saisit la fermeture éclair de sa combinaison et la descendit.

Puis elle roula des hanches et la laissa tomber à ses pieds.

Elle se tenait devant lui en culotte et débardeur noirs.

Casper mobilisa toute sa volonté pour ne pas jouir dans son pantalon sur-le-champ.

L'autre soir, il avait déjà remarqué qu'elle était pulpeuse, mais maintenant, ses cuisses étaient en pleine lumière, et tout ce qu'il avait en tête, c'était de se glisser entre elles. De les toucher pour vérifier si elles étaient aussi douces qu'elles en avaient l'air. Et surtout, de les avoir autour de la tête pendant qu'il lui donnerait du plaisir avec sa langue.

— Je prends la pilule, lui précisa-t-elle.

Il lui fallut quelques secondes pour assimiler ses mots.

— Quoi ?

— La pilule. Je veux des enfants, mais peut-être pas tout de suite. Et vu que vous avez tous fait des tests le mois dernier et que tout est normal, si tu veux... enfin...

Elle rougit légèrement, et Casper eut l'envie irrépressible de la toucher. De lui enlever ce qui lui restait de vêtements pour la contempler entièrement nue.

— Si tu veux jouir en moi... tu peux. Je suis clean aussi. Ça fait des années que je n'ai fréquenté personne. Pour être honnête, aucun homme ne t'arrivait à la cheville.

Casper eut besoin de toute la maîtrise du monde pour ne pas la plaquer sur le lit, lui arracher sa culotte et la prendre immédiatement. Mais comme il lui avait dit plus tôt, il n'avait pas un petit gabarit, et la dernière chose qu'il voulait, c'était lui faire mal.

Au lieu de cela, il se rapprocha et glissa les doigts dans l'ourlet de son débardeur.

— Je peux ? demanda-t-il, la gorge serrée.

Elle leva les bras, le regarda droit dans les yeux, puis lui adressa un sourire timide.

C'était tout l'encouragement dont il avait besoin. Lentement, il fit remonter le tissu de plus en plus haut. L'appréhension le rendait dingue, mais ça ne faisait que rendre ce moment encore plus charnel.

Quand il fit glisser le débardeur au-dessus de sa tête, ses cheveux retombèrent en un frisson sur ses épaules. Elle se tenait devant lui, le menton levé, les épaules en arrière. Elle ne portait pas de soutien-gorge, sûrement parce que le débardeur avait un maintien intégré. Ses seins étaient... sublimes. Généreux, mais parfaitement proportionnés à ses courbes. Ses aréoles et ses tétons avaient une teinte brun rosé, et tandis qu'il se repaissait du spectacle, sa poitrine se souleva et ses tétons durcirent, comme s'ils réclamaient son contact.

Mais il n'avait pas fini de déballer le plus beau cadeau qu'il n'ait jamais reçu.

Les mains brûlantes d'impatience, Casper s'efforça de garder son calme. Il glissa les pouces sous l'élastique de sa culotte et la fit lentement glisser le long de ses cuisses. Elle s'en débarrassa d'un pas et l'envoya valser avec le pied. Cette femme représentait tous ses espoirs et tous ses rêves, réunis en un seul superbe corps. Il avait du mal à croire qu'elle cachait cette perfection sous les combinaisons amples qu'elle portait chaque jour.

La toison sombre au niveau de son entrejambe était soigneusement taillée, et le petit renflement de son ventre était si féminin, si sexy, si différent du corps sculpté de Casper qu'il en resta fasciné. Il tendit la main et effleura du pouce un petit tatouage juste à la lisière de son maillot. Une clé à molette. Ça lui ressemblait tellement. Il ne put s'empêcher de sourire.

— Je l'ai fait après la mort de mon père. C'est idiot, mais je voulais garder une part de lui avec moi en permanence.

— Ce n'est pas idiot du tout. C'est sexy. Et touchant.

Casper tomba à genoux. Ou plutôt, il s'effondra à ses pieds. Ses jambes ne semblaient plus capables de le porter. Mais cette position plaçait sa bouche pile au niveau du sexe de Laryn. Il se pencha et déposa un baiser sur le tatouage.

Il entendit Laryn inspirer légèrement tandis qu'il posait les mains sur sa taille et levait les yeux vers elle.

— Dis-moi que tu en as envie, murmura-t-il.

— J'en ai envie.

— Dis-moi ce que tu veux, en détail, lui ordonna-t-il, ayant besoin de l'entendre de sa bouche.

S'il s'attendait à de la pudeur, il se trompait.

Elle le regarda avec un sourire en coin et glissa une main dans ses cheveux, repliant ses doigts pour griffer légèrement son crâne du bout des ongles.

— Je veux que tu me dévores à genoux devant moi. Ensuite, je veux que tu te mettes à poil pour que je te suce, puis que tu me prennes et que tu jouisses en moi, comme tu as dit que tu voulais le faire.

Casper réagit avant même d'y réfléchir. Ses mains se resserrèrent sur sa taille alors qu'il se penchait et pressait ses lèvres contre son sexe.

Elle lâcha un petit cri et écarta un peu plus les jambes, lui offrant davantage d'accès. Mais pas encore assez. Casper attrapa une de ses cuisses et la posa sur son épaule, l'ouvrant complètement à lui.

Il se jeta sur elle avec l'avidité d'un homme affamé, traquant la saveur de son désir. Il trouva son clitoris et le lécha avec ardeur, savourant la façon dont elle se tordait entre ses bras et les petits gémissements qui s'échappaient de ses lèvres.

Il la dévorait comme si c'était son dernier repas avant de mourir le lendemain. Aucun des deux n'avait pris de douche, mais c'était le cadet de ses soucis. La seule chose qui comptait, c'était de la faire jouir. Il en avait envie. Il en avait besoin.

Et même avec le visage niché entre ses cuisses, ou peut-être justement à cause de ça, il sentait encore ce parfum de cookie. À partir de maintenant, cette touche vanillée allait le rendre dur comme la pierre, parce qu'elle lui rappellerait ce moment. Le mélange de son désir et de son parfum sucré.

— Tate ! s'écria-t-elle quand il referma ses lèvres sur son clitoris et l'aspira.

Elle sursauta dans ses bras et enfouit ses mains dans ses cheveux, s'y agrippant comme à une bouée de sauvetage. Casper sentait son propre sexe perler de désir, mais il n'y prêta même pas attention. Toute son existence se résumait à cette femme entre ses bras, sous ses lèvres. Il lécha, suça, mordilla, buvant chaque goutte d'excitation qu'elle lui offrait.

Et quand il glissa une main entre ses cuisses, la sensation de sa chaleur resserrée autour de ses doigts le fit grogner d'impatience. Elle allait l'étreindre si fort qu'il aurait du mal à ne pas jouir dès qu'il entrerait en elle.

Elle ruisselait contre son doigt tandis qu'il continuait de stimuler son clitoris avec sa langue et de la pénétrer lentement, ses hanches ondulant au rythme avec sa main. Casper ne pouvait qu'admirer cette femme sensuelle. Elle passait ses journées dans un monde d'hommes, cachant ses courbes sous des vêtements informes, mais elle débordait de sexualité, et il était le mec chanceux à qui elle s'offrait. Il se jura à cet instant de ne jamais la considérer comme acquise. De lui rappeler chaque jour à quel point elle était sexy.

Il avait envie de rester là pendant des heures, mais il avait aussi désespérément besoin d'être en elle. Il retira son doigt et attrapa ses hanches, puis se redressa brutalement, faisant basculer Laryn en arrière sur le matelas avec un cri de surprise.

Penché sur elle, il la maintenait en l'air, les lèvres scellées sur son clitoris, le léchant et le suçant avec avidité.

Laryn se mit à trembler dans ses bras. Ses cuisses se refermèrent sur sa tête, elle agrippa ses épaules, et son ventre se contracta à l'approche de l'orgasme.

— Je vais jouir ! l'avertit-elle, même si c'était inutile.

Les signes de son plaisir étaient évidents, et Casper savait qu'elle ne pourrait jamais lui mentir sur ce qu'elle ressentait.

Quand elle explosa enfin, c'était si beau qu'il en resta bouche bée. C'était lui qui l'avait menée à cet état, et il avait le privilège d'en être témoin.

Il releva la tête et la regarda trembler sous ses yeux. Son sexe gonflé luisait, et son désir coulait entre ses cuisses. Incapable de résister, il se pencha et le lécha avant qu'il ne goutte sur les draps.

— Délicieux, soupira-t-il en caressant ses hanches du bout des pouces.

— Ça y est. Je suis morte. Tu m'as tuée, haleta Laryn.

Puis elle releva la tête et posa sur lui un regard brûlant de désir.

— Enlève tes vêtements, lui ordonna-t-elle. Tout de suite.

Le spectacle qu'elle offrait, étendue sur le lit, la poitrine rougie par l'orgasme, les jambes toujours écartées, le sexe luisant de salive et d'excitation, les tétons durcis et les cheveux en bataille, rendait Casper prêt à tout pour elle. Trahison ?

Meurtre ? Marcher à quatre pattes en aboyant ? Pas de problème.

Il se redressa à contrecœur et se débarrassa de ses vêtements en un temps record, agacé par leur contact sur sa peau.

Quand il baissa enfin son boxer, Laryn ouvrit de grands yeux.

— Bordel, Tate. Ça ne rentrera jamais.

Mince alors, elle savait flatter son ego.

— Je t'avais dit que j'étais plus gros que la moyenne.

— C'est... énorme ! C'est un modèle extraterrestre ou quoi ? Il vibre ?

Casper éclata de rire, encore surpris de s'amuser autant au lit. Il avait toujours aimé le sexe, mais jamais comme ça. La complicité qu'il partageait avec Laryn au travail s'était naturellement prolongée dans leur intimité, et il adorait ça.

— Non, pas de fonctionnalités extraterrestres. Et ça va rentrer. J'ai l'impression que tu as été faite pour moi. Allez, remonte un peu.

Elle se glissa vers les oreillers, et Casper la rejoignit. Allongé à côté d'elle, il posa un doigt sous son menton pour détourner son regard de son sexe tendu et le ramener vers son visage.

— Ça va rentrer, lui répéta-t-il. Tu seras tellement humide, encore plus qu'en ce moment, et tu vas tellement avoir envie de moi que tu n'y penseras même pas.

— Tate... murmura-t-elle.

La sensation de sa peau contre la sienne était grisante, addictive. Tate glissa sa main entre ses seins, puis le long de son ventre doux et rond jusqu'à son entrejambe. Il la caressa avec la paume de sa main avant de glisser un doigt entre ses replis intimes humides. Tout en jouant avec elle, il se pencha pour l'embrasser.

Ce baiser était plus lent, plus doux, mais tout aussi intense. Elle ondula contre lui, et Casper se sentit pousser des ailes.

Cette femme était parfaite. Elle ne le pensait sans doute pas, et elle pouvait sûrement citer des tas de choses qu'elle n'aimait pas chez elle. Mais elle l'était. Parfaite pour lui. Et découvrir qu'elle était aussi passionnée ne faisait que le rendre plus fou d'elle.

Il quitta ses lèvres et descendit lentement le long de son corps, embrassant et mordillant son cou, la clavicule, avant de s'attarder sur sa poitrine. Il en mourait d'envie depuis qu'il l'avait vue en débardeur à Anchor Point. Et maintenant, il réalisait enfin ses fantasmes.

— J'ai envie de te toucher, souffla-t-elle tandis qu'il prenait un de ses tétons dans sa bouche.

— C'est ce que tu fais, marmonna-t-il avant de sucer plus intensément son téton.

Elle laissa échapper un petit cri tout en se cambrant pour se presser contre lui. Apparemment, elle aimait cette légère morsure, et Casper sourit contre sa peau. Son doigt, lui, n'avait pas cessé ses mouvements. Il continuait à entrer en elle et à effleurer chaque recoin de son intimité.

— Tate, gémit-elle. Je veux te donner du plaisir aussi.

Il se figea, releva la tête, et croisa son regard.

— Tu crois que ce n'est pas un plaisir pour moi ?

— Pas autant que si je prenais ton sexe dans ma bouche.

Elle marquait un point, mais Casper n'était pas prêt à lâcher le contrôle. Pas encore. Il n'en avait pas fini avec sa poitrine.

— Plus tard, Laryn. Je veux d'abord m'occuper de toi. D'accord ?

Elle leva les yeux au ciel en s'affalant sur le matelas.

— Mon Dieu, quelle corvée... Très bien, si tu insistes pour continuer à me faire du bien, vas-y. Mais je ne veux pas t'entendre te plaindre d'une vie sexuelle déséquilibrée plus tard.

Casper s'esclaffa. C'était définitivement une première pour lui. Et il était déjà accro.

— Message reçu, répondit-il avant de replonger sur elle.

Les minutes suivantes s'écoulèrent sans un mot, seulement ponctuées par les gémissements de Laryn et les sons humides des baisers de Casper.

Lorsqu'elle recommença à trembler, Casper s'installa entre ses jambes, les écarta, puis s'avança autant qu'il le pouvait. Sans qu'il ait à le lui demander, elle enroula ses jambes autour de lui et baissa les yeux.

Casper attrapa son membre brûlant d'excitation et frotta la pointe gonflée contre les replis luisants de Laryn.

— Tu avais raison, tous mes tests sont négatifs, et je n'ai couché avec personne depuis plus d'un an. Tu es sûre que je peux vraiment y aller sans protection ? Tu as le droit de dire non, Laryn.

— S'il te plaît, Tate. Je veux te sentir en moi. Entièrement.

C'était tout ce qu'il avait besoin d'entendre. Casper continua à glisser contre elle, puis enduisit son sexe des fluides de Laryn avec la paume de sa main.

Elle avait les yeux grands ouverts, brillants, mais il y devinait un soupçon d'inquiétude. Pas question qu'elle ressente autre chose que du désir. Quand il la prendrait, il voulait qu'elle ne ressente que du plaisir.

Mais ce n'était pas un saint non plus. Il avait besoin de la sentir autour de lui, ne serait-ce qu'un peu. Tate entra juste le bout de son sexe en elle, et la sensation de cette étreinte brûlante lui donna envie de la pénétrer entièrement. Mais il savait se contrôler.

— Regarde-moi, Laryn, lui demanda-t-il.

Leurs regards se rencontrèrent aussitôt, et un frisson d'excitation parcourut Casper. C'était lui qui menait la danse. Être le seul responsable du plaisir de l'autre, c'était puissant. Il n'avait pas le droit à l'erreur.

D'une main, il serra fermement la base de son membre

pour éviter de jouir trop vite, tandis que de l'autre, il caressa son clitoris sans ménagement.

Laryn se cambra aussitôt, le faisant glisser un peu plus en elle.

— Voilà, Laryn, ressens-moi. Je te tiens. Te sentir jouir sous ma langue, c'était déjà le paradis. Mais t'entendre gémir en m'accueillant en toi, ce sera un rêve éveillé. Fais-moi confiance, laisse-toi aller.

* * *

Laryn n'arrivait pas à croire qu'elle était là, dans son lit, avec Tate, son sexe à moitié en elle. Elle en avait rêvé si longtemps. Et c'était encore mieux que dans ses fantasmes. Ce mec savait y faire avec sa bouche, c'était certain. Elle avait joui si intensément sous sa langue, et elle sentait déjà un autre orgasme monter, encore plus puissant que le premier, si toutefois c'était possible.

— Tate... murmura-t-elle, submergée.

Quand il lui avait demandé si elle voulait des enfants, elle était presque déçue de prendre la pilule. Ce qui était insensé. Tout allait tellement vite entre eux. Elle savait qu'elle l'aimait, mais pouvait-il vraiment avoir changé d'avis aussi radicalement à son sujet en si peu de temps ?

Elle n'en savait rien, mais elle ne regretterait jamais de l'avoir accueilli dans son lit.

— C'est bien Laryn. Je suis là. Laisse-toi aller.

Pour une raison qu'elle ignorait, elle en était incapable. La première fois, ça l'avait prise par surprise. Elle n'avait jamais été friande du sexe oral, mais ce soir, manifestement, elle était réceptive. Elle réfléchissait trop. Un de ses ex lui avait dit qu'elle faisait une tête bizarre quand elle avait un orgasme. Et dans cette position, Tate allait tout voir. Elle ne pouvait pas se cacher.

Elle soutint son regard, comme il le voulait, mais soudain, ça faisait trop. Tout ça. Elle l'aimait depuis le début, et si elle le décevait, si elle n'arrivait pas à l'accueillir entièrement, s'il la trouvait ridicule quand elle jouissait, si après ça il décidait qu'il ne voulait pas vraiment d'elle...

Elle ne s'en remettrait pas.

Laryn ferma les yeux et tenta d'étouffer son orgasme.

Tate se figea, et elle le sentit planer au-dessus d'elle. Son sexe n'était encore qu'à moitié en elle, et pourtant, elle avait déjà l'impression d'être fendue en deux. Elle allait le décevoir, et c'était un déchirement.

Elle ouvrit la bouche pour lui dire qu'elle avait changé d'avis, qu'elle ne voulait plus – ce qui était un énorme mensonge, mais à cet instant, elle aurait fait n'importe quoi pour se protéger du chagrin qui menaçait de la briser en mille morceaux. Mais avant qu'elle ne puisse parler, elle sentit ses lèvres sur sa joue... sur ses paupières... puis il enfouit son visage dans le petit creux sensible en-dessous de son oreille.

Il l'embrassait d'une manière qui ressemblait à de la pure tendresse. Elle était bouleversée. Perdue.

— Je sais, murmura-t-il contre sa peau, comme s'il lisait dans ses pensées. C'est intense. Immense. On a l'impression d'être au bord d'un truc énorme et terrifiant.

— Oui, il y a bien quelque chose d'énorme et de terrifiant, lâcha Laryn sans pouvoir s'en empêcher.

Il rit doucement, et elle le sentit autant entre ses jambes qu'au creux de sa poitrine, à l'endroit où il la touchait.

— Ouvre les yeux, Laryn.

Elle n'en avait pas envie. Vraiment pas. Mais elle était adulte. Elle s'était mise dans cette situation, littéralement, et il était hors de question de se défiler. De plus... c'était Tate, l'homme qu'elle avait réconforté contre sa poitrine quand il s'était réveillé après cette soirée au bar, perdu et vulnérable.

L'homme qu'elle protégeait depuis trois ans en faisant tout son possible pour qu'il reste en sécurité malgré son travail. Celui qu'elle avait appris à connaître encore mieux ces dernières trente-six heures était encore plus extraordinaire que celui qu'elle croyait déjà connaître.

Elle ouvrit finalement les yeux.

Il était juste là, à la regarder fixement avec ses prunelles d'un bleu glacé. L'inquiétude qu'elle lisait dans ses yeux était apaisante, mais le désir était toujours présent également. Et c'était précisément ce désir, malgré l'hésitation dont elle faisait preuve, qui lui permit de se détendre un peu.

— Abandonner le contrôle, c'est difficile. Mais ça l'est moins quand on le confie à quelqu'un prêt à tout pour nous protéger. Pour faire ce qu'il faut. C'est comme ça que je ressens les choses quand je suis en vol avec Pyro. Je sais qu'il assure mes arrières. Si ça tourne mal, je n'ai pas à me demander s'il a les tripes pour tenir bon. Dans les airs, au sol, ou même si on se fait capturer par l'ennemi. C'est comme ça que je me sens avec toi. D'accord, j'ai parfois mis en doute le boulot que tu faisais sur mes appareils, mais je crois que c'était juste une excuse pour te taquiner, et pour t'entendre parler avec passion de ce que tu avais fait, et pourquoi ça allait me permettre de rester en vol, comme tu le dis si bien. Ce matin, en me réveillant à tes côtés dans ton lit, tout s'est clarifié. Je n'avais aucun contrôle sur quoi que ce soit, et pourtant, tu m'as protégé. Tu as fait ce qu'il fallait. Tu as veillé sur moi. J'ai confiance en toi, Laryn. Le fait de te voir perdre pied entre mes bras est un cadeau que je chérirai. Tout à l'heure, c'était juste un avant-goût.

— Littéralement, glissa Laryn.

Il sourit.

— Oui. Tu es sublime, une foutue déesse. Maintenant que je sais que tu portes un débardeur sous ta combinaison, ça va sérieusement me perturber. Je vais devoir apprendre à piloter avec une érection.

Laryn pouffa de rire.

— Merde, j'ai senti ton rire au niveau de ma queue, lâcha Tate en redressant les bras pour s'éloigner un peu. Regarde-nous. Ensemble, on est incroyables !

Laryn baissa les yeux vers leurs corps entremêlés. Une bonne partie de son sexe n'était pas encore en elle, et pourtant, ses replis intimes étaient grands ouverts autour de lui. C'était... fascinant.

— Tu as des taches de rousseur sur la queue.

Il éclata de rire.

— Ma queue ? Sérieusement ? Ma belle, je t'arrête tout de suite. Ça, c'est un sexe. Un manche. Une arme massive de plaisir. Mais sûrement pas une queue.

Laryn rit de plus belle. Elle aimait ce jeu qu'il y avait entre eux. Cette légèreté.

— J'ai envie de ça, admit-elle en avalant sa salive. De toi. Plus que tout. J'ai juste un peu peur.

— Je sais. Mais comme je te l'ai dit, je suis là. Je préfèrerais m'éjecter en plein territoire nord-coréen plutôt que de te blesser. Fais-moi confiance.

Elle inspira profondément et hocha la tête.

— Maintenant, regarde-moi encore, s'il te plaît, ajouta-t-il. Elle obéit.

Il se mit en mouvement au-dessus d'elle, glissa une main entre ses cuisses, puis recommença à caresser son clitoris. Il ne fallut pas longtemps pour que l'orgasme tapi sous sa peau se réveille.

— Voilà... Bordel, tu es tellement réceptive. C'est un véritable rêve devenu réalité. J'adore voir ton corps réagir, ces frissons que tu ne peux pas cacher quand je fais ou quand je dis un truc qui te plaît. La manière dont tes cuisses tremblent, dont ton ventre se contracte. C'est terriblement excitant, et je lutte pour ne pas jouir rien qu'en te regardant. Savoir que c'est moi qui te fais ressentir ça... c'est un foutu kif.

C'était une révélation. Laryn réalisa qu'elle avait donné bien trop de poids aux paroles de son ancien partenaire, alors qu'elle n'aurait pas dû.

— Jouis pour moi, Laryn. Montre-moi à quel point c'est bon.

Il ne fallut que quinze secondes de caresses presque brutales sur son clitoris avant que des étoiles dansent devant ses yeux et qu'elle bascule dans le vide.

En plein orgasme, elle sentit Tate entrer complètement en elle. Et au lieu d'être douloureux, cela amplifia son plaisir. Tandis qu'il la possédait entièrement, elle sentait chaque relief, chaque veine de son membre.

Elle se sentit possédée. Comblée. Mais elle en voulait encore plus. Elle cambra les hanches, avide de tout ce qu'il pouvait lui offrir.

— Bordel... tu es... tellement... sexy, balbutia Tate, se figeant en elle alors qu'elle continuait de trembler et de se contracter autour de son membre. Tu serres ma queue tellement fort, je sens tes muscles onduler autour de moi.

— Continue, lui ordonna Laryn dès qu'elle retrouva la voix, redescendant lentement de son orgasme.

Elle n'eut pas à le répéter.

Il s'appuya sur ses bras et commença un mouvement de va-et-vient lent et précis. C'était bon, mais pas suffisant.

— Je ne veux pas te faire mal.

— C'est à toi que je vais faire mal si tu ne me prends pas comme il faut, grogna Laryn.

À peine eut-elle prononcé ces mots qu'il se mit à la prendre sauvagement, avec détermination. Ses coups de reins étaient rapides et puissants, et elle le sentait au fond d'elle à chaque fois. Maintenant qu'il était entièrement en elle, rien n'avait jamais été aussi bon. Et avec les fluides qu'avait laissé son dernier orgasme, les bruits que faisaient son sexe en la pénétrant étaient incroyablement excitants. La lubrification était essentielle. De par son métier, elle le savait mieux que tout le monde.

— Je ne vais pas tenir longtemps, haleta-t-il.

En baissant les yeux sur leurs corps, Laryn ne put s'empêcher d'être fascinée par ce qu'elle voyait. Son membre épais, sa propre intimité tendue autour, la façon dont ses abdominaux se contractaient à chaque coup de rein... C'était la chose la plus érotique qu'elle ait jamais vue. Et c'était en train de lui arriver.

— Je peux jouir en toi ? demanda Tate d'une voix chargée de désir.

— Oui!

À peine eut-elle répondu qu'il donna un dernier coup de reins et se figea. Il releva la tête, ferma les yeux, et ses hanches frémirent contre celles de Laryn tandis qu'il était en elle jusqu'à la garde.

Laryn pouvait presque sentir les pulsations de son sexe tandis qu'il se déversait. Elle ne put s'empêcher d'afficher un sourire satisfait. C'était elle qui l'avait mis dans cet état. Elle avait retourné cet homme imperturbable. C'était grisant.

Quand il s'effondra sur elle, elle ne s'y attendait pas et laissa échapper un léger grognement. Il n'y mettait pas tout son poids, mais suffisamment pour qu'elle se sente totalement enveloppée.

Tate s'appuya sur ses coudes et la regarda longuement.

— Quoi ? s'enquit-elle en priant pour qu'il ne dise rien qui gâche ce moment.

Il était toujours profondément en elle, et elle n'avait aucune envie qu'il s'éloigne.

— Merci, souffla-t-il.

— Je crois que c'est plutôt moi qui devrais dire ça, répondit-elle.

— Non. Ce que tu viens de m'offrir... C'était magnifique. Ta confiance... Je n'avais jamais réalisé à quel point c'était incroyable qu'on me fasse confiance à ce point. Alors, merci.

Et dire qu'elle croyait qu'il allait dire quelque chose qui gâcherait le moment...

— Je me demande si je peux nous arranger un couchage privé sur le navire, réfléchit-il ensuite à voix haute.

Voilà. Ça n'aura pas duré longtemps. Les mecs restaient des mecs. Toujours en train de penser au sexe.

— Parce que je crois que je ne pourrai plus passer de bonnes nuits... à moins que tu sois dans mes bras, ajouta-t-il.

— Oh, fit Laryn, surprise.

Il sourit.

— Tu croyais que j'allais te dire que c'était pour pouvoir te faire l'amour pendant le déploiement, c'est ça ?

— Bah... oui.

— Ce qu'on vient de faire... c'est trop intime pour risquer de le faire sur un navire où ton voisin est littéralement à quelques centimètres de l'autre côté d'une cloison en métal. Et puis je ne te manquerais jamais de respect comme ça.

— Mais le fait qu'on dorme ensemble, ça ne risque pas de faire jaser ? demanda-t-elle, sincèrement curieuse.

— Pas autant que d'entendre les petits cris et les gémissements qui sortent de ta bouche quand je te fais jouir, répliqua Tate avec un sourire en coin.

Laryn ne pouvait même pas argumenter. Elle n'était pas assez dans les vapes pour avoir oublié les sons qui lui avaient échappé quand elle avait basculé et qu'il était entré complètement en elle. Du plaisir mêlé à de la surprise, et peut-être même une pointe de douleur. C'était exquis.

— Peu importe, dit-elle en levant les yeux au ciel.

Tate ricana, puis roula sur le côté en l'entraînant avec lui. Son sexe était toujours en elle, et cette position lui semblait... adéquate. Presque naturelle.

— Ça va ? demanda-t-il.

— Oui.

— Tu veux te lever et aller te laver ?

— Je devrais.

— Mais ?

— Je n'ai pas envie de me lever. Je me sens trop bien avec toi.

— Moi aussi.

Laryn poussa un soupir de satisfaction. Le déploiement à venir signifiait qu'ils allaient être extrêmement occupés. Ils n'auraient pas le temps de profiter simplement l'un de l'autre comme ils étaient en train de le faire. Les Night Stalkers étaient experts en vol de nuits, et s'ils ne dormaient pas, Laryn non plus. Elle n'y arrivait jamais quand Tate était en mission. Et elle sentait que désormais, son anxiété allait encore empirer.

— Laryn ?

— Oui ?

— Ça va marcher. Ce ne sera pas facile, mais je vais faire ce qui est en mon pouvoir pour ne pas tout foutre en l'air. Je sais reconnaître quelqu'un de précieux et d'important, et c'est exactement ce que tu es.

Laryn ne savait pas quoi répondre à cela, mais de toute façon, même si elle l'avait voulu, elle n'aurait pas pu parler : subitement, elle avait la gorge serrée.

Comme s'il savait à quel point ses mots l'avaient émue, il l'embrassa sur la tempe et murmura :

— Dors. On a tous les deux une grosse journée demain.

Elle ferma les yeux et s'endormit en quelques secondes, en sécurité dans les bras de l'homme dont elle n'aurait jamais osé rêver.

***

— Oui. Déployée. C'est bien ce que je dis. Mais vous devriez être content, plus besoin d'envoyer quelqu'un d'autre pour la convaincre de travailler pour vous. Vous pourrez vous en charger vous-même.

— Pourquoi ?

— Parce que les pilotes et la mécanicienne sont déployés juste à côté de chez vous, en Méditerranée. Un ami à moi qui travaille pour le colonel en charge des Night Stalkers m'a dit qu'ils allaient mener des missions à la frontière entre la Syrie et votre pays, dans les montagnes.

— Quand ?

— Je ne connais pas les dates exactes.

— Alors trouvez-les ! Je ne vous paie pas pour avoir des infos à moitié foireuses.

— Tout ce que je sais, c'est qu'ils seront en mer dans quelques jours. Il y a quelqu'un sur place qui peut vous donnez les renseignements qu'il vous faut ? Parce qu'en ce qui me concerne, je ne suis pas déployé par la Navy.

— Oui, oui. Je vais discuter avec eux. J'ai besoin de Mlle Hardy. Mon pays a besoin d'elle. On a les MH-60, mais personne ici ne sait les équiper comme les hélicoptères américains. Il nous faut son expertise pour les rendre aussi performants, voire meilleurs. L'argent n'est pas un problème. Une fois qu'elle aura conscience de la fortune qu'on peut lui offrir, elle changera d'avis. Je dois juste avoir une chance de lui parler en personne.

— Pas sûr que ça marche, mais peu importe. Je vous ai donné les informations que j'avais. À vous d'en faire quelque chose. Je veux mon fric d'ici demain soir.

— Vous l'aurez.

Altan Osman raccrocha et s'appuya contre son bureau en

regardant fixement le mur blanc de la petite pièce. Il avait besoin de Laryn Hardy. Désespérément. D'après toutes les sources, elle était la meilleure dans son domaine, et ses supérieurs étaient impatients de voir leurs nouveaux MH-60 opérationnels pour le combat. Ils avaient aussi besoin des renseignements que le gouvernement américain gardait jalousement sur certains équipements spécialisés.

Il n'était pas ravi à l'idée d'engager une femme, car elles étaient de toute évidence inférieures aux hommes, mais il avait besoin des informations qu'elle détenait. Une fois qu'ils les auraient obtenues, ils pourraient se débarrasser de la mécanicienne pour éviter tout incident international, puis poursuivre leurs plans d'expansion militaire.

Il avait dit à son contact de la base navale américaine qu'elle serait grassement payée pour son travail, mais bien sûr, c'était un mensonge. Une fois les hélicoptères modernisés, elle disparaîtrait. Une femme au courant des secrets militaires de son pays et des capacités de son armée, c'était inacceptable. Il se servirait d'elle pour améliorer les appareils... puis elle cesserait d'exister.

Il n'avait pas Laryn dans le collimateur jusqu'à ce qu'il apprenne qu'elle avait peut-être envie de changer de travail. Le timing était parfait. Altan avait déjà embauché plusieurs mécaniciens ces derniers mois, tous persuadés d'être capables d'équiper les hélicoptères avec la même puissance de feu et la même technologie que les États-Unis. Ils avaient tous échoué... et avaient disparu comme s'ils n'avaient jamais existé.

La Gendarmerie commençait à perdre patience, et le temps d'Altan était compté. Soit il trouvait quelqu'un capable de répondre à leurs exigences, soit il en subirait les conséquences.

Ensuite, miraculeusement, il avait entendu parler de Laryn Hardy, qui avait à la fois les compétences et l'expérience nécessaires. Mais elle avait eu l'audace de refuser son offre.

Personne ne disait non à Altman Osman.

Il avait des taupes dans les gouvernements du monde entier. Des hommes grassement payés pour faire fuiter des informations sur tout ce qui concernait les mouvements militaires, le personnel et l'équipement.

À présent, au lieu de devoir payer quelqu'un pour lui amener Laryn Hardy, elle faisait une bonne partie du trajet toute seule. Il ne lui restait plus qu'à l'exfiltrer de ce navire américain. Maintenant qu'il savait à bord de quel bâtiment elle embarquerait, il pouvait lancer le signal aux taupes déjà en poste à bord et dans la zone où les Night Stalkers opéraient.

Cette dernière étape serait plus délicate. Il lui fallait leur plan de vol exact pour pouvoir préparer une équipe d'exfiltration. Toutefois, l'argent était un excellent levier de persuasion. Il obtiendrait ce qu'il voulait : Laryn Hardy. Et son pays ferait un pas de plus vers une puissance militaire supérieure. Une fois qu'ils auraient mis la main sur certains secrets américains, leurs ennemis les plus proches n'oseraient plus les défier. Il serait acclamé comme un héros, et sa vie de millionnaire débuterait.

Femmes, vêtements de luxe, villas, domestiques… et le respect dont il avait toujours rêvé.

Laryn Hardy avait peut-être choisi de rester aux États-Unis, mais c'était trop tard. Dès qu'il l'avait eue dans le viseur, son destin était scellé. Elle travaillerait pour Altan et son pays… ou ne travaillerait plus jamais pour personne.

Le choix lui appartenait, et il s'assurerait qu'elle prenne la bonne décision. D'une manière ou d'une autre.

Altan se redressa et saisit son téléphone. Il avait des appels à passer, et des plans à mettre en place.

13

Dès l'instant où Casper ouvrit les yeux, il sut où il était, avec qui, et ce qui s'était passé quelques heures plus tôt. Son sexe s'en souvenait aussi, puisqu'il était dur à nouveau et manifestement prêt pour un deuxième round.

Après une sieste d'environ une heure, il avait réveillé Laryn et l'avait entraînée sous la douche. Elle avait eu une longue journée, tout comme lui, et ils avaient tous les deux besoin de se laver. Il lui avait fallu une sacrée dose de maîtrise pour ne pas lui faire l'amour encore une fois, surtout lorsqu'ils s'étaient retrouvés collés l'un à l'autre sous l'eau chaude, couverts de savon glissant. Mais Laryn était à moitié endormie et avait clairement besoin de repos.

Toutefois, maintenant, c'était le matin. Ils étaient propres, reposés, nus, et Casper était plus qu'impatient de montrer à Laryn que ce qu'ils avaient vécu la veille n'était pas un simple accident de parcours.

Il fit glisser le drap jusqu'à ce qu'elle soit entièrement exposée à lui, et ne put s'empêcher de sourire en voyant son bras rejeté au-dessus de sa tête, son léger ronflement. Elle était adorable dans son sommeil.

Il se glissa plus bas sur le lit, se plaça entre ses jambes, puis commença à la caresser avec sa bouche. Quand elle émergea complètement de son sommeil, elle était trempée – autant à cause de lui que de son propre désir.

— Tate ? murmura-t-elle.

— Tu as mal ? demanda-t-il.

— Pas vraiment, répondit-elle aussitôt.

Un frisson de satisfaction parcourut Casper. Il remonta sur son corps, la fit rouler de manière à ce qu'elle soit au-dessus, puis croisa les mains derrière sa tête.

— Parfait. C'est le moment. Tu disais que tu voulais me donner du plaisir...

Laryn leva les yeux au ciel, mais se positionna sur lui malgré tout.

— Pourquoi ça ne m'étonne pas que ce soit ta première idée ce matin ?

— Si tu n'en as pas envie... commença-t-il en feignant de se dégager.

— Je n'ai jamais dit ça, le coupa-t-elle en refermant tout de suite la main sur son sexe.

Aussitôt, Casper bascula de nouveau sur le dos, son toucher le faisant frissonner. La paume de sa main était ferme, marquée de callosités qu'il sentait à chaque mouvement. Une main de travailleuse, forte et assurée. Pour lui, c'était incroyablement sexy.

Quand elle se pencha pour le prendre dans sa bouche, il eut l'impression de voir des étoiles. Ses gestes étaient encore un peu maladroits, mais c'était justement ce qui rendait le moment encore plus intense. Elle avait envie de lui, et même si de toute évidence elle n'avait pas beaucoup d'expérience, son désir était tout aussi excitant que ses caresses.

Elle le lécha, l'aspira, apprenant à connaître son goût et sa forme tout en le comblant de plaisir. Casper pensait pouvoir se contenir, persuadé que rien ne serait plus fort que la sentir autour de son membre, mais il s'était trompé. Voir ses lèvres s'ouvrir pour l'accueillir, son regard sombre vers lui… c'était presque plus torride encore que de la posséder. Presque.

Sans réfléchir, il la tira doucement à califourchon sur lui.

— Relève-toi un peu, lui dit-il.

Elle obéit, mais il gardait clairement le contrôle. Il tendit la main entre eux et effleura son clitoris pour la faire jouir avant qu'elle ne l'accueille en elle.

Il ne fallut pas longtemps. Elle était aussi impatiente que lui, trempée de désir. Apparemment, le fait de le prendre dans sa bouche l'excitait autant que lui. Une découverte intéressante. Une fois encore, sa Laryn était d'une sensualité brûlante, et il n'aurait pas pu être plus heureux.

Elle se mit à onduler contre lui, et il s'efforça de maintenir la pression sur son point sensible.

Son corps se crispa, et elle se mit à trembler avant de s'abandonner à l'orgasme.

— Maintenant, Laryn. Prends-moi tout de suite ! grogna-t-il en guidant son sexe pour qu'elle le chevauche.

Elle s'exécuta, et il ne lui fallut pas longtemps pour retrouver le chemin de son corps. Cette fois, elle l'accueillit encore plus facilement que la veille. Il était fait pour elle, il n'en avait pas le moindre doute.

Une fois entièrement en elle, il la laissa s'appuyer sur lui, la regardant rouler des hanches jusqu'à ce que son plaisir redescende.

— C'est ton tour, maintenant, souffla-t-il en lui enserrant la taille. Prends-moi, Laryn.

La lueur d'excitation dans ses yeux fit couler une goutte de plaisir précoce en elle. Laryn posa les mains sur son torse et souleva ses hanches, exposant le sexe luisant de Casper avant de se laisser retomber. Elle recommença plusieurs fois avant d'accélérer le rythme.

Elle était exquise. La voir rebondir sur lui, sentir son corps le serrer chaque fois qu'elle l'engloutissait… c'était presque aussi excitant que de la sentir se refermer sur lui. Sa poitrine généreuse se soulevait au rythme de ses mouvements, ses cuisses se tendaient sous l'effort.

— Magnifique, murmura-t-il en caressant l'un de ses seins, le massant doucement pour sentir son corps réagir.

C'était parfait. Il aurait pu rester là toute la matinée, à la regarder le chevaucher. Mais ils avaient des obligations, et la dernière chose qu'il voulait, c'était que leur relation nuise à leurs carrières.

— Plus vite, Laryn. Prends-moi fort, maintenant !

Elle obéit. Sa poitrine rebondit plus violemment, sa bouche s'ouvrant sur un gémissement chaque fois qu'elle retombait sur lui. Elle était extraordinaire… mais ce n'était pas encore assez.

Casper la saisit par la taille et la figea juste au-dessus de lui.

— Tu peux rester comme ça ? lui demanda-t-il.

Laryn se mordit la lèvre et hocha la tête.

Il s'ancra au matelas et se mit à la prendre d'en bas, plus fort et plus vite qu'elle ne l'aurait pu. Sa tête bascula en arrière, et elle laissa échapper un cri avant de baisser les yeux vers l'union de leurs corps. Casper suivit son regard, et cette vision acheva de le faire basculer.

Son sexe en érection, le corps de Laryn qui l'avalait inlassablement…. Il y avait une métaphore à tirer de cette fusion parfaite, mais il était bien trop excité pour y réfléchir.

Il jouit dans un dernier coup de rein, la tirant contre lui pour se déverser en elle jusqu'à la dernière goutte. Il se perdit dans ses yeux mi-clos et grava ce moment dans sa mémoire.

— *Maintenant*, j'ai mal, souffla-t-elle avec un léger sourire.

Casper se redressa aussitôt et la souleva pour se mettre sur le côté, inquiet.

— Merde. Tu n'as pas le temps de prendre un bain, mais fonce prendre une douche bien chaude. Je vais nous préparer un petit déj.

— Je plaisantais. Enfin, à moitié, précisa-t-elle en riant.

— Moi, non. Et je proposerais bien de venir t'aider à te détendre sous l'eau... mais on sait tous les deux que ça ne nous ferait pas arriver en avance au boulot.

Elle éclata de rire.

Casper balança les jambes hors du lit. Il ne s'était pas senti aussi bien depuis des mois. Et ce n'était pas parce qu'il venait d'avoir plus de relations sexuelles en huit heures que durant toute l'année écoulée. C'était parce qu'il débutait la journée avec Laryn à ses côtés. Il était aussi à l'aise avec elle qu'avec ses coéquipiers pilotes, et ce n'était pas peu dire. Il était excité par ce changement dans leur relation et par la manière dont ça pourrait rejaillir au travail. Certaines personnes refusaient de travailler avec leur partenaire, mais lui avait le sentiment que cette intimité ne pourrait que les rendre tous les deux meilleurs dans ce qu'ils faisaient.

Il se pencha au-dessus du lit, amusé de la voir remonter aussitôt le drap sur elle, et lui vola un baiser.

— La journée va être chargée. Merde, les deux semaines à venir vont l'être. Mais je vais garder cette nuit et cette matinée en tête. Quand je me sentirai à cran ou dépassé, je ressortirai ces souvenirs pour me calmer. C'est ce que tu représentes pour moi, Laryn. Un refuge. Un endroit sûr où je peux aller quand j'en ai besoin, quand les gens me tapent sur les nerfs.

— Et si c'est moi qui te tape sur les nerfs ? demanda-t-elle avec un sourire malicieux.

— Toi, non.

Elle éclata de rire.

— Mais si. Quand je ne t'obéis pas, quand je te contredis, quand je ne suis pas d'accord avec toi devant tes potes.

Casper lui répondit avec un grand sourire.

— Honnêtement ? J'aime que tu ne te laisses pas marcher sur les pieds. J'ai besoin de ça dans ma vie.

— Eh bien, ça ne risque pas de te manquer avec moi, mon grand. Ce n'est pas parce qu'on couche ensemble que je vais devenir une petite chose douce et docile. Je continuerai à faire ce qui est le mieux pour cet hélico que tu pilotes. Et ce ne sera pas toujours ce que tu veux ou ce que tu penses être le mieux.

— J'en attendrais pas moins. Encore une façon pour toi d'assurer mes arrières. Allez, debout. Douche, eau chaude, et petit déjeuner.

— Argh. Toi, homme. Moi, femme, le taquina Laryn.

Casper l'embrassa une fois de plus, puis se détourna sans se soucier de lui montrer ses fesses. Il se pencha pour ramasser son caleçon et sa combinaison de vol, puis se retourna pour découvrir que Laryn regardait exactement là où il l'espérait. Il remua les fesses, ravi de l'entendre s'esclaffer tandis qu'il quittait la chambre. Cette fois, il avait des vêtements de rechange dans le coffre de sa voiture. Il irait les chercher avant de voir ce qu'il pouvait dégoter pour le petit déjeuner.

Il se dit qu'il avait hâte d'emmener Laryn chez lui – où il avait un garde-manger rempli de tout un tas de choses qu'il pourrait lui préparer. Mais elle préférait rester chez elle, et ça lui allait aussi. Il aurait juste à faire quelques courses et à remplir ses placards pour avoir de quoi manger quand la faim les prendrait.

Ce matin-là, Casper se sentait comme un homme nouveau. Il avait à peine résisté à l'envie de siffloter en attaquant la journée.

* * *

Au fil de la journée, c'était difficile de conserver le sentiment de légèreté qu'il avait au réveil, mais repenser au regard de Laryn après avoir joui et après qu'il s'était déversé en elle suffisait à l'apaiser quand le chaos de leur déploiement imminent menaçait de tout engloutir.

Il avait l'impression qu'on les précipitait, et c'était le cas. L'armée et la Navy étaient pressées de les envoyer sur le terrain, car les zones où ils envoyaient les SEALs et les Deltas étaient impitoyables. Ils avaient perdu deux hélicoptères ces deux derniers jours. Heureusement, tous les pilotes avaient eu le temps de s'éjecter, et on les avait récupérés avant qu'ils ne tombent entre les mains des membres de Daesh présents dans la région.

Casper avait les yeux qui piquaient. Il n'avait pas assez dormi, mais il n'allait pas s'en plaindre. Penser à Laryn et à ce qu'ils avaient fait suffisait à lui donner une bonne dose d'adrénaline. Elle était... incroyable. Bien au-delà de ce qu'il avait pu imaginer. Elle était faite pour lui, il en était sûr.

Beaucoup se seraient moqués de lui, et l'auraient accusé de réfléchir avec sa queue plutôt qu'avec sa tête. Mais à part avec son frère jumeau, il ne s'était jamais senti aussi à l'aise avec quelqu'un. Il n'avait pas besoin de jouer un rôle avec Laryn. Elle le comprenait.

Le fait qu'ils se connaissent depuis des années participait évidemment à cette aisance. Et le fait qu'ils aient passé une bonne partie de la nuit à rire et à se lancer des piques bon enfant, il adorait ça. Une bonne partie de sa vie se déroulait dans le sérieux le plus total. Plaisanter, c'était sa manière à lui de relâcher la pression du travail, que ce soit en vol ou en préparation de mission.

Et pouvoir faire ça avec Laryn tout en faisant l'amour le comblait au plus haut point.

Il serait idiot de la laisser filer sans au moins essayer de faire fonctionner les choses entre eux. Être en couple avec un militaire, ce n'était pas simple. Mais elle le savait bien, puisqu'elle avait elle-même été soldate, et que maintenant elle travaillait comme contractuelle pour l'armée.

Il esquissa un petit sourire. Sa Laryn était têtue. Et tenace. Ses actes lui prouvaient aussi qu'elle n'avait pas menti en lui disant qu'elle l'aimait depuis des années.

Au-delà du sentiment de culpabilité, Casper ressentait maintenant une pointe de tristesse d'avoir perdu tout ce temps. Mais il restait convaincu que le bon moment, c'était aujourd'-hui. S'il avait remarqué cette petite teigne plus tôt, ça n'aurait peut-être pas marché. Et maintenant qu'il avait découvert la véritable Laryn sous la combinaison et l'attitude défensive, il n'y avait aucune chance qu'il retourne à la relation pilote-mécano d'avant. Hors de question.

— Casper ! Tu m'écoutes ? aboya Chaos.

— Bien sûr, répondit-il de manière automatique en s'obligeant à repousser ses pensées pour se concentrer sur le travail.

Leur relation ne mènerait à rien s'il mourait en mission. Il devait rester concentré. Il était l'officier le plus haut gradé de l'unité, il devait assurer.

Quand l'ensemble des réunions furent terminées et son équipe autorisée à partir, il était à peu près 22 h. Ils avaient passé la journée à éplucher des cartes et des rapports. Leur traditionnelle *dernière soirée avant le départ* tombait à l'eau. Il était bien trop tard, et tout le monde était crevé. Ils devaient tous être de retour à la base à 3 h du matin – dans cinq heures à peine – pour embarquer.

Tout ce que Casper savait, c'était qu'il allait chez Laryn. Il avait réussi à lui envoyer un sms dans la journée pour prendre de ses nouvelles, et elle n'avait répondu qu'une heure plus tard – sans doute parce qu'elle était aussi débordée que lui avec tous les préparatifs.

Personne ne parlait en quittant la salle de réunion où ils s'étaient enfermés toute la journée, et ils descendirent en silence dans le couloir vide faiblement éclairé.

Alors que ses coéquipiers et lui se séparaient pour rejoindre leurs véhicules sur le parking, Casper fouilla dans ses poches pour trouver ses clés. Il avait la tête baissée, et pour une fois, il n'était pas alerte. Quand il les trouva enfin et qu'il releva les yeux, il sursauta en voyant quelqu'un appuyé contre sa Taurus.

Pas quelqu'un. Laryn.

— Salut, dit-elle doucement.

Elle portait la combinaison dont il avait l'habitude de la voir affublée, mais cette fois, au lieu d'ignorer le fait qu'il y avait une femme sexy aux courbes affolantes sous cette tenue pratique et virile, il en salivait presque, songeant aux secrets qu'il était le seul à connaître. Sous cette tenue, elle ne portait sûrement qu'un débardeur et une culotte. Elle aimait qu'on lui suce les tétons jusqu'à avoir légèrement mal. Elle frémissait et se mettait à trembler juste avant l'orgasme. Et il savait à quel point ses zones intimes étaient chaudes et humides autour de sa verge.

— Tate ? l'interpela-t-elle en se redressant, l'air inquiet.

— Désolé, longue journée, répondit-il sans mentir.

Il n'était pas sûr qu'elle apprécierait de savoir ce qui lui traversait l'esprit chaque fois qu'il la voyait.

— Oui. Je suis rentrée chez moi, et comme je n'avais pas de nouvelles, j'ai appelé un des gars que je connais qui est de garde ce soir. Il m'a dit que toi et les autres n'étiez pas encore partis. Plutôt que de t'envoyer un message, j'ai préféré venir en personne, pour voir si tu étais crevé et si tu avais envie que je te ramène.

Oh, il avait envie d'un *ride*, assurément.

Bordel. Il devait vraiment arrêter de penser au sexe dès qu'il était avec elle. Certes, elle était sexy à en crever, mais elle était aussi tellement plus que ça : prévenante, gentille, attentionnée.

— Tate ? Ça va ?

Il laissa échapper un soupir et se passa une main dans les cheveux.

— Ouais. J'arrive pas à me concentrer. J'ai le cerveau en compote après tout ce qu'on a vu aujourd'hui. Je veux bien que tu me ramènes. Mais il faut que je passe chez moi pour faire mon sac avant d'aller chez toi.

— Euh... à propos de ça. Je me suis dit que comme tu n'étais pas rentré depuis quelques jours, et que si jamais Altan représentait vraiment une menace – ce qui est encore un énorme *si*, hein – il n'aurait sûrement aucune idée à propos de nous deux, ni de l'endroit où tu vis. Du coup, j'ai pris les devants et j'ai préparé mes affaires pour le déploiement. Elles sont dans mon coffre. Si ça te va, et si tu en as envie... j'aimerais bien... Peut-être que je pourrais venir chez toi ce soir ? Tu fais ton sac, et on essaie de dormir un peu avant l'embarquement.

Bon sang, cette femme ! Elle avait toujours deux coups d'avance sur lui – et il ne pouvait que lui en être reconnaissant. Casper fit un pas vers elle, posa les mains sur son visage, puis l'embrassa comme il en avait rêvé entre deux briefings toute la journée.

Pour son plus grand plaisir, elle saisit ses poignets et lui rendit son baiser avec la même intensité. Laryn n'était pas une jeune fille timide – c'était une femme qui savait ce qu'elle voulait. Et Casper était le veinard qu'elle semblait vouloir.

Conscient que l'heure tournait, il mit un terme au baiser, mais garda les mains sur son visage.

— J'imagine que ça veut dire que tu es d'accord, avança-t-elle en souriant.

— Et comment ! J'ai hâte de te voir dans mon lit. Tes cheveux éparpillés sur mon oreiller, ton odeur de cookie à la vanille dans mes draps. Dis-moi que tu as pris ce gel douche ou cette lotion avec toi.

Elle leva les yeux au ciel.

— Oui.

— Dieu merci. Tu veux conduire ma voiture ?

— Ok. Tu es sûr ?

— Oui, pourquoi ?

— Parce que tu es toi. Le pilote star. Le gars qui veut toujours garder le contrôle.

— Tu l'as déjà conduite, ma voiture, Laryn. Et tu as raison, je suis lessivé. Je n'arrive plus à réfléchir. J'ai confiance en toi.

À sa grande surprise – et horreur – les larmes lui montèrent aux yeux.

— Quoi ? J'ai dit un truc qu'il ne fallait pas ? Merde, Laryn, ne pleure pas !

— Pardon, pardon, dit-elle en retirant ses mains de son visage pour s'essuyer frénétiquement les yeux. J'ai eu une longue journée moi aussi. Je m'étais imaginé que tu reprendrais tes esprits, que tu te demanderais ce que tu avais foutu cette nuit, et que tu voudrais faire machine arrière. Que tu allais me dire que ce n'est pas le bon moment pour avoir une histoire, vu qu'on part en mission. Ou que comme on bosse ensemble, ce n'est pas une bonne idée du tout.

— Et puis quoi encore ? C'est la meilleure idée qu'on ait jamais eue. Et oui, j'ai retrouvé mes esprits... pour enfin ouvrir les yeux sur la beauté que j'avais sous le nez depuis des années. Pas question de faire machine arrière, Laryn. À moins que tu ne sois plus si sûre de ton côté...

— Non ! s'exclama-t-elle, ce qui rassura Casper. Je n'ai pas changé d'avis.

— Très bien. Merci d'avoir anticipé et d'être venue me chercher. Ça te va si on laisse ta voiture sur le parking pendant notre absence ?

— Oui.

— Parfait.

Il se rendit compte qu'il avait encore ses clés au doigt, alors il les lui tendit. Elle les prit avec un petit sourire avant de se diriger vers sa Honda Civic garée à quelques places de là. En quelques secondes, ils récupérèrent le sac à dos et les deux sacs de voyage qu'elle avait apportés, puis les chargèrent dans le coffre de sa voiture. Le trajet jusqu'à chez lui ne fut pas long non plus – comme Laryn, il avait choisi un petit immeuble pas très loin de la base. Étant donné qu'ils étaient en zone militaire, les appartements ne manquaient pas pour héberger les membres du personnel qui allaient et venaient sans arrêt.

Elle se gara en marche arrière comme une professionnelle, et Casper la rejoignit derrière la voiture.

— Tu veux les sacs ? demanda-t-il.

— Juste le sac à dos. Il y a mes affaires pour la nuit et mes vêtements pour demain.

Casper le saisit et le passa sur son épaule, puis attrapa sa main comme s'il l'avait toujours fait. Ça lui venait naturellement.

Après avoir gravi les deux étages, il ouvrit la porte de son appartement et laissa Laryn entrer la première. Il essaya de voir l'endroit avec son regard à elle, mais n'avait aucune idée de ce qu'elle en penserait. Il était célibataire, et ça se voyait. Pas de déco chaleureuse, juste sa grande télé qu'il avait à peine le temps de regarder, plein de bazar sur le plan de travail de la cuisine, des chaussures au sol, des bouquins à moitié lus qui traînaient partout... mais c'était propre. S'il avait appris une chose dans l'armée, c'était bien l'importance de l'eau de javel dans la vie.

— Alors ? s'enquit-il.

Elle haussa les épaules.

— C'est un appart. Tu as faim ? J'ai déjà mangé, mais je

peux te préparer un truc vite fait pendant que tu fais ton sac... Si tu veux.

— Parfait. Il y a des restes de tacos de l'autre soir. La laitue est peut-être un peu marron, mais le fromage, les tomates, la crème et la viande devraient être encore bons. Et puis comme on part, si on ne les mange pas, il faudra les jeter.

— Ça marche, acquiesça-t-elle en posant son sac à dos par terre.

— N'hésite pas à virer tout ce qu'il y a dans le frigo qui ne tiendra pas deux semaines.

— Je m'en occupe, répondit-elle en se dirigeant vers la cuisine.

L'appartement était agencé comme le sien : une cuisine en longueur, un salon, un couloir menant à deux chambres et une salle de bain.

Casper la regarda s'installer chez lui comme si elle y avait toujours été. Il réalisa que sa présence ne le mettait pas du tout mal à l'aise. Les rares fois où il avait ramené des femmes chez lui, il s'était toujours senti un peu tendu, de peur qu'elles se fassent trop d'idées. Il était gêné quand elles touchaient à ses affaires et qu'elles fouillaient dans sa cuisine.

En revanche, il avait envie que Laryn touche à tout, qu'elle se sente à l'aise, qu'elle fouille partout.

Il ramassa son sac à dos, puis se dirigea vers sa chambre. Il s'arrêta un instant pour contempler la vue du sac de Laryn sur son lit. C'était ridicule d'être aussi heureux de voir ses affaires dans son espace personnel.

Il ferma les yeux et se demanda si c'était ce que Nate avait ressenti la première fois qu'il avait vu Josie. Bien sûr, leur situation n'avait rien à voir avec celle de Laryn et lui. Son frère jumeau et Josie avaient été prisonniers de guerre dans un trou paumé en Iran. Mais ce sentiment, cette certitude jusqu'au fond des tripes que Laryn était faite pour lui... Est-ce que c'était cela que Nate avait ressenti, ce qui l'avait poussé à se fiancer avec Josie si peu de temps après l'avoir rencontrée ?

Casper avait mis bien plus de temps. Mais maintenant qu'il avait accepté l'idée d'une relation, il était à fond. Et ça sonnait juste.

Il secoua la tête, fit volte-face, et se dirigea vers son dressing. C'était l'une des raisons pour lesquelles il avait choisi précisément cet appartement : le placard de la chambre principale était immense. Il avait beaucoup de combinaisons de vol, toutes impeccablement repassées et soigneusement suspendues. Il lui fallait de la place pour les ranger, avec ses bottes et tout son équipement.

À présent, en balayant le placard des yeux, il se surprit à réorganiser mentalement l'espace pour faire de la place pour les affaires de Laryn.

En réalisant à quel point il s'emballait, il se mit à rire tout en sentant la fatigue le rattraper. Il s'attela à préparer ses propres sacs en vue du déploiement. Pendant qu'il s'affairait, une odeur de viande épicée commença à flotter dans la pièce, et une nouvelle fois, une chaleur douce se répandit en lui. Cela faisait bien longtemps que quelqu'un s'était occupé de lui comme Laryn le faisait. Et ça faisait un bien fou. Il ne la considérerait jamais comme acquise. Il se jura de lui rendre la pareille au centuple. S'il y avait bien une personne qui méritait qu'on prenne soin d'elle, c'était Laryn Hardy.

* * *

Laryn avait tenté sa chance en préparant ses sacs pour le déploiement avant de se rendre à la base pour attendre la fin de la réunion de Tate. Mais heureusement, son pari avait payé. Elle était dans l'appartement de Tate, dans sa cuisine, en train de lui préparer à manger avant qu'ils ne s'écroulent pour quelques heures de sommeil.

Elle avait encore du mal à croire qu'elle en était là. Et le plus fou, c'était qu'elle ne savait même pas ce qu'elle avait bien pu faire pour que l'homme de ses rêves finisse enfin par la remarquer. Mais elle n'allait pas chercher à comprendre. Elle comptait profiter du temps qu'ils passeraient ensemble, aussi longtemps que cela durerait.

Car elle n'était toujours pas convaincue qu'il s'agissait d'une relation faite pour durer, même si elle en rêvait de toutes ses forces. Le sexe avec Tate était incroyable, et il lui-même était gentil et attentionné. Mais est-ce que tout cela changerait une fois que la menace qu'il craignait serait écartée ? Quand ils reviendraient du déploiement et que les choses reviendraient à la *normale*, quoi que ça puisse vouloir dire ?

Elle n'en savait rien, alors en attendant, elle voulait savourer chaque moment volé avec Tate, et prendre soin de lui en faisait partie. À une époque, elle cuisinait pour son père, et cela comblait un besoin profond en elle : celui de choyer la personne. Son père lui avait tout appris, il l'avait protégée, soutenue, défendue, et elle avait toujours essayé de lui montrer à quel point elle l'aimait et appréciait ce qu'il faisait pour elle.

À présent, elle voulait faire la même chose pour Tate. Il était épuisé, mais il devait être en forme et alerte dès l'atterrissage pour leur mission. Elle avait déjà pris soin de s'assurer que son hélicoptère était en parfait état, et maintenant, elle avait l'occasion de faire en sorte que son corps soit prêt lui aussi. Elle pouvait le nourrir, lui enlever quelques tracas du quotidien, comme trier son frigo pour éviter que des choses douteuses ne prennent vie en son absence.

Cette pensée la fit sourire, et elle saisit le reste d'un bloc de fromage entamé et quelques poivrons qui n'allaient clairement pas survivre plusieurs semaines.

— C'est quoi ce sourire ?

Laryn sursauta presque en entendant la voix de Tate juste derrière elle.

— Bordel, me fais pas ça ! Tu m'as fichu une de ces trouilles ! Pourquoi tu te balades en mode ninja ?

Il rit.

— J'ai fait du bruit, c'est toi qui étais trop absorbée par les légumes pour l'entendre.

— J'aime bien inspecter tes légumes, répondit-elle en lançant un regard vers son entrejambe.

Les mots lui avaient échappés avant même qu'elle puisse les retenir.

Il éclata de rire et l'attrapa par la taille pour la faire pivoter. Avant qu'elle ait compris ce qui se passait, il l'avait soulevée comme si elle ne pesait rien, puis déposée sur le plan de travail. Il se rapprocha, se glissa entre ses jambes, et posa les mains sur ses hanches. Ils étaient maintenant face à face, et Laryn remarqua les cernes sous les yeux de Tate, ainsi que ses traits plus marqués que ce matin.

Ses mains commencèrent à se balader, et même si elle le désirait plus que tout, même si son cœur battait plus vite et que sa culotte commençait à s'humidifier rien qu'en pensant à ce qu'il lui avait déjà fait, l'heure tournait, et ils avaient besoin de dormir.

Elle saisit ses mains et secoua la tête en essayant d'avoir l'air ferme, tout en sachant que son corps hurlait le contraire.

— À table, puis dodo. Pas le temps pour les galipettes sur le plan de travail. Tu as fini de faire tes sacs ?

— Oui madame, répondit-il avec un petit sourire. Ils sont prêts, à côté de la porte.

— Parfait.

Ils restèrent à se regarder sans bouger.

— J'ai envie de toi, mais je suis crevé, dit finalement Tate.

— Je sais.

— Je sais que tu sais, je voulais juste te le dire. Merci d'être là, d'être venue me chercher, de m'avoir fait à manger. Merci de m'empêcher de faire ce que j'ai envie de faire là, tout de suite, mais qui ne serait pas une bonne idée. Comme te bouffer la chatte direct sur ce plan de travail, puis t'emmener sur le canapé et te prendre par derrière.

Laryn déglutit péniblement, et ne put s'empêcher de jeter un regard vers le canapé. Il était bien trop haut pour qu'elle puisse avoir les pieds au sol tout en étant penchée sur le dossier. Et à l'idée de ne pas avoir de prise, de ne pas contrôler le mouvement pendant qu'il lui faisait l'amour par derrière, elle faillit arracher le T-shirt que Tate venait d'enfiler et foutre en l'air leur projet de sommeil.

— Bordel, j'adore ce regard, lâcha Tate en appuyant son front contre celui de Laryn. On remet ça à plus tard. Je veux te faire l'amour dans chaque recoin de cet appartement. La douche, ce plan de travail, le canapé, le bureau dans la chambre d'amis, et surtout, mon lit. Mais on a tout le temps du monde pour ça. Ce que j'attends presque autant, c'est simplement de dormir en te serrant contre moi. Presque.

Laryn laissa échapper un soupir.

— Oui.

Tate ne bougeait plus, les yeux fermés, le front collé au sien.

— Tate ? Tu t'es endormi ? murmura-t-elle au bout d'un moment.

— Non. Enfin si, peut-être.

Elle sourit.

— À table. Il faut que tu manges.

— Ouais, souffla-t-il en se redressant à contrecœur. Merci, Laryn. Sincèrement.

— De rien. Allez, pousse-toi que je puisse descendre.

Au lieu de s'écarter, il resserra son étreinte et souleva Laryn du plan de travail pour la poser au sol.

— Tu veux bien me laisser un peu d'espace ? demanda Laryn une nouvelle fois alors qu'il restait collé à elle.

— Non.

Elle leva les yeux au ciel. Mais au fond, elle adorait l'avoir si près d'elle. Elle parvint à servir la salade qu'elle lui avait préparée avec les restes de tacos, et d'un commun accord tacite, ils restèrent manger tous les deux dans sa petite cuisine, appuyés contre le bar. Il ne lui fallut pas beaucoup de temps pour vider son assiette. Soit il avait très faim, soit il avait très envie d'aller se coucher. Sûrement un peu des deux.

— Va te préparer pour aller dormir, lui ordonna-t-elle. J'arrive dans une minute. Je veux juste laver la vaisselle et tout ranger.

— Laisse tomber.

— Pas question. Surtout qu'on ne sait pas combien de temps on part.

— Très bien. Mais si tu n'es pas dans mon lit dans cinq minutes, je viens te chercher.

— Promis ?

À la surprise de Laryn, son expression n'avait rien de taquin. Il la regardait fixement avec une intensité qui lui coupa le souffle.

— Je viendrai toujours te chercher, Laryn. Maintenant que je sais ce que j'ai loupé, j'ai bien l'intention de rattraper le temps perdu.

— Tate... murmura-t-elle.

— Cinq minutes, répéta-t-il avant de se diriger vers la porte d'entrée.

Il vérifia une nouvelle fois le verrou, puis fit de même avec les fenêtres.

Elle comprit que c'était sans doute son rituel tous les soirs.

C'était un brin maniaque, peut-être, mais ça ne la dérangeait pas. En tant que femme vivant seule, elle aussi faisait de son mieux pour suivre un maximum de règles de sécurité.

La rapidité avec laquelle Laryn fit la vaisselle n'aurait impressionné personne, mais elle avait hâte de découvrir la chambre de Tate, et son lit. Elle l'avait imaginé tant de fois qu'elle se demandait si la réalité serait à la hauteur de ses fantasmes.

Elle remarqua alors que son sac à dos n'était plus à l'endroit où elle l'avait laissé. Elle sourit, puis s'engagea dans le couloir. En jetant un œil dans la salle de bain, elle aperçut son sac posé sur le meuble. Consciente que les cinq minutes étaient largement écoulées, elle se dépêcha de se préparer pour la nuit, enfilant son short et son débardeur préférés pour dormir. Elle ne savait pas trop comment la nuit allait se passer, si Tate allait réussir à garder ses distances – ou si elle-même y parviendrait. Il semblait que chaque fois qu'ils étaient à côté l'un de l'autre, surtout dans un lit, il leur était presque impossible de ne pas se toucher.

Elle inspira profondément, et tout en essayant de ne pas se sentir ridicule, elle passa quelques secondes de plus à étaler sa lotion parfum cookie sur ses jambes, ses bras... et même sa poitrine, avant de se diriger vers la chambre à coucher.

Tate avait laissé une lampe de chevet allumée d'un côté du lit. Tout le reste était plongé dans l'obscurité quand elle entra.

C'était un lit king size, ce qui ne l'étonna pas. Il occupait une bonne partie de la pièce. Il y avait une commode plus haute que large, quelques photos posées dessus, une grande fenêtre avec des rideaux épais qui étaient tirés, une porte ouverte qui donnait sur ce qui semblait être un immense dressing, et c'était à peu près tout.

Après ce bref tour d'horizon, son regard revint vers le lit et l'homme allongé dessus. Tate était déjà sous la couette, relevée jusqu'à la taille, torse nu. Elle se demanda s'il portait un bas de pyjama ou un caleçon. Il dormait profondément.

Son cœur se serra. Il était tellement épuisé qu'il n'avait même pas réussi à l'attendre cinq minutes. Elle n'en doutait pas : il avait sûrement des projets quand elle le rejoindrait, malgré ce qu'ils s'étaient dit plus tôt. Même si elle avait affirmé qu'ils avaient besoin de dormir, elle savait bien qu'une fois dans le lit, il aurait eu du mal à résister.

À vrai dire, elle était un peu déçue. Mais il était hors de question de le réveiller. La vie de plusieurs SEALs et Deltas dépendait de Tate, de sa concentration absolue quand il prendrait les commandes de son hélicoptère. Et cela passait aussi par une bonne nuit de sommeil.

À pas feutrés, Laryn s'approcha pour éteindre la lumière de son côté du lit. Tate ne bougea même pas. Elle fit le tour et grimpa doucement sur le matelas. Elle eut envie de soupirer de satisfaction tant il était parfait. Ni trop ferme, ni trop mou. C'était exactement le genre de matelas qu'elle aimait.

Elle aurait pu rester de son côté, le lit étant assez grand pour qu'ils ne soient même pas en contact. Mais c'était plus fort qu'elle.

Elle se rapprocha de Tate et se blottit doucement contre lui, souriant en constatant qu'il portait un boxer. C'était drôle, car jusqu'ici, elle ne l'avait vu qu'en caleçon. Elle supposa que ça lui offrait un meilleur maintien sous sa combinaison de vol.

C'était à la fois très intime et étrangement satisfaisant d'apprendre les préférences en sous-vêtements de l'homme sur lequel elle craquait depuis si longtemps.

Quand elle posa lentement la tête sur son torse, il se mit à bouger. Il passa le bras autour de Laryn pour la serrer contre lui.

— Désolé, marmonna-t-il. Trop crevé.

— Chuuut... Dors, murmura-t-elle.

Il poussa un profond soupir, puis resta immobile.

Laryn sourit contre son épaule et ferma les yeux. Elle n'avait jamais été une grosse dormeuse. Elle sursautait au moindre bruit, redoutait les intrus, ressassait ce qu'elle aurait dû faire dans la journée... pensait à Tate. Mais là, à cet instant précis, elle n'avait plus une seule pensée en tête ; elle se sentait tout simplement bien, et en sécurité.

Manifestement, elle était aussi fatiguée que lui, car elle s'endormit en quelques minutes, plus apaisée qu'elle ne l'avait été depuis très longtemps.

14

Casper se réveilla, le ventre grondant. En tournant la tête, il vit qu'il était deux 2 h 17 du matin. Il restait treize minutes avant que son réveil ne sonne. Il avait réussi à le programmer avant de s'écrouler de fatigue.

Il avait une raison évidente d'avoir faim.

Laryn.

Et sa lotion qui sentait le cookie.

Il sourit et referma les yeux, savourant l'instant. Il avait voulu rester éveillé jusqu'à ce qu'elle le rejoigne dans sa chambre. Il avait hâte de la voir dans son lit pour la première fois. Malgré ce qu'il avait pu dire, il avait prévu de la faire jouir avec sa bouche, puis de la serrer dans ses bras pendant qu'elle s'endormirait contre lui.

Mais la fatigue avait eu raison de lui avant qu'il puisse mettre son plan à exécution. Il devait reconnaître qu'il y avait quelque chose de profondément apaisant dans le fait de tenir Laryn dans ses bras pendant qu'elle dormait. Même dans son sommeil, elle s'accrochait à lui, et il se sentait invincible.

Il somnola pendant les treize minutes restantes, jusqu'à ce que le réveil se déclenche.

Laryn bougea dans ses bras et grogna en comprenant qu'il était l'heure de se lever.

— Salut, dit-il doucement après avoir éteint la foutue alarme de son téléphone.

— Salut, répondit-elle.

Casper avait mille et une choses à lui dire, et à lui faire. Mais ils n'avaient pas le temps. Et leur relation était encore toute nouvelle. Il se contenta donc de l'embrasser sur le front.

— Je ne serai pas long dans la salle de bain. Je peux préparer du café à emporter pendant que tu te douches, si ça te va.

— C'est parfait, merci.

À contrecœur, Casper se glissa hors du lit, puis se pencha en posant les mains sur le matelas.

— Meilleure nuit de sommeil de ma vie, murmura-t-il avant d'embrasser doucement Laryn sur les lèvres.

Il s'éclipsa avant que ça n'aille plus loin, avant de céder à cette envie brûlante de lui faire l'amour. Ce n'était pas le moment, et il ne voulait pas bâcler leur première fois dans son lit. C'était idiot, puisqu'ils avaient déjà couché ensemble, mais ici, c'était son espace, son univers. Et être ici avec elle, ça changeait tout. D'une certaine façon, c'était plus réel à ses yeux, ce qui n'avait aucun sens, étant donné que ce qu'il vivait avec elle semblait déjà aussi réel que possible.

Il haussa mentalement les épaules en se disant que c'était sûrement un truc de mec, puis fila sous la douche et fit ce qu'il avait à faire pour libérer la salle de bain et préparer le café.

Une chose était sûre : ça changeait tout de se réveiller avec Laryn à ses côtés. La journée ne s'annonçait plus si banale, si routinière. Sa présence rendait les choses spéciales, comme si les possibilités étaient infinies. C'était euphorisant, et il adorait ça.

* * *

Ce sentiment d'euphorie ne dura pas longtemps. Seulement jusqu'à ce qu'ils se séparent en arrivant à la base. Laryn devait s'assurer que les derniers préparatifs pour le départ étaient finalisés de son côté, et vérifier quels mécaniciens l'accompagnaient. Lui devait retrouver son équipe et assister à un dernier briefing sur la situation dans laquelle ils allaient atterrir.

Le vol fut frustrant. Ses collègues et lui étaient installés d'un côté de l'avion, Laryn et ses mécaniciens dans une autre section. Ça s'était toujours passé comme ça, mais cette fois, la répartition agaçait Casper.

À l'atterrissage, ils durent être héliportés jusqu'au destroyer, et Casper réussit à s'arranger pour s'assoir à côté d'elle. Il pressa sa cuisse contre la sienne, mais n'osa rien faire de plus devant leurs équipes.

Ce fut son sourire qui lui réchauffa le cœur. Même si elle était clairement en mode professionnel – lui aussi, d'ailleurs – ça faisait toujours du bien de partager un regard complice.

Dès qu'ils posèrent le pied sur le pont du navire, ils se séparèrent à nouveau. Lui allait faire le point avec les autres pilotes et rencontrer les forces spéciales pour parler de la situation sur le terrain. Elle, de son côté, devait inspecter les hélicoptères arrivés avant eux. Des heures plus tard, Casper ressentait les effets du décalage horaire et du manque de sommeil. Il avait aussi très faim, et il voulait prendre des nouvelles de Laryn, savoir comment elle s'en sortait.

— Où est-ce que tu cours comme ça ? demanda Pyro alors qu'ils avançaient dans le couloir en direction du réfectoire.

— T'as pas faim ? répliqua Casper pour esquiver la question.

— Si, mais vu ce que le cuistot nous réserve, je ne vais pas me presser. Trente secondes de plus ou de moins, ça ne changera rien. Laisse-moi deviner... c'est Laryn, c'est ça ?

Casper, ne voulant pas faire semblant, haussa juste les épaules. Il ne pouvait pas prétendre qu'elle ne comptait pas, que rien n'avait changé.

— Oui, je veux juste savoir comment s'est passée sa journée, et comment vont les appareils.

— Je suis sûr qu'ils vont bien. Avec Laryn qui s'en occupe, comment pourrait-il en être autrement ?

Son copain n'avait pas tort.

— C'est du sérieux, hein ? poursuivit Pyro d'un ton détaché. Tu n'es pas juste en train de jouer avec elle, au sens propre comme au figuré ? Ce serait con de la perdre parce que tu ne peux pas te tenir.

Pyro n'insultait pas Laryn, mais Casper avait quand-même du mal à rester zen.

— C'est du sérieux, répondit-il.

— Cool. Je l'aime bien.

Casper lui lança un regard en coin.

— Pas de cette manière, le rassura rapidement Pyro avec un petit rire. Punaise, c'est allé si vite entre vous deux !

Casper hocha la tête.

— Disons que je me suis enfin sorti la tête du cul et que j'ai ouvert les yeux. Heureusement que personne d'autre n'a posé les yeux sur elle pendant que je faisais n'importe quoi.

Pyro éclata de rire et lui donna une tape sur l'épaule.

— Je pense qu'elle te fait du bien. On s'est toujours demandé pourquoi vous vous balanciez autant de piques. Maintenant, tout s'explique.

— Quoi donc ?

— Tu l'aimais bien, même quand tu lui cherchais des noises. Peut-être que tu te disais que tu ne devrais pas, qu'elle était trop bien pour toi, ou une autre connerie de ce genre. Alors tu t'es persuadé toi-même que tu n'étais pas attiré par elle. Mais tu n'as jamais pu t'empêcher de la provoquer dès que tu en avais l'occasion.

— Tu te prends pour un psy, maintenant ? grommela Casper tout en se disant que Pyro avait sûrement raison.

— Non. Juste pour un mec observateur.

— J'aurais aimé que tu le voies venir, comme ça je n'aurais pas mis si longtemps à lui dire que je voulais l'inviter à sortir.

Pyro laissa échapper un nouveau rire.

Ils arrivèrent au réfectoire, et Casper jeta un regard impatient en entrant. Mais à sa grande déception, aucune trace de Laryn. Pyro et lui passèrent dans la file, remplirent leurs plateaux, puis s'installèrent à une grande table. Buck, Obi-wan, Chaos et Edge ne tardèrent pas à les rejoindre. Casper avait presque renoncé à la voir quand elle fit enfin son entrée dans la grande salle.

Il se leva sans s'en rendre compte.

Elle avait l'air aussi fatiguée que lui.

— Salut, dit-il en s'approchant d'elle.

Quand elle réalisa que c'était lui, elle sourit, ce qui transforma complètement son visage. Comment avait-il pu ne jamais remarquer à quel point sa mécanicienne était jolie ? Ou du moins, ne jamais le reconnaître ?

— Salut, répondit-elle.

— Tout va bien ? s'enquit-il en l'accompagnant vers la file du self.

Au lieu de répondre, elle haussa un sourcil.

— Tu crois que je ne suis pas capable de porter mon plateau toute seule, ou tu comptes te resservir ?

Casper sentit le rouge lui monter aux joues, et haussa les épaules.

— J'avais juste envie de te voir. De te parler. Ça faisait un moment.

— Oh... Ça ne fait pas si longtemps... Pas vraiment.

— Six heures, quatorze minutes et quarante-trois secondes, répliqua Casper en consultant ostensiblement sa montre.

Elle s'esclaffa.

— Ah oui, quand-même !

— Oui. Tu as eu le temps de voir où tu étais logée ?

Elle lui adressa un regard incrédule.

— D'accord, pardon, se reprit-il. J'imagine que tu avais les mains dans les entrailles de mon hélico, hein ?

— Du tien, et des autres. Je voulais m'assurer que ton MH-60 avait bien supporté le voyage – ce qui est le cas – et que les deux autres étaient toujours opérationnels. Vous décollez toujours demain matin ?

Elle se servit tout au long de la file, empilant un peu de tout sur son plateau.

— Oui, un vol de reconnaissance, histoire de repérer un peu le terrain. Ensuite, on reviendra ici pour un débrief, on dormira un peu, et on repartira le soir pour notre mission, juste après le coucher du soleil.

Laryn hocha la tête.

Casper prit une bouteille d'eau pour elle et lui fit signe de le suivre jusqu'à la table de son équipe.

Elle s'assit en adressant un sourire à la bande.

— Salut.

— Salut.

— Yo.

— Bien installée ?

Elle rit.

— Autant que possible, j'imagine. Et vous ?

Tout le monde approuva.

Laryn mangea rapidement, ce que Casper comprit sans mal : comme ses coéquipiers et lui, elle pouvait être appelée à tout moment en cas d'urgence. Sur un navire, ils étaient tous en alerte en permanence, vingt-quatre heures sur vingt-quatre.

La conversation tourna autour de l'entretien des hélicoptères, et Laryn rassura tout le monde : tout était paré pour le vol du matin comme pour la mission du lendemain soir.

— Tu as fini pour ce soir ? demanda Casper. Au niveau de la maintenance.

— Oui, sauf si on me rappelle.

— On va voir nos couchettes ?

Elle lui lança un regard en coin.

— Si c'est un code pour les galipettes, je dirais... non.

Tout le monde éclata de rire.

Laryn rougit, mais elle soutint le regard de Casper sans sourciller.

— Pas de bêtises. Ce n'est ni l'endroit, ni le moment. Mais je veux m'assurer que tu as tout ce qu'il te faut, et qu'on saura où tu es... au cas où.

Elle inclina la tête et le regarda fixement sans cligner des yeux pendant un long moment.

— Tu étais vraiment sérieux quand tu disais que les choses allaient changer...

— À cent pour cent, répondit Casper en hochant la tête.

— Je suis bien. J'ai tout ce qu'il me faut.

— Inutile de lutter, intervint Chaos. Quand Casper a une idée en tête, c'est mort. S'il veut s'assurer que tu es bien installée et pas logée à fond de cale, là où ça pue le carburant et où c'est hyper bruyant, laisse-le faire.

— Attends, tu peux me faire changer de zone si je suis sous la ligne de flottaison ? s'enquit Laryn. Il fallait le dire plus tôt ! Allez, on y va !

Elle sourit pour souligner qu'elle plaisantait.

Mais Casper se dit qu'il y avait sans doute un fond de vérité là-dedans.

Buck s'empara de son plateau vide et le posa sur les six autres qu'il avait déjà empilés. Il alla les déposer aux bacs, jeta les déchets, puis posa les plateaux sur le tapis roulant pour la plonge.

Quand ils se levèrent tous pour sortir, Casper mourait d'envie de prendre la main de Laryn, mais il se retint. Au lieu de ça, il se pencha vers elle tout en marchant et lui souffla doucement :

— Dure journée, hein ?

Elle le regarda en hochant la tête.

— Oui.

— Tout ton matos est arrivé sans problème ?

— Oui oui... Et tes réunions ?

— Longues, mais intéressantes. La mission va être compliquée, mais pas plus difficile que d'habitude. Ça va être fun de voler de nuit dans les montagnes.

Laryn leva les yeux au ciel.

— Ouais, bien sûr... Fun. T'es un cas, toi.

Casper sourit.

— C'est l'hôpital qui se fout de la charité !

Elle pouffa de rire.

— Tu as douze ans, ou quoi ?

Casper s'amusait déjà. C'était peut-être pour ça qu'il l'avait taquinée à ce point par le passé. D'une part parce qu'elle n'avait jamais l'air d'être vexée, et d'autre part parce qu'il adorait ses réactions exaspérées.

— C'est quoi ton numéro de cabine ? demanda-t-il.

— 4-A.

— Nous, on est aux 26-A et 26-B. Des cabines de trois.

Laryn sourit.

— Je crois que je suis avec vingt-trois autres femmes.

Casper fronça les sourcils.

— Tu devrais avoir un peu plus d'intimité que ça...

— Non, c'est faux. Déjà, je ne suis pas officier. Ensuite, je suis ici temporairement. Je ne prendrais jamais la place de quelqu'un qui vit ici pendant des mois, voire des années. Ça va, Tate.

— Tu pourrais venir discrètement dormir dans ma couchette avec moi.

Elle éclata de rire ouvertement.

— Tu te souviens de la taille des couchettes, au moins ? Elles sont minuscules. À peine assez grandes pour que je puisse me retourner sans me cogner à celle du dessus. Tu as peut-être un peu plus de place parce que tu es pilote d'élite, mais je ne parierais pas là-dessus.

Merde... Elle avait raison.

— Je n'aime pas ça quand-même.

Laryn s'arrêta et regarda le couloir de part et d'autre. Les autres pilotes s'étaient déjà dispersés vers l'étage où ils allaient dormir. Comme il n'y avait personne en vue, elle fit un pas vers Casper, posa les mains sur son torse, puis se hissa sur la pointe des pieds. Elle l'embrassa rapidement et vigoureusement, puis recula aussitôt.

Casper l'agrippa par les hanches, mais il ne la ramena pas contre lui comme il en avait envie. N'importe qui pouvait surgir dans le couloir, et il ne voulait pas qu'on commence à colporter des rumeurs à propos de sa mécanicienne et lui. Non pas qu'il s'en souciait vraiment, mais il ne ferait jamais rien qui puisse donner matière à jaser ou nuire à la carrière de Laryn.

— Qu'est-ce qui me vaut ça ? demanda-t-il.

— Tout. M'avoir laissée manger avec vous. D'habitude, je cherche une table déserte, ou presque. Vouloir que j'aie une chambre à moi, même si ça n'arrivera jamais. Avoir envie d'être avec moi.

— Quand on aura un peu plus de temps avant un déploiement, je verrai si je peux te gérer une couchette plus près de nous. Et on pourrait peut-être se caler des créneaux pour manger ensemble le matin ou le midi, histoire que tu ne sois pas toute seule.

— Ça me plairait bien.

Casper aurait voulu avoir son téléphone pour immortaliser le petit sourire timide qu'elle lui lançait. Il aurait aimé avoir l'occasion de le revoir chaque fois qu'il aurait besoin d'un coup de boost. C'était presque flippant de constater à quel point il avait cette fille dans la peau, et à quel point elle avait trouvé sa place dans son cœur.

— Allez, viens, on va voir où je dors pour vérifier si mes affaires sont arrivées, suggéra Laryn.

Casper effleura le creux de son dos du bout des doigts, et il aurait aimé les y laisser, mais il se ravisa et la suivit de près dans les couloirs jusqu'à sa couchette. Une fois sur place, il attendit qu'elle revienne. Trente secondes plus tard, elle réapparut.

— Tout est ok ? s'enquit-il.

— Tout est ok. Mes affaires sont là, et j'ai pris la couchette du bas, je préfère.

— Tant mieux.

— Oui. Bon… On se retrouve à quelle heure pour le petit déjeuner ?

Casper repensa à son planning pour le vol du lendemain matin.

— Assez tôt, j'en ai bien peur. Ce n'était peut-être pas une super idée de prévoir ça demain.

— Ce n'est pas grave. De toute façon, il faut que je sois au hangar, tu le sais bien. Si tu es levé, moi aussi.

— C'est vrai. D'accord… 5 h ?

— Parfait.

Ils restèrent un instant à se regarder sans dire un mot.

— J'ai envie de t'embrasser, dit Casper à voix basse.

— Moi aussi. Mais… ce n'est sûrement pas une bonne idée.

Elle avait raison, ce qui ne voulait pas dire qu'il appréciait.

— Si tu as besoin de quoi que ce soit, viens me voir à ma couchette. Tu ne me dérangeras pas. Ni moi, ni personne d'autre. D'accord ?

Laryn hocha la tête.

— C'est idiot, mais… c'est dur. Je sais que ça ne fait que deux nuits, mais je m'étais habituée à ce que tu sois dans les parages.

— Pareil pour moi, répondit Casper, étonné de voir à quel point il comprenait ce qu'elle ressentait.

— Dors bien. Il faut que tu sois en forme pour le vol de reconnaissance demain matin, et pour la mission demain soir.

— D'accord. Toi aussi. Je n'ai pas besoin que ma mécano se plante sur un truc débile, comme oublier de vérifier le niveau d'huile, juste parce qu'elle aura passé la nuit à rêver de son pilote beau gosse.

Laryn éclata de rire et leva les yeux au ciel en secouant la tête.

— Tu n'es pas du tout imbu de toi-même, hein ?

— Non, pas du tout.

Ils restèrent sur place encore un instant, puis Casper se détourna d'elle.

— À demain matin au réfectoire.

— Oui.

Il tourna les talons et s'éloigna, une boule au ventre à l'idée de la laisser là. Il n'aimait pas cette sensation. Pendant une seconde, il se demanda dans quoi il s'embarquait, mais il chassa cette pensée de son esprit. Préférait-il revenir à la solitude, sans boule au ventre ni inquiétudes… ou apprendre à travailler aux côtés d'une femme avec qui il couchait, qui le faisait rire, et qui assurait toujours ses arrières ?

La réponse était évidente.

Apprendre à construire une vraie relation avec quelqu'un qu'il voyait tous les jours au boulot allait lui demander un peu de temps, mais Casper était prêt à relever le défi.

* * *

— Demain soir ? Parfait, se réjouit Altan, satisfait. J'ai des hommes prêts à intervenir. Comment allez-vous faire pour qu'elle embarque dans cet hélicoptère ?

Altan écouta l'homme à l'autre bout du fil lui expliquer ce qu'il avait prévu.

— Rien n'est garanti, mais j'ai quelques idées pour rendre la situation encore plus urgente, et qu'ils croient devoir décoller immédiatement sous peine d'être cloués au sol. Et connaissant un peu leur mécanicienne, elle ne les laissera jamais partir sans savoir exactement ce qui cloche avec son précieux hélicoptère.

— Il faut que ça marche, prévint Altan.

— Comme je vous l'ai dit, rien n'est garanti. Ce n'est pas si simple de sortir une mécano de ce navire, et encore moins de l'insérer au beau milieu d'une mission top secrète. Au lieu de me menacer, vous devriez me remercier, grogna l'autre.

Altan s'efforça de maîtriser sa colère. Il devait mettre la main sur Laryn Hardy, et il n'avait pas d'autre choix que de compter sur les autres pour y parvenir. Certes, il aurait pu attendre qu'elle soit de retour sur le sol américain et envoyer l'un de ses contacts dans la région de Norfolk pour s'introduire chez elle et l'enlever. Mais ensuite, il aurait fallu l'exfiltrer du pays, ce qui était encore plus compliqué que de la faire sortir de ce destroyer.

S'il pouvait la capturer pendant qu'elle se trouvait sur son territoire, son gouvernement le soutiendrait davantage. Après tout, si elle entrait dans le pays sans les papiers requis ni autorisation officielle, cela lui permettrait de la désigner comme espionne. Il pourrait la garder en captivité et la forcer à utiliser ses compétences sur leurs MH-60 récemment acquis.

Le fait qu'elle soit à bord de cet hélicoptère quand il s'envolerait dans les montagnes pour récupérer ces fouineurs de soldats à la recherche du moindre enfoiré planqué dans les recoins... c'était capital.

Altan se fichait éperdument de Daech. Ce groupe hétéroclite d'hommes et de gamins planqués dans les montagnes serait réglé plus tard. Et franchement, si l'Amérique voulait venir s'en occuper à sa place, ça l'arrangeait carrément.

La seule chose qui comptait pour lui, c'était Laryn. Pour renforcer leur puissance militaire et défendre leur territoire, il avait besoin du savoir ce qu'elle avait dans la tête. Elle le transmettrait à ses hommes... ou elle mourrait. Il s'en assurerait.

— Tenez-moi au courant des avancées, ordonna Altan.

— Je vous contacterai dès que possible. Aucune idée de quand, vu que je vais probablement me faire démonter pour le coup que je m'apprête à jouer. Il y a intérêt à ce que l'argent que vous m'avez promis soit sur mon compte demain matin.

— Il y sera. Et ne vous avisez plus jamais de me menacer, lança Altan avant de couper la communication.

Il s'enfonça dans son fauteuil et croisa les mains sous son menton. Il fallait que ça marche. Il n'avait pas le choix. Il avait besoin de cette garce d'Américaine. Ce n'était même pas normal qu'elle soit mécanicienne. Elle devrait être chez elle, à faire des gosses et à servir un homme. Mais le fait que la meilleure technicienne MH-60 du monde soit une femme allait peut-être jouer en sa faveur. Peut-être qu'elle serait plus facile à briser.

— Viens voir papa, murmura-t-il avant de saisir à nouveau le téléphone.

Il devait s'assurer que les hommes qu'il avait déjà envoyés sur place étaient prêts. Il allait falloir pas mal de monde pour déplacer Laryn des montagnes jusqu'à son infrastructure. Avec un peu de chance, elle comprendrait durant le trajet que la meilleure chose à faire, c'était d'obéir au doigt et à l'œil.

Et si elle arrivait chez lui docile et brisée, ce serait encore mieux.

Soudain plein d'espoir, Altan composa un numéro, puis attendit avec impatience que son interlocuteur décroche.

OCEAN STOCK

15

———

Laryn observait attentivement les MH-60 que Tate et ses coéquipiers Night Stalkers allaient piloter pour récupérer un groupe de Navy SEALs être déplacés sur le pont supérieur. Elle ignorait ce que faisaient les forces spéciales dans les montagnes, et elle ne voulait pas le savoir. Tout ce qui comptait pour elle, c'était que les appareils soient en parfait état de fonctionnement, et qu'il n'arrive rien pendant que Tate et son équipe faisaient ce qu'ils savaient faire de mieux.

Quand elle avait vu des vidéos de ce que les Night Stalkers faisaient subir à leurs hélicos, elle avait une boule dans la gorge. Les endroits qu'ils arrivaient à atteindre, les risques qu'ils prenaient... C'était terrifiant. Mais ces vidéos la poussaient encore plus à leur donner les moyens de faire leur travail. C'était comme ça qu'elle voyait le sien. Elle faisait office d'outil dans leur arsenal, ni plus, ni moins.

Autour d'elle, tout était en mouvement. Des mécaniciens et des marins couraient dans tous les sens en s'interpelant les uns les autres. Mais l'attention de Laryn restait concentrée sur les trois hélicoptères utilisés plus tôt pour des vols de reconnaissance, puis remis à l'abri sous le pont. Elle voulait s'assurer qu'il ne leur arrive rien pendant le déplacement. Elle avait déjà fait ça des centaines de fois, mais c'était l'une des dernières étapes cruciales. Elle ne voulait surtout pas qu'une pale frotte contre le flanc de la soute au moment de la remontée.

D'après Tate, le vol de ce matin s'était déroulé sans accroc. Les Night Stalkers avaient récupéré de précieuses informations sur le terrain, impossibles à obtenir en consultant simplement des cartes.

Ils étaient tous très excités au déjeuner tardif qu'ils avaient partagé. À présent, Laryn adorait faire partie de la bande. C'était peut-être dans sa tête, mais elle avait aussi l'impression d'être traitée différemment durant cette mission, même par les autres marins autour d'elle. Les Night Stalkers avaient une sacrée réputation, et faire partie de leur cercle rapproché faisait d'elle plus qu'une simple mécanicienne.

Elle aurait dû être agacée par cette constatation, mais elle n'était pas idiote. Elle savait comment marchait le monde. Les ouvriers étaient rarement autant respectés que les cols blancs. Pourtant, en cas de pépin, ils étaient sans doute plus essentiels. Beaucoup de secteurs aux États-Unis manquaient cruellement de main d'œuvre. Des postes que personne ne voulait, mais qui étaient vitaux. Monteurs de lignes, plombiers, charpentiers, soudeurs, routiers, et tant d'autres.

Dans la zone, un marin la frôla et la fit sursauter. Elle était à cran – elle l'était toujours quand Tate partait en mission. Jusqu'ici, elle avait réussi à cacher ses émotions, mais cette fois, elle ne savait pas si elle arriverait à ne rien laisser paraître.

Maintenant, c'était différent, et bien plus personnel. Elle s'était encore rapprochée de Tate, et l'idée qu'il puisse lui arriver quelque chose lui donnait la nausée. Elle sentait bien qu'elle était plus brusque et sèche avec ceux qui venaient lui parler, mais c'était la seule façon pour elle de garder le contrôle.

En montant sur le pont supérieur pour les dernières vérifications, Laryn garda délibérément ses distances avec Tate et les autres. Elle apprenait aussi à mieux connaître toute l'équipe, sur un plan plus personnel, ce qui rendait encore plus difficile de les voir grimper à bord et actionner les moteurs. Le fait de savoir qu'ils allaient se mettre en danger et qu'ils trouvaient cela excitant, c'était particulièrement dur à encaisser. Mais c'étaient des professionnels, et elle aussi.

Comme si elle avait senti le regard de Tate posé sur elle, elle redressa la tête pour le chercher des yeux derrière la vitre.

Il lui adressa un léger sourire et leva le pouce. D'une main tremblante, elle lui rendit son geste, priant plus fort que jamais pour qu'il rentre sain et sauf.

Les pilotes mirent les moteurs en marche, et les pales se mirent à tourner.

Ensuite, tout partit en vrille.

Elle vit Tate et Pyro discuter vivement, gestes à l'appui. Quelqu'un sur le pont l'interpela et lui fit signe d'approcher de l'hélicoptère de Tate.

Le front plissé par l'inquiétude, Laryn trottina jusqu'à l'appareil. L'homme enleva son casque et le lui enfonça sur la tête. Surprise – c'était bien la première fois que ce genre de chose lui arrivait – elle entendit la voix de Tate dans ses oreilles.

— Laryn ? T'es là ?

— Je suis là, répondit-elle dans le micro devant sa bouche.

— Il y a un foutu voyant d'allumé. La FLIR. Elle clignote. Bordel, pourquoi est-ce qu'il clignote ?

Laryn était sous le choc. Le voyant de la caméra infrarouge thermique n'aurait jamais dû clignoter. Tout fonctionnait parfaitement avant et après le vol de ce matin. Et ils ne pouvaient pas partir en mission de nuit sans elle. En gros, c'était ce qui permettait aux pilotes de voir dans l'obscurité.

— Infos en direct du terrain. Ils sont encerclés et ont besoin d'une évacuation immédiate, annonça une autre voix dans le casque.

— Merde ! Laryn, tu peux réparer, ou pas ?

Elle le pouvait. Et elle allait le faire.

Elle se tourna vers l'homme à côté d'elle et lui fit signe de croiser les mains pour lui faire la courte échelle. L'air un peu paumé, il obéit, et en un rien de temps, Laryn était à bord de l'hélicoptère. Elle fonça vers l'endroit où Tate et Pyro étaient assis et se glissa entre eux pour atteindre le panneau qui protégeait la majorité des interrupteurs et des câbles reliant l'équipement électrique à plusieurs millions de dollars installé dans l'appareil.

Elle chercha frénétiquement un faux contact, priant pour que le problème soit simple à régler, et que l'équipe puisse décoller.

— Ma FLIR est morte aussi, lança Edge dans le casque.

— Bordel de merde, jura Pyro.

— Moi c'est bon, annonça Buck.

— Laryn ? l'interpela Tate, étonnamment plus calme.

— Un câble est desserré. Je vais le fixer avec de l'adhésif, ça devrait suffire.

— Devrait ? intervint une nouvelle voix dans le casque. Il faut y aller, tout de suite. Si vous ne décollez pas, ces SEALs vont mourir.

Laryn aurait dû se sentir paniquée ou stressée, mais ses mains étaient parfaitement stables quand elle sortit le rouleau d'adhésif électrique de la poche de sa combinaison. Elle enroula rapidement le câble de la FLIR avec un autre pour le stabiliser.

— Tate ? C'est revenu ?

— C'est revenu, répondit-il, soulagé et satisfait.

Laryn referma le panneau en vitesse, puis se dégagea de l'espace entre les deux hommes. Elle se retourna pour partir, mais les mots de Tate la stoppèrent.

— C'est encore éteint. Merde... non, c'est revenu. C'est quoi ce bordel ?

— On y va ou pas ? lança l'autre voix dans son casque.

— On y va ! cria Laryn sans réfléchir.

Elle s'assit sur l'un des sièges de l'hélicoptère et boucla sa ceinture.

— Laryn, sors d'ici ! lui ordonna Tate.

— Vous avez besoin de moi ! Si ça lâche encore, je peux réparer, répliqua-t-elle, chaque mot empreint de certitude.

— Non ! Tu ne viens pas avec nous en zone dangereuse !

— Il faut qu'on y aille... insista Buck.

— Je suis cloué au sol, ajouta Edge.

— Bordel ! jura Tate à nouveau.

— Décolle tout de suite, ou tu resteras cloué au sol aussi, lui lança une voix dans l'oreillette.

— Buck a besoin de renforts, souligna Pyro en regardant Tate.

— Merde, grogna ce dernier une fois de plus.

Laryn sentit l'hélicoptère vaciller en prenant de l'altitude.

Bon sang, qu'est-ce qu'elle fichait là ? Elle n'en avait aucune idée, mais Tate et Pyro ne pouvaient pas décoller sans que la FLIR fonctionne correctement. Et si ça tombait de nouveau en panne en plein vol, ils étaient foutus. Elle ne pouvait pas établir un diagnostic complet pendant que l'appareil était en vol, mais s'il s'agissait seulement d'un problème de connexion un peu lâche ou d'un fusible grillé, elle pouvait le gérer.

L'homme qui leur hurlait de décoller transmettait maintenant des coordonnées à travers l'oreillette, décrivant aux deux copilotes – ainsi qu'à Laryn – la situation des SEALs au sol.

Et ça ne sentait pas bon. Ils étaient tombés dans une embuscade, et ils commençaient à manquer de munitions. Leur venir en aide sans se faire descendre allait être extrêmement risqué. Laryn en était consciente, mais bizarrement, en voyant Tate et Pyro piloter le MH-60 sur lequel elle avait passé tellement de temps, en les entendant se coordonner avec Buck et Obi-Wan sur la manière d'aborder la zone, elle se sentait plus calme que si elle était restée sur le navire à attendre en espérant que tout se passe bien.

D'après ce qu'elle comprenait de la situation, Tate et Pyro allaient couvrir les arrières de Buck et Obi-Wan. L'autre hélicoptère allait se poser pour récupérer les SEALs, et avec un peu de chance, ils seraient dans les airs avant que les ennemis puissent approcher... ou se servir d'un lance-roquettes pour abattre les deux appareils.

Le plan était risqué, mais la puissance de feu du MH-60 devait suffire à convaincre les forces au sol qu'elles étaient dépassées.

Il n'y avait aucun moyen de parler à Tate sans que tout le monde n'entende, mais il se retourna et lui lança un long regard intense que Laryn ne parvint pas à décrypter. Elle crut y déceler de la colère, mais elle vit aussi une bonne dose d'inquiétude dans ses yeux bleus.

Elle hocha la tête pour lui faire comprendre qu'elle n'allait rien faire d'insensé, et qu'elle n'agirait que s'il se passait quelque chose avec l'hélicoptère. Cependant, elle n'était pas certaine d'avoir réussi à lui transmettre tout cela d'un simple regard. Elle sentait que Tate aurait quelques mots à lui dire une fois de retour à bord du navire.

L'arrière de l'hélicoptère était plongé dans le noir tandis qu'ils fonçaient à toute allure vers l'endroit où les SEALs attendaient l'évacuation. Laryn ne voyait rien depuis l'avant de l'appareil, et il n'y avait pas vraiment de fenêtre à ouvrir. De toute façon, elle n'aurait pas vu grand-chose de plus, les montagnes n'étant pas réputées pour leur éclairage.

Elle observa donc les instruments. Depuis sa position, elle ne pouvait pas voir l'ensemble du tableau de bord, mais elle avait ce foutu voyant FLIR en ligne de mire. Et quand il se remit à clignoter, elle le remarqua tout de suite. Elle n'eut pas besoin du *Casper* tendu lancé par Pyro pour ça.

Laryn détacha immédiatement sa ceinture et s'agenouilla, rampant de nouveau vers ce foutu panneau. Cette fois, elle allait vérifier les fusibles, en priant pour que l'un d'entre eux soit simplement mal enclenché.

— Accrochez-vous, lança Tate juste avant de virer à gauche.

Laryn posa la main sur sa cuisse pour se stabiliser.

Aussitôt après, l'hélicoptère bifurqua vers la droite. Ils zigzaguaient dans tous les sens. C'était à la fois grisant et terrifiant au possible, et Laryn commença à regretter. Qu'est-ce qu'elle fichait là, au juste ? Ah oui… Si elle ne réparait pas la vision nocturne, ils étaient tous condamnés. Tout comme les hommes qui se trouvaient au sol.

Une vague de détermination la traversa, et elle se concentra à nouveau sur sa tâche. Elle se pencha plus près, sortit la petite lampe qu'elle gardait toujours sur elle en prenant soin de couvrir la majeure partie du faisceau pour ne pas éblouir les deux pilotes avec leurs visions nocturnes, puis l'utilisa pour inspecter les fusibles.

Bingo ! L'un d'eux tenait à peine en place. Elle tendit le bras et l'enfonça, un sentiment de satisfaction l'envahissant lorsqu'il s'enclencha. En levant les yeux, elle remarqua que le voyant ne clignotait plus, mais brillait désormais d'un rouge constant.

Elle referma le panneau pour la seconde fois, puis recula à quatre pattes vers le siège qu'elle avait quitté.

Les coups de feu résonnaient de partout, même à travers son casque.

L'hélicoptère tout entier vibrait sous la riposte de Tate et Pyro contre les combattants de Daesh au sol.

Finalement, Laryn était bien contente d'être témoin de ce qui se passait. C'était terrifiant. Et même si elle était satisfaite d'avoir pu réparer la FLIR, elle aurait donné n'importe quoi pour se retrouver sur le navire en claquant des doigts, saine et sauve, quitte à se ronger les sangs pour les pilotes. Surtout pour Tate.

— À trois heures ! s'écria Pyro.

— Je les vois ! répondit Tate en virant brusquement à droite.

Les vibrations et le vacarme des missiles forcèrent Laryn à se recroqueviller près du siège le plus proche. Vu la façon dont Tate pilotait, elle n'avait pas réussi à regagner sa place. Elle s'accrochait de toutes ses forces pour ne pas valdinguer dans l'espace vide derrière les sièges des pilotes.

— On se lance pour l'évacuation, annonça Buck.

— On vous couvre, appuya Pyro.

Les secondes s'étirèrent tandis que Tate et Pyro continuaient à tourner au-dessus de la zone, tirant sur ce que Laryn supposait être des ennemis.

— Problème, annonça Obi-Wan. Deux SEALs manquent à l'appel. Ils sont blessés, et n'ont pas pu rejoindre le point de récupération. Ils sont à environ un kilomètre à l'est.

— On s'en occupe, répondit Tate immédiatement.

— On ne peut pas rester ici, déclara Buck. Deux gars sont en train de se vider de leur sang.

— Allez-y ! ordonna Tate. On les récupère et on vous suit.

Il dirigea l'hélicoptère vers ce que Laryn supposait être l'Est.

Elle retint sa respiration. C'était presque fini, il ne restait plus qu'à récupérer les deux blessés, et ils pourraient se retrancher sur le navire. Elle avait le sentiment que cette petite escapade n'allait pas rendre les prochaines attentes à bord plus faciles. Maintenant qu'elle savait ce qu'ils traversaient, ce qu'ils faisaient, son niveau d'anxiété allait exploser.

— Tu vois quelque chose ? demanda Tate à Pyro.

— Rien. Attends... Il y a quelques signatures thermiques au nord de la zone.

— On va faire un passage et voir ce qu'ils ont comme puissance de feu.

Laryn retint son souffle tandis que l'hélicoptère semblait amorcer un mouvement circulaire.

— Rien. Ils ne tirent pas.

— Je n'aime pas ça, dit Tate. Mais il faut qu'on récupère ces gars.

— Dès qu'on atterrit, je sors et je vous couvre, annonça Pyro.

Sortir ? Laryn n'aimait pas du tout cette idée. Mais elle comprenait. Si les SEALs étaient blessés et que des ennemis potentiels rôdaient dans le coin, quelqu'un devait les tenir à distance pendant que les SEALs rejoignaient l'hélicoptère.

Mais s'ils ne pouvaient pas marcher ? Comment allaient-ils faire ?

Elle était rongée par l'inquiétude, mais elle garda le silence. Ici, elle n'était pas la spécialiste. Certes, elle avait suivi l'entraînement de base, mais dans ce genre de situation, ça ne servait à rien. Le mieux qu'elle pouvait faire, c'était rester en dehors du chemin et laisser Tate et Pyro faire le boulot. Eux, ils étaient formés pour ça.

— On y va, lança Tate alors que l'appareil amorçait une descente rapide.

Laryn avait l'impression qu'ils allaient s'écraser, mais Tate redressa juste à temps, et elle sentit à peine la secousse quand ils touchèrent le sol.

— Go ! lança Tate.

Pyro arracha son casque et fonça, dépassant Laryn, qui était recroquevillée sur le plancher de l'hélicoptère. Il fit coulisser la grande porte latérale, puis disparut dans la nuit.

Le temps sembla suspendu – peut-être des minutes, mais sûrement quelques secondes – avant qu'elle entende Pyro crier.

De toute évidence, Tate l'entendit aussi, puisqu'il lâcha un juron en bondissant de son siège. Il ne prit pas le temps d'expliquer quoi que ce soit. Pas besoin, il allait aider son ami et collègue.

Mais avant de sauter de l'appareil, il s'arrêta, prit quelques secondes qu'il n'avait pourtant pas à perdre, plongea la main dans l'étui accroché à sa cuisse, en sortit son arme de poing, puis la tendit à Laryn sans dire un mot.

Elle aurait aimé lui dire tellement de choses, mais elle n'avait pas le temps.

Avant même qu'elle ait pu cligner des yeux, Tate avait disparu par la porte ouverte, courant dans la direction d'où venait la voix de Pyro.

Laryn ôta son casque et s'agenouilla au bord de l'ouverture, les yeux rivés sur l'obscurité, à l'affût du moindre bruit, du moindre mouvement, serrant l'arme de Tate si fort entre ses mains que ses doigts devaient être blancs. Les pales tournaient encore au-dessus de sa tête, et elle retenait son souffle, priant de tout son être pour voir Tate et Pyro revenir avec les SEALs blessés.

Mais ni les pilotes, ni les soldats n'émergèrent de l'obscurité. Trois hommes apparurent, comme sortis de nulle part. Vu leur carrure, elle aurait pu croire qu'eux aussi étaient des SEALs... Mais ils étaient vêtus de noir de la tête aux pieds, et ils portaient des cagoules. Seuls leurs yeux étaient visibles, et ces hommes-là n'étaient absolument pas blessés.

Des coups de feu éclatèrent dans la direction où étaient partis Tate et Pyro, mais les trois hommes ne ralentirent pas pour autant. Ils foncèrent droit sur elle, l'attrapèrent brutalement par le col de sa combinaison, puis la tirèrent hors de l'hélicoptère avant qu'elle ait le temps de penser à se servir de l'arme que Tate lui avait confiée, qui lui fut arrachée des mains au moment même où elle ouvrait la bouche pour crier. Une main gantée de noir se plaqua sur sa bouche, étouffant le moindre son.

Laryn se débattit de toutes ses forces. Elle était dans de beaux draps, et elle le savait. Sa seule chance était de s'échapper et de se cacher dans l'obscurité en attendant que Tate et Pyro reviennent. Et ils reviendraient, elle n'en doutait pas une seconde.

Tandis qu'un des hommes luttait pour la contenir malgré ses coups de pied, ses contorsions et sa tentative de mordre la main plaquée sur sa bouche, un autre individu sauta dans l'hélicoptère.

Une pensée terrifiante vint à l'esprit de Laryn : il comptait les attendre et les abattre à leur retour. Mais au lieu de cela, une rafale retentit depuis l'intérieur de l'appareil.

Elle resta sidérée un instant avant de comprendre. L'homme était en train de canarder leur appareil ! Elle vit des gerbes d'étincelles s'échapper du cockpit tandis que les balles transperçaient la carlingue.

— Noooon ! hurla-t-elle.

Mais le cri fut étouffé par la main qui l'empêchait toujours de parler. Tate et les autres n'allaient clairement pas pouvoir repartir. Ils n'allaient même pas pouvoir se servir du MH-60 contre ceux qui venaient de la capturer.

Cet hélico n'irait nulle part. Vu le nombre de balles que ce connard déversait dans le cockpit, c'était foutu.

Elle s'attendait encore à ce que ces types restent là pour tendre une embuscade aux pilotes, mais contre toute attente, celui qui la tenait l'éloigna de l'appareil.

Elle se débattit de plus belle, refusant d'être prisonnière.

Elle lutta pour lui faire lâcher prise. Au moment où elle crut que ses efforts allaient enfin payer et qu'elle allait réussir, le troisième homme – celui qui montait la garde avec son fusil prêt à tirer – se tourna vers elle.

La dernière chose qu'elle vit fut la crosse de son arme qui fondait sur son visage.

* * *

Edge faisait les cent pas dans la pièce que les pilotes avaient réquisitionnée à bord du destroyer. Sur un porte-avions, il y aurait eu une salle dédiée, mais il s'en fichait, tant qu'il avait un endroit pour se préparer et consulter les informations propres à la mission.

— Laryn n'aurait jamais laissé passer ça, lâcha Chaos en faisant les cent pas lui aussi.

— Je sais, répondit Edge avec un hochement de tête.

— Sérieux, une foutue connexion défectueuse... Comment ça peut arriver ?

Edge resta silencieux. Il était aussi agacé et frustré que son copilote d'avoir été écarté de la mission à la dernière minute. À présent, tous deux écoutaient les communications radio de leur équipe partie récupérer les SEALs.

Son téléphone vibra dans sa poche, mais Edge l'ignora. Il était concentré à cent pour cent sur ce qu'ils entendaient.

À peine la vibration s'était-elle arrêtée que ça recommença. Mais il n'avait personne chez lui susceptible d'essayer de le joindre avec autant d'insistance. Pas de femme – son ex ne comptait pas, elle le haïssait assez pour ne pas le contacter, même à l'article de la mort. Pas d'enfants, pas de parents, pas de frères ou sœurs. Et ses meilleurs copains étaient tous déployés avec lui sur ce navire.

Il laissa son portable vibrer une seconde fois, mais quand

l'appel revint une fois de plus, Edge poussa un soupir d'agacement et finit par décrocher. Il n'avait aucune idée de qui ça pouvait être – c'était son téléphone d'urgence, qui passait par satellite, et il n'avait donné ce numéro qu'à très peu de gens.

— Quoi ? aboya-t-il en décrochant.

— Vous êtes bien Roman Aldrich, alias Edge ?

— Qui le demande ?

— Je m'appelle Tex Keegan, et j'essaie de joindre Casper. Il est là ?

Edge cligna des yeux, surpris. Il connaissait Tex. Tout le monde le connaissait. Il savait aussi que Casper l'avait contacté à propos du type en Turquie – Osman, si sa mémoire était bonne. Celui qui avait menacé Laryn. Mais depuis son arrivée sur le destroyer, il n'avait pas vraiment pensé à sa situation, partant du principe qu'elle était en sécurité ici.

— Non, il est en mission.

— Merde.

— Pourquoi ? Qu'est-ce qui se passe ? demanda Edge en s'arrêtant net.

Il vit Chaos se tourner vers lui avec un regard interrogateur, et mit immédiatement le téléphone sur haut-parleur pour que son ami puisse entendre ce que Tex avait à leur dire.

— Bon, alors... Je suppose que je devrais commencer par vous demander pourquoi vous n'êtes pas avec lui sur cette mission, mais à ce stade, ça n'a plus d'importance. Altan Osman, le gars sur qui il m'a demandé des informations... Ce type est une vraie menace. Et pour répondre à la question de Casper : oui, il représente un danger pour Laryn Hardy. Un foutu gros danger. Il a les moyens de l'atteindre à peu près n'importe où – y compris au sein de votre base navale. Où est-elle en ce moment ?

Le sang d'Edge se glaça.

— Elle est à bord du MH-60 avec Casper et Pyro, répondit-il.

Il expliqua ce qui s'était passé, comment les deux hélicoptères, celui de Casper et le sien, avaient eu des problèmes de FLIR.

— Ce n'était pas une panne, déclara Tex. Ce type a des contacts. C'est comme ça qu'il a su que Laryn pourrait être disponible pour une mission, et qu'il a obtenu son numéro sans qu'on le lui donne. Il bosse pour les plus hautes instances du gouvernement turc, et ils sont très motivés à élever leur armée au niveau des pays les plus puissants. Je suis persuadé qu'il a des gens à sa solde sur ce destroyer. Je vais me pencher sur les transactions d'argent dès qu'on raccrochera, mais à mon avis, c'est trop tard. Ce qui est fait est fait. D'après ce que vous venez de me dire, je pense qu'Osman a payé quelqu'un pour obtenir des infos sur Laryn et sur votre mission. Cette personne a certainement saboté vos appareils de manière à forcer Laryn à embarquer. Osman n'est pas idiot – en réalité, il est même sacrément intelligent. Il ne pouvait pas garantir qu'elle insisterait pour partir ou qu'on lui ordonnerait de monter à bord, mais le résultat est exactement celui qu'il voulait. Et il l'a obtenu. Ce n'est pas bon. Pas bon du tout.

Quand Tex disait que ce n'était *pas bon*, Edge savait que ça voulait dire qu'ils étaient dans une merde noire.

— Il faut prévenir Casper qu'il ne doit surtout pas atterrir, poursuivit Tex. Je n'ai aucun doute sur le fait qu'Osman a des hommes au sol, prêts à tout pour mettre la main sur Laryn. Casper doit faire demi-tour, revenir au destroyer, et elle doit être mise à l'abri. Je suis sérieux, Edge. Et évitez tout contact avec qui que ce soit en dehors de votre équipe, parce qu'on ne sait pas qui Osman a réussi à acheter.

— Ça ne va pas être simple. Laryn ne va pas vouloir rester

les bras croisés pendant que ses hélicos ont besoin de réparations, intervint Chaos.

— Qui est-ce ? demanda Tex, impatient.

— C'est Chaos, répondit Edge.

— Eh bien, est-ce que Laryn préférerait passer le reste de sa vie en tant qu'*invitée* de l'armée turque, obligée de trahir tous les serments qu'elle a faits de garder pour elle les informations sur notre armée et la technologie embarquée dans nos hélicoptères ?

— Non.

— Contactez Casper. Prévenez-le. Je vais continuer de tirer les fils de mon côté, et essayer de découvrir qui il paie pour obtenir des infos et saboter les hélicos.

— Vous croyez vraiment que quelqu'un à bord travaille pour lui ? Et qu'il a désactivé les FLIR en pariant sur une éventuelle présence de Laryn dans l'hélico ? C'est un pari risqué. Si la tour de contrôle ne nous avait pas poussés au cul pour décoller, si les SEALs n'avaient pas eu besoin d'une évacuation d'urgence, jamais personne n'aurait autorisé Laryn à embarquer. Surtout pas Casper.

— C'est exactement ce que je crois. Et ce genre de pression pour décoller, c'est courant ?

Edge poussa un profond soupir. Maintenant que Tex en parlait, il réalisait que non, ce n'était pas du tout normal.

— Voilà, c'est bien ce que je pensais, reprit Tex. Peu importe ce que vous interrompez... Entrez en contact avec Casper et donnez-lui une version express de ce que je viens de dire. Il doit protéger Laryn, quoi qu'il en coûte.

— Même au prix de la vie des SEALs ? répliqua Edge.

Tex se tut une seconde.

— Merde, souffla-t-il. Contactez-le. Je vous rappelle. Tenez-moi au courant.

La ligne se coupa, et Edge remit son téléphone dans sa

poche en échangeant un regard chargé d'inquiétude avec Chaos. Celui-ci se retourna aussitôt et se dirigea d'un pas pressé vers la radio, Edge sur ses talons.

En s'approchant, ils réalisèrent que pendant qu'ils parlaient avec Tex, la situation était partie en vrille. Deux SEALs blessés avaient été séparés du reste de leur équipe, et Casper et Pyro s'étaient portés volontaires pour les exfiltrer. Buck et Obi-Wan étaient déjà en route vers le navire avec les autres blessés pour qu'ils soient pris en charge immédiatement.

Toute la mission, du point de vue des Night Stalkers, avait tourné au désastre.

Il était trop tard. Casper et Pyro ne répondaient plus. De toute évidence, ils avaient déjà atterri, et étaient sûrement en pleine tentative d'évacuation des SEALs. Mais la grande question était : que faisait Laryn ?

Les paroles de Tex résonant encore dans ses oreilles, Edge retint son souffle, espérant de toutes ses forces entendre l'un de ses amis répondre d'une seconde à l'autre et leur dire que les SEALs avaient été sauvés et qu'ils se rapatriaient sur le navire.

— Casper, ici Chaos. Tu me reçois ? lança son coéquipier, essayant sans relâche d'établir le contact.

Edge tendait l'oreille, à l'affût du moindre signe de Casper ou de Pyro, quand il sursauta violemment en entendant des coups de feu résonner dans la salle de préparation.

Puis la ligne se coupa net.

Le cœur d'Edge se serra.

C'était improbable, voire invraisemblable qu'Osman ait réussi à placer des hommes exactement au bon endroit pour capturer Laryn... mais au fond de lui, Edge savait que c'était exactement ce qui s'était passé.

Osman avait réussi l'impossible. Edge n'avait aucun doute là-dessus : il avait mené son plan à bien, et Laryn était désormais entre les mains du gouvernement turc... ou plutôt d'un homme en particulier, bien décidé à lui soutirer toutes les informations qu'il pourrait.

Chaos tentait toujours désespérément de joindre Pyro ou Casper par radio, mais la ligne était complètement morte. Ils n'avaient aucune idée de ce qui se passait là-haut, dans les montagnes, et ne savaient pas si leurs collègues SEALs et Laryn allaient bien. Tout ce qu'ils pouvaient faire, c'était attendre des nouvelles. De Tex, de Casper ou de Pyro. De quelqu'un. N'importe qui.

Non, ce n'était pas tout ce qu'ils pouvaient faire. Ils pouvaient aussi foncer vers leur hélico, prier pour qu'un des collègues mécaniciens de Laryn ait réussi à réparer leur FLIR... et décoller au plus vite.

* * *

— Je m'occupe de celui-là, dit Pyro en hissant le SEAL, visiblement dans un état critique, sur son épaule, à la manière des pompiers.

Casper ne répondit rien. Il se contenta de passer le bras du deuxième SEAL autour de son cou avant de le saisir par la taille.

Ils commencèrent tous les quatre à se diriger vers l'hélicoptère en boitant. Malheureusement, il avait dû se poser plus loin que prévu de l'endroit où les SEALs étaient retranchés en attendant l'évacuation.

Quand un bruit se fit entendre sur leur gauche, Tate et le SEAL qu'il soutenait dégainèrent leurs armes et tirèrent dans cette direction.

Merde, merde, merde. Rien ne se passait comme prévu dans cette mission. Entre la foutue caméra FLIR qui déconnait, l'abruti qui lui vociférait dans l'oreille de se grouiller de décoller, la présence de Laryn à bord de l'hélicoptère, et le fait qu'ils aient dû atterrir et sortir tous les deux pour évacuer les SEALs...

Il aurait deux mots à dire à Laryn une fois de retour sur le navire. À la fois pour savoir comment la FLIR avait pu tomber en panne, et sur son insistance pour participer à cette mission. Il devait reconnaître que si elle n'avait pas été là pour réparer la FLIR une seconde fois, Buck et Obi-Wan auraient été foutus. Sans vision nocturne, Casper n'aurait jamais pu leur fournir une couverture aérienne.

Il avait conscience que ses pensées étaient irrationnelles. C'était la panique qui s'exprimait, la peur de la savoir dans une telle situation. Il ne voulait pas la laisser quand il était allé aider Pyro, mais il n'avait pas eu le choix. Il ne pouvait pas rester là à écouter un de ses meilleurs potes en danger, et encore moins abandonner ces SEALs à une mort certaine. Mais il avait abandonné Laryn. Seule, en plein territoire ennemi, avec pour seule protection son arme de poing. Rien dans toute cette situation merdique n'était la faute de Laryn. Il traînait presque le SEAL à moitié inconscient vers l'hélicoptère quand un bruit lui glaça le sang.

Des rafales d'armes automatiques.

Laryn !

Pendant qu'ils étaient occupés à exfiltrer les SEALs, quelqu'un avait manifestement contourné leur position et atteint l'hélicoptère.

Tate se maudit d'avoir été aussi con et eut envie de lâcher l'homme qu'il portait pour courir vers la zone d'atterrissage. Mais il ne pouvait pas l'abandonner. Ce type avait peut-être une femme et des enfants qui l'attendaient chez lui. Tiraillé et plus terrifié qu'il ne l'avait jamais été, Casper accéléra le pas autant qu'il put en direction de l'hélicoptère.

Juste au moment où Pyro et lui atteignaient la clairière avec les SEALs, le bruit d'un moteur qui démarrait au nord résonna dans la nuit soudainement silencieuse.

— Laryn ! hurla Casper tout en sachant que c'était stupide d'attirer autant l'attention sur leur position.

Mais il s'en foutait.

Aucune réponse.

Casper posa le SEAL au sol, et sans consulter Pyro, il fonça en direction de l'appareil, son arme à la main, prêt à descendre quiconque oserait toucher à sa femme.

Car oui, Laryn était à lui. Il l'avait compris au moment même où il avait dû décoller avec elle à bord. La peur qu'il avait alors ressentie était tellement inhabituelle que ça ne pouvait être que cela : il ne s'agissait pas seulement de sa propre vie, mais de celle de la femme qui, d'une manière ou d'une autre, s'était installée dans son cœur.

Il comprenait parfaitement Nate, à présent. Trop bien, même. Nate avait su dès le départ que Josie était à lui. Ça lui avait pris plus de temps, mais maintenant, Casper n'avait aucun doute : Laryn était la femme avec laquelle il voulait passer le restant de ses jours. Avoir des enfants. Rire, se disputer, tout partager tant qu'ils étaient en vie.

— Laryn ! s'écria-t-il à nouveau, en vain.

Sans réfléchir, il sauta à l'arrière de l'hélicoptère ouvert. C'était débile. Le tireur pouvait très bien être planqué là, prêt à l'abattre.

Mais l'hélicoptère était vide... et criblé de balles.

Le silence s'imposa alors pleinement. Les rotors étaient à l'arrêt. À la lumière de la lampe stylo qu'il pointa sur le tableau de bord, il découvrit que le MH-60 n'était pas près de redécoller.

L'hélicoptère sur lequel Laryn avait tant travaillé pour le remettre à niveau, le sécuriser, l'équiper de tout le matos dont les Night Stalkers avaient besoin pour accomplir leurs missions périlleuses… avait été mis hors service en moins d'une minute par des rafales d'armes automatiques.

— Fils de pute ! grogna-t-il en se retournant.

Il se foutait de l'hélico. Ce n'était qu'un tas de ferraille.

Laryn avait disparu.

Celui qui avait mitraillé l'appareil avait rendu impossible toute poursuite du véhicule qui venait de quitter la zone – celui qui, à coup sûr, avait emmené Laryn.

Casper attrapa la radio de secours accrochée à sa combinaison et appela rapidement du renfort. Il fut parfaitement professionnel en expliquant la situation à son interlocuteur, précisant que les SEALs étaient dans un état critique et nécessitait une évacuation immédiate. La gorge serrée, il annonça aussi qu'un membre de son équipe avait été enlevé. Laryn n'était plus officiellement militaire, mais elle travaillait pour le gouvernement. Et en plus, elle détenait des informations qu'il valait mieux ne pas voir tomber entre de mauvaises mains.

La récupérer relevait de la sécurité nationale.

Mais pour lui, c'était soit vivre le reste de sa vie brisé et seul, soit vivre la vie qu'il savait désormais lui être destinée… avec Laryn à ses côtés.

16

Les rafales d'armes automatiques qui avaient résonné dans la montagne quand quelqu'un avait flingué leur hélicoptère furent les dernières que Casper et Pyro entendirent. C'était comme si, maintenant que l'équipe de SEALs avait été évacuée et que les deux derniers hommes avaient été récupérés, tous les intervenants dans la zone s'étaient repliés.

Casper se dit que c'était sans doute exactement ce qui s'était passé. Et ça ne pouvait pas être une coïncidence. Les missions partaient régulièrement en vrille, mais celle-ci semblait accumuler les merdes à un rythme record.

Après avoir appelé du renfort, il rejoignit Pyro à l'extérieur de l'hélicoptère avec les deux SEALs, puis ils se mirent au travail pour essayer de stabiliser les hommes blessés. Il avait plein de questions, mais il ne savait pas s'ils seraient en état de lui répondre.

L'homme que Pyro avait porté était toujours inconscient, avec une blessure à la tête qui saignait abondamment. Son ami s'attaqua aussitôt à la plaie pour tenter de stopper l'hémorragie, ou au moins de la ralentir. Impossible de savoir s'il allait s'en sortir, mais Casper savait d'expérience à quel point les SEALs pouvaient être coriaces. Parfois, ils semblaient capables de défier la grande Faucheuse elle-même.

Il reporta son attention sur l'homme qu'il avait traîné jusque dans la clairière. Celui-ci était encore conscient, mais avait l'air perdu.

— Je croyais qu'il y avait un hélico, dit-il.

— Il y en avait un, répondit Casper. Il a été criblé de balles. Il est cloué au sol.

L'homme ricana.

— Je croyais aussi que les Night Stalkers pouvaient faire voler n'importe quoi.

Même s'il appréciait la tentative de faire de l'humour, Casper n'était pas d'humeur à rire. Pas avec l'enlèvement de Laryn.

— Comment tu t'appelles ? demanda-t-il en faisant de son mieux pour contenir le flot de sang qui s'échappait de sa cuisse.

Tout en parlant, il commença à faire un garrot.

— Mustang. Lui, c'est Pid. Il va s'en sortir ? Sa femme, Monica, et sa fille ont besoin qu'il tienne le coup.

— Pyro s'occupe de lui. Et toi ? Tu as une famille ?

Casper voulait lui rappeler ce qu'il avait à perdre.

— Une femme, Elodie. On essaie d'avoir un bébé, mais ça n'a pas encore marché.

Casper hocha la tête.

— Accroche-toi. On a appelé du renfort. On dirait presque que les types du coin avaient tout prévu, ajouta-t-il, exprimant enfin ce qui lui trottait dans la tête depuis un moment. C'était une mission inhabituelle pour ton équipe ?

— Non, pas du tout. Tout se passait bien. Rien d'anormal. On a rejoint une autre équipe de SEALs, et on avait récupéré les infos qu'on était venus chercher. Aucune hostilité jusqu'à ce qu'ils débarquent d'un coup, comme sortis de nulle part. Ils ont attendu qu'on soit dans cette vallée et ont ouvert le feu. Ils nous ont encerclés et cloués au sol. Mais... je jurerais qu'ils ne tiraient pas pour tuer. Ils auraient facilement pu utiliser une roquette et nous éliminer tous. C'était comme s'ils cherchaient à faire durer les choses.

Bordel. Casper lança un regard à Pyro, qui fronça les sourcils tout en continuant à soigner l'autre SEAL.

— Ensuite, ils ont réussi à nous séparer du reste du groupe, Pid et moi. On était ensemble en train de se diriger vers le point d'évacuation, et l'instant d'après, ils arrosaient pour nous isoler. On s'est retrouvés coincés derrière un amas de rochers. On entendait les hélicos, mais on ne pouvait pas les atteindre. On a dit à notre équipe de se barrer, de ne pas nous attendre, et au début ils ont refusé. Mais eux aussi, ils ont des familles... ajouta-t-il en soupirant. Je leur ai ordonné de partir, et ils ont fini par le faire, mais pas sans s'assurer qu'on ne nous abandonnerait pas. Merci d'être venus nous chercher.

— De rien. Désolé de devoir te dire ça mais... j'ai l'impression que votre séparation du reste du groupe était intentionnelle.

— Dans quel but ? s'enquit Mustang.

— Pour mettre le grappin sur ma mécano.

Mustang parut surpris.

— Explique.

Casper s'exécuta. Il lui parla de l'expertise de Laryn, du fait qu'elle travaillait sur tous les hélicoptères des Night Stalkers depuis trois ans, de son ancien MH-60 détruit en Irak, et de la manière dont Laryn avait bossé jour et nuit pour que le nouveau soit prêt. Il lui parla des pays qui avaient tenté de la recruter – y compris le représentant du gouvernement turc. Et enfin, de leur déploiement sur le destroyer la veille, puis de la panne de FLIR pile avant la mission alors que l'hélicoptère était nickel avant leur départ.

— Ça me semble improbable que quelqu'un ait réussi à orchestrer un enlèvement aussi complexe. Il y avait trop de variables qui auraient pu tout faire capoter.

— Je sais, répondit Casper. Et je suis d'accord. Mais j'ai quand-même ce foutu mauvais pressentiment, qui me dit que tout a été soigneusement planifié, et qu'on est tombés en plein dans le piège de l'enfoiré qui veut absolument s'approprier les compétences de Laryn, pour lui et son pays. J'ai demandé à un mec nommé Tex d'enquêter sur lui. Tu le connais ?

— Tex ? fit Mustang, l'air franchement étonné. Bien sûr que je le connais ! C'est même un bon pote. Disons qu'il a été impliqué avec mon équipe, surtout pour assurer la sécurité de nos femmes. Si c'est lui qui s'en charge, il va découvrir ce qui se trame, et vite.

— Je l'espère, répondit Casper.

À ce moment précis, ils entendirent un bruit, et Casper se figea tout en ramassant le pistolet qu'il avait posé au sol pour s'occuper du SEAL blessé.

Il ne lui fallut que quelques secondes pour reconnaître le son des pales d'un rotor. Le renfort arrivait.

La sensation de soulagement était presque étourdissante. Les enfoirés qui avaient bousillé son hélicoptère et enlevé Laryn n'avaient pas beaucoup d'avance. Ils allaient pouvoir soigner Mustang et Pid, et essayer de localiser le véhicule qui avait emmené Laryn.

L'avantage, c'était que cette région n'était pas très peuplée. Il n'y aurait pas beaucoup de camions sur les routes secondaires... si on pouvait appeler ça des routes. Il ignorait si c'était Edge et Chaos qui arrivaient, ou si Buck et Obi-Wan revenaient après avoir déposé les autres SEALs. Quoi qu'il en soit, ils seraient prêts à ratisser la zone pour retrouver ceux qui avaient enlevé Laryn. Ils ne pourraient pas utiliser les armes lourdes contre le véhicule, de peur de blesser la femme que Casper mourait d'envie de récupérer, mais ils pourraient au moins se servir de l'hélicoptère comme moyen de dissuasion, ou mieux encore, comme barrage pour forcer l'ennemi à s'arrêter.

Un échange de tirs n'était pas exactement ce que Casper avait prévu aujourd'hui, mais il allait faire le nécessaire pour ramener Laryn saine et sauve.

Tandis qu'il observait le MH-60 amorcer un virage, sûrement pour repérer toute menace éventuelle avant de se poser, une pensée le frappa de plein fouet : il n'avait pas réussi à la protéger. Il avait beau faire le malin, demander à dormir chez elle au cas où le danger viendrait frapper à sa porte, promettre qu'il la protégerait... Elle avait été kidnappée sous son nez.

Il n'aurait jamais dû la laisser seule dans l'hélicoptère. Il aurait dû insister pour qu'elle vienne chercher les SEALs avec eux.

C'était une erreur qu'il passerait le reste de sa vie à se reprocher.

Tandis qu'il regardait Edge poser son MH-60, Casper serra les poings, emporté par la détermination. Il ne quitterait pas la zone tant qu'il n'aurait pas retrouvé Laryn. Il y avait trop de choses en jeu pour qu'il abandonne. *Night Stalkers Don't Quit.* C'était leur devise, et il ne s'arrêterait jamais de chercher Laryn.

Comme s'il lisait dans ses pensées, Mustang posa une main sur le bras de Casper.

— Tu la retrouveras. Et si tu as besoin d'aide, tu peux compter sur mon équipe. Tu n'étais pas obligé de nous secourir Pid et moi, mais tu l'as fait. On ne l'oubliera jamais. On te doit une fière chandelle.

— Vous ne me devez rien du tout, répondit honnêtement Casper. Tu sais aussi bien que moi qu'on ne faisait que notre boulot. Mais si jamais j'ai besoin d'un coup de main, je n'hésiterai pas à demander. Je ferai tout ce qu'il faut pour la récupérer, quitte à enfreindre toutes les règles et les lois. Je n'avais pas compris à quel point elle comptait pour moi... jusqu'à ce que je la perde.

Mustang hocha la tête.

— Je comprends ça plus que tu ne le crois.

Alors que la poussière soulevée par les pales de l'hélicoptère les encerclait, ils se turent. Sans un mot, Casper souleva Mustang et passa un bras autour de sa taille. Pyro, de son côté, prit en charge Pid, toujours inconscient – mais qui ne saignait plus – et ils se dirigèrent ensemble vers l'appareil.

Chaos lui tendit aussitôt un casque, et dès qu'il l'eut mis sur sa tête, il entendit la voix de son ami.

— On le fait sauter, ou on balance un missile ?

Ce n'était pas comme s'ils avaient le droit d'utiliser les armes extrêmement coûteuses embarquées dans les hélicoptères dans le cadre de n'importe quelle mission. Et ce serait douloureux de faire exploser une autre machine que Laryn avait mis tant de soin à remettre à son niveau d'exigence. Ça lui faisait littéralement mal au cœur de le détruire, mais il ne pouvait pas laisser la technologie qu'il contenait tomber entre de mauvaises mains.

Il allait se faire engueuler pour avoir perdu un nouvel appareil si peu de temps après le premier, mais tant pis.

— Va pour le missile, répondit-il. C'est plus rapide. Il faut qu'on trouve ce camion. Ça ne fait pas longtemps qu'il est parti. Il doit être encore dans le coin. Laryn est à l'intérieur. Ils l'ont emmenée.

— Tex a appelé. Je te ferai un point plus tard, mais on a deviné qu'elle avait été enlevée. On a vérifié s'il y avait des signes de vie en arrivant. Casper... Il n'y a rien.

— Comment c'est possible ? demanda-t-il tandis que Pyro refermait la porte et s'occupait de Pid. Ta FLIR fonctionne, non ? Il devrait repérer toute source de chaleur. Un moteur encore chaud, des gens... Ça devrait apparaître.

— Je sais, mais je te dis qu'il n'y a rien dehors.

Casper le regarda fixement, abasourdi. Il était persuadé que dès qu'ils seraient dans les airs, ils repéreraient Laryn. Mais voilà que Chaos lui disait qu'elle avait disparu dans la nature ?

Ceux qui l'avaient enlevée devaient se cacher dans une grande grotte, ou quelque chose comme ça. C'était la seule explication possible pour que le véhicule ne soit pas détecté. Et manifestement, ses ravisseurs connaissaient le coin comme leur poche.

Comme il l'avait dit à Mustang, cet enlèvement avait été soigneusement préparé. Le désespoir menaçait de l'engloutir.

— On n'abandonne pas, lâcha Pyro dans le casque en posant la main sur son épaule. Mais il faut ramener Pid et Mustang sur le navire pour qu'ils soient soignés. J'ai stabilisé Pid, mais il a besoin d'un médecin.

Son copilote avait raison, mais ça ne l'empêchait pas d'être révolté intérieurement. Il ne pouvait pas abandonner Laryn. Elle était quelque part, là-dehors. Elle comptait sur lui pour venir à son secours. Et il voulait faire ça pour elle, comme elle l'avait fait pour lui quand il était au plus mal.

Mais il l'entendait dans sa tête lui dire de s'occuper d'abord des SEALs, qu'elle tiendrait bon jusqu'à ce qu'il la retrouve, qu'elle s'en sortirait. Elle était plus solide que tout le monde le pensait, car son père lui avait appris à tirer le meilleur d'une mauvaise situation.

Casper acquiesça, les yeux fermés.

L'hélicoptère décolla aussitôt. Ils virèrent de bord, et le bruit du missile retentit dans l'habitacle exigu, faisant vibrer tout l'appareil. C'était différent d'être à l'arrière quand la puissance de feu était utilisée, et Casper refusa de regarder le lien qui l'unissait à Laryn partir en fumée. Faire sauter l'hélicoptère qu'elle avait imprégné de son sang, de sa sueur, de ses larmes... et de tout son amour... C'était affreux.

Maintenant qu'il la connaissait mieux, il comprenait que sa manière d'exprimer son affection, c'était de s'assurer qu'il soit le plus possible en sécurité pendant le vol. C'était ce qu'elle avait toujours fait depuis tout ce temps qu'ils travaillaient ensemble. Elle veillait à ce que tout soit en parfait état sur l'appareil... pour qu'il revienne de chaque mission. Et il l'avait fait.

Mais pas elle. Quand les choses avaient mal tourné, il n'avait pas été là pour la protéger. Il allait réparer cette erreur, ou il en mourrait. Et ça pourrait bien finir comme cela. Ce n'était pas comme si le gouvernement turc allait admettre que l'un des leurs avait participé à un plan aussi complexe pour enlever l'un des cerveaux les plus brillants de l'armée américaine.

Non, ils allaient tout faire pour les empêcher de récupérer Laryn.

Qu'ils aillent se faire foutre.

Casper concentra toute son énergie mentale sur Laryn. Il fallait qu'il se dise qu'elle allait bien, que si Osman avait mis en place tout ce cirque pour mettre la main sur elle, c'était qu'il voulait qu'elle reste en vie, intacte, pendant son transfert vers l'endroit où l'armée turque stockaient ses MH-60. Tout ce qu'il avait à faire, c'était localiser cet endroit, convaincre ses supérieurs d'approuver une mission pour franchir les frontières... et récupérer Laryn, en espérant le moins d'effusion de sang possible.

Le défi qui l'attendait était colossal, il le savait, mais il n'était pas Night Stalker pour rien. Il avait des contacts, un peu d'influence. Et Laryn n'était pas une mécanicienne ordinaire. Les connaissances qu'elle possédait sur leurs hélicoptères justifiaient à elles seules que le gouvernement se batte pour elle.

Et s'ils ne le faisaient pas... Il s'en chargerait. Ses coéquipiers aussi.

Laryn allait rentrer chez elle, un point c'est tout.

* * *

Laryn cligna des yeux, mais rien à faire. Le tissu qu'on lui avait mis sur la tête ne laissait pas passer la moindre lumière. Elle n'avait aucune idée du temps qu'elle avait passé dans le noir, les bras attachés dans le dos. Plusieurs jours ?

Elle en avait plus qu'assez de cette foutue cagoule, et d'être traitée comme un vulgaire colis. On l'avait trimballée de force d'un véhicule à l'autre. Et chaque fois qu'elle essayait de parler, on lui ordonnait de se taire.

Au début, elle espérait pouvoir s'échapper à la première occasion. Mais cette occasion ne s'était jamais présentée. On l'avait jetée dans un camion, en pleine montagne, et le véhicule avait cahoté sur ce qui devait être la pire route du monde. Après ce qu'elle estima être quinze ou vingt minutes, le camion s'était arrêté... et avait semblé ne plus bouger pendant des heures. L'air s'était rafraîchi, et elle n'avait pu qu'en conclure qu'on avait garé le camion dans une sorte de grotte pour éviter d'être repérés depuis les airs. Elle aurait juré avoir entendu un hélicoptère, mais le son était lointain, à peine audible. Tous ses espoirs d'un sauvetage rapide s'étaient envolés.

Après cela, on l'avait transférée dans un autre véhicule. Puis un autre. Puis encore un autre. Elle estimait qu'elle en avait vu passer au moins une trentaine.

Même si Tate avait réussi à suivre le premier camion, il ne pouvait plus être sur sa piste. Pas avec tous ces transferts, de voiture en camion, de camion en voiture. Elle n'avait plus la moindre idée de l'endroit où elle se trouvait, à cause de la cagoule qu'on lui maintenait sur la tête, mais aussi parce qu'ils roulaient depuis très longtemps.

Elle dormait par à-coups, incapable de dire combien de temps s'était écoulé chaque fois qu'elle reprenait conscience. Chaque transfert s'accompagnait de voix différentes autour d'elle. Laryn se demandait si les hommes chargés de l'empêcher de s'enfuir, de s'assurer qu'elle avale un morceau de pain rassis de temps en temps, qu'elle boive l'eau qu'ils lui versaient dans la gorge – puisqu'ils ne détachaient jamais ses mains – savaient qui ils transportaient, et pourquoi.

Au début, elle avait eu peur d'être agressée. Elle était la seule femme au beau milieu d'un groupe d'hommes, et elle était restée en état d'alerte maximale, déterminée à compliquer la tâche de quiconque tenterait quoi que ce soit. Mais personne ne l'avait touchée, sauf pour la faire passer d'un véhicule à un autre, ou pour l'aider à manger et à boire. Elle ne voulait même pas penser à la fois où elle avait dû aller assouvir un besoin naturel. L'humiliation avait été totale. Ils avaient refusé de lui délier les mains, avaient dû ouvrir sa combinaison, lui baisser sa culotte, lui tenir les bras pour éviter qu'elle ne tombe, puis tout lui remettre, sans jamais lui enlever cette foutue cagoule.

Elle ne savait pas combien de regards étaient posés sur elle, mais c'était bien la première fois de sa vie qu'elle détestait la combinaison qu'elle portait au quotidien. Si elle avait eu un simple pantalon et un T-shirt, elle ne se serait pas sentie aussi exposée chaque fois qu'elle devait uriner.

Mais aujourd'hui, quelque chose lui semblait différent. Elle percevait beaucoup plus de bruit à l'extérieur du véhicule. Même avec la cagoule sur la tête et allongée sur le plancher – elle supposait qu'il s'agissait d'une fourgonnette, car la portière coulissait au lieu de claquer – les klaxons et le vacarme de la circulation était assourdissants.

Elle espérait qu'ils étaient en ville. Ce serait une bonne chose. Si elle parvenait à s'enfuir, elle aurait au moins une chance de se fondre dans la foule et de disparaître. En pleine montagne, au milieu de nulle part, il lui aurait été impossible d'échapper à ses ravisseurs. Mais en ville ? Là, Laryn avait l'impression d'avoir une véritable chance.

Pendant toute cette épreuve, personne ne lui avait adressé la parole, sauf pour lui ordonner de la fermer. Personne ne lui avait dit qui l'avait enlevée, ni pourquoi. Mais elle avait sa petite idée.

Altan Osman.

Personne d'autre ne serait allé aussi loin pour la forcer à travailler avec lui. Apparemment, il ne supportait pas qu'on lui dise non.

La bonne nouvelle, c'était qu'il avait besoin d'elle en bonne santé pour qu'elle fasse ce qu'il attendait d'elle. La mauvaise, c'était que s'il n'était pas satisfait, il pouvait très bien la tuer et faire disparaître son corps sans que personne ne sache jamais ce qui lui était arrivé. Elle deviendrait un simple nom sur la liste des disparus sans laisser de trace.

Laryn frissonna et s'obligea à inspirer profondément. La cagoule empestait, et elle regretta aussitôt cette initiative.

Elle devait absolument trouver un moyen de rester en vie jusqu'à ce que Tate la retrouve. Rester en vie, et ne surtout pas révéler à Altan Osman les informations top secrètes auxquelles elle avait accès : comment fonctionnaient les Night Stalkers, quelle technologie contenaient les hélicoptères, comment opérait l'armée américaine... Elle détenait des données précieuses pour beaucoup d'autres pays. Le tout était de faire croire qu'elle était morte de trouille et prête à balancer tout ce qu'elle savait en ne lâchant que des détails sans grande importance, rien de confidentiel ni de stratégique.

Comment elle allait s'y prendre ? Aucune idée. Elle allait devoir improviser.

Combien de temps il faudrait avant que quelqu'un vienne la chercher, elle n'en avait pas la moindre idée. Mais elle ne doutait pas une seconde que Tate ferait tout son possible pour y parvenir, pour participer au plan que ses supérieurs mettraient au point. Il ne laisserait pas le gouvernement gérer cela seul. Elle en était aussi sûr que de son propre prénom. Ce qui l'inquiétait aussi, car la dernière chose qu'elle voulait, c'était que Tate se mette en danger ou soit blessé.

La fourgonnette ralentit, et Laryn pria pour ne pas être sur le point d'être transférée une fois de plus. Elle était exténuée, courbaturée pour avoir été ligotée aussi longtemps, et elle en avait marre d'être trimballée comme un vulgaire carton. Quand elle se retrouverait face à Altan, elle comptait bien lui faire comprendre à quel point tout cela l'avait mise hors d'elle.

Tandis que le véhicule avançait lentement, les bruits de la rue s'atténuèrent. Ce n'était pas la première fois que Laryn regrettait de ne rien y voir. Le moindre indice sur son environnement aurait pu l'aider quand le moment viendrait de prendre la fuite.

Elle entendit deux hommes parler, sans comprendre un mot. Puis ils repartirent doucement, et enfin, la fourgonnette s'arrêta.

Elle retint son souffle, priant pour être enfin arrivée. Quand la porte à côté d'elle coulissa brutalement, elle sursauta. Une main la saisit par le bras avec une telle force qu'elle poussa un cri de douleur. Elle devait être couverte d'ecchymoses à cet endroit, à force d'avoir été agrippée.

Celui qui la tenait n'en avait manifestement rien à faire. Mais à son grand soulagement, il ne la jeta pas à l'intérieur d'un autre véhicule ou d'un coffre. Il la fit marcher à côté de lui, et elle essaya de suivre ses grandes enjambées. L'atmosphère changea autour d'elle : la chaleur sèche des derniers jours laissa place à une fraîcheur artificielle – celle d'une climatisation.

Mais plus encore, Laryn reconnut l'odeur du gasoil. De la graisse. Et le bruit métallique d'objets qui s'entrechoquaient. Des sons et des odeurs qu'elle connaissait bien, et qui la rassuraient. C'étaient les bruits et les odeurs d'un garage. Ils semblaient identiques, peu importe où on se trouvait dans le monde. Il pouvait y avoir des voitures, des avions, des hélicoptères, ou même des tondeuses à gazon... Ça restait un garage.

Les bruits se firent plus feutrés lorsqu'une porte s'ouvrit, puis se referma derrière elle. Ce ne fut qu'à ce moment-là que l'homme lui lâcha enfin le bras. Puis à son immense soulagement, il coupa les liens qui lui attachaient les poignets dans le dos. Le sang afflua à nouveau dans ses mains, les faisant picoter et lui arrachant une grimace, même si la sensation de pouvoir bouger à nouveau était agréable.

Laryn porta aussitôt les mains à sa cagoule, sans attendre l'autorisation. Elle avait désespérément besoin d'air frais, et d'y voir quelque chose.

Dès que le bout de tissu passa au-dessus de sa tête, elle inspira à fond. La lumière lui brûla les yeux, qu'elle plissa pour essayer de distinguer ce qui l'entourait. En tournant la tête, elle vit deux hommes postés près de la porte par laquelle elle venait d'entrer. Ils ne la regardaient même pas, fixant des yeux un point dans le vide au-dessus d'elle.

Elle se retourna et vit ce qui lui avait échappé en retirant sa cagoule.

Un homme était assis derrière un bureau, penché en arrière, les mains croisées derrière la tête, comme s'il n'avait pas le moindre souci au monde. Il avait les cheveux foncés, et la regardait fixement avec ses yeux bruns, d'un air calculateur. Sa peau mate, hâlée par le soleil, était marquée par le temps, et une barbe soigneusement taillée lui recouvrait le bas du visage. Plutôt que de l'adoucir, cela accentuait l'impression de menace silencieuse qu'il dégageait. Il avait une silhouette fine et musclée, un nez aquilin, et son expression impassible, avec ses lèvres fines pincées, donna à Laryn des frissons qu'elle réprima de justesse.

Cet homme était habitué à obtenir ce qu'il voulait, et avait été témoin – peut-être même acteur – de choses indicibles.

Il s'agissait forcément d'Osman, elle en mettrait sa main à couper. Tandis qu'ils se dévisageaient, son expression se mua en un sourire satisfait, comme s'il venait de recevoir le plus beau cadeau imaginable. Et c'était sans doute le cas. On lui avait livré Laryn sur un plateau d'argent – et cette suffisance la fit bouillir de rage.

Elle se maîtrisa de justesse, et au lieu de hurler sur cet homme qui l'avait enlevée, elle se contenta de déclarer :

— Altan Osman, je présume.

Il lui adressa un sourire et hocha la tête en se penchant en avant.

— Ravi de vous rencontrer en personne. J'espère que votre voyage n'a pas été trop inconfortable. Aux grands maux les grands remèdes. Et puisque vous avez refusé de choisir la voie de la raison, j'ai dû employer des moyens plus... radicaux.

— En me faisant kidnapper ? lança-t-elle d'une voix neutre, sans pouvoir s'empêcher de lui poser la question.

— Exactement. Je pense que vous découvrirez que je suis un employeur équitable... tant que vous obéissez. Je suis raisonnable. Je sais que vous êtes sous le choc, mais avec le temps, vous verrez que c'est une bonne chose. Vous aurez tout ce que vous désirez argent, nourriture, vêtements, hommes – en échange de vos connaissances et de votre expertise pour renforcer la puissance de notre armée.

Laryn avala péniblement sa salive. Des hommes ? Non merci.

— Comme je vous l'ai dit au téléphone, j'apprécie votre offre, mais j'ai déjà tout ce qu'il me faut – argent, vêtements, nourritures, hommes – chez moi, aux États-Unis.

Altan se contenta de hausser les épaules.

— Et maintenant, vous aurez tout ça ici. Ne vous y trompez

pas, vous serez traitée avec respect et bienveillance, si vous collaborez. Sinon, votre vie peut devenir... très difficile, très rapidement. Mais comprenez bien ceci : quoiqu'il arrive, nous obtiendrons les informations que nous voulons. C'est donc à vous de décider si vous préférez un lit confortable, de bons repas et le statut de précieux membre de mon équipe... ou une chambre au sous-sol – que certains surnomment affectueusement le cachot – sans couverture, avec pour tout repas de la bouillie, et être traitée comme une prisonnière.

Il se leva, puis ajouta :

— Je suppose que vous apprécieriez une douche et un bon repas... mais je pense que vous avez d'abord besoin d'un léger encouragement. D'une bonne raison d'accepter votre nouvelle réalité. Une semaine au sous-sol vous fera du bien. Ça vous donnera une idée précise de ce que deviendra votre quotidien si vous refusez de coopérer.

Laryn ouvrit la bouche pour protester et lui hurler de la laisser partir, mais avant qu'elle n'ait pu prononcer un mot, les deux hommes postés près de la porte lui saisirent chacun un bras avec leurs grosses mains épaisses, puis la traînèrent littéralement vers la sortie.

Elle tenta de se débattre, mais c'était inutile. Elle parvint à retrouver un semblant d'équilibre quand ils commencèrent à traverser le hangar, où elle aperçut les deux MH-60 réduits à leur structure de base. Ils ne ressemblaient en rien aux appareils sur lesquels elle travaillait pour l'armée américaine. On aurait dit qu'ils avaient été complètement dépouillés. De toute évidence, lorsqu'ils avaient été vendus à la Turquie, ils n'avaient pas conservé les gadgets sophistiqués auxquels elle était habituée sur les hélicos des Night Stalkers.

Personne ne s'arrêta pour la regarder se faire traîner jusqu'à la porte en métal à l'autre bout du hangar. Comme si elle était invisible. Comme si les gens qui travaillaient ici avaient appris à détourner les yeux quand quelqu'un se faisait maltraiter. Ce n'était pas bon signe pour la suite.

L'un des hommes ouvrit la porte métallique, qui se referma derrière Laryn dans un grand fracas sinistre, comme un glas funèbre.

— S'il vous plaît... murmura-t-elle, déplorant déjà d'en être réduite à supplier.

Mais les hommes firent comme s'ils ne l'avaient pas entendue.

L'air du couloir était humide et putride. Elle sentait l'odeur de la rouille, celle de la moisissure et du mildiou, comme si l'eau s'était infiltrée dans les murs au fil du temps.

Ils descendirent un escalier, et plus ils avançaient, plus l'atmosphère devenait sombre et fétide. Corps sales, sueur, crasse, sang séché. Les odeurs se mélangeaient, lui soulevant le cœur. Celle, indiscutable, d'excréments humains lui coupa presque le souffle alors qu'on la traînait devant d'autres cellules, les hommes à l'intérieur ne daignant même pas lever la tête à son passage. Elle se demanda depuis combien de temps ils étaient là, et ce qu'ils avaient bien pu faire pour se retrouver dans le collimateur d'Altan. Mais leur indifférence totale quant à ce qui se passait autour d'eux n'était pas de bon augure.

On la jeta dans la dernière cellule à droite. Laryn tomba à genoux, mais se releva aussitôt alors que les barreaux se refermaient violemment. Les deux hommes repartirent sans dire un mot, et elle pinça les lèvres pour ne pas crier, ni accepter immédiatement tout ce qu'Altan voulait lui imposer.

Une fois seule, le silence retomba sur les cellules. Un silence si oppressant que Laryn eut la chair de poule – pas celle que lui provoquait souvent Tate.

Le désespoir la menaça aussitôt... alors qu'elle n'était là que depuis quelques minutes. Elle était fatiguée, morte de faim, sale, et terrifiée.

Elle s'éloigna des barreaux, trébucha, et se rattrapa en s'asseyant lourdement sur le semblant de *lit* en béton qui était contre le mur. C'était littéralement un bloc de ciment. Pas de couverture. Pas d'oreiller. En regardant autour d'elle, elle aperçut un simple trou dans le sol pour ses besoins naturels.

Elle ferma les yeux, inspira par le nez et expira par la bouche, essayant de repousser la panique qui montait en elle. Cela lui prit un moment, mais son rythme cardiaque finit par ralentir, lui permettant de réfléchir plus clairement.

— C'est une bonne chose, murmura-t-elle pour briser ce silence étouffant.

Elle ne s'inquiétait pas vraiment que quelqu'un l'entende parler toute seule, car même si c'était le cas, il y avait peu de chances qu'on comprenne ce qu'elle disait... ou que ça intéresse qui que ce soit.

— C'est une bonne chose, répéta-t-elle. Le fait d'être ici donne à Tate plus de temps pour me retrouver, et pour élaborer un plan afin de me sortir de là. Et tant que je suis enfermée dans ce cachot, je ne suis pas là-haut à essayer de ne pas trahir les secrets militaires qu'on m'a confiés.

Elle était en vie. On lui avait donné à boire et à manger. Et même si elle avait mal et que ses bras étaient endoloris, elle n'avait pas été agressée. Les choses auraient pu être bien pires. Il lui suffisait de tenir bon jusqu'à l'arrivée des secours, et ils viendraient. Elle ne pouvait pas envisager une autre possibilité. Elle ferait ce qu'il fallait, aussi longtemps qu'il le faudrait, pour qu'on vienne la sortir d'ici.

Laryn se répéta qu'elle devait rester en alerte. Elle ne savait pas quand les secours arriveraient, mais elle devait se tenir prête. *Night Stalkers Don't Quit*. C'était leur devise. Elle avait travaillé assez longtemps avec eux pour savoir que ces mots n'étaient pas que de la poudre aux yeux. Elle n'était peut-être pas pilote d'élite, mais elle avait collaboré suffisamment avec les Night Stalkers pour avoir absorbé un peu de leur fierté, de leur sens de l'honneur.

Elle repensa alors au credo des Night Stalkers. Elle en avait appris un passage par cœur, car elle trouvait ces mots empreints d'une noblesse profonde. Un véritable serment d'honneur.

Je ne me rendrai jamais. Je n'abandonnerai jamais un camarade tombé entre les mains de l'ennemi, et en aucune circonstance je ne déshonorerai mon pays. Je montrerai au monde et aux forces d'élite que je soutiens qu'un Night Stalker est un soldat spécialement sélectionné et entraîné. Je sers avec la mémoire et la fierté de ceux qui m'ont précédé, ceux qui aiment se battre, combattaient pour gagner et préféraient mourir plutôt que d'abandonner.

Ces mots la réconfortèrent, et lui permirent de se détendre tandis qu'elle s'allongeait tant bien que mal sur la dalle de béton qui lui servait désormais de lit. Elle ne trahirait pas son pays. Jamais.

Elle préférait mourir plutôt que de baisser les bras.

Tate allait venir pour elle. C'était inscrit dans ce serment qu'il avait juré de respecter.

Des larmes se mirent à couler sur ses joues alors qu'elle sombrait dans un sommeil agité. Elle rêva de monstres à la gueule béante pleine de crocs qui fonçaient sur elle, et de Tate s'interposant en se retournant vers elle avec le sourire pour lui dire :

— Je m'en occupe.

C'était là-dessus qu'elle comptait.

17

— Ça fait une semaine, bordel ! s'emporta Casper en faisant les cent pas dans une salle de conférence à bord du destroyer.

Les Navy SEALs qui avaient été évacués, y compris Mustang et Pig, allaient tous bien. Ils avaient été transportés en Allemagne, dans un hôpital militaire, puis rapatriés peu après. Casper avait appris que Mustang et son équipe étaient basés à Hawaï, tandis que l'autre équipe évacuée venait de Californie.

Il était soulagé pour eux, mais hors de lui à cause de la situation avec Laryn. Le colonel s'en inquiétait aussi, et il avait alerté les plus hauts niveaux de la Navy et de l'armée. Mais comme souvent avec le gouvernement, les décisions concernant la suite des événement tardaient à venir.

Il y avait même eu une tentative de négociation diplomatique pour tenter d'obtenir la libération de Laryn de manière pacifique, mais les représentants du gouvernement turc avec qui ils discutaient refusaient même d'admettre qu'elle se trouvait dans leur pays. Était-il possible qu'Osman agisse de son propre chef, et que ses supérieurs ignorent totalement ce qu'il avait fait ?

Finalement, peu importait qui savait quoi – toutes les pistes s'étaient heurtées à un mur. Et Casper en avait assez.

— Laissez-moi intervenir avec mon équipe, supplia-t-il auprès du capitaine responsable de ce navire.

La salle était remplie de gradés, plus qu'il n'en avait vus réunis depuis longtemps, mais cela ne l'intimidait pas. Pas le moins du monde. Tout ce qui comptait, c'était Laryn.

Pyro posa une main sur son bras, et Casper inspira profondément. S'il voulait l'aider, il devait garder son calme.

— Écoutez, je comprends que Laryn Hardy ne fasse pas partie de l'armée américaine. Mais elle en a fait partie. Et elle détient aujourd'hui des informations sur toutes les modifications top secrètes que les États-Unis ont apportées aux hélicoptères qu'on utilise sur le terrain. C'est pour ça qu'Osman voulait absolument la capturer. Ce n'est pas une simple mécanicienne. Elle est aussi précieuse pour les missions des Night Stalkers que les pilotes eux-mêmes. Sans elle pour diriger son équipe de mécanos et de techniciens, ces appareils ne serviraient à rien de plus que transporter des touristes le long de la côte hawaïenne pour admirer les cascades.

Le capitaine se cala dans son fauteuil, l'air pensif. Casper, lui, trouvait surtout que l'amiral avait l'air de s'ennuyer. Beaucoup pensaient que puisqu'il était le plus haut gradé, c'était lui qui commandait quand il était à bord, mais c'était faux. L'amiral dirigeait la flotte de la zone, mais c'était le capitaine qui commandait le navire. Alors le fait que l'amiral n'ait pas l'air de vouloir lever le petit doigt pour aider Laryn ne préoccupait pas vraiment Casper. Celui qu'il devait convaincre, c'était le capitaine.

— On sait où elle est, intervint Pyro.

— Oui, parce que John Keegan s'en est mêlé, lança le capitaine d'un ton sec.

— Exact. Il surveille le hangar où ils ont stocké les MH-60 qu'ils se sont procuré. Il y a beaucoup d'activité là-bas – des camions qui vont et viennent, du personnel aussi, expliqua Chaos.

— Ce qui ne prouve en rien qu'elle s'y trouve, répliqua le capitaine.

— C'est vrai. Mais Altan Osman est là-bas en permanence. Il n'a pas quitté les lieux une seule fois, ce qui est très inhabituel, fit remarquer Buck.

— Comment Keegan peut-il savoir exactement où se trouve une personne en plein milieu d'une grande ville ? s'enquit l'amiral, sceptique. En Turquie, qui plus est...

— Comment Tex sait-il la moitié des choses qu'il sait ? rétorqua Obi-wan. Il sait, c'est tout. Et s'il affirme que Laryn est là-bas, alors c'est là-bas qu'elle est.

— Je ne vous dis pas de passer tout de suite à l'action, mais imaginons qu'elle y soit. Comment comptez-vous la retrouver et la sortir de là sans faire exploser tout le bâtiment et risquer de tuer des centaines de civils innocents ? demanda l'amiral. Parce que je vous préviens, le président ne voudra rien faire qui pourrait envenimer encore plus la situation dans cette région du monde.

Pour Casper, c'était le moment. Il se pencha au-dessus de la table et regarda le capitaine droit dans les yeux. Pas l'amiral. Le capitaine, celui qui avait le pouvoir d'approuver une mission partant de son navire.

— On prend un seul hélicoptère. Buck et Obi-Wan le pilotent – de nuit, évidemment. On nous dépose dans les collines à la périphérie de la ville, Pyro, Edge, Chaos, et moi. De là, on se rend au hangar. D'après les infos que Tex nous a données, le côté Est du bâtiment donne sur un quartier qui a connu des jours meilleurs. C'est notre point d'entrée. On retrouve Laryn, on monte sur le toit, et Buck et Obi-Wan viennent nous récupérer.

Certes, beaucoup de choses pouvaient mal tourner. Mais il ne doutait pas que son équipe saurait s'adapter en cours de route. Le plus gros défi serait d'entrer sans se faire repérer. Une fois à l'intérieur, ils feraient tout ce qu'il faut pour libérer Laryn.

— On dirait que vous avez tout prévu, lâcha l'amiral, sceptique.

Casper ne répondit pas. Il n'avait aucune idée de ce qui pourrait satisfaire un officier supérieur comme lui.

— Et les SEALs à bord de ce navire ? Ils ont plus d'expérience que vous quatre dans ce genre d'exfiltration, souligna le capitaine.

Casper sentit l'espoir renaître. Le capitaine l'écoutait, et ne rejetait pas le plan d'emblée.

— C'est vrai, mais Laryn nous connait bien. Et on a été formés, monsieur. Peut-être pas autant que des SEALs ou les Deltas, mais suffisamment pour réussir. Et puis... c'est personnel.

— Personnel ? répéta le capitaine en haussant un sourcil.

C'était la partie délicate. Si l'un ou l'autre apprenait la nature réelle de sa relation avec Laryn, il refuserait qu'il participe à l'opération.

— Oui, monsieur. Laryn travaille avec notre équipe depuis des années. Trois, pour être précis. C'est grâce à elle qu'on a pu mener à bien tant de missions. C'est son souci du détail et son exigence qui ont permis de maintenir nos appareils en excellent état.

— À part les deux derniers qui ont explosé vous voulez dire, répliqua le capitaine avec un sourire sarcastique.

Casper ne céda pas à la provocation, même si le ton du capitaine était clairement condescendant.

— Aucune des deux explosions n'était sa faute. Et elle a réussi à remettre le dernier MH-60 en état en seulement quelques mois. Je ne connais aucun autre mécanicien capable d'en faire autant.

— C'est vrai, admit le capitaine en hochant la tête.

Il se mit à tapoter des doigts sur la table.

— Vous n'allez tout de même pas envisager sérieusement d'approuver cette folie ? s'indigna l'amiral.

— À vrai dire, si. Si Tex Keegan dit que cette femme est dans ce hangar, c'est qu'elle y est très certainement. Et j'ai déjà travaillé avec Casper et son équipe plusieurs fois. Je crois en eux. Je pense qu'ils peuvent gérer cette évacuation. De plus, j'ai parlé à Mustang avant qu'il ne reparte avec son équipe. Il m'a dit que sans Casper et Pyro, Pid et lui auraient trouvé la mort là-bas. Même quand il était évident que la situation avait dégénéré, ils n'ont pas fui leurs responsabilités. Ils sont restés avec Mustang et Pid et ont veillé à ce qu'ils soient évacués. Les Night Stalkers ne tourneront pas le dos à un membre loyal de leur équipe. C'est littéralement dans leur ADN.

Le capitaine se tourna et observa les deux hommes devant lui.

— Je ne veux pas qu'un autre hélicoptère soit détruit, ajouta-t-il.

— Oui, mon capitaine, répondirent-ils en chœur.

— L'idée que quelqu'un soit retenu contre sa volonté me fout en rogne. Surtout qu'on ne sait pas ce que cette jeune femme traverse, ni ce que les ravisseurs pourraient faire pour la rendre plus... réceptive à les aider avec leurs MH-60.

Casper refusa de penser à cela maintenant. Il avait déjà passé trop de temps à se demander la même chose chaque nuit en restant allongé au chaud dans son lit, en sécurité, le ventre plein, pendant que Laryn subissait des choses qu'il ne savait même pas. C'était suffisant pour lui faire faire des cauchemars.

— Si vous pouvez récolter des informations utiles sur place, ce serait bien – quel genre d'hélicoptères ils possèdent, la technologie qu'ils utilisent, ce genre de choses.

— Bien sûr.

— Et vous devez garder vos caméras corporelles allumées en permanence. C'est non négociable.

Cet ordre ne ravissait pas Casper, mais cela faciliterait la collecte d'informations. Il n'aurait qu'à prendre un moment ou deux pour scanner les lieux avec la caméra accrochée à sa poitrine, et ça devrait suffire en termes de renseignements. D'autres pourraient analyser les images quand ils reviendraient. Il hocha la tête.

— Vous réalisez que ça va être un désastre, n'est-ce pas ? demanda l'amiral au capitaine.

Casper en avait marre que cet homme soit aussi pessimiste.

— Avec tout le respect que je vous dois, vous vous trompez, monsieur, lui dit-il.

— Avez-vous vu le film *Le Ministère de la Sale Guerre* ? demanda le capitaine.

Confus, Casper hocha la tête.

— Oui, mon capitaine.

— C'est un bon film. Pas précis à cent pour cent d'un point de vue historique, mais divertissant quand-même. Ce que je ne veux pas entendre, c'est qu'il y ait autant de corps laissés derrière vous que dans ce film.

Les lèvres de Casper se retroussèrent légèrement. Ce n'était pas vraiment un sourire – rien dans cette situation ne le permettait – mais il ne pouvait pas nier qu'il y avait beaucoup de sang dans ce film. Ni que les personnages agissaient avec beaucoup de nonchalance. Ils tuaient tout du long sans même transpirer.

— Affirmatif. Cependant, nous avons l'intention de nous

assurer que l'homme qui a planifié cet enlèvement ne soit plus une menace, se sentit-il obligé de préciser.

— Je l'espère bien, répondit le capitaine. C'est la raison pour laquelle j'approuve cette mission. Le sort de Mme Hardy me préoccupe, certes, mais si je dépensais des millions de dollars pour envoyer des hommes que certains jugeraient non qualifiés, dans un pays où ils ne devraient pas se trouver, sous le couvert de la nuit, pour sauver une mécanicienne, je serai rétrogradé si rapidement que ça me ferait tourner la tête.

Les poils de Casper se hérissèrent lorsqu'il entendit Laryn être évoquée de manière aussi distante, mais il n'eut pas le loisir de commenter avant que l'homme continue – et c'était sans doute mieux comme ça.

— Mais dépenser cet argent pour éliminer une cible prioritaire qui a des contacts et des taupes au sein de notre armée, de nos bases, à bord de nos navires et sur le terrain ? Ça, c'est parfaitement acceptable... et encouragé.

— Tex a transmis les informations qu'il a découvertes sur Osman ? demanda Edge.

— Oui. Nous savons qui il a payé pour vous obliger à décoller avant que la FLIR ne soit réparée, l'identité du Marine à Norfolk qui lui a révélé que vous veniez dans cette région du monde, et celle du mécanicien qui a désactivé temporairement la FLIR dans les deux hélicoptères. Et avant que vous ne posiez la question : non, vous ne pouvez pas passer deux minutes avec eux à la brigade. Ils ont déjà été exclus du navire. Ils auront affaire à la justice dans un tribunal militaire chez nous. Mais avec les contacts et le pouvoir qu'il a, nous ne pouvons pas laisser un homme comme Osman en vie. C'est votre mission officielle. Entrez, éliminez-le, et sortez. Si vous trouvez Hardy en cours de route, tant mieux.

Cette déclaration dérangea Casper, mais il n'était pas assez idiot pour discuter. Finalement, il obtenait ce qu'il voulait : la permission d'aller retrouver Laryn et de la ramener au bercail.

— Il est 16 h. Vous partirez à zero-deux-cents. Ça vous laisse trois heures d'obscurité pour entrer, trouver votre homme... et votre femme... et sortir. C'est bien compris ?

— Oui, mon capitaine, répondirent tous les pilotes à l'unisson.

L'amiral n'avait pas l'air content, mais heureusement, il ne contredit pas les ordres du capitaine.

Casper se tourna pour quitter la salle, plus qu'optimiste qu'il ne l'avait été au cours de la dernière semaine.

— Casper...

Ses amis passèrent devant lui tandis qu'il se retournait vers le capitaine.

— Ramenez-la.

— C'est ce que j'ai l'intention de faire, répondit-il avec conviction avant de suivre ses amis dans le couloir.

Ils avaient quelques préparatifs à faire, mais rien qui prenne huit heures. Le temps allait passer trop lentement à son goût. C'était leur seule chance de sauver Laryn, et il ne reviendrait pas sur ce navire sans elle. D'une manière ou d'une autre, son calvaire se terminerait ce soir.

* * *

Laryn était terrifiée, mais elle refusait de donner à Altan la satisfaction de savoir à quel point elle était prête à craquer. Chaque minute passée dans ce cachot sous le hangar était la définition de l'enfer. On lui apportait de quoi manger une fois par jour, et c'était à peine suffisant pour la sustenter. Elle était épuisée par la faim et le manque de sommeil. Impossible de dormir correctement sur le bloc de béton qu'elle avait pour lit. Peu importe ce qu'elle faisait, elle n'arrivait pas à se mettre à l'aise, ce qui, supposait-elle, était justement le but.

Chaque jour, Altan faisait une apparition en personne pour lui demander si elle était prête à devenir sa nouvelle employée. Chaque fois, elle lui disait de dégager.

Peut-être pas avec ces mots exacts – elle n'était pas idiote. Elle savait qu'Altan avait tous les pouvoirs à présent. Il pouvait rendre sa situation encore plus épouvantable qu'elle ne l'était déjà, ou tout simplement décider de la tuer sur-le-champ. La seule chose qui jouait en sa faveur, c'était le fait qu'il avait besoin d'elle. Il avait besoin de ses connaissances et de son expertise pour équiper les précieux hélicoptères MH-60 qu'il avait acquis.

Ce n'était qu'une question de temps avant qu'elle n'accepte de travailler pour lui. Laryn ne pouvait pas continuer à ce rythme encore longtemps. Elle avait besoin de manger et de boire davantage, et de plus de sommeil. Elle avait essayé de retarder l'échéance le plus possible pour laisser à Tate le temps de la sortir de là.

Certes, il n'avait aucun moyen de savoir où elle se trouvait précisément, mais elle devait continuer de croire qu'il finirait par la trouver. Il était intelligent, vraiment, et il connaissait du monde. Comme ce Tex. Même si elle ne pensait pas que l'armée enverrait toute une équipe de forces spéciales pour la récupérer, elle espérait qu'ils considéreraient peut-être que la sécurité nationale justifiait de mettre en place un plan de sauvetage. Ou peut-être qu'ils emprunteraient la voie diplomatique, ce qui lui convenait tout autant... Mais ce genre de choses prenait généralement du temps. Des mois. Elle pouvait encore résister un moment, mais elle ne pourrait pas tenir Altan à distance éternellement.

À un moment donné, elle allait devoir accepter de travailler sur les hélicoptères. Mais elle avait toujours pour objectif de ne jamais révéler une technologie qu'elle savait top secrète. Elle allait devoir inventer quelque chose qui semblerait nouveau et révolutionnaire, mais qui soit en réalité une technologie déjà utilisée par la plupart des pays. Comme l'imagerie infrarouge frontale.

L'un de ses principaux soucis, en jouant la carte de la femme brisée et en acceptant les exigences d'Altan, c'était cette histoire d'*hommes* qu'il avait évoquée au passage. Elle avait passé une bonne partie de sa vie à être rabaissée parce qu'elle faisait un travail manuel dans un milieu masculin. Mais elle avait également gagné du respect grâce à ses compétences. Et elle sentait bien que ce ne serait pas le cas ici. Une fois qu'elle aurait révélé tout ce qu'elle savait – ou fait semblant de le faire – elle deviendrait inutile. Se retrouver sous la coupe d'un homme ou plusieurs désignés comme ses *maris*, ça, elle ne l'accepterait jamais. Ce qui signifiait que le compte à rebours avait déjà commencé... à plus d'un titre.

La pression était écrasante. Elle n'était pas sûre d'être assez bonne actrice pour berner Altan. Ce type délirait. Il était fou, cruel, mais pas idiot. S'il en était arrivé là, ça voulait dire qu'il était malin, et bien entouré.

Comme si le simple fait d'avoir pensé à lui l'avait fait apparaître, Laryn entendit des pas approcher. Elle se redressa contre le mur, essayant de paraître aussi détendue que possible, puis attendit de voir quelle nouvelle horreur Altan allait lui sortir aujourd'hui.

Quand il apparut devant sa cellule, il souriait. Ce n'était clairement pas bon signe.

— Bonjour, Laryn. J'espère que vous allez bien et que vous passez une bonne après-midi.

Quel connard. Bien sûr qu'elle n'allait pas bien. Elle se contenta de le regarder fixement sans répondre.

— Il est temps, annonça-t-il. Il est temps de faire ce pour

quoi je vous ai amenée ici. La seule question, c'est : est-ce que vous allez venir de votre plein gré, ou est-ce que vous allez compliquer les choses ?

Laryn déglutit difficilement.

— Je suis prête.

Il esquissa un rictus.

— Bien, bien. Je savais que vous alliez finir par voir les choses comme moi. Voici Mert. Il sera votre bras droit, à vos côtés du moment où vous quitterez votre chambre jusqu'à l'extinction des feux. Tout ce dont vous aurez besoin, il vous l'apportera. Il vous observera aussi attentivement et prendra des notes, car il est destiné à vous remplacer.

Autrement dit, c'était son geôlier. Super. Puis la dernière phrase d'Altman la frappa de plein fouet.

— Me remplacer ? s'enquit-elle, fière de ne pas trop laisser transparaître sa nervosité.

— Oui. Quand vous lui aurez transmis tout votre savoir, il supervisera les mécaniciens chargés de réparer les hélicoptères.

— Et moi, je serai où ? demanda-t-elle sans pouvoir s'en empêcher.

— Chez vous, bien sûr. La place d'une femme est à la maison, pour faire des enfants et les élever. Vous n'allez tout de même pas continuer à travailler une fois enceinte. Mert s'est d'ailleurs montré très intéressé à l'idée de devenir votre principal mari.

Merde. Ça allait de mal en pis. Laryn avait envie de dire à Altan – et à Mert – d'aller se faire voir, mais cela ne l'aiderait pas à sortir de cette cellule. Il fallait qu'elle la joue fine, et qu'elle attende le bon moment pour se tirer de là. Se retrouver seule dans la rue lui paraissait plus enviable que de rester sous la coupe de ce taré. Rien que le regard que Mert posait déjà sur elle suffisait à lui glacer le sang. Et pourtant, elle devait avoir une sale tête, au bout d'une semaine sans douche et sans presque rien manger.

Mert était nettement plus grand qu'elle, et très musclé. En cas de combat au corps à corps, elle serait clairement désavantagée. Il avait les cheveux bruns, une barbe de trois jours, et portait des rangers à l'embout d'acier, un pantalon militaire, ainsi qu'une chemise d'uniforme. Il n'avait pas prononcé un mot, et elle se demanda s'il comprenait l'anglais. S'il devait l'observer à la loupe et apprendre en la regardant faire, il valait mieux.

— Venez, l'invita Altan en tendant la main. Montons dans votre chambre. Vous pourrez prendre une douche, dîner, et commencer le travail ensuite.

— Maintenant ? s'enquit Laryn.

Elle ignorait l'heure qu'il était, mais vu sa manière de dire bonjour, la journée devait être bien entamée, et elle ne s'attendait pas à devoir s'y mettre tout de suite. Elle aurait dû s'en douter.

— Maintenant, confirma Altan d'un ton sec. Ici, on ne travaille pas à horaires fixes. On travaille quand il le faut, et il y a beaucoup à faire pour remettre nos MH-60 en état. Vous devez bien vous douter que les tensions autour de notre pays sont au plus haut. Il faut qu'on soit prêts si la situation dégénère.

Venant de lui, elle n'aimait pas du tout le *notre pays*. Pas du tout.

Altan fit signe à Mert d'ouvrir sa cellule. Laryn se leva pendant qu'il déverrouillait les grosses barres métalliques. L'homme s'approcha d'elle et la saisit par le bras pour la tirer vers la sortie.

Elle avait à peine récupéré après tous les sévices subis lors de son enlèvement. Elle n'avait aucune envie de se faire traîner à nouveau comme une gamine capricieuse.

— Je peux marcher, déclara-t-elle d'un ton ferme en essayant de dégager son bras.

— Bien sûr que vous pouvez, répliqua Altan. Mert veille juste à ce que vous ne perdiez pas l'équilibre. Le sol est loin d'être plat, ici.

Il n'avait pas tort, mais quand la main de Mert frôla sa poitrine, le sang de Laryn se glaça. Ce type-là aussi était un danger, mais peut-être pas du même genre qu'Altan.

En passant devant les autres cellules, Laryn ne put s'empêcher de jeter un regard vers les prisonniers. Elle n'avait pas entendu grand monde depuis une semaine, et elle comprenait pourquoi... La plupart des hommes avaient l'air à moitié morts. Ils ne réagissaient pas à leur passage. Aucun regard, aucun mouvement. Juste des corps étendus sur leurs lits de béton, les yeux rivés sur le plafond.

Laryn se demanda depuis combien de temps ils étaient là, et ce qu'Altan essayait de leur faire.

Mais elle n'eut pas le temps d'y réfléchir davantage. Ils gravirent un escalier, passèrent une porte verrouillée, puis une deuxième. Elle aperçut le grand hangar à travers la vitre d'une porte tandis qu'ils passaient devant, puis Mert s'arrêta au pied d'un autre escalier.

— Je vais faire en sorte qu'on vous monte votre repas dans votre chambre. Dans dix minutes, Laryn. Vous en aurez cinq pour manger. Je vous attends ici dans vingt minutes, pas une de plus. Mert.

Il hocha la tête en direction de son geôlier, puis s'engouffra dans le hangar.

Mert tira Laryn dans l'escalier, et elle détesta admettre qu'elle était presque reconnaissante de sa force. Les marches l'épuisaient, et elle était à moitié dans les vapes quand ils arrivèrent en haut. Mert ouvrit la porte et l'entraîna dans un couloir silencieux. Ils s'arrêtèrent à mi-chemin devant une porte marquée d'un numéro 4. Il sortit une clé, ouvrit la porte, puis la poussa à l'intérieur, refermant violemment derrière elle.

Évidemment, ce type avait une clé de sa nouvelle chambre. Elle, non. Laryn ne vit aucune serrure de son côté. Elle ne put s'empêcher d'essayer d'actionner la poignée, qui ne bougea pas.

Enfermée. Bien sûr. Elle s'en serait doutée.

Ce qui l'inquiétait surtout, c'était que Mert pouvait entrer à tout moment. Elle se sentait encore plus vulnérable que dans la cellule sous le hangar. En regardant autour d'elle, elle constata que la pièce était à peine plus grande qu'un placard à balais. Il y avait un lit de camp plus étroit encore qu'un lit une place, et une table minuscule, à peine plus grande qu'une table de chevet. Au fond de la *chambre*, un WC métallique, un lavabo, et une pomme de douche fixée au mur.

C'était un progrès par rapport à la cellule dans laquelle elle avait passé la semaine, mais pas très grand. Au moins, il y avait une couverture et un oreiller sur le lit de camp, même si le matelas était extrêmement mince. Et des toilettes. Rien que pour cela, elle se sentait reconnaissante.

Consciente du temps qui passait et certaine que Mert reviendrait dans dix minutes exactement, comme Altan l'avait dit, elle enleva ses bottes et retira la combinaison qu'elle portait depuis une semaine. Son débardeur et ses sous-vêtements suivirent rapidement. Ils étaient répugnants, mais toute son attention était portée sur la douche. Il y avait un morceau de savon posé sur le bord du petit lavabo, et elle s'en empara avec empressement avant de faire couler l'eau. Ce n'était guère plus qu'un filet, mais il y avait déjà une meilleure odeur.

Laryn se frotta rapidement de la tête aux pieds avec le savon, puis recommença à deux reprises. Elle se shampouina les cheveux du mieux qu'elle put, même si le savon ne devait pas être très efficace. C'était mieux que rien.

Une serviette élimée était pliée au bout du lit. Sachant qu'elle avait déjà pris trop de temps, elle essaya de se sécher aussi vite que possible. Son plan était de remettre son débardeur sale, puisqu'elle n'avait littéralement rien d'autre. Mais d'abord, elle laverait sa culotte et la laisserait sécher pendant qu'elle serait obligée de descendre au hangar.

Bien avant d'être prête, elle entendit la clé tourner dans la serrure. Paniquée, elle essaya tant bien que mal d'enrouler la minuscule serviette autour d'elle.

Mert entra dans la pièce, un plateau et un sac plastique à la main. Il la fixa des yeux avec un regard chargé de désir, et l'adrénaline se répandit dans les veines de Laryn. Il ne se jeta pas sur elle, et ne fit rien d'autre que la reluquer de manière déplacée, mais elle se sentit quand même violée. D'autant qu'elle était certaine de ce qu'il avait en tête : plus tard, quand il n'aurait plus de délai à respecter, il serait libre de prendre ce qu'Altan lui avait déjà offert si ouvertement : elle.

Sans un mot, il posa le plateau sur la table, ainsi que le sac. Puis il se tourna vers la porte. Il sortit, la verrouillant derrière lui.

Laryn poussa un soupir de soulagement et baissa les yeux vers le sac qu'il avait apporté. Curieuse, elle s'approcha pour l'ouvrir – et pour la première fois depuis des jours, elle ressentit un semblant de plaisir.

Des vêtements. Et ils étaient propres.

Elle les sortit un à un. C'était un uniforme, comme celui que portait Mert. Il n'y avait pas de culotte, mais elle s'en fichait. Elle laissa tomber la serviette et enfila le pantalon. Il était trop long et trop large, mais tant pis... Il était propre. Il n'y avait pas de soutien-gorge non plus, et Laryn refusait de sortir sans. À contrecœur, elle remit donc son débardeur. Le porter à nouveau lui faisait presque mal physiquement tant il était sale, mais elle n'avait pas eu le temps de le laver avant la fin du délai accordé.

À sa grande surprise, la chemise qu'on lui avait fournie était trop petite. Celui qui avait estimé ses mensurations s'était planté, ou avait mal jugé la taille de sa poitrine. Peut-être qu'elle était destinée à un homme de sa taille, ce qui expliquerait le manque de place au niveau de la poitrine. La boutonnière était tendue, mais au moins elle était couverte, et c'était tout ce qui comptait.

Elle enfila les chaussettes propres, elles aussi trop grandes, mais à cet instant, elle s'en moquait, et elle remit rapidement ses bottes. Elle se sentait bien trop vulnérable sans elles.

À l'odeur qui émanait du plateau, son ventre gargouilla, mais Laryn se dirigea d'abord vers le lavabo pour laver sa culotte avec le précieux savon. Elle l'étendit sur le tuyau de la douche qui sortait du mur, puis se tourna vers son plateau.

Elle n'avait aucune idée de ce qu'elle était en train de manger, mais c'était tout simplement son meilleur repas depuis plus d'une semaine. Une sorte de riz avec de la sauce et des légumes non identifiés. Elle aurait aimé un peu de protéines, mais il ne fallait pas faire la fine bouche. Elle but aussi l'eau fournie avec le repas. Elle avait presque l'impression que son corps absorbait chaque nutriment avec avidité.

Soudain, elle se sentit tellement fatiguée qu'elle peinait à garder les yeux ouverts. Après avoir été lavé et nourri, son corps était prêt à lâcher et à récupérer un peu du sommeil perdu dans le cachot.

Mais ce n'était pas le moment. Le bruit de la serrure l'avertit du retour de Mert. Il balaya ses pieds du regard, remonta le long de ses jambes jusqu'au tissu tendu sur sa poitrine, puis jusqu'à ses yeux.

Ses cheveux encore humides retombaient sur ses épaules, mouillant la chemise, et il afficha un petit sourire en coin. Il s'approcha, pénétrant dans son espace personnel, l'obligeant à lever la tête pour le regarder dans les yeux.

— Les femmes marchent derrière leur mari, déclara-t-il en prenant la parole pour la première fois.

Son anglais était impeccable, presque sans accent. Si elle l'avait rencontré aux États-Unis, elle aurait cru qu'il était né là-bas, ce qui, pour une raison obscure, le rendait encore plus effrayant.

— Je ne suis pas votre femme, parvint-elle à dire.

— Si. Altan t'a donnée à moi. C'est comme ça que ça fonctionne ici. Tu fais ce qu'il dit, on fait tous ce qu'il dit, et en échange, il nous donne ce dont on a besoin, ce qu'on veut. Moi, je veux une femme. Et maintenant, j'en ai une. Tu marches derrière moi. À trois pas. Pas plus, pas moins, ordonna-t-il avant de se tourner vers la porte.

Laryn était sous le choc. Ça ne pouvait pas être réel. Et pourtant, ça l'était.

Mert arriva au niveau de la porte et se retourna. En remarquant qu'elle n'avait pas bougé, il fit demi-tour.

Sans prévenir, il la gifla violemment.

Elle tomba sur le lit, se cognant la hanche contre le cadre métallique et poussant un cri de douleur, à la fois à cause du coup et de la chute.

— Les femmes marchent trois pas derrière leur mari en toutes circonstances, répéta-t-il lentement, comme si elle n'avait pas entendu la première fois. Si elles n'obéissent pas, elles sont punies.

Laryn avait envie de pleurer, mais elle ne lui donnerait pas cette satisfaction. Lentement, elle se redressa, la joue endolorie. Elle devait être rouge, peut-être même marquée. Mais elle se doutait que personne n'oserait faire de commentaire.

Il arrive, se dit-elle en emboîtant le pas à Mert, qui quittait la pièce. *Tate arrive. Il faut juste que je tienne jusqu'à ce moment-là.*

Mais à chaque minute qui passait, Laryn doutait un peu plus. Elle n'était pas sûre d'avoir la force. Pas sûre d'en être capable. Elle commençait à se dire que rester dans le cachot aurait peut-être été préférable à ce qui l'attendait ici.

Elle avala sa salive et inspira profondément. Puis une deuxième fois.

Si, elle allait y arriver. Elle n'avait pas le choix. Elle supporterait tout ce qu'il faudrait jusqu'à l'arrivée des secours.

Pourvu qu'ils arrivent.

18

Casper était plus concentré qu'il ne l'avait jamais été avant une mission. Buck et Obi-Wan occupaient les sièges du pilote et du copilote de leur MH-60. Pyro, Chaos, Edge et lui étaient entièrement vêtus de noir, équipés de gilets pare-balles, et lourdement armés : grenades classiques et assourdissantes, armes de poing et munitions à foison. Edge avait du matériel de premiers secours. Pyro s'occupait de la navigation – c'était lui qui avait le meilleur sens de l'orientation, aussi bien dans les airs qu'au sol. Chaos servait de guetteur à l'arrière.

Et Casper avait Tex dans l'oreillette.

Quand il l'avait appelé pour lui annoncer qu'ils avaient eu le feu vert pour aller chercher Laryn, l'ancien SEAL voulait absolument être impliqué dans la mission. Casper n'avait pas hésité une seconde à accepter. Il avait besoin de toute l'aide qu'on pouvait lui apporter pour pénétrer dans le hangar, retrouver Laryn, et ensuite déguerpir au plus vite.

Tex avait des cartes, des images satellite, et une capacité quasi surnaturelle à lire à travers le temps et l'espace pour comprendre ce qui se passait. On aurait dit qu'il était physiquement présent. Et Casper lui était reconnaissant pour son aide.

— C'est agité ce soir, beaucoup de mouvement, l'informa Tex dans l'oreillette au moment où le MH-60 décollait du pont du destroyer.

C'était le moment. Soit ils revenaient avec Laryn, soit ils mourraient en essayant. Et Casper n'avait aucune intention de mourir aujourd'hui. Il avait une vie à construire avec Laryn. Hors de question de laisser un connard lui enlever cela avant même qu'il ait pu en profiter.

— Comme je te l'ai déjà dit, reprit Tex, mon conseil, c'est que ton équipe et toi approchiez le hangar par l'Est. Il n'y a pas vraiment de sécurité de ce côté. Il y a des gardes aux entrées principales, mais du côté où se trouve le quartier résidentiel, il n'y a pas de porte.

— Alors comment on entre ? demanda Casper.

— J'ai dit qu'il n'y avait pas de porte, mais je n'ai pas dit qu'il n'y avait pas de fenêtres. Il y en a plein. Il faudra en trouver une qui est cassée, ouverte, ou que vous puissiez forcer sans faire trop de bruit.

Casper hocha la tête tandis que Buck et Obi-Wan survolaient les eaux sombres de la Méditerranée en direction des collines situées à l'extérieur de la ville où Laryn avait été emmenée. Tout bien considéré, le temps écoulé depuis son enlèvement restait relativement court. Mais pas assez court. Casper n'arrêtait pas de penser à tout ce qui avait pu lui arriver en une semaine, et ça lui donnait la nausée.

Il fit de son mieux pour chasser ces pensées. Son seul objectif était d'entrer, de retrouver Laryn, et de sortir tout le monde de là. Ils géreraient les conséquences de ce qui s'était passé une fois qu'ils seraient en sécurité. Il supposait que c'était à ce moment que certains hommes décideraient qu'ils n'étaient pas prêts à gérer une femme souffrant sûrement d'un syndrome post-traumatique. Mais pas Casper. Il n'avait jamais rencontré une femme qui lui correspondait autant que Laryn. Ensemble, ils trouveraient ce dont elle avait besoin.

— Tu m'écoutes ?

— Désolé, non, admit Casper.

— Tu sais... tout ce que j'ai appris sur Laryn prouve qu'elle est solide, lui dit Tex plus doucement.

Casper n'aimait pas trop qu'il ait mis le nez dans la vie de Laryn, mais il reconnaissait que c'était nécessaire... et il appréciait l'encouragement.

— J'ai connu des femmes incroyables au fil des années, poursuivit Tex. Elles en ont toutes bavé, mais avec le soutien de leurs amis et de leurs compagnons, elles s'en sortent très bien aujourd'hui. Je ne doute pas une seconde que Laryn en fera autant.

Une détermination farouche s'empara de Casper. Bordel, évidemment qu'elle s'en sortirait. Elle allait sûrement lui râler dessus pour avoir perdu un autre hélicoptère si peu de temps après le dernier. Elle se plaindrait de la charge de travail que cela représentait de modifier un nouveau MH-60 et de devoir refaire un test en vol.

Il inspira profondément et hocha la tête.

— Ouais, répondit-il avec un léger décalage.

Le reste du vol fut consacré à réviser le plan du hangar, du moins avec les informations que Tex avait réussi à obtenir. Il ignorait combien d'employés se trouvaient dans l'entrepôt à cette heure de la nuit, mais ils espéraient tous qu'à 2 h du matin, ils seraient bien moins nombreux qu'à l'aube ou qu'en pleine journée.

Avant qu'ils ne s'en rendent compte, Buck et Obi-Wan survolaient la zone d'atterrissage, et les Night Stalkers amorcèrent leur descente en rappel.

Quand Casper fut le dernier à bord, Buck se retourna vers lui.

— On attendra le signal pour l'évacuation. Ramène-la, Casper.

— C'est le plan, répondit-il avec un hochement de tête assuré avant d'attraper la corde et de s'élancer hors de l'appareil.

Il ne lui fallut pas longtemps pour rejoindre ses amis au sol. Personne ne dit un mot tandis qu'ils ajustaient leurs petits sacs à dos et se mettaient à courir en direction de la ville. Il y avait de fortes chances pour que l'hélicoptère ait été repéré, mais rien ne permettait de deviner qu'il avait déposé quatre hommes décidés à reprendre ce qui leur appartenait.

Casper se fichait pas mal de l'excuse que le capitaine allait donner au gouvernement turc pour justifier leur présence dans l'espace aérien. Tout ce qui comptait, c'était Laryn.

Ils parcoururent rapidement les quelques kilomètres qui les séparaient de la ville, et bientôt, les quatre hommes se faufilaient entre les rues, qui avaient connu des jours meilleurs. Les maisons luxueuses et les belles voitures avaient laissé place à un quartier pauvre, leur destination. Le hangar qui abritait les nouveaux MH-60 de l'armée se trouvait dans un coin délabré de la ville. Casper supposait que c'était voulu, afin de masquer ce qu'il y avait à l'intérieur.

À l'approche de leur objectif, les quatre hommes ralentirent. Le bâtiment se dressait devant eux, imposant, contrastant fortement avec les petits immeubles miteux et les baraques de fortune alentour. Le cœur de Casper battait la chamade, l'adrénaline circulait dans ses veines tandis qu'il se baissait sous l'une des nombreuses fenêtres du côté Est, exactement comme Tex l'avait conseillé.

Il pouvait activer les communications avec l'ancien SEAL d'une simple pression sur un bouton de sa radio, mais Casper en avait fini de planifier les choses. Il était prêt à passer à l'action. Le premier endroit où ils chercheraient Laryn, c'était le sous-sol. Tex leur avait appris qu'il y avait un grand espace sous le hangar. Peut-être un espace de stockage, mais selon ses informations, c'était plutôt une sorte de cachot, rempli de cellules réservées aux hommes accusés de trahison ou d'autres crimes. Le fait d'imaginer Laryn là-dedans lui donnait la nausée, mais c'était l'endroit le plus logique où Osman aurait pu la planquer.

Tex l'avait prévenu : si elle était là, ça n'allait pas être facile de la faire sortir. Il n'y avait pas de fenêtre à ce niveau, et les seules issues possibles étaient deux escaliers étroits. Ils pouvaient très facilement se retrouver piégés là-dessous, donc il allait falloir être extrêmement prudents pour éviter de se faire prendre.

Le hangar où se trouvaient les hélicoptères était similaire à beaucoup d'autres : un vaste espace ouvert, avec quelques bureaux le long des murs au Nord et au Sud. Une passerelle faisait le tour de l'endroit, certainement pour que les gardes puissent surveiller ce qui se passait en contrebas.

Au-dessus, il y avait tout un étage de chambres. Selon Tex, elles servaient à loger les hommes qui travaillaient sur les hélicoptères et les avions entreposés dans le bâtiment. Si Laryn se trouvait là-haut, Casper et son équipe allaient avoir du mal à la retrouver sans se faire repérer. Ce n'était pas comme s'ils pouvaient frapper à chaque porte pour demander poliment s'il y avait une Américaine à l'intérieur.

Il semblait que pénétrer dans le pays avait été la partie la plus facile de la mission. Casper n'était pas du genre à hésiter à tuer quiconque se mettrait entre Laryn et lui, malgré la promesse faite au capitaine de limiter les effusions de sang.

Il sortit une caméra serpent – un minuscule objectif fixé à l'extrémité d'un long bras métallique flexible, semblable aux outils qu'on utilisait chez lui pour déboucher les toilettes – et se déplaça jusqu'à la fenêtre la plus proche, dirigeant la caméra vers la vitre.

Il retint son souffle en regardant fixement l'écran miniature à son poignet, incertain de ce qu'il allait découvrir.

À sa grande surprise, le hangar était plutôt animé. Des lumières éclairaient le centre de l'immense espace, permettant de voir clairement ce qui s'y passait. Il repéra deux MH-60, avec des hommes qui circulaient autour, en-dessous et à l'intérieur. Il était 3 h du matin, et le gouvernement ne semblait pas perdre de temps pour préparer ses nouvelles acquisitions au combat.

— Pssst.

En regardant sur sa droite, Casper vit Edge lui faire signe d'approcher.

— Cette fenêtre est ouverte, chuchota-t-il.

Quoi ? Sérieusement ?

— Ouverte ? s'étonna Chaos à voix basse.

— Oui, j'ai voulu tenter le coup pour voir si on pouvait entrer facilement. J'ai poussé la vitre et ce foutu machin s'est ouvert, expliqua Edge, manifestement aussi surpris que les autres.

Casper secoua la tête, incrédule. Pour ce qui était de la sécurité nationale, on repasserait. Mais il supposait que la plupart des gens dans le coin savaient qu'il valait mieux ne pas mettre les pieds dans ce bâtiment. Surtout si les informations sur les conditions de travail que Tex leur avait transmises étaient vraies.

Il reprit la caméra et la passa dans l'ouverture de la fenêtre, ravi de voir l'image devenir bien plus nette à l'écran.

Il passa de nombreuses minutes à scruter soigneusement les environs, cherchant désespérément un indice sur la manière dont ils allaient pouvoir entrer. Même s'il n'y avait pas autant de monde que ce que Tex avait estimé pour les horaires de journée, ils étaient tout de même bien plus nombreux que ce qu'un commando de quatre hommes aurait espéré trouver au beau milieu de la nuit. Leur plan était d'entrer discrètement et de rester dans l'ombre en rejoignant l'escalier qui menait aux cellules sous le hangar.

Quelque chose attira finalement son regard. Il arrêta la caméra et revint légèrement en arrière.

Là !

Un ouvrier accroupi sous le nez de l'un des hélicoptères avait les cheveux longs.

Attachés en chignon, certes, mais maintenant qu'il regardait fixement la personne, aucun doute possible : c'était une femme.

C'était Laryn !

— Elle est là ! souffla-t-il avec un immense soulagement.

— Où ça ? s'enquit Pyro.

— Sous le nez de l'hélico de droite.

— Combien de gardes ?

C'était bien cela le plus étrange. Casper ne voyait aucun homme armé, personne qui semblait forcer qui que ce soit à travailler.

Et plus il observait, plus la scène lui paraissait... normale. De temps en temps, Laryn s'adressait à un ouvrier, qui lui apportait un outil. On aurait dit n'importe quelle autre journée de travail pour elle. Il l'avait déjà vue faire exactement les mêmes gestes quand elle travaillait sur son propre MH-60.

Un doute lui traversa l'esprit. Et si ce n'était pas un enlèvement ? Est-ce qu'il avait mal compris ? Et si Laryn avait planifié tout ça ? C'était elle qui avait insisté pour rester à bord de l'hélicoptère sur le destroyer. Elle aurait pu aisément desserrer les câbles de la FLIR, puis se mettre en scène pour jouer les sauveuses. Elle aurait aussi très bien pu transmettre des informations sur le lieu de l'exfiltration.

Mais Casper repoussa aussitôt cette pensée. Grâce à Tex, ils avaient identifié les hommes responsables de la trahison et du sabotage de leurs appareils. Et même sans cela, Laryn ne pouvait pas savoir qu'ils allaient atterrir ici, ni que les SEALs se retrouveraient séparés de leur groupe. Elle n'aurait jamais trahi son pays, et encore moins mis autant de personnes en danger juste pour décrocher un nouveau poste.

Non. Si elle avait voulu partir, elle aurait simplement donné sa démission, et se serait rendue en Turquie de son plein gré.

Honteux d'avoir douté d'elle ne serait-ce qu'une seconde, Casper continua d'observer le hangar. Il analysa les travailleurs autour de l'hélicoptère. Beaucoup avaient l'air maigres, sous-alimentés. Ils évitaient les regards, et aucun échange ne fusait entre eux. Rien à voir avec l'ambiance du hangar chez lui, toujours bruyant quand les mécaniciens étaient à l'œuvre. Là-bas, ça chambrait, ça riait.

Ici, les hommes semblaient vouloir être n'importe où ailleurs. Et maintenant qu'il y prêtait plus d'attention, il remarqua quelques hommes qui portaient le même uniforme que Laryn – même chemise, même pantalon – mais qui n'avaient rien à voir avec les autres mécaniciens. Ils étaient grands, musclés, le regard toujours en mouvement, balayant la pièce.

On ne pouvait pas vraiment savoir ce qu'ils cherchaient... sauf s'ils étaient là pour s'assurer que tout le monde travaillait, et que personne n'essayait de s'enfuir.

Casper fronça les sourcils. Il se sentait idiot, comprenant enfin qu'il ne s'agissait pas d'une opération militaire classique. C'était du travail forcé.

Osman était un gros sous-traitant du gouvernement, et il semblait prêt à tout pour satisfaire ses employeurs. Y compris forcer des hommes à travailler pendant de longues heures pour sans doute une misère, et menacer leurs proches pour faire bonne mesure. Il se pouvait même que le gouvernement ne sache pas du tout qu'un de ses contractuels était devenu incontrôlable, enlevant des hommes et des femmes afin de les faire travailler pour lui.

Rassuré à l'idée que le gouvernement turc ne retombait peut-être pas dans des méthodes dignes de l'ère stalinienne, Casper reporta son attention sur Laryn.

Elle ne souriait pas, ne parlait à personne – sûrement parce que personne ne la comprenait, et vice versa – et elle avait l'air de travailler sur une zone bien précise depuis un long moment : sous le nez de l'hélicoptère.

Soudain, Casper comprit ce qu'elle faisait.

Elle faisait traîner les choses.

Certes, il y avait pas mal d'électronique sensible à cet endroit, mais ce n'était pas son domaine de prédilection. Elle connaissait les bases, mais elle était bien plus calée en moteurs qu'en mécanique pure.

L'un des grands types qui était près d'elle lui dit quelque chose que Casper n'entendit pas, mais il vit très bien la réaction de Laryn. Elle se crispa, et secoua la tête. Elle avait l'air épuisée, mais elle tint tête à l'individu.

L'homme ignora clairement sa réponse et l'attrapa par le bras. Laryn se débattit, en vain, et il commença à l'éloigner de l'hélicoptère.

Casper en avait vu assez. Ils avaient trouvé Laryn, ils n'auraient pas à frapper à toutes les portes de l'étage supérieur, ni à se perdre dans les cachots. Il fallait agir. Tout de suite.

— J'y vais, déclara-t-il à son équipe.

Ils ne protestèrent pas, et ne lui demandèrent pas non plus quel était le plan. Ils travaillaient ensemble depuis assez longtemps et avaient dû improviser plus d'une fois – au sens littéral – pour savoir qu'ils trouveraient un plan en cours de route.

Pendant une fraction de seconde, Casper pensa à son frère. Nate serait horrifié par l'absence apparente de toute organisation chez les Night Stalkers. En tant que Navy SEAL, son équipe et lui avaient certainement des plans A, B, C et même D avant de mettre le pied dans un quelconque moyen de transport.

Pourtant, même le meilleur plan pouvait être foutu en l'air par un simple élément qui échappait à leur contrôle. Les compétences de Casper et de ses coéquipiers résidaient justement dans leur capacité à prendre des décisions cruciales à la volée.

Comme tous les projecteurs étaient braqués sur les MH-60 au centre de l'espace, les murs de l'immense hangar restaient plongés dans l'ombre, ce qui permit aux quatre hommes de s'infiltrer discrètement dans le bâtiment sans que personne ne les remarque.

L'absence d'armes manifeste fit naître chez Casper l'espoir qu'ils pourraient récupérer Laryn et se tirer de là sans résistance – ou presque.

Une fois à l'intérieur, Casper jeta des regards autour de lui pour la repérer, et paniqua un instant, ne la voyant pas tout de suite. Puis un mouvement de l'autre côté du hangar, près des escaliers, attira son attention.

Laryn avait réussi à dégager son bras de l'emprise de l'homme, et elle était tombée sur les fesses. L'homme se tenait au-dessus d'elle, le visage fermé.

— Lève-toi ! aboya-t-il, sa voix résonnant dans tout le hangar.

— Non ! Je n'irai nulle part avec vous !

— Tu vas venir. Et cette rébellion sera punie. Tu apprendras à obéir à ton mari, d'une manière ou d'une autre. Maintenant... Lève-toi !

Son mari ? Hors de question !

Casper voyait rouge. Il fallut que Pyro pose une main sur son bras pour l'empêcher de foncer rejoindre Laryn à travers le hangar à découvert. Ils avancèrent à pas de loup, dans l'ombre, à la périphérie, essayant de rester hors de vue le plus long-temps possible. Ils ne pouvaient pas prévoir le chaos qui explo-serait une fois qu'ils seraient repérés.

Mais alors que Casper continuait à se rapprocher de Laryn, avec la hâte de la rejoindre au plus vite, il se rendit compte que quelque chose d'étrange se passait autour d'eux. Ils avaient été repérés... par les ouvriers les plus proches.

Et personne ne donnait l'alerte.

La plupart des individus que Casper avait identifiés comme des gardes observaient la scène entre Laryn et cet homme qui prétendait être son mari. Ils ne prêtaient aucune attention à ce qui se passait en périphérie, à ceux qui se cachaient dans l'ombre.

Chaque seconde qui passait, de plus en plus d'ouvriers repéraient Casper et son équipe, mais toujours sans rien dire, ce qui confirma son intuition : personne n'était là de son plein gré. C'était du travail forcé, et aucun d'entre eux n'avait envie d'attirer l'attention sur lui.

Voire même... Ils espéraient peut-être une occasion de s'en-fuir eux aussi.

Alors que Casper et son équipe arrivaient près d'une des grandes portes du hangar, côté Nord, Casper prit une décision en une fraction de seconde, saisit la poignée, puis tira de toutes ses forces, priant pour que la porte ne soit pas verrouillée – à l'image de la foutue fenêtre par laquelle ils étaient entrés.

Elle ne l'était pas.

La porte se mit à grincer affreusement, mais glissa suffisam-ment pour permettre à plusieurs personnes de passer côte à côte.

Casper brandit ensuite son arme et tira quelques balles dans le sol, juste de l'autre côté de la porte. Le bruit fut assour-dissant, surtout dans le silence pesant du hangar.

— Allez-y ! hurla-t-il en désignant la porte désormais ouverte.

Autour de lui et de ses hommes, plusieurs ouvriers semblèrent d'abord perplexes, mais Casper pu voir l'instant exact où l'un d'eux comprit.

Il ne fallut qu'un seul homme qui se lança vers la sortie pour que les autres suivent.

Casper et son équipe faillirent être piétinés par cette vague humaine qui se ruait vers la liberté.

Il avait besoin d'une diversion, et il l'avait obtenue.

Les gardes qu'il avait repérés se mirent à hurler, sans doute pour ordonner à tout le monde de s'arrêter et de retourner au travail, mais personne ne les écouta. Il y avait un parfum de liberté dans l'air, et chacun faisait ce qu'il pouvait pour saisir sa chance.

Désormais concentré sur sa femme, Casper fonça droit devant, oubliant toute discrétion. Personne ne faisait attention à lui ni aux autres tandis qu'ils se précipitaient vers l'endroit où ils avaient vu Laryn pour la dernière fois.

Mais elle n'y était plus.

Le cœur battant à tout rompre, Casper, balaya l'espace du regard, sans la voir. Puis il entendit un cri. En se retournant, il aperçut une porte.

Évidemment. Les escaliers. L'homme l'avait traînée jusque dans la cage d'escalier, sûrement pour l'emmener dans une des chambres à l'étage.

Pyro avait manifestement eu la même idée que lui : il devança Casper, ouvrit la porte, et la maintint pour les autres pendant qu'ils s'engouffraient de l'autre côté.

La voix de Laryn se fit plus forte, résonnant dans la cage d'escalier.

— Non ! Arrête ! Lâche-moi, espèce de connard !

Ils avaient l'air d'être tout en haut. Puis un claquement sec retentit, juste avant un cri de douleur de Laryn.

Un voile rouge passa devant les yeux de Casper. Cet homme allait mourir pour avoir osé lever la main sur Laryn. Il avait promis de limiter les pertes... mais celle-ci, il avait hâte de la mettre à exécution.

Une porte claqua à l'étage, juste au moment où Casper se mit à gravir les marches deux par deux, déterminé à rejoindre Laryn avant que l'homme ne l'enferme quelque part.

Ignorant s'il était armé, Casper ouvrit prudemment la porte en haut de l'escalier... juste à temps pour apercevoir Laryn se faire traîner dans le couloir par les cheveux.

Elle donnait des coups de pied et agrippait le poignet de l'homme pour tenter d'atténuer la douleur au niveau de son cuir chevelu. Et elle l'insultait à tout-va, balançant le maximum de grossièretés apprises au fil des années en travaillant avec ses collègues mécaniciens.

Casper s'élança dans le couloir sans un bruit, réduisant rapidement la distance qui le séparait d'elle, soulagé de la voir, mais révolté par la peur et la souffrance perceptibles au-delà des jurons qu'elle hurlait.

Étonnamment, ce vacarme ne fit sortir personne de sa chambre pour voir ce qui se passait. Il n'en comprenait pas la raison, mais au moins, ils n'auraient pas à affronter d'autres curieux.

Quand Casper ne fut plus qu'à quelques mètres, l'homme jeta un coup d'œil par-dessus son épaule, sentant sans doute la rage qui émanait de lui, et écarquilla les yeux en le voyant. Il porta la main à sa ceinture, sûrement pour sortir une arme, mais Casper était déjà sur lui.

Il le plaqua au sol, le faisant basculer en arrière et lâcher les cheveux de Laryn. Elle poussa un léger cri de douleur, mais toute l'attention de Casper était focalisée sur celui qui avait osé toucher la femme qu'il aimait.

L'arme qu'il essayait d'atteindre était un couteau, mais il n'eut pas le temps d'y revenir avant que Casper ne le frappe. Une fois. Deux fois. Trois fois.

Tandis que Casper saisissait son arme de poing, l'homme s'exclama d'un ton indigné :

— Elle est à moi !

— Non ! C'est une citoyenne américaine enlevée contre son gré, grogna Casper en appuyant le canon de son arme sur le front de l'homme.

Celui-ci se figea, un léger sourire aux lèvres, puis déclara dans un anglais parfait :

— C'est ma femme. On me l'a offerte, et dans *mon* pays, ça prévaut sur tous les autres droits.

Casper en avait fini de discuter. Qu'il aille se faire foutre.

Il appuya sur la détente.

L'oreille bourdonnante, il se mit déjà en mouvement avant même que le corps de l'homme ne se ramollisse en-dessous de lui. Il se releva, attrapa Laryn - que Pyro avait mise à l'abri au début du combat - et la tira en arrière, loin du cadavre, avant de la serrer contre lui.

— Je savais que tu viendrais. Je le savais, répéta Laryn, agrippée à lui comme à une bouée de sauvetage.

Elle tremblait violemment, et Casper la trouva plus maigre que la dernière fois qu'il l'avait tenue dans ses bras. Il fut submergé par la haine face à la situation dans laquelle elle s'était retrouvée. Il regretta qu'Osman ne soit pas là pour qu'il puisse le tuer. Cet homme allait tout faire pour remettre le grappin sur Laryn, mais cela n'arriverait pas. Pas tant qu'il serait en vie.

— Voilà ce qui arrive quand on amène un couteau en pleine fusillade, lâcha Chaos en poussant du bout du pied le bras de l'homme pour vérifier qu'il était bien mort. On se lance à la poursuite d'Osman ?

C'était censé être leur seul objectif : trouver et éliminer Altan Osman. Mais avec Laryn dans ses bras, clairement traumatisée, la seule chose à laquelle Casper pensait, c'était la sortir de là. S'assurer qu'elle soit à l'abri. Il avait déjà négligé sa sécurité une fois de trop. Il n'était pas question qu'il recommence, même si ça devait lui valoir un blâme dans son dossier.

Il secoua la tête.

— Il faut la sortir d'ici.

Chaos acquiesça sans discuter.

Casper pressa le bouton de sa radio.

— Tex ?

— Je t'écoute.

— Je l'ai. Appelle Buck. Dis-lui qu'on monte sur le toit.

— Reçu. Terminé.

Il prit une seconde pour écarter doucement Laryn et évaluer son état. Elle était couverte d'ecchymoses et avait l'air sous le choc, mais aucune blessure ne semblait sérieuse. Il fallait monter sur le toit et déguerpir. Impossible de savoir ce qui se passait en bas, si la diversion causée par les ouvriers en fuite retenait toujours les autres gardes, mais il n'allait pas rester là à attendre pour le découvrir.

— C'est quand même bizarre que personne ne soit sorti voir ce qui se passe, s'étonna Edge derrière lui alors que Casper passait un bras autour de Laryn pour la coller contre lui et repartir à travers le couloir.

— Les chambres sont fermées de l'extérieur, précisa Laryn d'une voix tremblante. Même s'ils le voulaient, ils ne pourraient pas sortir.

Personne ne répondit, mais Casper sentit son ventre se nouer à nouveau. Il aurait aimé venir en aide à ces hommes, et peut-être ces femmes, enfermés derrière ces portes. Mais Laryn restait sa priorité, ainsi que son équipe. Ils ne pouvaient pas se permettre de traîner. Il se promit de tout raconter à Tex. Peut-être que l'ancien SEAL pourrait faire quelque chose pour aider les gens forcés à travailler ici.

Ils atteignirent la cage d'escalier, et Edge les dépassa pour ouvrir la porte et vérifier que la voie était libre.

C'était le cas.

Ils gravirent les dernières marches qui menaient à la porte du toit. Elle était fermée, mais Chaos n'hésita pas une seconde : il dégaina son arme et dégomma le verrou sans ménagement. Le métal vola en éclats, et Casper tourna le dos pour protéger Laryn. Elle se recroquevilla contre lui pendant que son coéquipier achevait de détruire la serrure.

Ils se retrouvèrent sur le toit. L'air était pur, la nuit dégagée, et dans d'autres circonstances, Casper aurait pris une minute pour admirer la vue sur la ville depuis cet endroit.

On entendait encore des cris en contrebas. Casper fut soulagé de constater que les ouvriers en fuite faisaient toujours diversion. Il espérait que la chance leur sourirait encore un peu, le temps que Buck et Obi-Wan arrivent pour les évacuer avant que tout parte vraiment en vrille.

— Laryn ? Regarde-moi. Ça va ?

Elle releva la tête, et l'absence d'expression dans ses beaux yeux bruns ne plût pas du tout à Casper. Elle avait des cernes sombres, et elle tremblait toujours. Elle avait l'air bouleversée, terrifiée, perdue.

Mais elle s'exprima.

— Je suis en vie. Et tu es là. Alors je vais parfaitement bien.

Cette femme... Elle l'anéantissait. Elle avait traversé l'enfer, cela se voyait, et pourtant, elle tenait encore debout. Quoi qu'il en soit, Casper comptait bien l'écouter raconter chaque minute de ce qu'elle avait vécu depuis son enlèvement, afin de pouvoir en atténuer les conséquences autant que possible.

Il prit deux secondes pour savourer la sensation d'avoir Laryn dans ses bras. Blessée, mais pas brisée. À cet instant, quelque chose bascula en lui. Il était déterminé à la retrouver, à la ramener, sans jamais être sûr d'y parvenir. Pourtant, elle était là. C'était un miracle. *Son* miracle. Il se promit de ne plus jamais la considérer comme acquise. Il l'avait déjà trop fait.

C'est alors que Casper entendit le plus beau son au monde : le vrombissement d'un rotor. Mais la porte de la cage d'escalier s'ouvrit brutalement.

Par pur réflexe, il poussa Laryn derrière lui et sortit son arme. Ses trois coéquipiers firent de même. Ils se rapprochèrent de lui et formèrent un mur entre la cage d'escalier et Laryn. Ils n'étaient pas arrivés si près du but pour échouer maintenant.

Un homme se tenait devant eux, haletant. Ses yeux étaient écarquillés, et son regard empreint de folie. Ses cheveux bruns étaient en bataille, et ses vêtements froissés. Et sauf erreur de leur part, sa chemise était à l'envers.

— Non ! s'écria-t-il en s'avançant, ignorant les quatre armes braquées sur lui.

— Stop ! lui ordonna Pyro. Tout de suite !

— C'est Altan, dit Laryn derrière eux.

Casper n'était pas surpris. Il s'en doutait. Il était même content qu'il soit là – finalement, il allait pouvoir terminer cette mission.

C'était un homme mort, il ne le savait simplement pas encore.

Mais d'abord, Casper avait besoin d'informations. Il lui restait deux minutes avant que Buck et Obi-Wan n'arrivent. Il comptait bien tirer de ce type tout ce qu'il pouvait, tout ce dont son pays avait besoin, avant d'éliminer définitivement toute menace pour Laryn.

19

Derrière, Laryn restait aussi près de Tate que possible. Elle ne voulait pas le gêner, mais elle n'arrivait pas à se détacher de lui. Il était son lien avec la vie. Littéralement.

Elle avait cru que c'en était fini, que Mert allait la ramener dans sa chambre pour la violer. C'était son plan, elle n'en avait pas douté une seule seconde.

Elle avait fait de son mieux pour faire traîner les choses, pour effectuer un semblant d'entretien de base sur le MH-60, mais elle était épuisée, et il était difficile de se concentrer quand on tenait à peine debout. Quand Mert avait décidé qu'il avait assez attendu et qu'il l'avait attrapée, ça l'avait complètement prise de court, et son instinct de survie avait pris le dessus.

Mais c'était impossible de lui échapper. Il était plus grand, plus fort, et il n'avait pas passé les derniers jours enfermé dans un cachot. Les hommes autour d'elle ne lui étaient d'aucune aide – ils était dans la même situation, contraints de travailler pour Altan. De toute évidence, personne n'était là de son plein gré. Ils étaient sûrement tous victimes de chantage ou de menaces pour rester. Cela dit, aucun d'eux ne semblait avoir les compétences nécessaires pour équiper les hélicoptères correctement.

Clairement, à l'étage où on l'avait emmenée plus tôt dans l'après-midi, les ouvriers étaient aussi régulièrement déplacés, passant d'une pièce à une autre. Il y avait sans doute plusieurs individus par cellule, vu le nombre de travailleurs qui se trouvaient dans le hangar en même temps, et le nombre de portes dans le couloir. Tous étaient enfermés, et sortaient uniquement pour travailler pendant qu'un autre groupe prenait leur place dans les cellules. C'était une vie misérable, ce qu'on pouvait voir dans l'absence totale d'entrain dont ils faisaient preuve.

Ce n'était que lorsque Mert l'avait tirée vers l'escalier que la réalité s'était vraiment imposée à elle : Tate ne viendrait pas. Ou du moins, pas tout de suite. Son temps était écoulé. Mert allait la violer, mais Laryn n'était pas disposée à se laisser faire. Elle ne cesserait jamais de se battre et d'opposer de la résistance. Mert avait beau la revendiquer comme sa femme, elle ne consentirait jamais à cela. Pour lui, elle ne serait qu'un boulet, un obstacle.

Quand il l'avait frappée, ça lui avait fait mal. Bien plus que la première fois. La douleur avait été si violente qu'elle était restée assise au sol un moment, sonnée – suffisamment pour que Mert en profite. Il l'avait saisie de nouveau et l'avait entraînée à l'étage.

Laryn s'était débattue de toutes ses forces, mais une fois dans le couloir, lorsqu'il l'avait attrapée par les cheveux pour la traîner littéralement derrière lui, elle avait seulement pu lui agripper le poignet pour atténuer la douleur.

Puis la seconde d'après, elle était libre. Allongée au sol, les yeux rivés sur l'homme qu'elle aimait, apparu comme par magie.

Tate.

Il était là.

Il était venu pour elle.

Pyro l'avait aussitôt entraînée à l'écart de Tate et de Mert, mais pas avant qu'elle voie Tate passer à tabac celui qui s'apprêtait sans doute à la violer. Elle n'avait pas détourné le regard, même quand Tate avait pointé son arme sur le front de Mert et appuyé sur la détente. Ensuite, elle s'était retrouvée dans les bras de Tate. Le soulagement avait été immense.

Après ça, tout était un peu flou, mais elle ne parvenait à se concentrer que sur une chose : ce soulagement d'être dans les bras de Tate.

Ils avaient gravi les marches jusqu'au toit, où l'air frais de la nuit avait un avant-goût de nouveau départ. Laryn avait eu l'impression de flotter. Elle n'avait plus peur. Tate était là. Il la protégerait.

Elle n'avait aucune idée du temps qui s'était écoulé quand brusquement, Tate l'avait poussée derrière lui, les quatre hommes formant une barrière entre Altan et elle.

Le fait de le voir l'avait tirée de l'espèce de transe dans laquelle elle baignait depuis la mort de Mert. Maintenant, la colère montait. Envers la situation dans laquelle Altan l'avait plongée. Envers l'arrogance dont il faisait preuve en croyant qu'il pouvait non seulement la forcer à obéir à ses ordres, mais aussi tous les autres présents dans ce hangar ; en croyant qu'il pouvait tout simplement *l'offrir* à Mert.

— C'est Altan, dit-elle à Tate.

Mais il était clair qu'il savait parfaitement qui était cet homme désespéré devant eux.

— Je vous en supplie ! Restez ! s'écria Altan, le regard oscillant entre les quatre hommes, les armes braquées sur lui, et Laryn. J'ai besoin de vous !

— Tu as surtout besoin de la fermer, répliqua Tate.

— Tout ce que j'ai construit, tous les contacts que j'ai mis des années à obtenir... Tout ça sera perdu si je n'arrive pas à faire modifier ces MH-60 ! Vous êtes la meilleure, vous connaissez ces appareils par cœur ! J'ai besoin de vous !

Laryn ouvrit la bouche pour lui dire d'aller se faire voir, qu'elle se fichait bien qu'il se fasse exécuter par son propre gouvernement pour avoir échoué à tenir ses promesses. Mais Tate s'exprima avant elle.

— Parlons un peu de ces fameux contacts, dit-il calmement. Comment tu as fait pour recruter autant d'Américains ?

— L'argent, lança Altan comme si c'était évident.

Laryn devait bien reconnaître que ça l'était.

— Et comment tu les as trouvés ? demanda Pyro.

— Le dark web est un réseau immense, plein de gens prêts à échanger des infos contre de l'argent. Écoutez... Laryn. Je suis désolé que ça ait pris cette tournure, mais je vous promets que maintenant, tout peut changer. Vous ne voulez pas d'un mari ? D'accord. Vous voulez plus d'argent ? Je peux m'arranger. J'ai juste besoin que vous restiez. Vous ne comprenez pas...

— Ne t'avise même pas de la regarder, connard, grogna Edge.

— Qu'est-ce qu'il y a ? Tu fais ça dans le dos de tes supérieurs ? lança Chaos.

Le regard d'Altan répondit à sa place.

— Donc c'est bien ça, ajouta Tate d'une voix sombre. Ils ne savent rien de ta petite opération ? Ni des intimidations et des menaces dont tu te sers pour faire bosser ces hommes ? Ni du fait que tu as enlevé Laryn pour qu'elle travaille sur ton projet ?

— Ils s'en fichent, tant qu'ils ont leurs foutus hélicos ! hurla Altan. Et la fin justifie les moyens ! Quand ils auront un MH-60 capable de tenir tête à n'importe quel appareil militaire de la région, ils me donneront tout ce qu'ils m'ont promis. L'argent, les terres, le respect !

Laryn était écœurée.

— Et peu importe le nombre de vies que tu détruis pour y arriver, répliqua Tate.

— Les hommes qui sont ici sont dédommagés. Ils ont de quoi manger, un lit, un travail.

— Ils sont enfermés dans ces chambres ! s'exclama Edge. Et j'imagine que ta bouffe est infâme. Quant à ces mecs au sous-sol, on en parle ?

Altan parut abasourdi.

— Comment savez-vous ça ?

— On sait tout, répondit Tate.

À ce moment-là, Laryn se retourna, attirée par le son merveilleux d'un MH-60 qui arrivait à toute vitesse.

— On sait que tu enlèves des femmes innocentes pour les forcer à t'obéir. Que ça ne te pose aucun problème de rester planté là pendant qu'elles se font agresser. Que ça ne te dérange pas de foutre en l'air la vie des hommes que tu obliges à bosser pour toi... Tout ça pour quoi ? L'argent ? Le pouvoir, en apparence ? Le fait que ton gouvernement n'ait aucune idée de jusqu'où tu es prêt à aller pour obtenir ça me rassure énormément, cracha Tate.

— Si vous partez, vous allez le regretter, dit Altan d'un ton haineux.

Fini, la fausse repentance. Laryn frissonna en entendant sa voix venimeuse la prendre à partie.

— Vous ne pouvez vous en prendre qu'à vous-même ! poursuivit-il. Vous auriez dû accepter ma première offre. Si vous partez maintenant, ça va devenir une affaire internationale. Je ne serais pas surpris que les États-Unis se retrouvent mêlés à un énorme scandale, peut-être même jusqu'à entrer en guerre avec mon pays ! Vous ne pouvez pas franchir nos frontières sans en payer le prix. D'une manière ou d'une autre, je vous retrouverai. Je le jure, je...

Le bruit sec du coup de feu tiré par Tate fit sursauter Laryn.

Altan s'effondra sur le toit dans un bruit sourd au moment même où le MH-60 arrivait en vol stationnaire au bord du toit.

— On y va ? suggéra calmement Tate comme si tout cela n'était qu'une journée normale au bureau.

Et à bien y réfléchir, c'était sûrement le cas pour lui.

Pyro courait déjà vers l'hélicoptère. Les deux autres hommes attendaient à proximité avec leurs armes, au cas où quelqu'un d'autre déciderait de venir vérifier ce qui se déroulait sur le toit.

Laryn regarda Altan, étendu au sol, inerte, une mare de sang se répandant lentement autour de lui. Puis elle se tourna vers Tate.

— Il est mort ?

— Oui. Hors de question que je le laisse en vie, et qu'il puisse encore s'en prendre à toi.

— Tu comptais le tuer depuis le début ?

— Bien sûr. Officiellement, c'est pour ça qu'on est là.

— Pourquoi toutes ces questions, alors ? Pourquoi tu ne lui as pas tiré dessus dès qu'il est arrivé sur le toit ?

— Les informations, répondit Edge. On ne pensait pas obtenir grand-chose, mais s'il avait quoi que ce soit à dire sur la façon dont il a déniché ces taupes au sein de notre armée, il fallait qu'on le sache.

Laryn grimaça.

— Et vous avez compris quelque chose à ce qu'il a dit ?

— Suffisamment, oui. Allez, on dégage d'ici, d'accord ? lança Tate en désignant l'hélicoptère d'un signe de tête, sans le moindre signe d'irritation ou de nervosité. Notre taxi est arrivé.

Edge se positionna d'un côté de Laryn, Tate de l'autre, et Chaos les suivait de près tandis qu'ils fonçaient en direction de Pyro et de l'hélicoptère. Buck et Obi-Wan n'avaient pas posé l'appareil : il flottait en équilibre, un seul patin touchant l'extrémité du toit. Laryn fut une nouvelle fois impressionnée par le talent des pilotes.

Pyro et Tate la hissèrent à l'arrière, et elle se glissa rapidement sur le côté. En quelques secondes, les autres les avaient rejoints, et l'engin s'élevait déjà dans le ciel. Buck et Obi-Wan poussèrent les moteurs à fond et s'éloignèrent du hangar à toute vitesse.

La dernière chose que Laryn aperçut fut la silhouette sombre d'Altan Osman gisant dans une mare de sang sur le toit.

Tate posa un casque sur ses oreilles, puis enfila le sien.

— On doit s'attendre à des représailles ? demanda Buck d'un ton sérieux et tendu.

— Négatif, répondit Edge. Osman agissait en solo, en dehors du gouvernement. Ils savaient ce qu'il était censé faire, et lui filaient sans doute du fric pour faire modifier les hélicos, mais à mon avis, ils ignoraient complètement qu'il enlevait, menaçait et faisait chanter ses employés.

— Merde, tu es sérieux ? s'enquit Obi-Wan.

— Il a dit que votre présence allait provoquer un incident diplomatique, que son gouvernement allait mal réagir au fait que vous ayez franchi la frontière sans autorisation. Est-ce que j'ai déclenché une guerre ? s'inquiéta Laryn, terrifiée à l'idée de la réponse.

À sa grande surprise, les hommes autour d'elle éclatèrent de rire. Elle resta un peu interloquée avant que Pyro ne lui explique :

— Il a dit n'importe quoi, ma belle. S'il y a bien quelqu'un qui aurait eu des comptes à rendre, c'est lui. Je ne dis pas que le gouvernement turc est tout blanc, mais avec tout ce qu'Osman a fait pour attirer l'attention sur eux, ça risque de bien se passer.

Tate passa un bras autour de ses épaules et la serra contre lui. Laryn se blottit aussitôt contre son flanc. Les dix dernières minutes étaient complètement floues. Un instant plus tôt, elle pensait être sur le point de se faire agresser, et maintenant, elle était à nouveau dans les bras de Tate, en route – elle l'espérait – vers un endroit sûr.

Elle se mit à trembler.

— R-r-réaction en différé, dit-elle en fermant les yeux, essayant de calmer le contrecoup de l'adrénaline. Ça va aller.

— Je suis là, la rassura Tate. On est tous là.

Les yeux clos, Laryn relâcha un peu la tension qui la maintenait encore debout. Elle avait mal partout. Elle allait bien dormir, pendant des jours – sur un véritable lit moelleux, avec un oreiller confortable. Mais elle savait qu'elle allait devoir passer par une série d'interrogatoires dès leur arrivée sur le navire. Elle allait devoir expliquer ce qui s'était passé, et quelles informations militaires elle aurait pu compromettre.

Elle ferait tout ce qu'il faudrait, car au fond d'elle, elle savait qu'elle avait provoqué en partie ce qui lui était arrivé. Comme Altan l'avait dit. Si elle avait simplement gardé le silence, si elle n'avait pas cherché à fuir ses sentiments pour Tate en envisageant un nouveau poste... Si elle était redescendue de l'hélicoptère après avoir réparé la FLIR la première fois...

— Non, lâcha Tate fermement.

Elle leva les yeux vers lui, les sourcils froncés.

— Quoi, non ?

— Ce n'est pas ta faute.

Elle écarquilla les yeux.

— Comment tu peux savoir à quoi je pensais ?

— Je te connais. Tout ça, c'était à cause d'Osman. Uniquement lui. Il a payé des gens en Virginie et sur le navire pour suivre tes déplacements, afin d'organiser ton enlèvement. Il a eu ce qu'il méritait, et tu ne devrais pas culpabiliser une seule seconde.

— Concernant Altan ? Non, certainement pas, répondit Laryn. C'était un connard.

Tout le monde autour d'elle se mit à rire.

— Bon, alors pourquoi tu culpabilises ? Et ne me réponds-pas pour rien, je vois bien qu'il y a quelque chose qui se trame derrière ces beaux yeux bruns.

Laryn soupira. Elle regarda les cinq hommes à bord de l'hélicoptère.

— Vous avez tous risqué vos vies pour moi, peut-être même vos carrières. Je sais mieux que quiconque que ça n'a pas été si simple de venir me chercher. Il y a dû y avoir des tonnes de paperasse à contourner, et j'ai toujours peur que ça envenime les relations entre la Turquie et les États-Unis.

— Personne n'a risqué sa carrière, répondit Edge. Et on n'a jamais été véritablement en danger. Honnêtement, la plupart des gars dans ce hangar étaient comme toi, Laryn. Ils n'étaient pas là de leur plein gré. Dès qu'ils ont eu une chance de foutre le camp, ils l'ont saisie. Je pense que quand le gouvernement turc apprendra ce qu'Osman a fait, et comment il l'a fait, il n'y aura aucune conséquence.

— Tu me dis la vérité, ou simplement ce que j'ai envie d'entendre ? répliqua-t-elle.

— J'essaie de ne pas mentir, répondit sincèrement Edge.

Ce n'était pas une vraie réponse, mais Laryn comprit que c'était probablement la meilleure qu'elle obtiendrait pour le moment. Elle inspira profondément, puis se tourna vers Tate.

— Comment vont les deux SEALs ? Ceux que Pyro et toi êtes allés chercher ?

— Elle est sérieuse, là ? demanda Pyro sans s'adresser à personne en particulier.

Laryn lui adressa un bref regard.

— Oui, je suis sérieuse. Pourquoi je ne le serais pas ?

— Peut-être parce que tu viens juste d'être secourue après

avoir été kidnappée, Dieu sait ce qu'on t'a fait pendant la semaine qu'il nous a fallu pour te retrouver... et là, tu veux savoir comment vont les SEALs ?

— Eh oui.

— Ils vont bien, intervint Obi-Wan depuis le siège du copilote. Mustang et Pid sont de retour à Hawaï, dorlotés par leurs proches.

— Dieu merci. Ils vont vraiment bien ? Ils pourront continuer à faire... leurs trucs de SEALs ?

Elle entendit d'autres rires dans son casque.

— Oui, ma belle. Ils vont très bien.

Elle hocha la tête, puis lança un regard noir à Tate.

— Tu as encore bousillé un hélico, lui dit-elle d'un ton sec, retombant dans leur petit échange de piques qui leur allait si bien.

— Oh non, pas du tout. L'atterrissage était parfait.

— Est-ce que, oui ou non, tu as dû faire exploser ce MH-60 sur lequel je m'étais tuée à la tâche ? Des heures et des heures à le préparer pour le vol ?

Les yeux de Tate se mirent à pétiller d'amusement.

— On ne pouvait pas le laisser tomber entre de mauvaises mains, intervint Pyro, défendant son ami et collègue pilote.

— J'ai failli faire une crise quand ce connard a commencé à le canarder, admit Laryn avec un soupir. J'imagine que je vais encore avoir droit à de longues journées et de longues nuits, pas vrai ?

Tate vint frotter doucement sa tête contre la sienne.

— On dirait bien. Mais... est-ce que j'ai le droit de dire que je ne suis pas totalement mécontent de ce qui s'est passé ?

— Tu aimes que je sois surmenée et stressée ? demanda Laryn, se sentant de plus en plus elle-même.

C'était ce qu'il lui fallait. Un peu de normalité pour éclipser les horribles souvenirs de la semaine écoulée.

— Non, répondit Tate. J'aime quand on est sur le sol américain. Sans hélico, il y a peu de chances qu'on soit envoyés en mission dans un futur proche.

— Sans parler du fait que l'armée ne sera probablement pas ravie de nous voir perdre un nouvel appareil aussi peu de temps après les deux derniers, ajouta Pyro, amusé.

— On est sortis de l'espace aérien turc, les informa Buck à travers le casque.

Laryn poussa un soupir de soulagement. Elle ne s'était pas rendu compte à quel point elle était tendue, mais elle était reconnaissante envers tous ceux qui avaient tenté de la distraire jusqu'à ce qu'ils soient réellement hors de danger.

Alors que Buck et Obi-Wan les ramenaient vers le destroyer, Tate lui dit doucement :

— Tu t'en es bien sortie, Laryn. Je suis fier de toi.

— Tu n'as aucune idée de ce que j'ai fait. De ce que j'ai vécu. Peut-être que j'étais dans une suite trois-pièces avec de la bouffe à gogo et tout ce que je pouvais demander à portée de main, répliqua Laryn.

Tate la regarda, le visage grave.

— Tu as perdu au moins cinq kilos depuis la dernière fois que je t'ai vue. Tu sens le savon, mais ça ne suffit pas à masquer totalement l'odeur de moisi et de décomposition dans tes cheveux, ce qui m'indique que tu as sûrement été enfermée dans les sous-sols de ce hangar. Et rien qu'à ton langage corporel, je vois bien que ça va te prendre un moment pour surmonter ce que tu as vécu. Je suis là pour toi, chérie. Je sais écouter, et je veux tout savoir. Tout ce que tu as traversé depuis qu'on est partis chercher les SEALs, jusqu'au moment où on t'a trouvée dans ce couloir avec ce connard. Et si tu ne veux pas me le raconter, alors tu en parleras à un psy. Parce que je nous imagine avoir une longue et belle vie ensemble, et pour ça, il faut que tu puisses tourner la page.

Tu ne peux pas passer ton temps à ressasser ce qui s'est passé là-bas.

Il termina son discours en fronçant les sourcils, et Laryn ne put s'empêcher de lui adresser un sourire.

— Y a rien de drôle, là, grommela Tate.

— Je sais, répondit Laryn en reprenant son sérieux. Tu veux savoir à quoi j'ai pensé tout du long ?

— Que tu voulais buter ces enfoirés ? lança Chaos.

Laryn adressa un bref sourire à son coéquipier, puis se tourna de nouveau vers Tate.

— Oui, mais surtout, la pensée qui revenait en boucle, c'était : *Tate va venir*. Je n'avais aucun doute sur le fait que tu ferais tout ce qui est en ton pouvoir pour me retrouver, et que tout ce que j'avais à faire, c'était tenir. Je faisais traîner les choses autant que possible, en me disant que la douleur que j'éprouvais valait mieux que celle que je ne subissais pas. Oui, j'étais mal à l'aise, j'avais peur, et j'avais faim. Mais on ne m'a pas torturée, ni battue. J'étais juste planquée dans une cellule au sous-sol du hangar pendant la majeure partie du temps. C'était sombre, ça puait, c'était dégueulasse et inconfortable... mais encore une fois, je savais que tu viendrais. Il suffisait que je tienne un jour de plus, une heure de plus, une minute de plus.

— Laryn... murmura Tate, la voix tremblante d'émotion.

— On ne pleure pas chez les Night Stalkers, le taquina-t-elle doucement en l'enlaçant.

— Faux, intervint Edge.

Laryn n'était même pas gênée d'avoir cette conversation plutôt intense, non seulement avec Tate, mais aussi avec cinq de ses meilleurs amis. Elle connaissait ces hommes, elle avait travaillé avec eux pendant des années. Elle les respectait. Elle les aimait, chacun à sa manière.

— On est humains, comme tout le monde, reprit Edge. Et il

n'y a aucune honte à ça. On a tous déjà pleuré. Parfois, c'est le seul moyen de se débarrasser de ce qu'on a sur le cœur pour pouvoir continuer à avancer.

Il n'avait pas tort. Mais Laryn se demanda aussi ce qui l'avait fait pleurer, lui. Il y avait encore tant de choses qu'elle ignorait sur ces hommes. Et elle avait hâte d'en apprendre plus sur eux. Beaucoup plus. Parce que si ça ne tenait qu'à elle, elle comptait bien passer beaucoup plus de temps avec eux. En dehors du boulot. Et ça lui allait très bien.

Elle sentit la main de Tate sur le côté de sa tête, l'incitant à la poser contre son épaule, ce qu'elle fit volontiers. Elle était épuisée, elle se sentait sale, mais là, dans les bras de Tate, en sécurité, elle s'en fichait complètement.

Laryn n'avait aucun doute que les prochaines heures, voire les prochains jours, n'allaient pas être une partie de plaisir. Mais après ce qu'elle venait de traverser... elle pouvait largement survivre à cela. Allongée contre Tate, elle sentit le besoin urgent de se plonger dans le travail. De laisser le passé derrière elle. Et heureusement, elle aurait largement de quoi s'occuper l'esprit dans les jours à venir.

Elle avait beaucoup de choses à attendre de la vie... la plus importante étant Tate. Tout indiquait qu'il était parfaitement sérieux à propos de leur relation. Ce que Laryn avait encore du mal à croire.

Elle sourit, rassurée à l'idée de se reposer sur cet homme. Il avait plus que prouvé qu'il pouvait, et qu'il voulait, se dresser entre elle et n'importe quel danger. Elle ne pouvait rien demander de plus.

20

Casper en avait fini.

La dernière semaine avait été une suite ininterrompue de débriefings. Il s'était fait remonter les bretelles pour avoir emmené une civile sur ce vol destiné à exfiltrer les SEALs. Il avait plaidé que Laryn n'était pas exactement une civile, mais comme il s'en voulait déjà de ne pas l'avoir poussée à descendre de son hélicoptère pour tenter le coup lui-même avec la caméra FLIR, il n'avait pas trop protesté face au blâme.

À leur retour à Norfolk, d'autres réunions avaient suivi. Il avait dû s'entretenir avec le colonel et expliquer les événements en détail.

Et de manière incroyable, il s'était retrouvé nez à nez avec Tex. Il était carrément venu de chez lui, près de Pittsburgh, pour le rencontrer en personne.

La *légende* s'était révélée étonnamment bavarde. Il avait suivi en direct le sauvetage Laryn, et n'avait pas hésité à intervenir quand il le fallait pendant la mission. Ça aurait pu être agaçant, mais avec du recul, c'était plutôt marrant.

Tex avait été ravi des informations balancées par Osman. Il

321

avait encouragé Casper à continuer de le faire parler, à ne pas l'éliminer trop vite. Et une fois qu'il avait eu de quoi commencer à pister les autres taupes qu'Osman avait arrosées, il avait tout simplement dit : *La guerre, mon cul. Tue-le.*

Casper n'avait pas hésité. Il lui avait logé une balle en plein cœur... et c'était franchement jouissif.

Lors de la réunion à la base navale, Tex avait beaucoup parlé des informations qu'il avait dénichées sur Osman, et de la façon dont il avait identifié les hommes – et quelques femmes – qui lui donnaient des renseignements. Ces soldats et ces Marines étaient désormais inculpés pour trahison, y compris ceux qui se trouvaient à bord du destroyer.

Mustang avait appelé depuis Hawaï pour prendre des nouvelles de Laryn et lui transmettre ses meilleurs vœux, ainsi que de la part de son équipe, et bien sûr de leurs familles. Il avait aussi invité l'équipe de Casper à leur rendre visite s'ils mettaient un jour le cap sur Oahu.

La seule chose qui manquait cruellement à Casper depuis leur retour, c'était Laryn. Elle avait été tout aussi occupée que lui. Elle enchaînait les débriefings, mais devait aussi consulter un des psychologues de la base, spécialiste des prisonniers militaires. Techniquement, son cas ne pouvait pas être classé comme celui d'une prisonnière de guerre, mais elle avait quand même été retenue contre son gré, torturée mentalement - en étant enfermée dans ce trou à rats - et physiquement par ce connard qui l'avait affamée, assoiffée, privée de sommeil et d'hygiène.

Un matin, après s'être réveillée en sursaut vers 3 h à cause d'un cauchemar, elle avait fini par se confier à Casper sur tout ce qu'elle avait traversé. Elle lui avait avoué que le pire avait été cette cagoule qu'on l'avait obligée à porter pendant plusieurs jours alors qu'ils la transportaient à travers les montagnes vers la ville. Elle avait pleuré, et Casper s'était senti impuissant, incapable de faire autre chose que la prendre dans ses bras pendant qu'elle libérait enfin les émotions qu'elle s'échinait à contenir.

Ils dormaient dans le même lit chaque nuit, mais ils n'avaient pas fait l'amour depuis leur retour aux États-Unis. Ce n'était pas le bon moment, et avec la convalescence de Laryn, Casper n'avait aucune envie de lui mettre la pression à ce sujet. Il avait été submergé de soulagement quand elle lui avait dit qu'elle n'avait pas subi d'agression sexuelle. Ça n'effaçait pas ce qu'elle avait enduré, mais au moins, elle n'avait pas à supporter ce traumatisme en plus du reste.

En plus du fait que ce n'était pas le bon moment, ils étaient tous les deux crevés à la fin de la journée. Alors ils dînaient ensemble, se blottissaient sur le canapé... et finissaient presque toujours par s'endormir l'un contre l'autre.

Après tout ce qu'ils avaient traversé, il était plus que temps qu'ils fassent une pause et qu'ils soufflent un peu. Laryn s'était déjà remise à modifier un autre MH-60 pour Pyro et lui, et Casper savait d'expérience que son épuisement n'allait pas disparaître de sitôt. Elle était fière de parvenir à rendre un hélico opérationnel plus vite que n'importe quelle autre équipe de mécaniciens de l'armée.

Il avait obtenu un jour de congé pour elle auprès du colonel, et son plan, c'était de l'emmener chez lui, et qu'elle y reste pendant vingt-quatre heures. Pas de réunions, pas un mot sur les MH-60, juste eux deux, à passer du temps ensemble, et à comprendre une bonne fois pour toutes ce qu'ils représentaient l'un pour l'autre.

Pour Casper, c'était clair : ils étaient bien partis pour passer le reste de leur vie ensemble. Se marier, fonder une famille. Il le voulait. Avec elle. Et il voulait s'assurer qu'ils étaient sur la même longueur d'onde. Certes, elle avait craqué pour lui. Certes, elle avait admis qu'elle avait envisagé de changer de poste parce qu'elle pensait qu'il ne la verrait jamais autrement que comme la mécano qui bossait sur ses hélicos. Mais ça ne voulait pas dire qu'elle pensait vraiment qu'il voulait être avec elle. Rien qu'avec elle. Il était plus que temps de balayer tous ses doutes.

Casper traversa le hangar d'un pas décidé, et ne put s'empêcher de sourire en entendant Laryn passer un savon à un jeune soldat tout juste arrivé dans son équipe.

— Ici, on ne regarde pas l'heure. On fait ce qu'on a à faire, quand il faut le faire. Tu veux savoir pourquoi ?

Elle n'attendit pas sa réponse.

— Parce que ces oiseaux ne transportent pas des touristes pourris gâtés qui veulent voir une foutue baleine. Ils transportent les pilotes les plus courageux, les plus dingues et les plus talentueux qu'on ait jamais vus. Ils transportent les SEALs et les Deltas qui protègent notre liberté, qui font des trucs que tu n'imaginerais même pas. Alors rester dix minutes de plus pour finir un boulot avant de rentrer, ce n'est pas un effort. Ce n'est pas un sacrifice. Et si tu crois que ça en est un, trouve-toi un autre endroit pour bosser. Et un autre boulot, tant qu'à faire. Tu as un problème avec ça, soldat ?

— Non, madame.

— Bien. Écoute, je suis dure, je le reconnais. J'attends la perfection de la part de tout le monde ici. Et une loyauté sans faille envers les gars qui pilotent ces appareils. Leur vie dépend de chaque vis qu'on serre, de chaque fusible bien installé. Compris ?

— Oui, madame.

— Parfait. Rentre chez toi. Réfléchis à ce que je viens de dire. Si tu décides de rester, je peux te garantir que tu n'auras jamais été aussi fier de contribuer à ramener sains et saufs nos soldats des forces spéciales et nos Night Stalkers après chaque mission. Si tu veux partir, trouve un autre boulot, sans rancune. Penses-y, et on en reparle demain.

— Pas demain, intervint Casper, qui était adossé à une caisse de pièces à installer sur la carcasse du MH-60 en face de lui, en se redressant. Après-demain. Demain, tu es en congé.

Il lança un regard au jeune soldat.

— Et si tu ne choisis pas de rester, tu es un idiot, soldat.

— Oui, monsieur, répondit le gamin en le saluant, avant de détaler aussi vite qu'il pouvait sans se mettre à courir.

— Quoi ? Je ne suis pas en congé demain, protesta Laryn, les mains sur les hanches.

Elle avait repris un peu de poids depuis leur retour, grâce aux efforts de Casper pour qu'elle mange bien. Ses cheveux étaient redevenus brillants, même si lui seul en profitait, puisqu'elle les gardait toujours attachés en chignon bien net à la base de sa nuque quand elle travaillait. Elle sentait à nouveau la vanille sucrée qui lui était propre, ce qui les ravissait tous les deux. Elle restait un peu plus longtemps qu'avant sous la douche, mais Casper comprenait parfaitement. Être propre était devenu un luxe qu'elle ne prendrait plus jamais à la légère.

Et là, elle était devant lui, débordante d'agacement, et il ne pouvait qu'être reconnaissant qu'elle soit dans sa vie. Qu'elle soit là, en bonne santé, redevenue elle-même, avec tout son mordant.

— Si, répondit-il. J'en ai parlé au colonel, et il est d'accord : après tout ce qu'on a vécu, on mérite bien un peu de repos.

— *On* ? s'enquit-t-elle, l'agacement quittant peu à peu son visage.

— Yep. Ça te va ?

— Tu rigoles ? Bien sûr ! Attends... on va passer ce congé ensemble ?

— Évidemment. Et j'ai prévu tout ce qu'il faut pour

manger... On restera tous les deux sans sortir du lit pendant au moins huit heures.

— Ooooh, tu es un sacré obsédé. J'ai trop hâte de dormir huit heures d'affilée.

Casper éclata de rire. Cette femme allait le faire courir jusqu'à la fin de ses jours, et il allait profiter de chaque seconde. Il combla l'espace entre eux, la prit dans ses bras, et l'embrassa. Le baiser n'était pas aussi intense ou passionné qu'il l'aurait voulu, mais ils étaient encore au travail.

— Tate, on ne peut pas faire ça ici ! protesta Laryn sans pour autant le repousser.

— Si, et je vais continuer. J'en ai marre de faire semblant de ne pas être dingue de toi quand on est au travail. Ce n'est pas interdit, vu que tu n'es pas militaire, et que tu ne bosses pas officiellement pour moi. Après tout ce qu'on a vécu, je refuse de ne pas te montrer à chaque occasion à quel point tu comptes pour moi.

— Tate...

Cette fois, sa voix était douce et pleine d'affection.

— Tu as vraiment parlé au colonel ? On a vraiment toute la journée demain ?

— Oui, pour nous deux.

— Génial !

— D'ailleurs, notre congé commence maintenant. Tu peux t'éclipser ?

— Oui. Il faut juste que je parle à Chuck pour lui dire quoi faire ensuite. Et comme je ne serai pas là demain, lui demander de vérifier le support moteur pour s'assurer qu'il n'y a ni fissure ni point de faiblesse, vu qu'on l'installera la semaine prochaine. Oh ! Et il faut qu'on parle du calibrage de l'ECU. Ce serait quand même con que le moteur lâche en plein vol d'essai parce qu'il n'a pas été calibré comme il le faut...

— Sergent Wells ! hurla Tate à travers le hangar en direction d'un groupe d'hommes rassemblés.

L'un d'eux leva les yeux, puis trottina jusqu'à l'endroit où Laryn et lui se tenaient.

— Oui, mon lieutenant ? dit-il en saluant.

— J'emmène Laryn chez elle. Elle ne sera pas là demain. Ne fous pas en l'air mon hélico, d'accord ?

Chuck esquissa un sourire en coin.

— Bien sûr que non, mon lieutenant. Il était temps qu'elle prenne un jour de congé.

— Tate ! Je dois lui parler.

— Non, tu ne dois pas. Tu dois rentrer et te détendre deux secondes.

— Je suis d'accord, intervint Chuck. Ne t'inquiète pas, on ne fera rien que tu n'approuverais pas.

— Il y a intérêt, lui lança Laryn en plissant les yeux.

Le sergent se contenta de rire.

Casper posa la main dans le creux de son dos et la poussa doucement vers les grandes portes ouvertes du hangar.

— Si tu as besoin de quelque chose... n'appelle pas, lança-t-il au sergent.

— Reçu.

— Ne l'écoute pas ! s'écria Laryn par-dessus son épaule. S'il se passe quoi que ce soit, tu m'appelles !

Chuck se contenta de faire un signe de la main avant de retourner vers le groupe qu'il avait quitté.

— C'était malpoli, fit-elle remarquer.

Casper haussa les épaules.

— Si je t'avais laissée lui parler, vous en auriez eu pour une heure. J'ai simplement opté pour la solution rapide.

— Tu es insupportable, grogna-t-elle sans le contredire pour autant.

— Mais tu m'aimes quand même, répliqua-t-il avec un sourire en coin.

— Oui. Je t'aime.

Ses mots firent l'effet d'un coup d'arrêt. Casper s'immobilisa alors qu'ils venaient de sortir du hangar.

— Quoi ?

— Comment ça, quoi ? demanda Laryn, alarmée.

Casper prit son visage entre ses mains et lui releva le menton pour qu'elle le regarde droit dans les yeux.

— Qu'est-ce que tu viens de dire ?

— Euh... je sais pas...

— Tu m'aimes ? s'enquit-il, soudain un peu désarçonné.

Elle laissa échapper un petit rire nerveux, puis haussa les épaules.

— Oh. Oui.

— Tu m'aimes...

Cette fois, ce n'était plus une question.

— Tate, je t'aime depuis des années. On en a déjà parlé. C'est pour ça que je cherchais un autre boulot. Parce que bosser avec toi sans que tu te rendes compte que j'existe, c'était devenu trop douloureux.

Sans un mot, Casper lui prit la main et accéléra le pas vers sa voiture.

— Tate ! Pourquoi tu marches si vite ?

Lorsqu'ils arrivèrent côté passager, Casper se tourna vers elle et la plaqua doucement contre la carrosserie. Il se pencha et lui dit :

— Parce que je veux ramener chez moi la femme que j'aime, et qui m'aime en retour. Je veux la ramener dans mon lit, lui faire l'amour, lui montrer de toutes les façons possibles à quel point je suis désolé de ne pas avoir vu que la meilleure chose qui me soit arrivée était juste devant moi, depuis des années. Je veux qu'elle sache qu'à partir de maintenant, elle passe avant tout. Avant mon boulot, avant mon équipe, avant les enfants qu'on pourrait avoir. Tu es tout pour moi, Laryn Hardy. Et je passerai le reste de ma vie à me faire pardonner ces trois dernières années, si tu me laisses faire.

— Tate... murmura Laryn, les larmes aux yeux.

— Pas de larmes, la réprimanda-t-il doucement. Je ne supporte pas de te voir pleurer, même de joie.

— Désolée, répondit-elle en reniflant.

Casper essuya doucement les larmes sur ses joues.

— Je t'aime, Laryn. Ça me fait presque peur. Mais au lieu de me terrifier, ça me semble juste.

— Moi aussi.

— Bien. Tu vois une objection à ce que je te ramène chez moi et que je te fasse l'amour dans mon lit ? Mon territoire. Moi homme, moi rugir. Moi homme, toi femme.

Elle éclata de rire.

— Aucune.

— Parfait. Parce qu'après ça, tu ne voudras plus jamais poser les yeux sur un autre homme.

— Je n'en ai jamais voulu un autre. Il n'y a toujours eu que toi, Tate.

Ses mots résonnaient encore dans la tête de Casper lorsqu'il se pencha pour l'embrasser fougueusement.

— Mon frère veut venir te rencontrer. Te rencontrer vraiment, pas juste en coup de vent sur un navire comme la dernière fois. Il viendra avec Josie. Ça te pose problème ?

— Bien sûr que non. J'ai aussi envie de mieux les connaître. J'ai adoré parler avec Josie au téléphone l'autre soir.

Casper ressentit une paix immense s'installer au fond de lui. Il comprit que c'était ça, le bonheur. Une vraie sérénité. La sensation d'avoir enfin trouvé quelqu'un qui lui correspondait parfaitement. Il n'avait ressenti ça qu'avec une seule autre personne dans sa vie... son frère jumeau.

Il la regarda un moment, puis la fit doucement reculer pour ouvrir la portière.

— Monte, lui ordonna-t-il.

Laryn leva les yeux au ciel.

— Non, je pensais monter sur le toit.

— Je te laisserai monter dessus, répondit-il avec un sourire suggestif.

— C'était nul, soupira-t-elle.

Mais comme elle souriait, Casper savait que ça ne l'avait pas refroidie.

Il se rendit compte qu'il souriait comme un idiot en contournant la voiture pour s'installer au volant. Il avait hâte qu'ils rentrent, qu'ils se retrouvent enfin, qu'il puisse faire l'amour lentement, tendrement, à la femme avec qui il voulait passer le reste de sa vie.

* * *

Laryn se réveilla et se tourna, un sourire aux lèvres en voyant Tate allongé à côté d'elle, un bras passé au-dessus de sa tête, la bouche entrouverte, ronflant légèrement. En rentrant la veille, il avait insisté pour qu'ils mangent avant d'aller se coucher, prétextant qu'ils auraient besoin d'énergie et de calories pour ce qu'il avait prévu ce soir-là. Ils avaient bu un verre de vin chacun pendant le dîner, et quand elle était allée dans la chambre pendant qu'il rangeait la cuisine, elle s'était endormie avant même qu'il n'arrive. Le ventre plein, la fatigue accumulée de la semaine, le contrecoup de son épreuve récente, et l'alcool avaient eu raison d'elle. Elle s'était tout simplement écroulée.

Mais maintenant, elle était bien réveillée, après une nuit entière de sommeil... et le souvenir de la manière douce dont Tate lui avait dit qu'il l'aimait la rendait plus que prête à rattraper le temps perdu. Certes, ils avaient déjà couché ensemble... fait l'amour... mais cette fois, c'était différent. Spécial. Plus durable.

Elle repoussa doucement les couvertures, souriant en se rappelant avoir déjà fait ça dans son propre lit. Dans son appartement. Mais cette fois, dès qu'elle referma la main autour de son sexe, il se réveilla. Il ne lui fallut qu'une fraction de seconde pour comprendre où il était, et avec qui. Laryn se retrouva allongée sur le dos, un Tate très excité au-dessus d'elle.

— Bonjour, dit-il d'une voix rauque.

S'habituerait-elle un jour à se réveiller avec cet homme à ses côtés ? Elle espérait que non. Elle espérait que ça reste aussi spécial que maintenant.

— Bonjour, répondit-elle avec un sourire timide.

Elle ne savait pas pourquoi elle se sentait tout à coup aussi gênée. Cela faisait une semaine qu'ils dormaient collés l'un à l'autre, et il avait déjà eu la bouche entre ses jambes, sans parler du reste.

— Comment tu te sens ?

— Euh... bien. Pourquoi ?

— Reposée ? Tu as faim ? Ou soif ?

— Oui, non, et non.

— Je me fous de qui appelle, qui frappe à la porte, ou si des extraterrestres atterrissent devant l'immeuble. Rien ne m'empêchera de te faire l'amour.

Laryn remua en-dessous de lui, déjà excitée.

— Ça me va.

— Je t'aime, Laryn. Ça craint d'avoir perdu autant de temps parce que j'ai eu des œillères pendant trois foutues années. Mais j'ai ouvert les yeux, et je suis tellement impatient de voir ce que l'avenir nous réserve.

— Moi aussi, répondit-elle en sentant les frissons, qui la prenaient si souvent quand il était là, courir le long de ses bras.

Je te préviens, je ne serai pas le genre de femme à quitter son boulot pour élever les enfants à la maison.

En entendant cela, Tate sourit de plus belle.

— Quoi ? Pourquoi tu souris comme ça ?

— C'est juste que t'entendre parler d'avoir des enfants avec moi me rend ridiculement heureux.

Laryn leva les yeux au ciel.

— Je suis pas prête, là, tout de suite, ajouta-t-elle.

Tate hocha la tête.

— Mais un jour, j'ai hâte de voir nos petits monstres roux courir partout. On ira camper, et je construirai une cabane dans un arbre dans le jardin de la maison que je t'achèterai un jour.

— Attends, pourquoi ce ne serait pas moi qui t'achèterais une maison ? répliqua Laryn.

— Je me fiche de qui achète quoi à qui. Tant qu'on en discute avant, et que c'est bon pour nos finances.

— Bonne réponse, dit-elle avec un sourire. Et je veux apprendre à nos enfants - filles ou garçons, peu importe - tout ce que mon père m'a appris sur les voitures.

— Parfait. Et je veux passer autant de temps que possible avec Nate. Et leurs enfants, s'ils en ont. Je veux que les cousins soient aussi proches que des frères et sœurs.

— Ce serait génial. J'ai toujours rêvé d'avoir quelqu'un avec qui traîner quand j'étais gamine. Je crois que c'est pour ça que j'étais si proche de mon père. Oh ! Et il nous faut un beagle.

— Celui que tu veux appeler Waffles...

— Tu t'en souviens ? demanda Laryn.

— Je me souviens de tout, répondit Tate, toujours en souriant, avant de poursuivre presque solennellement. Je suis heureux. Je sais que certains diraient qu'on est allés trop vite, que ton enlèvement a encore accéléré les choses, qu'on devrait mettre sur pause. Mais merde, je sais ce que je ressens, et je t'aime. Je te connais depuis des années, et toi aussi. Tu sais tous les trucs pas glorieux sur moi, et pourtant, par miracle, tu es toujours là. Avec moi. Dans mon lit. Mon boulot n'est pas simple, je suis souvent absent... Toi aussi, d'ailleurs. Mais on peut y arriver. J'en suis sûr. Je te garde auprès de moi, Laryn. Tu es la bonne.

Laryn n'avait jamais entendu de paroles plus romantiques. Quand Tate disait qu'il la gardait auprès d'elle, ça n'avait rien à voir avec Mert qui l'avait proclamée sienne. Elle voulait appartenir à Tate. Elle voulait qu'il la garde pour toujours.

— Je n'aurais jamais cru que ce serait ça ma vie, dit-elle doucement, la voix pleine d'émotion. J'ai essayé d'être heureuse juste en étant près de toi, sans être avec toi. Ce ne sera pas toujours simple, mais j'espère t'avoir prouvé que je suis là pour toi. Et tu m'as plus que prouvé que tu l'étais pour moi. Hé, au fait... Qu'est-ce qu'elle est devenue, *Barb-la-Peste* d'Anchor Point ?

— Elle est partie.

— Sérieux ? Qu'est-ce qui s'est passé ?

Tate afficha un sourire en coin.

— Disons que des rumeurs ont commencé à circuler sur les... euh... préférences sexuelles un peu originales de Barb. Des mensonges, bien sûr, rien d'illégal, mais assez embarrassants pour que les gens se marrent à chaque fois qu'ils la voyaient au boulot. Les Marines qui entraient dans le bar se moquaient d'elle, bruyamment. En gros, chaque service qu'elle assurait devenait un calvaire. Elle est devenue la risée générale, et elle a fini par démissionner. Apparemment, elle a quitté l'État.

— Ah. Tant mieux.

— On a fini de parler d'autres femmes ?

— Je ne sais pas... t'en penses quoi ? le taquina Laryn.

Elle adorait ça. Leur manière de se taquiner avait toujours fait partie de leur relation, mais jamais elle n'aurait cru que ce serait une des choses qu'elle aimerait le plus chez lui. Avec sa loyauté, son sens du devoir, ses valeurs, son humour… Elle pourrait continuer longtemps.

— On a fini, confirma Tate. Je vais être le meilleur partenaire que tu aies jamais eu.

— Tu l'es déjà, avoua Laryn.

Tate se pencha vers elle, et Laryn fit les derniers centimètres, plus que prête à le sentir en elle.

Ce qui suivit fut l'un des moments les plus intimes qu'elle ait jamais partagés avec un autre être humain. Ce n'était pas juste le fait qu'ils soient nus et en train de faire l'amour, c'était la manière dont Tate la regardait en glissant lentement en elle, le regard brûlant. La façon dont il léchait ses lèvres avec sensualité, les sons qu'il laissait échapper en la regardant l'accueillir.

La fierté qu'elle voyait dans ses yeux.

Il était fier d'être avec elle. Elle, le garçon manqué avec des callosités dans le creux des mains et de la graisse sous les ongles. La fille qu'on avait moquée parce qu'elle préférait aller sur les circuits plutôt que chez le coiffeur, passer des heures sous le soleil et dans la poussière.

Tate lui fit l'amour lentement, tendrement, lui prouvant par ses gestes que chaque mot qu'il avait prononcé un peu plus tôt venait du fond du cœur. Et quand elle le supplia d'accélérer, de la laisser jouir, il glissa la main entre eux et stimula son clitoris avec assez de force pour la faire immédiatement exploser de plaisir.

Ce ne fut qu'à ce moment-là qu'il se mit à la prendre vraiment. Mais pour Laryn, ça restait faire l'amour. Tate ne cessa jamais de la regarder, le cœur au bord des yeux. Toujours attentif à ne pas lui faire mal tout en prenant son propre plaisir. Savoir qu'elle pouvait offrir à cet homme - un homme qui, à ses yeux, avait déjà tout : un frère génial, un groupe d'amis prêts à affronter l'enfer pour lui, un super boulot, et l'admiration de presque tout le monde – était quelque chose que personne d'autre ne pouvait lui offrir... Ce genre d'amour-là... c'était bouleversant.

Il gémit en jouissant. Il resta figé, aussi profondément en elle qu'il le pouvait, puis s'effondra soudain sur elle.

Laryn grogna, puis éclata de rire.

Il marmonna une excuse, sans pour autant se retirer, même s'il déplaça un peu son poids pour ne plus l'écraser.

— C'était... Je n'ai pas de mots.

— Quoi ? Le grand Night Stalker est à court de mots ? le taquina Laryn en traçant de légers allers-retours du bout des ongles sur son dos en sueur.

Elle se sentait un peu sens dessus dessous, mais aussi pleine d'énergie.

— Tu veux des mots ? Je t'aime. Être en toi, ça ne ressemble à rien de ce que j'ai pu ressentir. Quand ton sexe frissonne...

— Ok, ça suffit avec les mots, l'interrompit Laryn.

Elle sentait bien qu'elle était en train de rougir jusqu'aux oreilles.

Il rit doucement, et elle sentit son ventre se contracter contre le sien.

Puis Tate leva une main jusqu'à son front et repoussa une mèche de cheveux.

— Merci. De m'avoir fait confiance. De ne pas avoir abandonné. D'avoir été forte. D'avoir tenu bon. D'être simplement toi. Tu es tout pour moi, Laryn Hardy. Je ne peux pas imaginer ma vie sans toi.

Ce qu'elle ressentait était si fort qu'elle avait l'impression d'être sur le point d'exploser en mille morceaux. Penser à ce qu'elle avait traversé était douloureux, mais honnêtement, elle recommencerait tout si ça la menait ici. Dans l'appartement de Tate, dans son lit, dans ses bras.

— Je t'aime, murmura-t-elle.

— Moi aussi, je t'aime, répondit-il.

Puis il se redressa en gardant ses hanches bien plaquées contre les siennes, son sexe toujours profondément enfoui en elle.

— Et tu es canon dans mes draps.

Laryn leva les yeux au ciel.

— Tu sais que c'est complètement idiot, hein ?

Tate haussa les épaules.

— Peut-être. Peut-être pas. Mais je ne peux pas nier que tout paraît plus réel maintenant que je t'ai fait l'amour dans mon lit.

Le sexe de Laryn se contracta autour de son membre encore à moitié ferme.

Il esquissa un sourire en coin.

— Tu kiffes que je joue les hommes des cavernes, n'est-ce pas ?

— N'importe quoi, répondit-elle en luttant pour ne pas sourire.

— Comme je l'ai dit, tu es parfaite pour moi. Mais je ne suis plus tout jeune. On se lève, on prend un petit déjeuner, et après, tu pourras me faire ce que tu veux...

Laryn n'avait jamais été particulièrement portée sur le sexe, mais là, elle avait l'impression de ne jamais en avoir assez. Elle hocha la tête, un peu timide.

Tate la regarda un instant.

— Je vais continuer à évoquer l'idée d'avoir des enfants. Ne te sens pas obligée. Je veux juste qu'on en parle de temps en temps, qu'on s'assure d'être sur la même longueur d'onde. Quand on décidera qu'on est prêts, tu pourras arrêter la pilule, et on verra ce qui se passe, d'accord ?

Laryn ne pouvait s'empêcher d'afficher un sourire radieux. Elle appréciait que Tate ne parte pas du principe qu'elle voulait avoir des enfants tout de suite. Elle n'était pas encore prête, et ne savait pas quand elle le serait. Mais elle acquiesça. Puis en guise d'avertissement, elle ajouta :

— Même quand on décidera d'avoir des enfants, ça ne veut pas dire que ça arrivera tout de suite.

Tate sourit.

— Je suis doué dans tout ce que je fais. Aucun doute que mes spermatozoïdes sont à la hauteur. Et pour rappel... les jumeaux, c'est courant dans la famille.

L'idée d'avoir des enfants avec cet homme, des jumeaux qui plus est, fit vibrer Laryn jusqu'au fond de ses tripes. Elle eut soudain envie de lui dire qu'elle était prête dès maintenant. Mais c'était le désir qui parlait. En réalité, leur vie changerait du tout au tout s'ils prenaient cette décision.

— J'adorerais avoir des jumeaux, dit-elle doucement. Des garçons, comme toi et Nate.

— Des filles. Pour que tu puisses leur apprendre à manier une clé à molette, et qu'elles puissent changer un pneu si besoin.

Laryn éclata de rire.

— Et... pour info... j'espère qu'un jour tu feras de moi un homme respectable. Je me fiche que tu changes ton nom pour Davis, et je comprends qu'il nous faille du temps pour être prêts à nous marier, mais c'est ce que je veux, au bout du compte. Je ne parle pas de te mettre enceinte sans officialiser les choses entre nous. Non pas que ça me dérange plus que ça, mais ce serait mieux pour toi et pour nos enfants si on était mariés.

Laryn sentit une chaleur l'envahir à l'idée de ses projets d'avenir. Si ça ne tenait qu'à elle, elle l'épouserait aujourd'hui même.

En guise de réponse, elle appuya sur son épaule, et il roula docilement tout en gardant leurs hanches verrouillées. C'était une prouesse, mais elle n'aurait pas dû être surprise que ce pilote prétentieux sache faire cela sans le moindre effort.

Elle se redressa, les mains posées sur son torse, et le regarda.

— Quand tu seras prêt, préviens-moi. Je suis à toi.

— Bordel, j'adore t'entendre dire ça, répondit-il avec un sourire ravi.

— Et si on oubliait le petit déj' ? proposa Laryn en commençant à faire onduler ses hanches, excitant son sexe.

— Bordel, j'adore t'entendre dire ça, répondit-il avec un sourire ravi.

Tate inspira brusquement, ses mains se crispant sur ses hanches pour la faire bouger comme il le voulait.

— Qui a faim, de toute façon ? lança-t-il, la dernière syllabe s'achevant sur un gémissement quand Laryn contracta ses muscles autour de lui.

— Refais ça, lui ordonna-t-il.

Elle obéit, et d'un coup, l'homme qui venait de lui parler d'amour et d'enfants disparut. Il la souleva légèrement et recommença à la pénétrer par en dessous.

— Reste... comme... ça, grogna-t-il en la prenant.

Laryn gémit et renversa la tête en arrière pendant que l'homme qu'elle aimait réveillait des terminaisons nerveuses dont elle ignorait jusqu'à l'existence. Les bruits de leurs corps résonnaient dans la pièce, bruyants, et dans n'importe quelle autre situation, avec quelqu'un d'autre, elle aurait été gênée. Mais avec Tate, rien ne semblait déplacé. Et puis, ces sons étaient la conséquence directe du plaisir qu'il lui offrait... et qu'il recevait en retour. Comment aurait-elle pu en avoir honte ?

Quand ils jouirent de nouveau, Laryn avait les cuisses tremblantes, et se sentait comme une nouille trop cuite.

Tate se retira, la déposa doucement sur le dos, puis sortit du lit.

— Reste là. Dors un peu. Je vais préparer le petit déjeuner. Rejoins-moi quand tu voudras.

Il l'embrassa tendrement, puis se dirigea vers son dressing. De là-bas, il lui lança qu'il comptait faire de la place pour ses affaires dans l'après-midi.

Laryn se tourna sur le côté, un sourire aux lèvres à l'idée que ses vêtements se mêleraient à ceux de Tate.

Il ressortit, toujours entièrement nu, avec un petit air de défi.

— Enfile quelque chose, mon homme tout nu, plaisanta-t-elle.

— Pourquoi ? J'aime bien quand ma femme me reluque.

— Je ne te reluque pas, mentit-elle.

Il haussa un sourcil, lui lançant un regard qui disait clairement *mais bien sûr*. Puis il resta un moment immobile dans l'embrasure du dressing, sans aller vers la salle de bains, sans rien faire d'autre que la regarder.

— Quoi ? demanda-t-elle, intriguée par ce qu'il pouvait bien penser.

— Je savoure la vision de toi dans mon lit. Même si on reste ensemble soixante-dix ans, je crois que je ne m'en lasserai jamais.

Puis il se détourna, la laissant derrière lui, presque à bout de souffle.

Elle ferma les yeux et remercia sa bonne étoile d'être exactement là où elle était. Qu'Altan n'ait pas eu gain de cause. Que Tate et ses amis aient réussi à la retrouver. Et que même si elle avait encore quelques blessures mentales à panser à cause de ce qui s'était passé, le sentiment d'insécurité ne faisait pas partie de ses déclencheurs. Parce qu'avec Tate, elle n'avait pas le moindre doute : elle était en parfaite sécurité.

Elle se retourna sur le dos et fixa le plafond. Elle était endolorie entre les jambes - Tate n'était pas exactement un petit gabarit - et elle était toujours fatiguée, une sensation qui n'allait sans doute pas la quitter de sitôt, vu tout le travail qu'elle avait devant elle pour remettre un autre MH-60 en état pour Tate. Mais elle était apaisée.

Beaucoup de gens ne comprendraient pas. Ils penseraient que parce qu'elle avait été kidnappée et torturée, mentalement et physiquement, elle devrait être à cran. Sur le qui-vive. Mais ce n'était pas le cas. Un peu déboussolée, oui, mais savoir qu'elle était aimée faisait énormément pour guérir son cœur et sa tête.

Son ventre gargouilla tout à coup, lui rappelant qu'elle avait dépassé l'heure à laquelle elle mangeait d'habitude. En souriant, curieuse de découvrir ce que Tate leur préparait pour le petit déjeuner, elle se força à sortir du lit. Elle attrapa un T-shirt de ARMY de Tate et l'enfila. Peut-être qu'après avoir mangé, ils pourraient tester la douche... ensemble. Ce serait un peu étroit, elle n'était pas vraiment faite pour deux. Mais ça lui allait très bien.

Se promettant mentalement que peu importe la maison dans laquelle ils s'installeraient, elle aurait besoin d'une douche immense pour qu'ils puissent la partager, Laryn quitta la chambre en direction de la salle de bain.

La vie était belle. Même si elle ne se passait pas toujours comme on l'aurait voulu, au moment où on l'aurait voulu, elle restait ce qu'on en faisait... La manière dont on encaissait les coups, et celle dont on traitait les autres. Son père lui avait appris ça. Et même si Laryn avait souvent remis ses conseils en question, elle se rendait compte qu'il savait exactement de quoi il parlait.

ÉPILOGUE

Ça ne pouvait pas être vrai.

Mais bien sûr que si.

Amanda était recroquevillée dans la chaleur moite de la jungle amazonienne, et se laissa aller un instant au désespoir. Elle était partie en Guyane pleine d'enthousiasme, avec l'envie d'aider. Le sentiment profond de faire une vraie différence dans le monde. Et maintenant, la voilà captive. Morte de faim. Morte de peur.

Elle était venue en Guyane pour travailler avec des orphelins. Pour les instruire. Peut-être leur apporter un peu de joie. Et elle avait réussi, même au-delà de ce qu'elle espérait. Jusqu'à il y a une semaine, quand des hommes armés avaient fait irruption dans l'école et forcé tout le monde à monter dans des camions bâchés.

Un bénévole local avait protesté. Il avait été abattu d'une balle en pleine tête.

Amanda était la seule adulte qu'on avait emmenée, et on l'avait chargée de garder vingt-trois enfants terrorisés - des garçons et des filles âgés de quatre à treize ans - aussi calmes que possible. Ce qui relevait presque de l'impossible, puisqu'elle-même était tout sauf calme.

Elle ignorait ce que voulaient les hommes. Les camions avaient dû s'arrêter quand la route avait pris fin, et ils marchaient à travers la jungle depuis une semaine, presque sans un mot, sinon pour leur ordonner de se taire et d'accélérer. Ils ne s'arrêtaient que le soir, à la tombée de la nuit, et c'était leur seul répit. Tout le monde était à cran, et l'absence totale d'explication sur les raisons de leur enlèvement était presque plus effrayante que le trek en lui-même.

On l'avait pourtant mise en garde contre les dangers de vivre si près de la frontière vénézuélienne, mais elle avait balayé les inquiétudes de ses amis. Elle n'avait pas prévu de mettre un pied au Venezuela, après tout. Elle serait en Guyane, en sécurité, à s'occuper de ses affaires.

Et pourtant, elle en était là.

Le pire dans toute cette histoire, ce n'était ni la pluie constante, ni la faim qui lui rongeait le ventre, ni même la responsabilité d'avoir vingt-trois vies entre ses mains. C'était de savoir que personne ne viendrait les sauver.

L'organisation pour laquelle elle faisait du bénévolat n'était pas soutenue par le gouvernement. C'était une petite structure indépendante, composée d'hommes et de femmes qui faisaient de leur mieux pour aider les orphelins de leur pays.

Amanda avait vu un court reportage à leur sujet sur les réseaux sociaux, et avait été tout de suite intriguée. Elle les avait contactés - cela faisait un moment qu'elle se sentait frustrée et peu reconnue dans son poste d'enseignante en Virginie - et en un rien de temps, elle s'était engagée pour une mission de six mois. Elle avait dû quitter son emploi, mais elle ne pensait pas avoir de mal à en retrouver un à son retour. Elle avait les qualifications et l'expérience nécessaires pour être embauchée dans presque n'importe quel district scolaire qui avait une place. La vraie question, c'était : avait-elle encore envie d'enseigner ? Elle n'en était plus si sûre. Elle comptait justement profiter de son séjour en Guyane pour y réfléchir, et elle était confiante quant au fait qu'elle finirait par trouver une réponse.

Mais là, pour la première fois de sa vie, son optimisme naturel avait disparu. Peu importe ce que voulaient leurs ravisseurs, ce n'était rien de bon. Elle en était certaine. Et être la seule femme au milieu d'hommes effrayants et impitoyables n'avait rien de rassurant. Jusqu'ici, elle était restée au milieu des enfants, c'était sans doute la seule raison pour laquelle personne ne l'avait encore touchée. Mais ce n'était qu'une question de temps avant que l'un d'eux ne décide de prendre ce qu'elle ne voulait pas donner.

Elle ne voyait aucune issue. Même si une occasion de fuir se présentait, elle ne partirait pas sans les enfants. Ils étaient encore plus vulnérables qu'elle. Sans parents, ni personne pour les défendre. Elle était littéralement tout ce qu'ils avaient. Et puis elle n'y connaissait rien à la survie en pleine jungle. Elle avait quelques notions de base, bien sûr, mais elle se perdait déjà dans sa propre ville en Virginie, même avec son téléphone allumé et Siri pour lui indiquer le chemin. Deux minutes seule dans cette jungle, et elle serait irrémédiablement paumée.

Sa seule chance, c'était d'être secourue, mais elle n'était importante aux yeux de personne. Elle ne connaissait aucun général dans l'armée. Aucun politicien. Personne qui pourrait plaider sa cause. À part quelques collègues de sa dernière école, qui finiraient peut-être par se demander pourquoi elle ne leur avait jamais donné de nouvelles en rentrant aux États-Unis, il n'y avait pas grand monde. Ses parents étaient morts quelques années auparavant, et elle n'avait ni frères, ni sœurs, ni proches à qui elle tenait.

Elle frissonna, même s'il ne faisait pas froid. C'était même tout le contraire. Elle leva la tête vers le ciel et laissa la pluie omniprésente se mêler aux larmes sur ses joues. Elle n'avait jamais vraiment pensé à la mort avant, et maintenant, elle ne pensait plus qu'à ça. Son corps ne serait jamais retrouvé. Il se décomposerait ici, dans la forêt, et disparaîtrait dans le sol. Poussière tu étais, poussière tu redeviendras.

— Mandy, j'ai peur.

Amanda prit une grande inspiration et resserra ses bras autour de la petite fille sur ses genoux. Sharon avait sept ans, et s'accrochait à elle plus que jamais. Et comment lui en vouloir ?

— Moi aussi, murmura-t-elle. Mais ça va aller. Il faut juste qu'on soit fortes.

Elle n'y croyait pas une seconde, mais il n'était pas question d'en rajouter, ni pour Sharon, ni pour les autres enfants. Amanda inspira une nouvelle fois, allant puiser au fond d'elle-même l'optimisme qui l'avait toujours caractérisée.

— Quelqu'un va venir nous chercher, pas vrai ? demanda Michael à sa droite.

Il avait douze ans, et s'était auto-proclamé comme étant son protecteur.

— Bien sûr, répondit-elle en mentant effrontément.

La vérité, c'est que personne ne viendrait. Ils étaient seuls. Mais elle préférait mourir plutôt que de dire ça à un seul des enfants. Ils étaient tout ce qu'ils avaient, et ils affronteraient cette épreuve ensemble. Quoi qu'il arrive.

* * *

— Qui sont ces gosses, et pourquoi le gouvernement s'en préoccupe ? demanda Edge.

Il n'avait pas l'air agacé, juste curieux.

Buck se posait la même question. Ils avaient l'habitude

d'être envoyés en zones de guerre avec des SEALs ou des opérateurs de la Delta Force. De les transporter à l'aller et au retour à travers des terrains hostiles pendant qu'ils traquaient des cibles à haute valeur, ou d'autres terroristes recherchés par les États-Unis.

Mais là, ils étaient en réunion avec leur supérieur sur la base navale, et on venait de leur annoncer que deux d'entre eux seraient envoyés en Amérique du Sud pour une mission de sauvetage, tandis que le reste de l'équipe se rendrait au Mexique pour aider à gérer les inondations massives provoquées par le dernier ouragan qui avait frappé la côte Est.

— Et pourquoi une seule équipe ? demanda Chaos.

Le colonel leva une main pour faire taire les questions.

— Je sais que c'est inhabituel.

C'était plus qu'inhabituel. C'était... bizarre. Incompréhensible. Carrément tordu. De plus en plus impatient, Buck attendait des explications.

— Le vice-président a un intérêt personnel en Guyane. Quand il était jeune, il a fait un passage dans le Peace Corps. Il enseignait les maths dans un village reculé de Guyane. Tout au long de sa carrière, il a gardé le contact avec des gens qui travaillent toujours là-bas, et il y a quelques jours, ils l'ont contacté au sujet d'une situation alarmante : des soldats vénézuéliens ont enlevé un groupe d'enfants et les ont emmenés dans la jungle, de l'autre côté de la frontière.

— Pourquoi ? s'exclama Buck, exaspéré par la lenteur de l'explication.

Le colonel fronça les sourcils et reprit :

— On n'en est pas certains. L'hypothèse générale, c'est que ça a à voir avec du travail forcé ou une conscription dans l'armée.

— Mais ce sont des gamins, non ? souligna Casper.

— Oui. Mais même des gosses de dix ans peuvent tenir un fusil et tirer.

Buck était écœuré. Le Venezuela avait autrefois été le paradis de l'Amérique du Sud. Mais au fil des années, le régime dictatorial avait privé les citoyens de leurs droits, et les avait forcés à vivre sous un contrôle autoritaire strict. Si maintenant ils en étaient à enlever des enfants innocents dans les pays voisins, une annexion n'était peut-être plus très loin.

— Ces vingt-trois enfants sont un symbole. Si on parvient à les sauver, on montre au Venezuela qu'on voit ce qu'ils font, et que s'ils continuent, les États-Unis ne détourneront pas les yeux, poursuivit le colonel. Mais on veut rester discrets pour l'instant. On récupère les enfants, et on fait passer notre message sans transformer ça en incident international majeur. La réaction du gouvernement dictera la suite. Le président n'est pas prêt à faire la guerre pour ça, mais il est d'accord avec le vice-président : il faut faire quelque chose.

— Et ce quelque chose, c'est nous, avança Obi-Wan.

— Exactement. Parce que vous êtes les meilleurs pour les opérations nocturnes. Vous pouvez entrer, récupérer les enfants, er ressortir.

— Quel est le plan ? s'enquit Casper.

— On verra ça une fois qu'on saura qui part pour l'Amazonie, et qui va au Mexique. Ah, et une chose encore : il y a une Américaine impliquée. Une bénévole de l'école. Une enseignante, Amanda Rush. D'après nos infos, elle n'était pas censée être emmenée, mais elle a refusé d'abandonner les enfants. Inutile de préciser qu'il est essentiel de la récupérer, parce que c'est elle notre excuse pour entrer dans l'espace aérien vénézuélien.

Ça ne plaisait pas à Buck. Il gardait un excellent souvenir de certains de ses profs. Il avait été ce gamin pauvre, celui qui ne rentrait pas dans le moule, qui n'avait pas beaucoup d'amis. Et ses profs, eux, l'avaient traité avec gentillesse. Ils l'avaient encouragé, lui avaient fait croire qu'il pouvait accomplir tout ce qu'il voulait... y compris devenir pilote. Le fait que le gouvernement se serve de cette Amanda comme prétexte lui laissait un goût amer. Surtout qu'apparemment, elle s'était mise en danger pour protéger les enfants dont elle avait la charge.

— J'y vais, dit-il avant de se tourner vers Obi-Wan et de hausser un sourcil, réalisant un peu tard que la décision de partir en Amérique du Sud ne lui appartenait pas seul.

Son copilote avait aussi son mot à dire. Heureusement, son ami hocha la tête pour approuver.

— Des objections ? demanda le colonel aux autres.

Comme il n'y en avait aucune, il poursuivit :

— Briefing demain matin à 6 h. Décollage pour les deux groupes à 13 h. Le président et le vice-président veulent que ce soit réglé rapidement. Rompez.

Buck avait mille et une questions, mais elles auraient probablement une réponse le lendemain matin. Pour l'instant, il ne pouvait penser qu'à Amanda Rush. Où était-elle ? Que se passait-il pour elle et les enfants ? Est-ce qu'elle allait bien ? Était-elle seulement encore en vie ?

Cette dernière question lui noua les entrailles. Toute personne qui offrait son temps pour aider des enfants en détresse méritait qu'on la considère comme de l'or en barre. Imaginer qu'elle puisse être blessée ou tuée simplement parce qu'elle avait refusé d'abandonner les orphelins entre les mains de leurs ravisseurs le troublait profondément, d'une manière qu'il n'arrivait pas à comprendre ni à exprimer.

Il était prêt pour cette mission. Prêt à trouver Amanda et les enfants, et à les ramener sains et saufs. Il ne pouvait pas sauver le monde, comme il l'avait cru au moment de s'engager dans l'armée, mais peut-être qu'il pouvait en sauver une petite partie. Celle où se trouvait Amanda Rush.

*** * ***

Si vous avez lu l'un de mes livres, vous savez que le sauvetage d'Amanda et des enfants par Buck ne va pas se dérouler comme prévu... mais jusqu'où pourrait-il aller ? Ha ! Très loin ! Pour en savoir plus, lisez *Un ange pour Amanda* !

DU MÊME AUTEUR

<u>Autres livres de Susan Stoker</u>

<u>Les Anges Gardiens</u>

Un ange pour Laryn

Un ange pour Amanda (4 Nov)

Un ange pour Zita

Un ange pour Penny

Un ange pour Kara

Un ange pour Jennifer

<u>*Le Refuge*</u>

Un soutien pour Alaska

Un soutien pour Henley

Un soutien pour Reese

Un soutien pour Cora

Un soutien pour Lara

Un soutien pour Maisy

Un soutien pour Ryleigh

<u>*Le Fruit du Hasard*</u>

Le Protecteur

L'Aristocrate

Le Héros

Le Bûcheron

<u>Forces Très Spéciales : Alliance</u>

Un protecteur pour Remi

Un protecteur pour Wren

Un protecteur pour Josie

Un protecteur pour Maggie

Un protecteur pour Addison

Un protecteur pour Kelli (2 Sept)

Un protecteur pour Bree

<u>Sauvetage à Eagle Point</u>

Un sauveteur pour Lilly

Un sauveteur pour Elsie

Un sauveteur pour Bristol

Un sauveteur pour Caryn

Un sauveteur pour Finley

Un sauveteur pour Heather

Un sauveteur pour Khloe

<u>Silverstone</u>

Pour la confiance de Skylar

Pour la confiance de Taylor

Pour la confiance de Molly

Pour la confiance de Cassidy

<u>Delta Force Deux</u>

Un refuge pour Gillian

Un refuge pour Kinley

Un refuge pour Aspen

Un refuge pour Jayme

Un refuge pour Riley

Un refuge pour Devyn

Un refuge pour Ember

Un refuge pour Sierra

<u>Hawaï : Soldats d'élite</u>

Un paradis pour Élodie

Un paradis pour Lexie

Un paradis pour Kenna

Un paradis pour Monica

Un paradis pour Carly

Un paradis pour Ashlyn

Un paradis pour Jodelle

<u>Mercenaires Rebelles</u>

Un Défenseur pour Allye

Un Défenseur pour Chloé

Un Défenseur pour Morgan

Un Défenseur pour Harlow

Un Défenseur pour Everly

Un Défenseur pour Zara

Un Défenseur pour Raven

<u>Ace Sécurité</u>

Au Secours de Grace

Au Secours d'Alexis

Au Secours de Bailey

Au Secours de Felicity

Au Secours de Sarah

<u>Forces Très Spéciales Series</u>

Un Protecteur Pour Caroline

Un Protecteur Pour Alabama

Un Protecteur Pour Fiona

Un Mari Pour Caroline

Un Protecteur Pour Summer

Un Protecteur Pour Cheyenne

Un Protecteur Pour Jessyka

Un Protecteur Pour Julie

Un Protecteur Pour Melody

Un Protecteur pour l'avenir

Un Protecteur Pour Les Enfants de Alabama

Un Protecteur Pour Kiera

Un Protecteur Pour Dakota

Un protecteur pour Tex

<u>Forces Très Spéciales : L'Héritage</u>

Un Sanctuaire pour Caite

Un Sanctuaire pour Brenae

Un Sanctuaire pour Sidney

Un Sanctuaire pour Piper

Un Sanctuaire pour Zoey

Un Sanctuaire pour Avery

Un Sanctuaire pour Kalee

Un Sanctuaire pour Jane

<u>**Delta Force Heroes Series**</u>

Un héros pour Rayne

Un héros pour Emily

Un héros pour Harley

Un mari pour Emily

Un héros pour Kassie

Un héros pour Bryn

Un héros pour Casey

Un héros pour Wendy

Un héros pour Mary

Un héros pour Macie

Un héros pour Sadie

Un héros pour Annie

<u>**Autre**</u>

Un moment suspendu : Recueil de nouvelles

<u>**AUDIO**</u>

Un paradis pour Élodie

À PROPOS DE L'AUTEUR

Susan Stoker est une auteure de best-sellers aux classements du New York Times, de USA Today et du Wall Street Journal. Elle a notamment écrit les séries Badge of Honor: Texas Heroes, SEAL of Protection et Delta Force Heroes. Mariée à un sous-officier de l'armée américaine à la retraite, Susan a vécu dans tous les États-Unis, du Missouri jusqu'en Californie en passant par le Colorado, et elle habite actuellement sous le vaste ciel du Tennessee. Fervente adepte des fins heureuses, Susan aime écrire des romans où les sentiments laissent place au grand amour.

http://www.StokerAces.com

 facebook.com/authorsusanstoker

 x.com/Susan_Stoker

 instagram.com/authorsusanstoker

 goodreads.com/SusanStoker